KNAUR

*Von Thore D. Hansen ist bereits
folgender Titel erschienen:*
Silent Control

Über den Autor:
Thore D. Hansen, Politikwissenschaftler und Soziologe, arbeitete erfolgreich als Wirtschaftsjournalist und Kommunikationsberater. Der Spezialist für internationale Politik und Geheimdienstarbeit ist gefragter Experte in den Medien, freier Autor und setzt sich mit den ungeklärten und geheimen Aspekten von Kultur- und Zeitgeschichte auseinander, um diese belletristisch zu verarbeiten.

Thore D. Hansen

DIE HAND GOTTES

THRILLER

Besuchen Sie uns im Internet:
www.knaur.de

Vollständige Taschenbuchausgabe Dezember 2016
Knaur Taschenbuch
Ein Imprint der Verlagsgruppe
Droemer Knaur GmbH & Co. KG, München
© 2010 by Thore D. Hansen
© 2010 Scorpio Verlag GmbH & Co. KG, Berlin · München
Lizenzausgabe mit Genehmigung des Europa Verlages GmbH & Co. KG
Alle Rechte vorbehalten. Das Werk darf – auch teilweise – nur mit
Genehmigung des Verlags wiedergegeben werden.
Covergestaltung: ZERO Werbeagentur, München
Coverabbildung: FinePic®, München/shutterstock
Satz: Adobe InDesign im Verlag
Druck und Bindung: CPI books GmbH, Leck
ISBN 978-3-426-51990-5

2 4 5 3 1

DIE HAND GOTTES

Prolog

Seit unserer frühesten Jugend sind wir daran gewöhnt, verfälschte Berichte zu hören, und unser Geist ist seit Jahrhunderten so sehr von Vorurteilen durchtränkt, dass er die fantastischen Lügen wie einen Schatz hütet, sodass uns schließlich Wahrheit unglaubwürdig und die Fälschung wahr erscheint.
Sanchunniathon,
vor 4000 Jahren

Rom – 1. August 325 n. Chr.

Nur wenige hundert Meter vom Kaiserpalast entfernt schleppte sich Aregetorix durch die dunklen, modrig riechenden Gassen der Stadt. Der Regen hatte seine Kleider völlig durchnässt, das Leder seiner Socci war durchweicht und vom Schlamm überzogen. An seiner von Falten zerfurchten Stirn klaffte eine Wunde, seine langen grauen Haare waren blutverklebt. Hatten seine Verfolger aufgegeben? Er blickte sich vorsichtig um. Ihn schmerzten die Schläge, mit denen ihn die Wachen des Bischofs Lateros traktiert hatten. Er hatte aus seiner Schreibwerkstatt Pergament gestohlen. Pergament war den Mönchen vorbehalten und für Lehrer wie Aregetorix, die am Hof des Kaisers dienten, so gut wie unbezahlbar. Er presste die ihm verbliebenen Bögen, die er unter seinem Gewand verborgen hatte, noch fester an sich. Doch es war etwas anderes, das ihn in panische Angst versetzte: ein Gespräch zwischen dem Bischof und dem Prätorianerpräfekt Flavius Ablabius, dem engsten Vertrauten des Kaisers, das er erlauscht hatte. Es blieb ihm

nicht viel Zeit. Er musste in einigen Stunden wieder am Hof sein, frische Kleidung und Schuhwerk haben, seine Wunde so gut wie möglich versorgt wissen und sich etwas einfallen lassen, wie er mehr über die Vorgänge zwischen dem Kaiser und den Bischöfen erfahren konnte.
Mit zittrigen Beinen erreichte er endlich sein Ziel. Ein Keller in einem kasernenartigen Mietshaus, nur mit einem kleinen Fenster, ohne Toilette und Heizstätte. Mit einem letzten Blick hinter sich öffnete er die Tür und trat ein. Erschöpft ließ er sich auf eine Holzbank fallen.
Aus einem Nebenraum eilte Nara, seine Tochter, zu ihm.
»Was ist dir passiert?«
»Hol mir neue Kleider und versorg meine Wunde. Ich habe nicht viel Zeit.«
Nara schaute ihren Vater prüfend, mit zusammengepressten Lippen an. Sie nahm ein Leinentuch, tränkte es im Wasserkrug, setzte sich zu ihm auf die Holzbank und tupfte seine Wunde ab. Blutspritzer befleckten ihre helle Tunica. Für die Öffentlichkeit trugen sie die typische Kleidung des untersten Standes der Römer und hatten römische Namen angenommen. Seit zehn Jahren verbarg sich Aregetorix am kaiserlichen Hof und unterwies die Kinder in Philosophie, Mathematik und Latein. Wie die meisten Druiden gab auch er sich nicht mehr zu erkennen. Wie schon sein Vater betätigte er sich als Spion und versorgte die Druiden in den besetzten Gebieten mit Informationen, um jede Chance zu nutzen, die letzten in Geheimschulen operierenden Druiden und ihre Schüler zu schützen.
»Du musst alle zusammenrufen, Nara. Es wird eng für uns!«
»Was ist geschehen?«
»Es kommt großes Unglück über uns. Ich fürchte, der Kai-

ser hat die christlichen Bischöfe geeint. Mehr kann ich dir jetzt nicht sagen, aber ich muss das, was ich heute gehört habe, aufzeichnen. Es muss der Welt ein Zeugnis hinterlassen werden, sonst war alles vergebens.«
Nara legte das Tuch zur Seite. Sie blickte verzweifelt zum Fenster, das den Raum nur spärlich mit Licht versorgte. Es war still, nur das Prasseln des Regens war zu hören. Sie versank kurz in Gedanken, sehnte sich zurück in ihr zerstörtes Dorf. Bis sie von den Besatzern aus dem ehemaligen Königreich Noricum endgültig vertrieben wurden, lebten sie in einem Gleichgewicht mit den Jahreszeiten, der Natur und der Sicherheit, die ihnen die Druiden gaben. Reichte es nicht, dass die Römer ihre Felder und Flüsse begradigten, Wälder rodeten, die Jahrhunderte Kräuter und Heilmittel gespendet hatten, dem Wild seinen Lebensraum nahmen, dass sie der Natur mehr abzuringen versuchten, als sie auf Dauer bereithalten könnte, dass sie Recht sprachen, um zu strafen, anstatt für einen Ausgleich zu sorgen?
In den letzten Monaten waren immer mehr Druiden trotz alledem freiwillig den Christen gefolgt und hatten andere Druiden verraten. Der Druck im Reich wuchs täglich. Würden die Christen wirklich an die Macht kommen, würden nun auch die Frauen im ganzen Reich endgütig zu Geburtsmaschinen, anstatt, wie in ihrer Kultur, als das eigentlich Göttliche geehrt zu werden.
»Bist du dir sicher, Vater? Er ist kein Christ.«
Mit einem tiefen Seufzer legte Aregetorix seine Kleider ab. Nara reichte ihm ein frisches Gewand.
»Wenn es diesem Kaiser nutzt, wird er Christ. Verlass dich drauf.«
Aregetorix trocknete seine Haare und säuberte sein Gesicht mit dem restlichen Wasser. Er dachte kurz an die war-

nenden Worte seines eigenen Meisters. Der Mensch muss handeln, die Entwicklung des Universums liegt in seinen Händen.

»Wir müssen die Schriften an einen anderen Ort bringen, besonders die von Porphyrius. Wir werden sehen, ob die Allmacht des Geistes siegt oder der Wahnsinn dieses Kaisers. Wir müssen die Philosophen warnen.«

Plötzlich hörten sie Gebrüll und donnernde Hufe. Die Reiterhorden kamen näher.

I

MAGDALENSBERG, KURZ VOR KLAGENFURT
IN ÖSTERREICH – 2. MAI 1945

Ein langgezogener Schrei – erst schrill, dann dumpf. Major Sean MacClary hörte ihn, kurz bevor ein junger Soldat dem Unterstand entgegengerannt kam, in dem er auf weitere Befehle des britischen Oberkommandos wartete.
»Major, Sir, ein Rekrut ist in eine Höhle gestürzt.«
Kein erneuter Angriff, MacClary war erleichtert. »Brillant, meine Herren. Ich hatte befürchtet, meine Männer im Kampf zu verlieren. Stattdessen fallen sie in Löcher. Wahres Heldentum.« Es folgten schnelle, präzise Befehle für die Rettung. Die letzten deutschen Kampftruppen in dieser Region Kärntens hatten sich verstreut. Es war zu gefährlich, Licht zu nutzen, um das unbekannte Gelände zu erkunden. MacClary nahm zwei Soldaten und Sanitäter mit auf die Suche nach der Stelle, wo der Soldat in die Tiefe gestürzt war. Sein linkes Augenlid begann zu zucken, eine Eigenart, die er schon als Kind entwickelt hatte, wenn er von seinen Lehrern unter Druck gesetzt wurde. Seit er im Krieg eingesetzt war und mehrere Verwundungen überstanden hatte, überkam ihn dieser Tic immer häufiger. Für ihn war es eine Schwäche, die er vor seinen Männern verbergen musste. Er hielt kurz inne, nahm dem Helm ab und griff sich an die verschmutzte Stirn, um sich zu beruhigen. Seine Augen suchten einen Fixpunkt im Gelände. Nur langsam wich das Zucken; mit einer Hand strich er durch seine kurzen grauen Haare, mit der anderen setzte er den Helm auf und folgte wieder seinen Soldaten.

Am Abgrund angelangt, wagte es MacClary, mit einer kleinen Taschenlampe in die Tiefe zu leuchten, und erkannte einige Meter tiefer den reglosen Mann.
»Soldat, können Sie mich hören?«
Nur ein leises Stöhnen verriet, dass da unten noch jemand am Leben war.
»Smith und Rudy, Sie seilen sich ab«, befahl MacClary den Nächststehenden.
Die beiden folgten umgehend seiner Order. Als sie ihren Kameraden erreichten, hörte MacClary ein Raunen, das kaum dem Verletzten gelten konnte.
»Was ist los? Sie sollen den Mann bergen und keine Höhlenforschung betreiben«, schrie er hinunter.
»Aber Major, das müssen Sie sich ansehen! Hier ist ein Eingang zu einem Raum voll mit altem Zeug.«
»Was? Warten Sie, ich komme runter.«
MacClary seilte sich ab und folgte dem Licht, das einer der Soldaten auf den Boden der Kammer gestellt hatte. Dort angekommen, traute er kaum seinen Augen. Im ersten Moment dachte er an einen geheimen Bunker, doch dann begriff er, dass es sich hier um Hinterlassenschaften handeln musste, die nicht nur Hunderte, sondern sogar Tausende von Jahren alt sein konnten. Er hatte vor dem Krieg als ordentlicher Professor für Archäologie gearbeitet. Beim Anblick dieser Artefakte wurde er schwach in den Knien, und die Sehnsucht nach seiner Arbeit überwältigte ihn.
»Ihr rettet jetzt den Mann«, sagte er schroff. »Ich muss mir das hier genauer ansehen.«
In dem schummerigen Licht konnte er nicht viel erkennen. Es musste sich um eine Art Bibliothek oder eine besondere Grabkammer handeln, das registrierte er sofort. Die Beschaffenheit der Steine, der Figuren und der wenigen Schrift-

zeichen, die er in der staubgeschwängerten Luft ausmachte, deutete auf keltische, aber auch römische Herkunft.
Das ist eigentlich nicht möglich, überlegte MacClary. Nachdem die Kelten von den römischen Eroberern zum Christentum bekehrt worden waren, hätten sie wohl kaum diese geheimnisvolle Sammlung erschaffen. Nur die Druiden hätten die Kenntnisse und Weitsicht haben können, derartige Schätze zu verstecken, aber das war auch unmöglich. Von ihnen war bekannt, dass sie ihr Wissen nur mündlich weitergegeben hatten. War diese Höhle ein Zufluchtsort? Ein Ort, um Wissen und Kultur zu bewahren? Wer aber waren dann die Baumeister? MacClary schossen Fragen wie Maschinengewehrsalven durch den Kopf, doch Antworten würde er unter diesen miserablen Umständen nicht finden.
Es gab nur wenige Menschen, die so genau wie er wussten, dass weder Römer, Griechen noch Germanen Europa als Erste prägten. Es waren die Kelten. Ihre Unabhängigkeit war ihnen zwar unter Julius Cäsar genommen worden, aber ihre Kultur und ihre Religion behielten sie noch lange, bis im vierten Jahrhundert das Christentum Rom beherrschte. MacClary wusste, dass der Verlust der keltischen Kultur viel zu wenig beachtet worden war, obwohl sie auch heute noch Bedeutung für unser Leben hatte. Könnte es eine Fügung sein, warum er gerade jetzt auf diese Artefakte gestoßen ist?
Schwer atmend, behindert von der Finsternis und dem Staub, der die Höhle füllte, musterte er die Fundstücke so sorgfältig wie möglich. Er sah Schriftrollen, die in dieser Region eigentlich keine hundert Jahre hätten überdauern können, die aber eindeutig aus der Frühzeit stammten. Die Schöpfer mussten lange nach dieser ungewöhnlich trocke-

nen und warmen Höhle gesucht haben. Dafür konnte es nur eine Erklärung geben: Sie hatten unbedingt sicherstellen wollen, dass die hier versammelten Zeugnisse der Vergangenheit lange überlebten, damit sie in Zukunft jemand entdeckte und der Welt zugänglich machte.
Aber warum?
Inmitten all der unzähligen Steintafeln, Figuren, Schriftrollen und Schmuckstücke zog eine einsame Kiste seine Aufmerksamkeit auf sich. Sie war von Staub überzogen und fast vermodert. Doch unter dem Dreck entdeckte er einen Schriftzug auf dem Deckel:

DISTURBATIO FONTIS

»Die Vernichtung der Quelle«. Konnte das möglich sein? Stand er womöglich vor Aufzeichnungen der verfolgten Heiden?
MacClary wusste, dass er die Deutschen vor sich und die Truppen Titos hinter sich hatte. Es blieb nur wenig Zeit, diese Artefakte zu bergen oder besser: verschwinden zu lassen. Verdammt!, dachte er. Warum ausgerechnet jetzt? Was soll ich nur tun?
Trotz seiner Ratlosigkeit und seines aufflammenden Ärgers gewann seine Tatkraft die Oberhand. Für einen Augenblick hatte er den Eindruck, wieder in seinem Lehrsaal zu stehen, umgeben von Studenten, die seine Geschichten aus der Archäologie wie Märchen verschlangen.
»Major?«
MacClary erschrak. Er war so vertieft und fasziniert gewesen, dass er selbst diesen elenden Krieg vergaß. Er befahl Rudy und Smith ein paar Munitionskisten zu holen, um wenigstens die wichtigsten Stücke zu sichern, während er

darüber nachdachte, wie die Schätze auf einen sicheren Weg unauffällig durch Österreich über Frankreich nach England transportiert werden konnten. Allein die Masse an einmaligen Kulturwerten stellte ihn vor eine kaum lösbare Aufgabe. Er fühlte sich wie einer seiner Sanitäter oder Ärzte, die in den letzten Jahren viel zu oft zu entscheiden hatten, wen sie retten konnten und wen sie sterben lassen mussten.

Hinzu kam, dass es unter diesen Umständen kaum möglich war, die Funde einigermaßen sicher zu transportieren. Insbesondere die Pergamentrollen, deren Erhaltungszustand ohnehin schon ein Wunder war. Wenn durch den Einsturz der Höhle mehr Sauerstoff an die Artefakte gelangte, konnte es höchstens ein paar Wochen, vielleicht sogar nur Tage dauern, bis alles in sich zusammenfiel.

Er betrachtete die Schriftrollen. Pergament war erst seit Beginn des 4. Jahrhunderts in Europa verwendet worden, seit der Zeit, als die katholische Kirche zur Weltmacht emporstieg. Wäre dieser Fund ein Zeugnis jener Epoche, sein Wert wäre unschätzbar für die Forschung. Abermals vergaß MacClary fast, unter welchen Bedingungen er sich an diesem Ort befand – Bedingungen, die es kaum sinnvoll erscheinen ließen, auch nur eine Sekunde an die Zukunft zu denken.

Es blieben wahrscheinlich nur wenige Stunden, bis ihn der Befehl zum Einmarsch nach Klagenfurt erreichen würde. Wie sollte er jetzt einen sicheren und unauffälligen Transport organisieren können?

Sean MacClary genoss Respekt und das Vertrauen seiner Soldaten. Kein Major hatte so wenige Verluste gehabt oder falsche Entscheidungen getroffen. Vielleicht könnte er den Fundort verbergen und nach dem Krieg erforschen, wenn er wieder als Archäologe arbeiten durfte. Als Major und Freund von General Brown konnte er geheim deklariertes Gepäck, Dokumente oder Ähnliches ohne Kontrolle nach England bringen lassen. Also würde er in aller Eile einige Stücke auswählen und den Eingang zur Höhle danach so verschließen lassen, dass es niemandem auffiel. Und dann musste er hoffen, dass sich das trockene Klima wieder einstellen und der Schaden gering bleiben würde.

Er wandte sich zu Rudy und Smith, die mehrere Munitionskisten angeschleppt hatten. »Könntet ihr die Höhle mit einer sanften Sprengung versiegeln, sodass keine Luft mehr eindringt, aber die Räume und diese Schätze nicht zerstört werden?«

»Ja, Sir, aber wir brauchen nach innen mindestens zehn Meter Platz für die Druckwelle und das Geröll«, erwiderte Rudy, der schon etliche Sprengungen erfolgreich hinter sich gebracht hatte.

MacClary leuchtete den Raum aus und entdeckte weitere Höhlenabschnitte. Vielleicht würde sein Fund die Explosion wirklich überstehen, wenn man alles weiter nach hinten transportierte. Er wies die Männer an, alles vorsichtig in die hinteren Räume zu bringen. Währenddessen verpackte MacClary einige Schriftrollen und Schmuckstücke in die Kisten, um sie noch im Schutz der Dunkelheit zu verladen. Selbst wenn die Sprengung gelang und den Höhleneingang verbergen würde, standen die Männer doch vor dem Problem, wie sie eine noch so kleine Sprengung überhaupt durchführen sollten, ohne auf sich aufmerksam zu machen. Da kam ihnen der Zufall zu Hilfe.

Vom britischen Hauptquartier erreichte sie der Marschbefehl, der 78. Infanteriedivision zu folgen, die in den Morgenstunden Klagenfurt erreichen sollte. Bei den dann ein-

setzenden Gefechten würde eine gezielte Sprengung des Höhleneingangs kaum auffallen.
Und so geschah es. Nur wenige Stunden später marschierten die britischen Truppen ohne große Verluste in Klagenfurt ein. Die Nachricht von der Kapitulation der Deutschen machte MacClary neue Hoffnung, trotz seiner Verletzungen wieder an seine Arbeit gehen zu können.
Nur eine einzige Kiste der Fundstücke konnte er mit sich nehmen. Wäre er jemals in der Lage, hierher zurückzukehren, um die Schätze dieser längst vergangenen Kultur weiter zu erforschen? Sollte er die letzten Kriegstage überleben, wollte er als Erstes die restlichen Funde sicher nach Hause bringen.
Das war nur der Anfang. Wo es enden würde, stand außerhalb seiner Vorstellungskraft.

2

Und wer da überwindet und hält meine Werke bis ans Ende, dem will ich Macht geben über die Heiden; und er soll sie weiden mit einem eisernen Stabe, und wie eines Töpfers Gefäß soll er sie zerschmeißen.
Die Offenbarung des Johannes 2,26 f.

NIEDERÖSTERREICH – 13. MÄRZ

Adam Shane saß schweißgebadet auf dem Bett. Seine langen blonden Haare klebten in seinem Gesicht, seine Hände suchten Halt an der Bettkante. Er rang nach Luft, als ob er kurz vor dem Ertrinken aus dem Meer auftauchte. Es war

gerade sechs Uhr in der Früh. Jeden Moment müsste ihn sein Wecker in die vertraute Welt zurückholen.
Er öffnete die Augen und sah nichts.
»O mein Gott, was geschieht hier?«
Bei dem Versuch, sich vom Bett zu erheben, fiel er sofort wieder zurück. Er hatte kein Gefühl mehr für sein Gleichgewicht. Als er die Augen erneut aufschlug, konnte er seine Umgebung nur in unterschiedlichen Lichtkonturen sehen. Bilder rasten durch seinen Geist, die ihm die Jahrhunderte wie eine Collage der Menschheitsgeschichte vorführten. Doch als es über die Gegenwart hinaus in die Zukunft gehen sollte, brach plötzlich alles ab. Er kam zu sich, seine Augen erfassten wieder das ihm vertraute Schlafzimmer, und sein Körper bemächtigte sich wieder seines Geistes.
Oder war es umgekehrt?
»Verdammt, was war das?«
Seine Frage war überflüssig. Er kannte den Zustand, der ihn immer wieder packte und ihn so klein machte.
Dabei war Adam Shane ein Hüne. Niemand wäre auf die Idee gekommen, dass der Sohn eines österreichischen Hufschmieds irischer Herkunft ein sanfter Heiler, ein Wünschelrutengänger und Kräuterexperte war. Seit Jahren wurde er von Menschen aufgesucht, die in der modernen Medizin keine Hoffnung mehr fanden. Seine Widersacher sahen in ihm natürlich einen Scharlatan, aber seine Erfolge sprachen für sich.
Entdeckt hatte er seine Gabe, als seine Frau an Krebs erkrankt war und sich weigerte, die üblichen, oft qualvollen Therapien über sich ergehen zu lassen.
Und er hatte ihr helfen können. Ihr Zustand verbesserte sich von Monat zu Monat, bis sie ihr Leben wieder selbst in die Hand nehmen konnte. Doch seine besondere Sensibili-

tät schien zugleich auch sein Verhängnis. Seit seiner Jugend hatte er den Drang, Antworten zu finden. Während seine Schulfreunde ihre Zeit mit Sport, Motorrädern, Musik oder Strategien für die erste Liebesnacht verbrachten, sorgte er sich um die Welt und wie man sie retten könnte. Mit vierzehn Jahren hatte er Bücher gelesen, die andere bestenfalls im Studium in die Hand bekamen, und sich in seinen Fragen und Gedanken vergraben, über die er mit niemandem reden konnte. So war er in der Trostlosigkeit seines Heimatdorfes gefangen, in dem kaum jemand seine Neugier, sein Talent und seine Rastlosigkeit erkannte. Auch als Shane durch sein Studium der Enge entflohen war, hatte er ihr nie ganz entrinnen können.
Er musste mit jemandem sprechen, die düsteren Gedanken taten ihm nicht gut. Er zögerte, dann griff er nach dem Telefon und wählte Victorias Nummer.
»Adam, was in Gottes Namen willst du so früh?«
»Es tut mir leid. Aber ich hatte wieder so einen intensiven Traum ...«
»Adam, du musst endlich etwas für dich tun. Ich habe Angst, dass du irgendwann durchdrehst, so kann es doch nicht weitergehen!«
Victoria hatte gute Gründe für ihre Angst. Vor einem halben Jahr war sie mit dem gemeinsamen Sohn Jarod zu ihrer Mutter nach London gezogen, da sie Shanes Verzweiflung darüber, was er das komplette Versagen der Menschheit nannte, nicht mehr ertrug. Zwar hatte er mit vielem, was er sagte, recht, aber wie sollte sie ihrem Kind eine Zukunft schenken, wenn der Vater so an der Gegenwart verzweifelte, dass es kaum noch unbeschwerte Augenblicke gab?
»Nun erzähl schon, was war das mit dem Traum?«, fragte Victoria in einer deutlich wärmeren Tonlage.

»Ich weiß nicht, wo ich gewesen bin, aber mir war kalt, es war in einem Wald, und es war sehr windig und irrsinnig laut. Ich hatte das Gefühl, auf weichem Herbstlaub zu stehen. Dann erkannte ich alte, sehr große Bäume, die ihre Äste nach mir reckten. Wie durch eine Nebelwand sah ich auf einer entfernten Lichtung Gestalten in weiten, hellen Gewändern, die sich wie in Trance oder in einer Zeremonie bewegten und immer wieder ihre Blicke zum Himmel wandten. Meiner Angst folgte plötzlich eine Ruhe, eine Verbundenheit und Wärme, als ob mich jemand beschützen würde. So habe ich mich nur als Kind gefühlt, weißt du, wenn ich allein auf einer Waldlichtung lag, umgeben von Bäumen, Gräsern und dem Himmel.«
Er hatte seinen Traum jetzt wieder ganz deutlich vor Augen: Die Gestalten wirkten tief mit der Natur verbunden. Er ging näher heran und erkannte, dass es ausschließlich Männer waren, alte Männer, die sich anscheinend berieten. Ihre Gesten waren zwar schnell, schienen aber aus großer innerer Ruhe zu kommen, und ihre im Wind wallende Kleidung beeindruckte ihn ebenso tief wie ihre Ausstrahlung. Die Lichtung schien ein bedeutender Ort zu sein. Die Bäume standen in einem Kreis und hatten die gleiche Höhe und den gleichen Abstand. Vor ihnen gab es drei Sitzreihen, wie in einem kleinen Zirkus. Es sah so friedlich aus.
Plötzlich erschien eine Reiterhorde auf der Lichtung und umzingelte die alten Männer. Die Reiter trugen römische Rüstungen. Sie sprangen von den Pferden, und obwohl die alten Männer unbewaffnet waren, rammte einer der Soldaten dem Erstbesten ein Schwert in den Magen, bis es blutverschmiert durch den Rücken wieder herauskam. Mit hasserfülltem Gesicht trat der Legionär gegen die Brust des alten Mannes und zog das Schwert langsam wieder heraus.

Es sah aus, als würde er es genießen. Der alte Mann sackte zusammen und schrie etwas in einer Sprache, die Shane nicht verstand.
Shane war fassungslos, gelähmt und entsetzt. Er musste hilflos ansehen, wie auch die anderen wie in einem Blutrausch mit dem Schwert niedergestreckt wurden.
Als sie ihr Massaker beendet hatten, stiegen die Soldaten wieder auf ihre Pferde und ritten in Richtung eines kleinen Dorfes davon, das Shane in der Ferne sehen konnte. Er rannte hinterher und sah, wie die Horde Frauen und Kinder auf bestialische Art ermordete.
Einer der Legionäre hatte einen abgeschlagenen Kopf als Trophäe auf eine Lanze gesteckt und ritt in die Mitte des Dorfes, das bereits lichterloh brannte.
»Unterwerft euch, eure Götter haben euch verlassen, nur unser Gott wird euch noch schützen!«, brüllte ein herumgaloppierender Reiter und durchbohrte im selben Augenblick einen fliehenden Jungen mit seinem Speer.
Das Abschlachten ging weiter, bis alles Leben in dem einst friedvollen Dorf ausgelöscht war. Bevor die Meute verschwand, sah Shane einen Legionär mit einem Fisch, dem Zeichen der Christen, auf dem Schild an ihm vorbeireiten. Ein verächtliches Grinsen überzog sein Gesicht.
»Victoria, es war, als ob ich wirklich dabei wäre; es war viel mehr als nur ein Albtraum.«
»Adam, das kommt mir fast vor wie eine Botschaft und eine Parallele zu deinem eigenen Leben. Diese ewige Frustration über die Welt, die dir immer wieder die schönen Momente verdeckt. Aber dass du endlich davon erzählst, ist ein wichtiger Schritt für dich«, sagte Victoria, die zu seiner großen Freude Anteil und Mitgefühl zeigte; das erste Mal seit ihrer Trennung.

»Du weißt, ich bin für dich da. Wenn du magst, kann Jarod in drei Wochen zu dir kommen. Ich muss nach New York, und er sehnt sich nach dir. Ich rufe dich Freitag noch mal an.«

»Das wäre schön. Und danke für dein offenes Ohr zu dieser frühen Stunde.«

Das Telefonat hatte Shane beruhigt. Sein Traum ging ihm zwar immer noch nicht aus dem Kopf, aber er konnte ruhiger darüber nachdenken.

Ihm fiel ein, dass er das Dorf schon vor dem Angriff im Traum besucht und sich dort sehr zu Hause gefühlt hatte. Es bestand aus gut vierzig Häusern, die von einem Wall aus Holz und Sand umgeben waren. Hinter dem schweren Holztor, das den Eingang bildete, stand ein Brunnen auf einem gut hundert Meter entfernten Platz. Kreisrund angeordnet, befanden sich dort die Häuser. In einem war die Schmiede, es gab eine Art Markthalle, und in zwei weiteren Häusern lebten der Häuptling und der Druide. Shane hatte zahlreiche Menschen gesehen, die bei schönstem Sonnenschein ihren Geschäften nachgingen. Die Bauart der Häuser und auch die unterschiedlich edle Kleidung zeigten zwar soziale Unterschiede, aber niemand wirkte unglücklich oder elend. Im Gegenteil, diese Gemeinschaft schien in ihrer Überschaubarkeit gut zu funktionieren.

Am liebsten wäre er dort geblieben, um ganz in diese Welt der Geborgenheit einzutauchen. Doch nun war sein Traumort zerstört.

3

Dublin – 13. März

Padre Luca Morati zog seine Stirnfalten wie eine Ziehharmonika zusammen. Seine Hände, die gerade zitternd zum Telefonhörer griffen, waren übersät von Altersflecken, jede Ader war durch seine blasse, dünne Haut zu sehen. Mit seinen vierundneunzig Jahren gehörte der Greis zu den ältesten und einflussreichsten Geistlichen mit den besten Verbindungen in den Vatikan und zur Kurie.
»Ach, gütiger Herr, ich habe versagt«, seufzte er mit einem Ausdruck von Trauer im Gesicht, während er sich wie in Zeitlupe in seinem uralten Lederstuhl zurücklehnte und versuchte, den Blick seiner schwachen Augen irgendwo im Raum zu fixieren. Jeder Zentimeter der Wände war mit Büchern gefüllt. Am Fenster, von dem er den Eingang zum Trinity College im Blick hatte, stand ein Tisch aus der Kolonialzeit, beladen mit Papieren und Büchern, beleuchtet von einer Bibliothekslampe, die den antiken Mahagonimöbeln einen warmen Charakter verlieh.
Er zuckte zusammen, als endlich eine Stimme im Hörer ertönte. »Sì?«
»Stellen Sie mich durch ... es ist dringend. Hier ist Padre Morati.«
Einem kurzen Moment der Stille, in dem das Aufsetzen einer Fliege einem Erdbeben geglichen hätte, folgte die brüske Stimme des Angerufenen.
»Sie wünschen?«
»Salvoni, ich fürchte ... der Fall, vor dem wir uns immer gefürchtet haben, rückt näher. Der Sohn steigt in die Fuß-

stapfen seines Vaters.« Morati spürte ein plötzliches Unbehagen im Magen, eine Mischung aus Unsicherheit und schlechtem Gewissen. Nie hatte er den Mut besessen, dem Ursprung dieses Gefühls wirklich auf den Grund zu gehen.
»Was ist passiert?«
»Ich glaube, dass Ronald MacClary einen Hinweis gefunden hat. Er hält am kommenden Wochenende am Trinity einen Vortrag, dessen blasphemischer Inhalt sicher durch neues Wissen genährt wurde.«
»Aber Padre, nur weil er einen Vortrag hält, um unsere Kirche zu diskreditieren, bedeutet das noch lange nicht, dass er etwas entdeckt hat.«
»Aber es ist der Inhalt, Salvoni, er zieht Schlüsse, die Beweise fordern würden …«
»Wann hält er den Vortrag?«, unterbrach ihn Salvoni, der nun doch hörbar aufmerksamer war.
»Kommenden Freitag, um zwanzig Uhr in der alten Prüfungshalle.«
»Gut, Padre, wir werden sicherheitshalber jemanden schicken, der ihm genau zuhört. Danke für Ihre unerbittliche Wachsamkeit, möge der Herr es Ihnen lohnen und seine schützende Hand dafür sorgen, dass Sie noch lange unter uns weilen.«
Nach einem Klicken hörte Morati nur noch den Freiton. Er sank in seinem Sessel zusammen, seine Hände verbargen sein Gesicht. Sekunden später durchdrang ein Schluchzen den Raum.

Über vierzig Jahre lang war Morati Vizepräfekt des Vatikanischen Archivs gewesen. Einer der wenigen, die Zugang hatten zu den unschätzbaren Kulturwerten, den Überlieferungen und Zeugnissen all jener Epochen, in denen eifrige

Missionare raubten, was ihnen auf ihren Feldzügen gegen alles Andersgläubige in die Hände fiel. Darüber hinaus hatte er Zugang zu einer Bibliothek gehabt, die außerhalb des Vatikanstaates ungleich brisanteres Material hütete. Wissen und Zeugnisse, die weitaus früher zu datieren waren als Ende des 8. Jahrhunderts. Das wirkliche Geheimarchiv des Vatikans war einer der bestgehüteten Orte und nur ausgewählten Personen der römischen Kurie bekannt. Um sicherzustellen, dass die Mitarbeiter, die sich mit der Konservierung und Forschung befassten, weder etwas stehlen noch zerstören konnten, mussten sie sich vor jedem Arbeitstag einer umständlichen Prozedur unterziehen. Nachdem überprüft worden war, dass weder Kameras, Tonbänder, Funkgeräte noch Messer, Feuer oder andere Dinge mitgeführt wurden, transportierten Busse mit verdunkelten Scheiben die Mitarbeiter von der Sixtinischen Kapelle an den Ort außerhalb Roms. Erst in einer dunklen Garage durften sie aussteigen und wurden zu ihren Arbeitsplätzen geführt. Dort gingen sie unter ständiger Beobachtung, in vor Licht und Keimen geschützten Räumen, ihrer zuvor genau definierten Tätigkeit nach, bis sie am Abend unter Wiederholung der gesamten Prozedur zurück nach Rom gebracht wurden.
Nur einmal hatte Morati das Archiv und seine Umgebung von außen gesehen. Doch diese Geschichte musste er für sich behalten, sonst hätte er es nie mehr betreten dürfen.
Was Morati in diesem Archiv zu Gesicht bekommen hatte, war zum Teil von unglaublicher Schönheit und Weisheit. Hier lagen die Schriften der Propheten und spirituellen Führer, die eine ganz andere Lehre verbreiteten als die Kirche: eine Lehre, die der unverfälschten Lehre des Jesus von Nazareth in nichts nachstand und deren Wirkung die Macht

der Kirche so bedrohte, dass man einen großen Teil bereits für immer zerstört hatte. Wenn der Menschheit diese Lehren zugänglich gemacht würden, wäre das Schicksal der Kirche besiegelt. Sie würde wegen des größten Verbrechens der Menschheitsgeschichte auf der Anklagebank landen.
Nachdem Morati sein halbes Leben damit verbracht hatte, die Zeugnisse der keltischen Druiden und anderer heidnischer Gelehrter zu rekonstruieren, hatte er um Versetzung nach Dublin gebeten und war inzwischen seit rund zwanzig Jahren im Ruhestand.
Das hinderte ihn freilich nicht daran, die Familie MacClary, insbesondere Ronald, im Auge zu behalten. Zu viele Schwierigkeiten hatte schon der Vater bereitet, und in Rom fürchtete man, Ronald MacClary könnte etwas entdecken, das die Aufmerksamkeit der immer kritischer werdenden Christenheit weckte.
Und nun erschien MacClarys Sohn tatsächlich auf der Bildfläche. Vielleicht mit Forschungen, die die Kirche niemals dulden konnte.

4

Dublin – 13. März

Ronald MacClary saß in seinem Arbeitszimmer und starrte hinaus in die grelle Morgensonne. Dublin im Frühling war eine Mischung aus Sonne, Wolken und Regen, die jedem Wunsch nach Berechenbarkeit einen Streich spielte. Die Sonne stach ihm in seine dunkelbraunen Augen und ließ sie wie Bernstein leuchten. Mit seinem Dreitagebart und den grau melierten Haaren sah er ebenso attraktiv aus wie einst sein Vater.

Ronald MacClary hatte es weit gebracht. Er war kurz nach Ausbruch des Zweiten Weltkrieges in Boston geboren. Sein Vater hatte seine Mutter Anfang der Dreißigerjahre auf einer Reise in New York kennengelernt und wenig später geheiratet. Erst nach dem Eintritt Amerikas in den Zweiten Weltkrieg waren sie nach Dublin gezogen, und Sean MacClary hatte kurze Zeit später seine Funktion als Major in der 8. britischen Armee-Einheit übernommen. Sein Sohn Ronald hatte nach einem abgebrochenen Studium der Archäologie in Rekordzeit sein Jurastudium in Boston absolviert und war dort jahrelang Richter am Bezirksgericht gewesen, bevor er an den Supreme Court berufen wurde, dessen Vorsitzender Richter er nun seit drei Jahren war. Und dennoch zog es ihn, wann immer er Zeit hatte, zurück in das ehrwürdige Elternhaus in Dublin an der Arbour Hill, direkt gegenüber dem Nationalmuseum. Dort vergrub er sich in den Forschungen seines Vaters.

Ronald stöberte gerade in einer der unzähligen Aufzeichnungen, die alle in großen Ledermappen aufbewahrt wurden, als sein Blick sich der Vitrine zuwandte, in der das Erbe seines Vaters schon so lange lagerte. Zu gern wäre er den Fußstapfen seines Vaters gefolgt, um als Archäologe sein Werk zu vollenden, obwohl er ihn kaum gekannt hatte. Nachdem Sean mit einer schweren Verwundung aus Österreich zurückgekehrt war, hatten alle gedacht, dass er die Folgen eines Granatsplitters in der Lunge und in der Wirbelsäule überstanden hätte.

Doch als Ronald mit seiner Mutter Lisa einige Tage vor Seans Entlassung zu Besuch ins Lazarett kam, lag er im Sterben. Der junge Ronald war schockiert, wie erbärmlich

sein stolzer Vater aussah. Der Raum roch nach Angst, von allen Seiten hörte er das Stöhnen der Verletzten, der Geruch wechselte zwischen Minze und Fäkalien. Die letzten Worte, die er von seinem Vater hörte, konnte er kaum verstehen, aber er würde sie nie vergessen.
»Du musst den Hinweisen meiner Funde nachgehen, mein Sohn ...«
Der drängende Ausdruck im Gesicht seines Vaters brannte sich in sein Gedächtnis. »Du wirst alles in meiner Bibliothek finden. Ich hatte keine Zeit mehr, alles aufzuschreiben, aber dort liegt der Schlüssel zum Verständnis unserer Kultur, all das, was uns ausmacht. Alles hat mit einem abscheulichen Verbrechen begonnen. Schau in die ...«
Sein Atem wich, nur noch ein angestrengtes Röcheln durchdrang den Raum.
»Wohin soll ich schauen, Vater?«, fragte Ronald verzweifelt. Er spürte, dass er etwas ganz Besonderes anvertraut bekommen hatte und dass dies das wichtigste Gespräch seines jungen Lebens war. Aber das Gespräch war beendet, wie das Leben seines Vaters.
Als er älter wurde, durchsuchte Ronald jeden Quadratzentimeter der Archive seines Vaters. Doch er fand nichts. Auch das Pergament, geschützt und unantastbar in einer vakuumdichten Vitrine, hatte bis heute sein Geheimnis nicht preisgegeben. Es war der einzige Hinweis.
Eines war klar: Der Vater musste auf etwas aus der Frühzeit gestoßen sein, denn nur dafür brannte sein archäologisches Herz. Kaum einer war in der Lage gewesen, so detailliert Auskunft über die Zeit unmittelbar nach Christus bis ins Mittelalter zu geben – die sogenannten Dark Ages, das dunkle Zeitalter, für ihn die schwärzeste Epoche der menschlichen Zivilisation. Die Inquisition, die beiden Welt-

kriege und all die anderen Konflikte waren für ihn nur die Folgen jener zivilisatorischen Epoche in der Frühzeit gewesen.

Das Vermächtnis seines Vaters war für Ronald mehr als ein historisches oder archäologisches Rätsel. Es war, als ob er eine Rechtfertigung dafür, einen Sinn darin suchte, dass sein Vater so wenig Zeit oder Liebe für ihn übrig gehabt hatte. Wie oft hatte Ronalds Mutter unter Tränen und voller Zorn darüber geklagt, wie allein und verlassen sie sich fühlte. Schon als Junge hatte er all das als ungerecht empfunden, und obwohl er sich in den wenigen Augenblicken, die ihm mit seinem Vater blieben, für die Suche nach der Vergangenheit hatte begeistern können, war es die Frage nach der Gerechtigkeit gewesen, die ihn später das archäologische Studium abbrechen und das juristische Studium beginnen ließ. Doch die Jahre in der Bibliothek seines Vaters hatten auch ihn zu einem kritischen Gelehrten der Religionsgeschichte gemacht.

Ronald konnte seine Wurzeln nicht verleugnen. Er hütete das Haus seiner Eltern und die Bibliothek seines Vaters seit Jahrzehnten wie einen Schatz. Er scheute jede Veränderung, als würde er damit die Chance, das Rätsel doch noch zu lösen, für immer verspielen.

»Und Gott ist an allem schuld«, murmelte er mit einem ironischen Lächeln, bevor er sich wieder dem Computer zuwandte, um seinen Vortrag für das Trinity College zu beenden.

5

NIEDERÖSTERREICH – 13. MÄRZ

Shane hatte keine Zeit mehr, über seinen schlafraubenden Albtraum nachzudenken. Er war spät dran. In einer Stunde würde wieder ein Dutzend kranker Menschen seine Praxis füllen.

Er öffnete die Tür und ging in Richtung Bad. Bevor er es erreichte, fiel ihm ein, dass sich alle seine Sachen noch im Koffer in der Praxis befanden. Er war erst spät in der Nacht von einem Seminar über alternative Heilmethoden und Kräuterkunde aus Paris zurückgekehrt. Mit einer für ihn ungewöhnlich eleganten Drehung steuerte er zielstrebig das Sprechzimmer an, öffnete die Tür und griff nach seinem Koffer neben dem Schreibtisch.

In diesem Moment stellte er erstaunt fest, dass Patricia schon da war.

»Guten Morgen, Mr. Shane«, sagte sie mit einem amüsierten Lächeln. »Ein Kaffee?«

Er starrte die junge attraktive Frau an und wusste nicht, ob er seine Nacktheit verbergen oder so tun sollte, als wäre sein Auftritt das Natürlichste von der Welt.

Patricia lieferte jeden Mittwoch Kräuter und Salben in die Praxis, die ihr Vater, ein pflanzenkundiger Bauer, sammelte, um sich neben seiner wenig einträglichen Landwirtschaft etwas hinzuzuverdienen.

Shane öffnete seinen Koffer, um sich wenigstens eine Hose anzuziehen. »So früh habe ich Sie hier nicht erwartet, Patricia.« Er deutete auf einen ziemlich großen Beutel, den sie in der Hand hielt. »Was ist denn das da?«

»Das sind die fünf Kilo Schachtelhalmkraut, die Sie bestellt haben.«

»Fünf Kilo? Damit könnte ich fünfzig Patienten gleichzeitig entgiften, außerdem habe ich noch genug Vorrat. Tut mir leid, aber da müssen Sie etwas falsch verstanden haben. Ich hoffe, Sie können das rückgängig machen.«

»Ja, sicher, der Rest sollte aber stimmen. Soll ich es wie immer am Ende des Monats abrechnen?«

»Ja, gerne – und vielen Dank!«

»In Ordnung, bis zum nächsten Mal.«

Ohne ein weiteres Wort drehte sich Patricia um und ging. Shanes Blick folgte ihr, und er erinnerte sich an ein fast vergessenes Gefühl: verliebt sein. Wann hatte er das zuletzt gespürt?

Als er sich umdrehte, entdeckte er auf seinem Tisch die Post. Zwischen den üblichen Rechnungen, Dankesbriefen und Werbesendungen stach ein Umschlag aus edlem Büttenpapier hervor wie eine einzelne Rose inmitten einer Graslandschaft. Er zupfte den Brief aus dem Stapel heraus, setzte sich hin und schaltete den Fernseher ein, um die Nachrichten zu sehen.

... vor allem die kommenden Generationen wird der Klimawandel betreffen. Pachauri, Chef des UNO-Weltklimarates IPCC, der den schlechten Zustand der Erde in Zahlen und Statistiken auszudrücken weiß, warnte die Staatslenker nach dem Scheitern der Verhandlungen ausdrücklich davor, den Klimawandel als Zukunftsproblem abzutun: »Die Auswirkungen werden sie noch in ihrer eigenen Amtszeit zu spüren bekommen«, sagte er gegenüber der BBC in Kopenhagen. Nach seiner ...

Shane schaltete den Fernseher aus. Er brauchte keinen Reporter, der ihm erzählte, dass die Menschen den Bezug zur

Natur verloren hatten. Er wandte sich wieder der Post zu und öffnete den Umschlag. Neben einem Flyer über ein Treffen von Heilern und Kräuterexperten fand er eine Einladung in dem Umschlag, die seine besondere Aufmerksamkeit erregte:

*Die systematische Vernichtung keltischer Kultur
und europäischer Naturvölker sowie deren
kulturelle, politische und ökonomische Auswirkungen
für die Welt –
Ein Vortrag von Ronald MacClary*

Thomas Ryan hatte Wort gehalten. Vor einem Jahr hatte er ihn bei einem Treffen von alternativen Heilern in Wien kennengelernt. In seinen Augen war dieser Ire ziemlich radikal. Er lebte in der Nähe von Dublin in einer Gemeinschaft, die sich komplett der Rückbesinnung auf ein Leben im Einklang mit der Natur verschrieben hatte. Ryan hatte versprochen, sich zu melden, da Shane mehr über das Projekt erfahren wollte.
Sie hatten einen ganzen Abend über die Kelten, die Ureinwohner Europas gesprochen, und dabei war Shane besonders in Erinnerung geblieben, dass Ryan sich über die Neodruiden lustig gemacht hatte, die, wie er sagte, die wahren Botschaften der Gelehrten, der Stammesführer und der Druiden nie verstanden hätten. Bei diesem ersten Zusammentreffen war nicht genug Zeit gewesen, um mehr zu erfahren. Doch klar war: Zahlreiche aktuelle Ausgrabungen zeigten ein ganz anderes Bild von den Kelten als das der Menschen opfernden Barbaren.
Was geschieht hier?, ging es Shane durch den Kopf. Gerade hatte er den Traum von genau dieser Zeit und diesen Men-

schen gehabt und nun kam diese Einladung. Das konnte kein Zufall sein.

Er holte seinen Kalender hervor, entschlossen, nach Dublin zu reisen, obwohl die Veranstaltung schon am nächsten Tag stattfand.

Ohne lange zu zögern, nahm er Zettel und Stift zur Hand und notierte: »Die Praxis ist vorübergehend geschlossen«.

Er hatte noch eine halbe Stunde Zeit, bevor die ersten Patienten vor seiner Tür stehen würden. Sie abweisen zu müssen war ihm unangenehm. Er wollte vor ihrem Erscheinen sein Haus verlassen. Er holte seinen Koffer und packte ein paar frische Sachen dazu, nahm seinen Ausweis, seine Geldbörse und zog sich an. Während er noch auf einem Bein stehend seine Hose hochzog und gleichzeitig mit dem Handy versuchte, den Flughafen zu erreichen, kehrte plötzlich doch wieder so etwas wie Ruhe ein. Er legte das Handy beiseite und setzte sich, noch immer mit nur halb hochgezogener Hose.

»Langsam, langsam. Du solltest erst mal deinem Verstand folgen und nicht irgendwelchen Hirngespinsten.«

Konnte es sein? Hatte der Untergang der Kelten bisher unbekannte Konsequenzen? Ryan hatte ihm das noch nicht plausibel machen können, was an der Kultur, den Gesetzen und dem Lebensentwurf der Druiden besser gewesen sein sollte, aber er hatte ihm auch bei Weitem nicht alles erzählt. Shane erinnerte sich an ein Detail aus dem Gespräch mit Ryan. Er hatte davon gesprochen, dass die fragwürdige Kultur der westlichen Welt, die nur auf Kosten der Natur oder anderer Völker und Menschen funktionierte, nicht zwingend notwendig sei. Vielleicht war nur ein kleiner, aber wirkmächtiger Zufall – oder ein Ereignis – der Grund, der Europa auf den bis heute beschrittenen Weg gebracht hatte. Wenn man diesen Punkt fand und die Alternative, die Gegenrichtung aufzeigen konnte, dann wäre es der Menschheit möglich, einen neuen Weg einzuschlagen.

Ziemlich waghalsige These, dachte Shane, schließlich waren Gier und Missgunst auch unter den Kelten keine Seltenheit, ebenso wie Stammesfehden und Machthunger. Aber Ryan war sich erstaunlich sicher gewesen, dass die Menschheit einen neuen Weg beschreiten könnte, wenn sie nur endlich verstehen würde, dass es ein größeres Ziel gäbe als die ewige Wiederholung des Wachstums, der Konkurrenz und eines Wohlstandes, der den folgenden Generationen ein gesundes Leben, wahrscheinlich sogar ein Überleben unmöglich machte.

Warum komme ich immer wieder an diesen frustrierenden Punkt, wenn ich über unser Leben nachdenke?, dachte Shane. Ryan hatte ihm versprochen, dass er mehr über das Geheimnis der Druiden und Kelten erfahren würde, sobald sie sich wiedersehen würden. Vielleicht war sein Traum wirklich kein Zufall gewesen, und Victoria hatte recht. Vielleicht würde er irgendwann eine Antwort auf seine Frage bekommen. Jetzt aber musste er den Rest seiner Sachen zusammenpacken und sich auf den Weg zum Wiener Flughafen machen.

6

Doch auch euch, allerheiligste Kaiser, wird der Zwang zu züchtigen und zu strafen aufgenötigt, und es wird euch durch das Gesetz des höchsten Gottes geboten, dass eure Strenge die Untat des Götzendienstes in jeder Weise verfolge.
Kirchenvater Firmicus Maternus

ROM, VATIKANSTADT –
13. MÄRZ, FRÜHER ABEND

Thomas Lamberts Büro lag nicht weit entfernt von den Privatgemächern des Papstes im vatikanischen Regierungsgebäude, dem wahren Machtzentrum des kleinen Staates mit seinem äußerst ungewöhnlichen Status in der Völkergemeinschaft. Nahezu bescheiden wirkte das viergeschossige Bauwerk im Vergleich zum Prunk des Vatikans.
Lambert legte den Hörer auf das Telefon. Es war ein langer Arbeitstag gewesen. Er blickte aus dem Regierungsgebäude in den Hof. Auch außerhalb des Vatikans war er stets in Schwarz gekleidet und hetzte von einem Termin zum anderen, um die weltweiten Angelegenheiten der Kirche zu lenken. Fast zwei Meter groß hinterließ der Brite in Italien immer einen ziemlichen Eindruck. Er flößte seinem Umfeld Respekt und zuweilen Angst ein, auch durch sein kantiges Gesicht, seine stahlblauen Augen und seine blasse Haut. Kaum einer hatte so viel Einfluss und Handlungsgewalt im Staate Gottes wie Lambert. Doch nach sechzehn Stunden war auch dieser christliche Hüne des Opus Dei reif für etwas Ruhe.
Der Kardinalstaatssekretär war seit seinem sechzehnten

Lebensjahr im Vatikanstaat zu Hause und konnte dank seiner diplomatischen Fähigkeiten auf eine der längsten und einflussreichsten Karrieren in der katholischen Kirche zurückblicken. Schon unter Monsignore Giovanni Montini, dem späteren Papst Paul VI., der ursprünglich keine kirchliche, sondern eine politische Karriere im Sinn gehabt hatte, war Lambert ungehindert zum mächtigsten Mann im Vatikan aufgestiegen. Montini hatte einen interessanten Werdegang gehabt, hatte für den amerikanischen Geheimdienst gearbeitet und war nebenbei Mitglied einer Freimaurerloge gewesen. Für Lambert war er ein bequemer Vorgesetzter gewesen, der es ihm möglich gemacht hatte, das Zweite Vatikanische Konzil zu Ende zu führen, um die Modernisten innerhalb der Kirche und die Öffentlichkeit erst einmal zufriedenzustellen.

Inzwischen führte Lambert sein Werk in aller Ruhe weiter. Es war ihm zwar nicht mehr möglich, die Ketzer auf den Scheiterhaufen zu schicken, aber es gab auch andere Methoden, die reine Lehre durchzusetzen. Eines der dazu eingesetzten Mittel war ein über Jahrhunderte aufgebautes Netz von Agenten und Spitzeln, mit dem Zweck, die Modernisten innerhalb der Kirche aufzuspüren und wenigstens mundtot zu machen.

Lambert beherrschte sein Handwerk so gut, dass selbst der derzeitige Papst seine Position kaum mehr hatte antasten können.

Und wieder klingelte das Telefon.

»Lambert!«, bellte er in den Hörer.

»Hier ist Salvoni, wir müssen uns zusammensetzen.«

»Kann das nicht bis morgen warten? Ich bin lange genug im Dienst.«

»Es gibt Dinge unter Gottes Sonne, die können nicht war-

ten. Wir haben beunruhigende Nachrichten aus Dublin von einem gewissen Ronald MacClary.«
»Bitte verschonen Sie mich mit den Sorgen von Padre Morati, das habe ich schon persönlich von ihm vernommen. Wir haben weiß Gott andere Probleme in Dublin als diesen Mann, der einer untergegangenen Kultur auf Kosten der Kirche wieder zur Bedeutung verhelfen will. Wäre er nicht in solch exponierter Position, hätten wir ihn längst der Lächerlichkeit preisgegeben«, präzisierte Lambert seinen Wunsch nach Ruhe.
»Ich respektiere selbstverständlich Ihre Auffassung, aber in diesem Fall bin ich mir nicht sicher, ob Morati Ihnen alles erzählt hat.«
»In Gottes Namen, dann kommen Sie hoch.«
Lambert ließ sich gerade erschöpft in seinen Sessel fallen, als sich die Tür zu seinem bescheidenen Büro öffnete und eine aufgerieben wirkende Gestalt den Raum betrat.
»Also, Salvoni, was kann ich für Sie tun?«
Salvoni kümmerte sich seit gut zehn Jahren als Leiter des ältesten Geheimdienstes der Welt um jene Belange, die nie das Ohr der Öffentlichkeit erreichen sollten. Er war klein, schmächtig, sportlich, und sein Schnauzbärtchen verlieh ihm mit seiner braun gebrannten und von Akne gezeichneten Haut ein wenig die Ausstrahlung einer Schlange. Genau diese Ausstrahlung hatte ihm in den vergangenen Jahren seinen Posten garantiert, und selbst Lambert war sich seiner nie ganz sicher, sosehr er seine Qualitäten schätzte.
»Wir müssen sofort nach Dublin, um den Nachrichtenfluss und das Ausmaß dieser ominösen Veranstaltung kontrollieren zu können. Wir sollten uns den Vortrag und vielleicht auch das Drumherum genauer ansehen.«

»Was versprechen Sie sich davon?«
»Gewissheit, nur Gewissheit.«
»Nein, ich brauche Sie an anderer Stelle, schicken Sie Caloni, er soll ausschließlich MacClary beobachten, und zwar indem er sich auf den Vortrag konzentriert und nichts weiter. Ich will keinen Zwischenfall mit einem Mann, der zu den wichtigsten Richtern in Amerika gehört. Offen gestanden kann ich Ihre Sorge nicht teilen, wiewohl ich Ihre Vorsicht zu schätzen weiß. Haben wir uns verstanden?«
Mit einem kalten Lächeln nickte Victor Salvoni und verneigte sich vor Lambert.
»Bruder Morati hat die MacClarys schon lange im Visier. Wenn der Junior den Niedergang der Heiden gegen heutige Ereignisse ausspielt, könnte das für uns gefährlich werden.«
Lamberts Augen verengten sich. Er beherrschte sich mühsam, Salvoni nicht schärfer anzugehen.
»Wenn Ihnen ein Fehler unterläuft, könnte die derzeitige Haltung der Kirche gegenüber noch negativer werden. Glauben Sie im Ernst, dass es das wert ist?«
»Nun, nach meiner bescheidenen Erfahrung, ja.«
»Schon gut, ich weiß, dass der Herrgott Ihre Ambitionen immer geschützt hat. Und da ich nicht damit rechne, dass Sie irgendetwas in Sachen MacClary unternehmen müssen, was nicht auch unsere Presseabteilung erledigen kann, erwarte ich bis Montag Vorschläge, wie wir die verlorenen Brüder in Irland auffangen können.«
»Wie Sie wünschen.«
Salvoni drehte sich um und verließ das Arbeitszimmer.

7

DUBLIN – 13. MÄRZ, ABEND

Shane war es gewohnt, dass es in Irland nur selten einen wolkenfreien und sommerlichen Tag gab, aber heute ließ der Himmel über Dublin so viel Wasser niederprasseln, dass die Landung sicher kein Vergnügen werden würde. Für ihn war das der pure Horror. Er hasste es, zu fliegen, da er vor gut zwanzig Jahren fast mit einem kleinen Flugzeug abgestürzt war; nur die Künste des begnadeten Piloten hatten ihm und den anderen Passagieren das Leben gerettet. Seither war jeder Flug eine Qual für ihn.
Als ob seine Angst sich materialisiert hätte, schlingerte das Flugzeug unkontrolliert über die Landebahn und kam erst kurz vor dem Ende des Rollfelds zum Stehen.
»Meine Damen und Herren, ich danke Ihnen für Ihre Geduld und hoffe, dass Ihnen die leichten Turbulenzen nicht allzu sehr zugesetzt haben«, war aus dem Lautsprecher zu hören.
Mit blassem Gesicht und wackeligen Beinen stand Shane auf.
»Geht es Ihnen nicht gut?«
Shane drehte sich um und sah in die Augen eines alten Mannes, sicher über siebzig, der wie ein Jüngling sein Handgepäck über die Schulter schwang und dabei lächelte, als wüsste er genau, was in Shane vorging. Shane hatte den gesamten Flug neben ihm gesessen, aber er war so sehr mit seiner Angst und den Gedanken an das Treffen der Heiler und den Vortrag beschäftigt gewesen, dass er nichts um sich herum wahrgenommen hatte.

»Danke, es geht gleich wieder, ich fliege einfach nicht besonders gern«, erwiderte er verkrampft.

»Guter Mann, wenn Gott es will, holt er Sie, ob nun durch einen Absturz des Flugzeugs oder mit einer Bananenschale. Also wozu sich Sorgen machen?«

»Ich weiß nicht, ob ich einem Gott mein Schicksal überlassen möchte«, entgegnete Shane sichtlich entspannter. »Aber wahrscheinlich haben Sie recht – wobei sich die Frage stellt, von welchem Gott Sie eigentlich sprechen. Etwa von dem ergrauten Schöpfer, der vom Himmel herabschauend wohlwollend die Geschicke seiner Schäfchen lenkt?«

Mit einem vergnügten Lächeln stellte sich der agile Senior vor: »Eric Fink, ich bin vom Standard in Wien, und ich werde sicher nicht mit einem Flugangstpatienten eine theologische Grundsatzdebatte anfangen. Es sei denn, es hilft Ihnen, sich aus diesem jämmerlichen Zustand zu befreien.«

»Wahrscheinlich wäre das schon eine hilfreiche Ablenkung. Und was treibt Sie nach Dublin?«

»Ich schreibe eine Reportage über den Segen, den das katholische Bistum über Dublins Schäfchen gebracht hat. Womit auch geklärt wäre, was ich von Ihrem Gottesbild halte.«

Shane hob abwehrend die Hände. »Das ist sicher nicht mein Bild.« Er zog die Einladung aus der Jackentasche und deutete auf das Vortragsthema. »Deshalb bin ich hier. Und wenn Sie darüber mehr erfahren wollen, nur zu.«

Der Österreicher warf einen skeptischen Blick auf die Einladung, sah dann aber genauer hin. »Das sollte sich machen lassen.«

Nachdem sie das Flugzeug verlassen hatten, verabschiedeten sich die beiden voneinander. Er dachte an die Worte des alten Mannes über die Unwägbarkeiten des Todes. Aber warum verband der Journalist die alten Missbrauchsskandale mit der Frage nach Gott?

DUBLINER INNENSTADT

Thomas Ryan saß – oder besser gesagt lag – mit ausgebreiteten Armen auf einem Tisch im Porterhouse, einem der größten Pubs mit eigener Brauerei im Herzen Dublins, in der Nassau Street, ganz nahe dem Trinity College. Als er seinen Kopf hob, waren seine dichten halblangen Haare völlig zerzaust und seine Augen glänzten im gelben Licht wie das volle Glas Guinness, das er unsicher ansetzte.
»Du siehst nicht so aus, als ob du heute Abend noch was zustande bringst«, sagte Deborah Walker, die in weitaus besserer Verfassung neben ihm saß. »Menschenskind, Thomas, du hast in zwei Stunden deine Diskussion mit Ellison und bist breit wie der letzte Kelte.«
Ryan prustete los und stieß dabei eine Ladung Guinness über den Tisch. »Ja, genau, wie der letzte Kelte, du hast völlig recht, meine Liebe. Mir ist klar geworden, was für ein Narrenfest das hier jedes Jahr ist, und es ist mir scheißegal, ob Ellison mich versucht zu verarschen. Ob ich dabei bin oder nicht, wo ist der Unterschied? Ich sag dir, wo der Unterschied ist: Vor dreihundert Jahren hätte ich diesem Möchtegern-Druiden einfach den Kopf abgeschlagen.«
So betrunken und hart hatte ihn Deborah noch nie erlebt, obwohl sie ein vertrautes Gespann waren. Nach einer wilden Zeit im Kampf gegen die IRA, die er für den Tod seines Bruders verantwortlich machte, hatte sich Ryan in den letzten Jahren mithilfe der Aufzeichnungen seiner Großmutter immer mehr vom Landwirt zum Kräuterexperten gewan-

delt. Seine Patienten behandelte er in den Hinterstuben einiger Pubs.

Deborah schlug sich in Dublin als Lektorin für irische Literatur durchs Leben. Mit ihren mahagoniroten Locken und der altmodischen Nickelbrille wirkte sie immer noch wie eine Studentin oder Stipendiatin aus Oxford. Doch die kleine kräftige Frau hatte es eigentlich faustdick hinter den Ohren, wie Ryan immer sagte, zumindest wenn es um die Deutung der alten Sprachen ging. Ärgerlich nur, dass sich kaum noch jemand für Walisisch oder/und andere urkeltische Dialekte interessierte.

»Warte hier, ich hol mir einen Kaffee.« Ryan erhob sich schwerfällig und steuerte den Tresen an. Am Eingang stieß er mit einem Gast zusammen, der gerade eintrat, und geriet schwer ins Wanken.

»Langsam, junger Mann«, lallte Ryan. »Oder wollen Sie die nächste Runde zahlen?« Er stutzte. »Das ist doch – Shane, mein suchender Freund aus Österreich. Großartig! Wie ich sehe, bist du meiner Einladung gefolgt.«

»Ja, gerne sogar.«

Dröhnend lachend deutete Ryan auf einen der hinteren Tische.

»Komm, setzen wir uns. Da hinten, zu der Hexe mit dem runden Sehglas und dem bösen Blick.«

»Sag, sehe ich das richtig, hier findet ein Treffen von Druiden statt?«, fragte Shane.

»Klar, und ich bin Thomas Ryan, Großmeister des letzten Ordens der wahren Druiden.« Er brüllte so laut, dass Deborah die Hände über dem Kopf zusammenschlug und in ihrem Pullover versank.

»Klingt, als ob du nicht sonderlich begeistert wärst, dabei zu sein.«

Ryan wirkte plötzlich wieder klar und schaute Shane tief in die Augen. »Richtig, und es war auch sicher das letzte Mal.« Dann setzte er seinen Weg zum Tresen fort.

Shane verharrte ratlos im Raum und fühlte sich unbehaglich, als er merkte, dass ihn einige Gäste nach Ryans Auftritt skeptisch musterten. Er gab sich einen Ruck, nahm seine Tasche und ging hinüber zu Deborah Walker.

»Ich muss mich für Thomas' Auftritt entschuldigen, das ist heute nicht sein Tag«, begrüßte sie ihn. »Setz dich. Was magst du trinken?«

»Ein Guinness natürlich.«

»Du kommst aus Deutschland?«

»Nein, aus Österreich. Mein Vater stammt allerdings aus Dublin. Er ist nach dem Krieg mit meinen Großeltern nach Österreich ausgewandert.«

»Und was treibt dich hierher?«

»Sagen wir mal, ein merkwürdiger Traum und diese Einladung.«

Shane zeigte ihr die Einladung und sah in Deborahs grinsendes Gesicht.

»Du hättest dir besser die Daten angesehen. Das Treffen ist eigentlich vorbei, abgesehen vom morgigen Vortrag. Heute gibt es nur noch eine Diskussion – sofern …«

»… sofern ich in zwei Stunden wieder nüchtern bin, sagt mein Kindermädchen«, mischte sich Ryan ein und setzte sich mit seinem Kaffee neben Shane.

Shane schaute frustriert auf die Einladung. In der Tat hatte er sich wieder einmal durch seine innere Unruhe selbst ein Bein gestellt und nur ein Datum registriert. Er stöhnte leise auf.

»Keine Sorge, mein Alter, das Wichtigste kommt ja erst. Morgen gibt es den Vortrag von Ronald MacClary.«

»Das ist doch der einzige Grund, warum ich hier bin. Auf die Verkündigungen von Neokelten, Wikingern und sonstigen Romantik-Druiden kann ich durchaus verzichten.«
An der Bar drehte sich ein bulliger Typ mit Bart und Baumfällerjacke um und starrte Shane an.
»Ich würde dir raten, etwas leiser zu sprechen, es gibt einige hier, die diesem Urteil nicht besonders freundlich gegenüberstehen. Und ehrlich gesagt, tue ich es auch nicht«, konterte Ryan.
Deborah drehte sich um und prüfte, ob Shane für noch mehr ungewollte Aufmerksamkeit gesorgt hatte. »Wie wäre es mit einem erfrischenden Spaziergang durch die feuchten Gassen unserer schönen Stadt?«
Shane atmete tief durch, um seine Anspannung loszuwerden, die sich durch die Reise nicht verringert hatte. »Großartige Idee!«
Ryan stand auf, zahlte und verließ ohne ein weiteres Wort den Pub.
»Sag mir eines, Shane. Wenn du dem Druidentum so skeptisch gegenüberstehst, warum bist du dann gekommen? Ich hatte in Wien einen anderen Eindruck von dir«, fragte er, sobald sie draußen waren.
Shane blickte Ryan verunsichert an, er hatte ihn nicht brüskieren wollen. »Nennen wir es Zufall. Ich habe geträumt. Einen Traum von einer solchen Intensität, dass er für mich wie eine Offenbarung war. Danach hatte ich die Wahl, mich selbst für verrückt zu erklären oder der Sache auf den Grund zu gehen. Dann fand ich am gleichen Morgen deine Einladung. Und ob du es glaubst oder nicht: Ich bin hier, weil sich der Traum im Thema des Vortrags widerspiegelt.«
»Das muss aber ein Traum gewesen sein …«
»Das kannst du mir glauben. Ich konnte am Morgen die

Erde riechen, die ich im Traum berührt hatte. Der Dreck unter meinen Fingernägeln dürfte einige Jahrhunderte alt gewesen sein. Kurz nach dem Erwachen verlor ich das Augenlicht und das Gleichgewicht und erkannte nur noch Lichterscheinungen. Dann sah ich eine Reise durch die Geschichte, rasend schnell, durchzogen von Zerstörung und Lügen. Und die ganze Zeit konnte ich Heerscharen beobachten, die unter dem Banner des Christentums wüteten.«

Plötzlich beschlich Shane die Angst, sich zu weit geöffnet zu haben, schließlich konnte man in Irland nicht sicher sein, ob man nicht gerade mit einem kirchentreuen Katholiken durch die Gassen zog.

Ryan blieb stehen. »Adam, ich glaube nicht, dass wir uns zufällig begegnet sind. Vertrau mir. Für das, was du erlebt hast, gibt es wahrscheinlich eine ganz einfache Erklärung. Du bist beileibe nicht der Einzige, dem so etwas passiert.«

Ryan, der zunehmend nüchtern wirkte, legte beide Hände auf Shanes Schultern. »Du erinnerst dich einfach nur«, sagte er und wechselte plötzlich ins Deutsche.

»Erinnern? Wie kann ich mich an etwas erinnern, ohne daran teilgenommen zu haben?«

»Woher willst du das wissen? Hast du schon mal daran gedacht, dass das Bewusstsein Zeit und Raum beherrschen kann? Adam, das war in der Tat mehr als ein Traum. Du hast vielleicht eine Gabe, die du trainieren kannst. Und glaub mir, das geschieht zurzeit weltweit immer mehr Menschen.«

Die Intensität in Ryans Blick verunsicherte Shane noch mehr. Mit solch esoterischen Theorien hätte er den schroffen Iren nie in Verbindung gebracht.

»Nun, dann die Gegenfrage. Warum verachtest du diese so-

genannten Neodruiden, und was war an den alten Druiden der Frühzeit so besonders?«
»Ich verachte die Neodruiden nicht, Adam. Aber die bessere Frage ist, warum verschwanden die alten Druiden plötzlich. Ich glaube fest daran, dass sie einen anderen Lebensentwurf für uns hatten. Aber lassen wir uns Zeit. Ich mach dir einen Vorschlag. Ruh dich erst mal aus, und wir treffen uns morgen Abend vor dem Trinity College. Dann halte ich mein Versprechen und stelle dich Ronald MacClary vor. Er ist offen für die Fragen, die dich quälen. Ich denke, für heute ist es genug. Hab ein bisschen Geduld, mein Freund.«
Shane sah ihn verwirrt an. »Aber …«
»Eins sag ich dir noch Adam. Wenn ich durch einen Wald gehe, über eine blühende Wiese, dem Summen der Bienen zuhöre, an einen Platz mit weiß schimmernden Champignons komme, den Frühlingsruf einer Meise höre, dann sehe ich Götter vor mir und nicht einen Wald, den ich verwerte und ausbeute. Die Natur ist für mich Gotteserfahrung. Sie ist der Ort, an dem ich die wahre Mutter, den wahren Vater erkenne. Ich habe keinen Gott im Himmel, aber Götter hier auf der Erde.«
Shane erinnerte sich daran, was Ryan ihm schon in Wien über seine Gemeinschaft erzählt hatte und wie konsequent er sich aus der Moderne aufs Land in eine natürliche Umgebung zurückgezogen hatte.
»Unsere einstige Kultur wird nicht wieder auferstehen, wenn wir, wie so viele hier, am Wochenende Druide spielen und am Montag wieder ins Büro fahren. Nur wenn wir wirkliche Entscheidungen treffen, wird sich etwas ändern. Aber wenn wir an dieser Stelle weitersprechen wollen, musst du erst mehr über den Untergang der einstigen Herr-

scher Europas erfahren. Und dazu gibt es morgen Abend reichlich Gelegenheit.«
Shane wollte ihm widersprechen, wollte das Gespräch fortführen, aber plötzlich dachte er daran, dass er noch nicht einmal ein Hotelzimmer hatte. Es war wirklich an der Zeit, ein wenig zur Ruhe zu kommen und sich eine Bleibe zu suchen.
»Alles klar, ich werde morgen pünktlich zur Stelle sein.«
Ryan klopfte ihm auf die Schulter. »Bis dann. Gute Nacht, Adam Shane.«

IRLAND, CORK, LANDHAUS DER RYANS –
18. JULI 1978

Es war schon dunkel, und eigentlich wusste er, dass er nicht mehr aus seinem Zimmer kommen sollte. Doch er war viel zu neugierig, wer all diese Leute waren und was sie da redeten. Barfuß und im Schlafanzug, seinen Teddy an sich gepresst, schlich er langsam über den Flur. Jeden Schritt überlegte er, damit ihn das Knarren der alten Holzdielen nicht verriet.
Er konnte von oben in den Raum blicken, in dem fast ein Dutzend Frauen und Männer saßen und heftig diskutierten.
»Mein Gott, Jane, glaubst du immer noch an diesen Mythos, ich meine ...«
»Ron, du hast wie alle hier einen der Stammbäume, und sie ähneln sehr dem Pergament von diesem MacClary. Und es kommt aus Österreich ...«
»Was soll das bringen? Es hilft uns überhaupt nicht weiter, solange er die Koordinaten nicht hat.«

»Noch nicht, Ron, noch nicht. Es kann kein Zufall sein, dass Connor ihn kennengelernt hat. Wir sollten ihm vertrauen, er ist ein Gegner Roms und er nimmt uns ernst.«
»Jane hat recht. Wir sind nicht mehr weit von der Zeit entfernt, die Aregetorix für die Wiederkehr genannt haben soll.«
»Wobei dann immer noch die Frage bleibt, was oder wer da wiederkehren soll. Ihr wisst, dass mich das Ganze nicht aus religiösen Gründen interessiert, und ich teile auch nicht diese esoterische Verklärung mit euch. Es ist und bleibt eine Legende«, führte sein Vater Connor das Gespräch weiter. »Aber vielleicht habt ihr recht. Die Aussicht, den verbleibenden Kelten einen Teil ihrer geraubten Identität zurückzugeben, ist zu verlockend, um dem nicht nachzugehen.«
In diesem Moment ertönte ein dumpfer Aufprall. Thomas war aus der Hocke nach hinten gerutscht.
»Thomas Ryan!«, erhob sich die Stimme seiner Mutter. »Hatte ich nicht laut und deutlich gesagt, dass es Zeit ist zu schlafen?«
Thomas klammerte sich noch fester an seinen Teddy. »Aber ich will auch ein Kelte sein!«
Lautes Lachen erfüllte den Raum.
»Das bist du schon, mein Sohn.«
»Wirklich?«
»Wartet kurz, ich bring ihn wieder ins Bett.«
»Nein, lass ihn runterkommen, der schläft sowieso nicht mehr, bevor wir hier fertig sind«, sagte O'Brian.
Thomas hüpfte die Treppe hinunter ins Wohnzimmer. Es war warm am offenen Kamin, und das gelbliche Licht war so freundlich. Sein Elternhaus war gut zweihundert Jahre alt. Im Winter blies der eisige Wind durch jede Ritze. Das vorwiegend antike Mahagonimobiliar und die zahlreichen

Erbstücke der Großeltern ließen das Haus wie ein Museum für irische Kultur erscheinen. Thomas kuschelte sich an Onkel O'Brian, den besten Freund seines Vaters und murmelte etwas vor sich hin. Er fühlte sich ausgesprochen wohl in der Mitte der Erwachsenen. Doch dann spürte er, dass sie ihn alle wachsam ansahen.
»Was sagst du da?«
»Wann kommen die Druiden denn nun wieder, Mami?«
»Hast du ihm doch von diesem Blödsinn erzählt?«, fragte sein Vater irritiert.
»Nein, sicher nicht.«
»Wer hat dir davon erzählt, Thomas, sei ehrlich.«
»Niemand hat mir was erzählt! Ich hab es geträumt, schon vor ein paar Tagen. Ich habe Männer gesehen, in einem Boot am Meer, und ein paar hatten lange Kleider an, aber nicht alle. Und sie sind an Land gekommen und sind weggegangen in verschiedene Richtungen. Aber vorher haben sie sich die Hände gegeben und haben gesagt, dass sie wiederkommen. Und … nein, mehr war da nicht, aber dann habe ich euch über die Druiden reden gehört und gedacht …«
»Schon gut, Thomas, du hast uns schon mal belauscht, deine Fantasie hat dir einen Streich gespielt. Die Druiden, von denen wir sprechen, mein Sohn, die sind schon sehr, sehr lange tot.«
Plötzlich klopfte es laut an der Tür. Seine Mutter stand auf. Sekunden später hörte er sie schreien. »Oh, mein Gott, nein, Gott, nein, nein, nein …« Ihre Stimme wurde zu einem Wimmern.
Sein Vater rannte zur Tür und trug Thomas' älteren Bruder Matthew herein. Matthew war bleich und rührte sich nicht. Aus seiner Brust und einem Bein floss Blut. Viel Blut.
»Mein Gott, hört das denn nie auf?«, schrie die Mutter.

Thomas stand wie versteinert neben Onkel O'Brian und klammerte sich an seiner Hand fest. »Was haben sie mit Matthew gemacht?«
»Sie haben auf ihn geschossen.«
»Aber warum?«
»Weil er nicht die richtige Religion hat, Thomas.«
»Das verstehe ich nicht.«
»Das versteht niemand, mein Kleiner.«
»Sind die Druiden auch eine Religion?«
»Nein, Thomas, sie sind die alten Meister, die Wissen und Glauben vereint hatten und aus dieser Erkenntnis unsere Zukunft gestalten wollten. Sie waren geistige Führer, aber keine Religion.«
»Ich glaube, das verstehe ich nicht, Onkel O'Brian. Ich will aber mehr darüber wissen.«
»Das wirst du, kleiner Thomas Ryan, das wirst du. Ich verspreche es dir.«

8

Trinity College, Dublin – 14. März

Ronalds Vater hatte das Trinity College in Dublin zeit seines Lebens als eine der ältesten und schönsten Oasen des Wissens gepriesen. Neben ihrer gotischen Architektur bot die Universität einige erstaunliche Objekte. Dazu zählte die 1732 gebaute Bibliothek, in der neben zweihunderttausend antiken Texten das berühmte Book of Kells sowie die älteste Harfe Irlands aufbewahrt wurden. Sean MacClarys zweites Zuhause war der Long Room gewesen – ein fast

70 Meter langer Raum, in dem die wertvollsten Bücher archiviert waren. Seine über beide Seiten und zwei Geschosse verlaufenden Gänge waren von einer faszinierenden Klarheit und Ästhetik. Der klassische Rundbau des Dachgeschosses gab dem Raum eine unverwechselbar warme Atmosphäre.
Ronalds Vortrag fand in einem nicht weniger beeindruckenden Teil des Colleges statt, der alten Prüfungshalle, die den Studenten schon durch ihre schiere Größe und Schönheit – gepaart mit antiken Symbolen und Fresken – Furcht und Respekt einflößte. Sein Vater hatte ihm häufig von seinen eigenen Erinnerungen erzählt, als er sich selbst noch mit Prüfungsängsten quälen musste und nie daran geglaubt hatte, vom Studenten zum Lehrenden zu werden.
Mit dieser Erinnerung an das Vermächtnis seines Vaters schritt Ronald durch die ehrwürdigen Hallen jener Universität, in der schon Generationen von MacClarys auf die eine oder andere Art ihre Spuren hinterlassen hatten. Er betrat den Prüfungssaal und wunderte sich, dass noch niemand da war, nicht einmal die junge Assistentin, die ihm bei der Vorbereitung behilflich sein sollte. Verwirrt und fast beunruhigt schaute er erst auf die Uhr über dem Pult und dann auf die Einladung, die er an rund vierhundert Gäste verschickt hatte. Dann entspannte sich sein Gesichtsausdruck.
»Typisch. Wie immer, ich bin zu früh.«
Schwungvoll hievte er seine Aktentasche auf das Pult und setzte sich in die erste Stuhlreihe, als plötzlich von hinten eine Stimme die Stille des Saals durchbrach.
»Ronald MacClary? Bist du es wirklich, oder ist es nur der Schatten all deiner Vorfahren?«
Ruhig drehte sich Ronald um und schwang dabei ein Bein lässig über das andere. »Jennifer, was in aller Welt …«

»Du hast mir zwar keine Einladung geschickt, aber glaubst du im Ernst, dass deine nebenberuflichen Ambitionen, den Menschen den Glauben auszutreiben, ein Geheimnis in Washington sind?«
Ronald lächelte schief. »Ich dachte, wir sind uns darüber einig, dass ich den Menschen nicht den Glauben austreibe.«
»Ach ja, mein Fehler.«
Mit schnellen Schritten näherte sich Jennifer und zwang Ronald, sich für eine Umarmung zu erheben. Das war seit jeher eine besondere Herausforderung, denn Jennifer Wilson war nicht nur bildhübsch, mit dunklen langen Haaren, ebenso markantem wie sinnlichem Ausdruck und einer charismatischen Erscheinung, die Männer entzückte und ihnen zuweilen auch Angst einflößte – sie war vor allem auch gute eins achtzig groß. Für Ronald gehörte sie zu den besten Anwälten, die er jemals ausgebildet hatte, und ihre freundschaftliche Verbindung ging weit über eine Beziehung zwischen Lehrer und Schülerin hinaus.
»Jennifer, ich bin überrascht. Hätte ich auch nur im Entferntesten geglaubt, dass dich das hier interessiert, glaub mir, dann …«
»Ja, ich weiß, ich habe viel zu häufig meine Zweifel an deinem Hobby signalisiert. Entschuldigung angenommen.« Sie lächelte schelmisch. »Aber dass du mich nicht zum Empfang der neuen Richter ins Kapitol eingeladen hast, nehme ich dir schon übel.«
»Du weißt genau, dass ich Überschneidungen zwischen unserem privaten Leben und den offiziellen Aufgaben vermeiden will.«
Jennifer ließ die Arme von Ronalds Schultern sinken und setzte sich hin. Sie betrachtete den Saal mit seinen Fresken und dem alten Mobiliar und atmete tief durch. »Um ehrlich

zu sein, habe ich viel mehr Interesse an einem ausgiebigen Dinner nach deinem Vortrag. Das bist du mir noch schuldig seit meinem Examen. Ich müsste ein paar Dinge mit dir besprechen, die mich beschäftigen.«

Ronald kannte diesen Gesichtsausdruck, den Jennifer nur annahm, wenn ihr etwas wirklich wichtig war. »Wie könnte ich ein solches Angebot ausschlagen? Allerdings werden sich zumindest zu Anfang möglicherweise noch ein paar Gäste dazugesellen.« Ronald griff in seine Westentasche und zog einen Zettel hervor, den er Jennifer grinsend vor die Nase hielt. »Hier, das ist eine parallele Veranstaltung der juristischen Fakultät. Wenn du dich beeilst, kommst du noch rechtzeitig, es geht um die Geschichte des Völkerrechts und endet exakt um 22 Uhr, also kurz bevor mein Vortrag endet.«

»Das ist aber ein Zufall.«

»Ja, auch wenn du es nicht glauben magst, genau das ist es.«

»Ich hole dich pünktlich ab.« Jennifer ging Richtung Ausgang, ohne sich noch einmal umzudrehen. »Und komm nicht auf die Idee, mir irgendeine Ausrede zu präsentieren.«

»Wie kommst du darauf, dass ich meine beste Schülerin sitzen lasse?«

»Ganz einfach – du hast es schon oft genug getan. Das mögen Frauen nicht, und ich schon gar nicht«, rief Jennifer schon im Türrahmen.

Er sah nur noch den Saum ihres Mantels, der wie eine Wolke hinter ihr her wirbelte. Ronald mochte ihre Gegenwart. Bevor er nach Washington an den Supreme Court berufen worden war, war er in Boston unter anderem für die Ausbildung junger Juristen zuständig gewesen. Dort hatte er Jennifer kennengelernt. Sie brannte geradezu vor Ehrgeiz, aber was ihn viel mehr beeindruckte, waren die Authentizität und spürbare Ehrlichkeit, mit der sie ihre Laufbahn verfolgte. Im Laufe der Jahre war zwischen ihnen eine tiefe Freundschaft entstanden.

Ronald vernahm Schritte und drehte sich um. Die Assistentin und einige Studenten betraten den Saal.

»Mr. MacClary, Sie sind schon da?«

»Ja, ich habe mich in der Zeit etwas vertan, aber ehrlich gesagt war es ein Genuss, diesen Raum nach so langer Zeit einmal ganz für mich zu haben. Doch erst einmal: Guten Abend, Miss Coren. Haben Sie alle Unterlagen für die Gäste parat?«

»Selbstverständlich. Kann ich sonst noch etwas für Sie tun?«

»Könnten Sie die Gäste beim Eingang in Empfang nehmen und ihnen die Richtung zeigen? Schließlich ist es ja doch ein langer Weg bis hierher.«

»Aber sicher, gern, ich werde so gegen halb acht dort sein. Oder doch lieber etwas früher?«

»Nein, nein, das dürfte reichen, ich bin ohnehin nicht sicher, ob alle so pünktlich kommen werden.«

Ronald war sich nicht sicher, wie viele Leute seiner Einladung überhaupt folgen würden, sei es aus Mangel an Interesse oder aus Widerstand gegen seine Thesen, die er ausgerechnet in einem durch und durch katholischen Land vortragen wollte.

Andererseits gab es wohl kaum einen anderen Ort, an dem sich die Widersprüche der christlichen Expansion so deutlich machen ließen, wie Dublin. In Irland und England hatten die heidnischen Kulturen nicht nur bis heute überlebt, sondern auch in den Traditionen der katholischen Kirche ihre Spuren hinterlassen. Auch wenn man viel Fantasie

und Spürsinn brauchte, um die verfälschten Reste zu erkennen.
Die ersten Gäste betraten den Saal. Ronald erkannte einige bedeutende Persönlichkeiten in der stetig wachsenden Menge. Es erfüllte ihn mit Stolz, dass das Interesse doch stark genug war, genährt durch die jüngsten Ereignisse, aber vielleicht nicht überraschend hier im Zentrum des Widerspruchs zwischen Wissenschaft und Religion. Es schien doch eine Bereitschaft zu geben, sich der Diskussion, der faktischen wie auch philosophischen Kontroverse zu stellen. Jetzt musste es ihm nur noch gelingen, wenigstens einen Funken von Begeisterung zu wecken für eine der bedeutendsten Fragen der Zeit.

Thomas Ryan und Deborah Walker trafen Shane wie verabredet vor dem Hörsaal. Im Gegensatz zum gestrigen Abend wirkte Ryan heute richtig gepflegt: frisch rasiert, sauber gekleidet und ausgenüchtert.
»Herzlich willkommen, Adam. Ich hoffe, ich habe dir gestern nicht zu viel versprochen. Aber etwas wollte ich dich schon bei unserem ersten Treffen fragen: Was tut jemand wie du in den Alpen?«
»Ich habe vor knapp zehn Jahren meine Arbeit als Schmied aufgegeben. Seitdem arbeite ich als Heiler und setze mich für ökologischen Landbau ein.«
»Wie bist du denn dazu gekommen?«
»Eigentlich aus purer Verzweiflung. Bei meiner Frau, oder besser gesagt Exfrau, wurde kurz nach der Geburt unseres Sohnes Krebs diagnostiziert. Die Prognose der Ärzte war niederschmetternd. Ich spürte eines Tages, dass ich ihr vielleicht mit etwas ganz Einfachem helfen könnte.«
»Und zwar?«

»Angefangen habe ich damit, dass ich ihr ganz simpel die Hände aufgelegt habe. Dann fand ich in einem der Bücher meiner Großmutter auch noch ein Rezept aus Schöllkraut, das man auch Warzenkraut nennt. Und dann bin ich nur noch dem Herzen gefolgt. Das hat ihr vielleicht das Leben gerettet.«
Thomas legte Shane einen Arm um die Schultern. »Jetzt weiß ich, warum ich dir vom ersten Augenblick an vertraut habe. Du musst nämlich wissen, Adam, dass wir die Gabe des Heilens teilen. Das gilt auch für viele, die in den letzten Tagen hier waren. Doch dir fehlt es noch an Bewusstsein – zumindest aus einem modernen Blickwinkel gesehen. Da haben wir noch reichlich Gesprächsstoff. Komm, du Wunderheiler, es wird Zeit, dass wir reingehen.«

Ronald MacClary stand bereits am Rednerpult, begrüßt von vereinzeltem Applaus.
»Meine Damen und Herren, ich erzähle Ihnen keine Neuigkeiten, wenn ich Ihnen heute Abend einen Auszug aus der Kriminalgeschichte der katholischen Kirche vortrage. Ich erzähle Ihnen auch keine Neuigkeiten, oder zumindest nur teilweise, wenn ich Ihnen vortrage, welchen gigantischen Kulturraub diese Kirche in gemeinschaftlicher Absicht mit der politischen Kaste ihrer Zeit seit ihrer Gründung begangen hat. Aber wir sollten uns öffnen und genauer betrachten, welche Auswirkungen dies für unsere Kultur hatte und hat.
Ich möchte Ihnen heute Abend zunächst eine unvollständige Chronik präsentieren, die belegt, mit welchem Eifer nicht erst seit der einsetzenden Inquisition das Wissen und die Kultur der europäischen Naturvölker vernichtet wurden. Im zweiten Teil meines Vortrags werde ich darauf ein-

gehen, welche Auswirkungen dies auf unsere christlich geprägte Kultur hatte und nach wie vor hat. Und dies unabhängig davon, welcher Bedeutungsverlust diesem Glauben heute widerfahren mag.«

Eine Frage beantwortete MacClary dem Publikum vorweg, und genau diese weckte sofort Shanes Interesse. Die Frage, warum die Heiden und insbesondere die Kelten fast spurlos aus der Geschichte verschwanden: Sie konnten dem Angriff Roms unter dem Banner der neuen Kirche nichts entgegensetzen, da sie nicht nur militärisch unterlegen waren, sondern vor allem mental. Geistig und spirituell standen sie einer dergestalt sinnlosen und naturverachtenden Kultur hilflos gegenüber. Es widersprach ganz einfach dem allumfassenden Prinzip der Natur und den dahinterliegenden Gesetzen, so zu handeln, wie es Rom, unterstützt durch die Christen, tat. Doch die spirituellen Führer der Heiden waren keineswegs nur Opfer. Sie trafen vielmehr ungewöhnliche Entscheidungen.

»Lassen Sie uns jedoch zunächst mit der Chronik der Ereignisse beginnen und die Frage aufwerfen, warum so akribisch alle Spuren der alten Meister – nicht nur der Kelten, sondern auch die der Pikten, Sachsen und nicht zuletzt der Wikinger – weitestgehend verschwunden sind.«

Ronald fühlte sich zunehmend wohl in seiner Rolle und schaltete auf dem Laptop zur nächsten Seite seiner Präsentation weiter. Er präsentierte dem Publikum eine Liste der Zerstörungswut christlicher Akteure. »Es begann 330 mit dem Befehl Kaiser Konstantins, heidnische Tempel, darunter das Serapeion in Alexandrien und den Sonnengotttempel in Heliopolis, zu zerstören. Das gleiche Schicksal ereilte den Opferaltar in Mamre und die Aphroditetempel von Golgatha. 336 vernichteten die Trierer Christen den großen

Tempelbezirk im Altbachtal. Fünfzig Kapellen der nordischen Götter und ein Mithrasheiligtum wurden dem Erdboden gleichgemacht. 346 befahl Konstantin die sofortige Schließung der heidnischen Tempel in den Städten. 347 verfasste Kirchenvater Julius Firmicus Maternus die heidenfeindliche Hetzschrift: Vom Irrtum der heidnischen Religion und drängte die Kaiser Konstantin und Konstans zur Ausrottung der Mysterienkulte, der Kulte von Isis und Osiris, Serapis und Attis, des Sonnen- und Mithraskultes.«
Während Ronald die Liste dem erstaunt bis skeptisch dreinschauenden Publikum weiter vortrug, verließ ein einzelner Mann unbemerkt und unerkannt den Saal: Victor Salvoni machte sich auf den Weg ins Rektorat.
Ronald kam zum Ende seiner Liste, dem Jahr 1937, als auf Betreiben des Vatikans die prähistorische Bibliothek von Lussac-les-Châteaux beschlagnahmt wurde.
»Das alles, meine Damen und Herren, hat einen Ursprung, einen Sinn und eine fatale Wirkung. 314 ist also mehr als eine Jahreszahl. Wie die meisten von Ihnen wissen, stieg von diesem Jahr an das Christentum unter Kaiser Konstantin zur Staatsreligion empor.«
Erstaunt hörte Shane den weiteren Ausführungen MacClarys zu.
»Befördert wurde diese Entwicklung unter Kaiser Konstantin durch das Konzil von Nicäa und in der Folge kurze Zeit später unter Kaiser Theodosius. Damit begann eine unglaubliche Reinigungsschlacht, die mit der kompletten Umschreibung und Fälschung der Geschichte von Jesus Christus begann. Als Konstantin in Gallien herrschte, wo das Christentum noch keine Rolle spielte, waren Religion und Kultur der Kelten für ihn nicht von Bedeutung, aber das sollte sich bald ändern und Millionen Kelten das Leben

kosten. Nicht Julius Cäsar war es, der die keltische Kultur besiegte; Cäsar hatte großen Respekt vor den Kelten. Den entscheidenden Schlag versetzte ihnen Konstantin, der Mann der Wende. Was folgt, ist mit einem Wort gesagt konstantinisch. Die Merowinger, Karolinger, Ottonen, das Heilige Römische Reich und letztlich unsere gesamte westliche Zivilisation sind konstantinisch geprägt. Siebzehnhundert Jahre Geschichte tragen seine Handschrift; er ist der Begründer des Abendlandes. Doch viel entscheidender ist eine ganz andere Frage …«

Auf einer Projektionsfläche konnten die Zuhörer die Auflistung der Zerstörungswut christlicher Kaiser und Bischöfe sehen, als plötzlich das Licht versagte und sich das Mikrofon ebenfalls verabschiedete. Die Tür öffnete sich, und zwei Bedienstete des Colleges leuchteten mit Taschenlampen umher.

»Meine Damen und Herren, wir haben im gesamten Stadtteil einen Stromausfall. Ich bin untröstlich, aber ich muss Sie bitten, mir zu folgen und den Saal zu verlassen.«

Während die ersten Gäste unter Protestgemurmel den Saal verließen, blickte Ronald durch die prächtigen Fenster des Saales auf die andere Straßenseite. »He, Sie da, endet der Stadtteil zufällig da drüben?«, rief er dem Universitätsbediensteten zu.

Ein hagerer, kleiner Mann mit grauem, schütterem Haar kam zu ihm und leuchtete Ronald ins Gesicht.

»Nehmen Sie das Licht runter«, schnauzte Ronald ihn an. »Was soll das denn?«

»Das kann Ihnen der Rektor erklären, er wartet auf Sie in seinem Büro.« Der Mann drehte sich um und kümmerte sich wieder um das Publikum. Wütend packte Ronald seine Sachen und wollte gerade den Saal verlassen, als ihn Ryan ansprach, der noch mit Deborah und Shane in der letzten Reihe stand.

»Ronald, ich würde mich freuen, wenn wir dich nachher trotz aller Aufregung zu einem Glas Wein nach Hause begleiten dürften.«

»Thomas! Ja, warum nicht? Zeit habe ich ja gerade gewonnen. Aber ihr müsst euch kurz gedulden, ich habe da noch etwas mit dem Rektor dieser ehrenwerten Institution zu klären.«

9

TRINITY COLLEGE – 21 UHR

Vor dem wunderschön verzierten Brunnen am King's Gate wartete Shane gemeinsam mit Ryan und Deborah auf Mac-Clary.

»Kann mir bitte einer von euch erklären, was das war?«, schimpfte er, nicht ohne gleichzeitig zu lachen. »Ich meine, nichts von dem, was dieser Ronald MacClary heute von sich gegeben hat, ist einem kritischen Menschen unbekannt. Ich konnte da nichts Neues entdecken. Warum brechen die das einfach ab?«

»Ich glaube, der Vortrag wurde unterbrochen, weil es gerade interessant werden sollte«, erwiderte Ryan.

»Ihr Iren verwirrt mich. Wer ist dieser MacClary überhaupt.«

»Er ist ein hoher Richter in den Vereinigten Staaten.«

»Und in seiner Freizeit legt er sich mit der Kirche an?«

»Spar dir deinen Zynismus, Adam. Ronald MacClary ist

zwar in den USA geboren und lebt auch dort, aber er gehört zu den ältesten Familien Irlands und ist selbst keltischen Ursprungs. Niemand verfügt über so viel Wissen wie er. Aber vor allem besitzt niemand so viele Indizien, die der Klerus gerne kassiert hätte.«
»Fast niemand«, warf Deborah ein.
»Ja, fast niemand. Abgesehen von der Kirche selbst.«
In diesem Augenblick spürte Shane, dass sich jemand von hinten näherte. Er drehte sich um. In einem langen Lodenmantel, den Hut über die Stirn gezogen, kam MacClary auf sie zu. Shane blieb der Mund offen stehen, als der Richter ihn zuerst begrüßte.
»Guten Abend, Mr. Shane, es tut mir leid, Sie unter diesen Umständen kennenzulernen, aber vielleicht sind sie ja genau passend. Ich glaube, wir haben jetzt alle einen guten Whiskey verdient.«
MacClary pfiff ein Taxi herbei und nannte dem Fahrer das Ziel. Shane saß auf der Rückbank zwischen Deborah und Ryan und konnte MacClarys Augenpartie im falsch eingestellten Rückspiegel sehen. Er sieht nicht aus wie ein durchgeknallter Fanatiker, dachte er sich. Möglicherweise war er ein größerer Experte, als Thomas und Deborah verkündet hatten.
Es dauerte eine gute Viertelstunde, bis sie in Arbour Hill vor MacClarys Haus ankamen. Während der Fahrt hatten sie kein Wort gewechselt. Selbst Shane, dem tausend Fragen auf der Zunge brannten, wartete, bis sie im vertrauten Kreis sprechen konnten.
Das Haus, im typisch georgianischen Stil gebaut, war MacClarys Refugium. Er schaltete das Licht im Arbeitszimmer an. »Macht es euch bequem und bedient euch selbst. Da drüben steht der Whiskey.«

»Was ist eigentlich vorhin wirklich geschehen?«, fragte Shane.

»Nun, sagen wir mal so: Dem Direktor sind die Zuwendungen des Vatikans an das College so innig ans Herz gewachsen, dass die freie Wissenschaft zuweilen etwas eingeschränkt wird.« MacClary grinste schief.

»Aber warum? Ich meine, was Sie vorgetragen haben, war bis zum Moment des Abbruchs doch nichts, was die Welt nicht ohnehin schon weiß.«

»Die Fachwelt, Mr. Shane, die Fachwelt, aber Sie haben recht, leider bin ich nicht dazu gekommen, weiterzugehen. Ryan sagte, Sie hätten eine Menge Fragen hinsichtlich der Rolle der Christen bei der Vernichtung keltischer Kultur. Nun, in diesem erlauchten Kreis kann ich Ihnen sicher ein paar Antworten geben. Sagt Ihnen der Name Porphyrius etwas?«

»Ehrlich gesagt, nein.«

MacClary griff in eines seiner Bücherregale, zog ein dickes Buch heraus, reichte es Adam und dozierte wie eben noch im Saal weiter. Demnach war Porphyrius ein umfassend gebildeter Universalgelehrter. Er war Heide und seiner Zeit weit voraus. Er lebte vor Beginn des 4. Jahrhunderts in Rom als Schüler Plotins und verfasste eine fünfzehn Bücher umfassende Schrift mit dem Titel ›Gegen die Christen‹, von der nur wenige Auszüge und Zitate erhalten sind, da sie ein knappes Jahrhundert später der Vernichtung durch die römischen Kaiser Theodosius und Valentinian zum Opfer fiel. Er leugnete entschieden und mit bestechender Logik die Göttlichkeit Jesu.

»Sag es ruhig, wie es ist«, warf Ryan ein. »Er zermalmte mit seinem Intellekt Petrus und Paulus und ist bis heute das Schreckgespenst des Vatikans. Keine antikirchliche Ab-

handlung vor oder nach ihm war in vergleichbarer Weise detailliert, und selbst moderne Forscher können ohne weitere Erkenntnisse seinem Werk nur zustimmen.«
»Aber was hat das mit dem Niedergang der Kelten zu tun? Meines Wissens hat Julius Cäsar hier bereits zwei Jahrhunderte zuvor ganze Arbeit geleistet«, warf Shane ein.
MacClary nickte. »Cäsar hat die Kelten militärisch geschlagen, aber längst nicht kulturell, und das hatte er auch gar nicht vor. Vielmehr waren die Kelten in Gallien und Britannien dabei, sich neu zu formieren. Im Übrigen waren sie kein Volk, wie wir es heute verstehen, sondern eine aus Hunderten von Stämmen bestehende Kultur, deren verbindendes Glied die Schamanen, Priester und nicht zuletzt die Druiden waren. Wie Porphyrius – und übrigens auch der etwas weniger kundige Celsus – bemerkte, war Jesus neben Herakles, Asklepios und anderen Philosophen nichts Ungewöhnliches.«
»Ja, aber …«
»Warten Sie, Adam, oder wollen Sie mir jetzt auch den Ton abstellen?« MacClary lächelte und erklärte Shane, dass die alten Philosophen, wie auch die keltischen Schamanen und Druiden, erkannt hatten, dass die Christen dabei waren, einen Gott fern der Schöpfung und abgekoppelt von den Naturgesetzen zu erschaffen. Dabei stellten sie ganz einfache Fragen, wie es jedes Kind bis heute tut. Weshalb sollte ein Gott zu den Menschen auf die Erde herabkommen? Und wenn, warum so spät? Warum sollten alle anderen in Flammen aufgehen, und wie sollte ein zerstörter Körper in alter Frische wiederauferstehen? Für Gott sei alles möglich, war die etwas hilflos anmutende Antwort der Christen.
»Also haben, bis auf die Christen, alle erkannt, dass hier ein Märchen genutzt wurde, um …«

»... um die nach spirituellem Halt suchende, ungebildete Masse mit einer von den Naturgesetzen entwurzelten Gottheit einzufangen. Gott, oder besser gesagt: Das Göttliche, die Schöpfung, wurde in den heidnischen Religionen sinnbildlich oder metaphorisch verehrt. Was übrigens für fast alle anderen Naturvölker bis heute ebenso gilt. Sie verehren die Elemente, Sonne und Planeten, Pflanzen und Tiere, aber eben als Sinnbild«, warf Ryan ein. »So beteten die Kelten zum Beispiel nicht die Eiche an, sondern verehrten sie, weil durch ihre Kraft und Schönheit das Göttliche zum Ausdruck kam.«

MacClary hob den Zeigefinger. »Richtig, aber das ist genau der Kern des Problems. Solange die Christen selbst eine verfolgte Minderheit waren, wurden sie von den Intellektuellen ihrer Zeit belächelt und unterschätzt. Bis zu dem Zeitpunkt, als Kaiser Konstantin erkannte, dass eine Stabilisierung seiner eigenen Macht nur über eine Stabilisierung des Glaubens herzustellen war. Und so suchte er sich aus dem reichen Angebot seiner Zeit einfach jene aufstrebende Religion aus, mit der sich dies am besten bewerkstelligen ließ. Pech für die ältesten Kulturen und spirituellen Lehren, dass er ausgerechnet die bis dahin verfolgten und unterschätzten Christen dafür benutzte. Von diesem Zeitpunkt an begann die Operation ›Einziger Gott‹. Das war der Ursprung der bis heute fortwirkenden Allianz zwischen Thron und Altar.«

MacClary legte eine Pause ein und betrachtete seine Fingernägel. »Verstehst du nun, warum bei diesem Thema hier und da das Licht ausgeht?«

Shane hatte offensichtlich verstanden. »Trotzdem fehlt mir etwas an dieser Geschichte. Was Sie da beschreiben, kann doch nicht der alleinige Grund für das Verschwinden der

Kelten und Druiden und eigentlich aller europäischen Naturreligionen sein.«
»Nein, da haben Sie vollkommen recht. Konstantin und die Bischöfe verband eine gemeinsame Angst. Die Bischöfe wussten, dass ihnen die Kraft, der starke Arm fehlte, um dieser Religion zum Durchbruch zu verhelfen, und so wurde die Kirche zwar mächtig, sie verlor aber jede Freiheit und wurde Teil des Römischen Reiches. Im Gegenzug erhielt sie dafür freie Hand, alles zu vernichten, was dieser jungen Religion im Wege stand. Die Meister der alten Welt …«
Ronald MacClary brach ab. Er hatte Jennifer vergessen.
»Entschuldigt mich, aber ich muss mich sofort bei einer Dame melden, die mich in die Hölle schickt, wenn ich sie versetze!«
MacClary griff zu seinem Handy und ging aus dem Zimmer, um Jennifer anzurufen.

Rom – zur gleichen Stunde

Im Regierungsgebäude des Vatikanstaates leuchtete nur noch hinter einem Fenster Licht. Thomas Lambert las ein neues Hilfegesuch eines irischen Bischofs, der angesichts des wieder erwachten öffentlichen Drucks vom Amt zurücktreten wollte. Das wäre dann der Sechste, und hoffentlich der Letzte, spekulierte Lambert. Er würde dem Papst die Annahme des Rücktritts nahelegen. Seit jeher bevorzugte er eine schnelle Reinigung gegenüber langwierigen inhaltlichen Debatten über die Ursachen.
Als es an der Tür klopfte, schrak Lambert kurz zusammen. Er war es nicht gewohnt, um diese Uhrzeit noch gestört zu werden.

»Herein!«

Ein junger, schmalgesichtiger Priester trat schüchtern ein. »Hochwürdigste Eminenz, ich dachte, das würde Sie interessieren. Ich habe es gerade im Internet gefunden.«

Der junge Mann näherte sich langsam und übergab einen Computerausdruck.

Nachdem er ihn gelesen hatte, gelang es Lambert nur mühsam, die Fassung zu bewahren. »Ich danke Ihnen – schlafen Sie gut«, sagte er und signalisierte damit, dass das Gespräch beendet war.

»Nichts zu danken, Eminenz, gesegnete Nachtruhe.«

Kaum war die Tür wieder ins Schloss gefallen, schlug Lambert wütend mit der Faust auf den Tisch und griff dann zum Telefon.

»Salvoni«, meldete sich der Angerufene am anderen Ende der Leitung.

»Was in Gottes Namen ist in Sie gefahren? Ich hatte Ihnen doch befohlen, nichts zu unternehmen, was unnötiges Aufsehen erregt.«

»Ich habe nur im richtigen Augenblick dafür gesorgt, dass dieser Frevler seine Stimme verliert.«

»Er hat sie aber nicht verloren, ganz im Gegenteil. Offensichtlich sind Sie nicht mehr Herr der Lage«, schnauzte Lambert und las Salvoni die Schlagzeile der Onlineausgabe des österreichischen *Standard* vor:

Trinity College würgt vatikankritische Vorlesung ab

»Das ist immer noch besser als eine Veröffentlichung seiner haltlosen Vorwürfe. Wir können uns das nicht mehr leisten.«

»Was wir uns leisten, lieber Salvoni, bestimme immer noch

ich. MacClarys Informationen stammen hauptsächlich von Kritikern, die wir längst entkräftet haben. Und genau das werden wir jetzt auch mit ihm tun, verstehen Sie?«
Zu seinem äußersten Missfallen hörte er ein leises Seufzen am anderen Ende. »Was schlagen Sie also vor?«
»Ich werde meine Kontakte in Washington nutzen. Es ist an der Zeit, dass wir dem Richter seine Grenzen aufzeigen. Und Sie werden Ihrer Arbeit nachgehen und sich gewissenhafter um Ronald MacClary kümmern, und zwar ohne Zwischenfall.«
»Eminenz, ich tue alles nur im Sinne der Kirche und wünsche mir, mit Gottes wissender Hand zu handeln. Wir sollten unsere kleinlichen Konflikte beilegen und mehr Vertrauen in unsere gemeinsame Arbeit setzen, die so wichtig für unser aller Zukunft ist.«
Das waren ungewohnte Töne, ausgerechnet von Salvoni. Lambert war überrascht von diesem plötzlichen Anflug von Solidarität.
»An mir soll es nicht liegen. Sie haben recht, je klarer wir in dieser verwirrten Zeit sind, desto besser und …« Salvoni machte eine Pause.
»Eminenz, machen wir uns doch nichts vor. Wir sind es, die diese Kirche zusammenhalten und weiteren Schaden von ihr fernhalten müssen. Ich bin in dem, was ich tue, auch nur ein Zahnrad in einem Prozess, dessen Ausgang nie ungewisser war als heute.«
Lambert hörte den gedämpften Ton und war sofort alarmiert. »Verschweigen Sie mir etwas?«
»Nichts, was uns betrifft. Nur ein Gefühl, Eminenz, nur ein Gefühl, und es ist besser, ich mache das mit mir und Gott alleine aus.«
»Sie zweifeln an dem, was Sie tun?«

Salvoni verstummte erneut. »Zweifel, Eminenz, kann ich mir nicht leisten. Fragen aber schon.«
»Was für Fragen?«
»Sie wissen ganz sicher, was ich meine. Wir beide kennen unser Handwerk sehr genau, aber sind wir uns wirklich unserer Verantwortung bewusst? Lassen wir es gut sein, Eminenz. Ich bin vielleicht nur durch die Ereignisse der letzten Wochen etwas müde geworden.«
Lambert glaubte Salvoni. Auch ihm gingen die wieder aufgeflammten Medienattacken wegen erneuter Vertuschung von Missbrauchsgeschichten und angeblicher Verwicklungen der vatikanischen Bank in die Geldwäsche der Mafia an die Substanz.
»Salvoni, glauben Sie mir, diese Kirche hat schon ganz andere Krisen überstanden, und sie wird auch diese überstehen.«
»Ich weiß, Eminenz. Ich werde alles in Bewegung setzen und sofort Bericht erstatten, wenn wir uns sicher sind, dass MacClary irgendeine Gefahr darstellt.«
»Danke, Salvoni. Und danke für Ihre Offenheit, damit ist uns allen geholfen. Gott segne Sie.«

DUBLIN – ZUR GLEICHEN STUNDE

»Alles in Ordnung?«, fragte Ryan.
»Ja, jetzt schon. Schöne Frauen darf man nicht verärgern. Deshalb muss ich auch bald gehen.« MacClary hielt inne, um seine Gedanken zu sammeln. »Wo waren wir stehen geblieben? Genau: Die junge Kirche hatte wie auch der Kaiser Angst vor einer Rückkehr der mächtigen keltischen Gelehrten, also der Druiden. Diese Gelehrten hatten sich angeblich um 100 nach Christus weitgehend zurückgezogen.

In Wirklichkeit gibt es heute zahlreiche Hinweise, dass sie Geheimschulen aufbauten, sich am Hof als romanisierte Gelehrte einschlichen und zum Schutz der Heiden in die Ereignisse am kaiserlichen Hof eingriffen. Das konnte natürlich nicht unbemerkt bleiben, und irgendwann wurde es Konstantin dann doch zu bunt, weil er seine Macht bedroht sah.«
»Sie meinen, die Druiden haben Cäsar überlebt? Ich meine, ganz ehrlich, wir wissen nur durch Cicero überhaupt von einem einzigen Druiden. ›Diviciacus‹ wird er genannt. Überschätzen Sie da nicht etwas?«, fragte Shane vorsichtig.
»Nein, das sehe ich ganz und gar nicht so. Können Sie mir erklären, wie die geistigen Anführer einer Europa umspannenden Kultur einfach so mir nichts, dir nichts verschwinden sollten, ohne die geringsten Spuren zu hinterlassen?«, entgegnete MacClary.
»Rom hatte überall seine Spitzel und gut zweihundert Jahre Zeit, das zu erledigen. Und dann haben die Christen zweifellos den Rest vernichtet.«
Jetzt griff Ryan in das Gespräch ein. »Okay, Adam. Vielleicht müssen wir erst noch einen Schritt weiter zurückgehen. Nehmen wir einmal an, es gab eine Zeit, in der die Menschen in einem Zustand völliger Selbstbestimmung, Verantwortung und Freiheit lebten. Nehmen wir weiterhin an, dass eine gebildete und machtgierige Minderheit eine wunderbare Geschichte erfindet, die die Menschen in Zukunft genau daran hindern soll, aus dieser allumfassenden Quelle der Erkenntnis heraus zu leben. Stattdessen sollen sich die Menschen in die Abhängigkeit eines Glaubens begeben, eine Abhängigkeit, die in einer bis heute andauernden Sklaverei endet. Was müsste diese machtgierige Minderheit dafür tun?«

»Sie müsste die Quelle vernichten«, antwortete Shane, ohne eine Sekunde darüber nachzudenken.

»Sehr richtig. Und die Druiden waren über Jahrtausende die Quelle und die Führer, wie die Medizinmänner bei den Indianern, die Schamanen bei den Beduinen und wie überall auf der Welt. Und dann, bumm!, tritt eine Kultur auf den Plan, die mit dem angeblich biblischen Motto ›Macht euch die Erde untertan‹ argumentiert und uns alle bis heute vom eigentlich Göttlichen entkoppelt. Ursache und Wirkung, eine mächtige Wirkung, mein lieber Adam, und du wolltest wissen, was uns hier zusammenführt. Sagen wir eine Legende, und vielleicht kommt uns ein Österreicher mit keltischen Wurzeln gerade recht.«

Ryan begann, ins frühe 4. Jahrhundert abzuschweifen. Er beschrieb einen Tag, an dem eine kleine Gruppe von Gelehrten folgenschwere Entscheidungen zu treffen hatte. So bildhaft, dass Adam das Gefühl hatte, dabei zu sein – wie er es schon bei seinem Traum erlebt hatte.

ROM – 2. AUGUST 325 N. CHR.

Die Säulen des Palastes Kaiser Konstantins waren an diesem Morgen von Blut bespritzt. Wer den aufgebrachten Mob überlebt hatte, wurde bis zum Circus Maximus getrieben, um vor einigen Tausend aufgepeitschten Zuschauern endgültig ins Jenseits gestoßen zu werden.

Keuchend rannte Datanos durch die Straßen und versuchte sein Gesicht zu verbergen. Er hatte Glück gehabt; nur durch Zufall war er dem plötzlichen Überfall auf Sopatros' Schule entgangen, weil er vor dem Pantheon unter drei Toten gelegen hatte. Nur mühsam hatte er sich wieder befreien können. Er wagte es nicht, sich umzudrehen, und als ihm zwei Männer, die aus einer Gasse kamen, plötzlich den Weg versperrten, dachte er, es wäre endgültig um ihn geschehen. Doch sie zogen ihn nur zur Seite, rissen ihn zu Boden und warfen eine Decke und Unrat auf ihn. Sekunden später hörte er Pferdehufe und Geschrei. Sie hatten ihn versteckt. Durch ein kleines Loch sah er, wie die Horden an ihm vorbeigaloppierten.

»Komm weiter, Datanos, wir haben nicht viel Zeit«, sagte einer der Männer und zog ihn wieder hoch. Sie rannten noch einige Häuser weiter und verschwanden in einem Keller. Datanos zitterte am ganzen Leib. Er wusste nicht, was schlimmer zu ertragen war – die undurchdringliche Dunkelheit und der modrige Gestank in dem Kellerraum oder seine Angst vor dem, was auf den Straßen geschah. Nach ein paar Minuten öffnete sich eine Tür. Er erkannte Aregetorix mit einigen anderen Druiden und einem Dutzend der Philosophen aus Sopatros' Schule.

Der Raum war recht groß. In der Mitte stand ein massiver Holztisch, an dem ein Dutzend Männer Platz hatte. Die Wände waren vollgestellt mit Regalen, die mit Krügen, Werkzeugen und Vorratsgefäßen gefüllt waren. Durch Öffnungen im Fundament des Hauses drang etwas Tageslicht ein, sodass man alles einigermaßen gut sehen konnte.

»Beim Jupiter, du lebst!«

»Ja, Mercanus, und ich kann es selbst kaum fassen. Aber ich habe keine guten Nachrichten«, erwiderte Datanos. »Sie haben Sopatros getötet.«

Ein Raunen ging durch den Raum, gefolgt von einer gespenstischen Stille.

Schließlich ergriff einer der Druiden das Wort. »Außer dem Jungen hat keiner überlebt, und ich sage euch, es werden weitere Angriffe folgen. Der Kaiser hat den Intrigen des Ablabius Taten folgen lassen.«

Datanos sah in die verängstigten Gesichter der Männer. Selbst die Druiden, denen sonst nicht so schnell eine Gemütsregung anzusehen war, begriffen offenbar, was die Stunde geschlagen hatte.

»Wir müssen flüchten! Sie zerstören überall die Symbole unserer Götter. Die Christen verlangen, dass man alles beseitigt, was an uns erinnert, und zwar hier und im ganzen Reich«, sagte ein Greis.

»Sie wollen uns völlig vernichten. Was ist das für ein Gott, der nichts neben sich duldet, der die Menschen so verblendet, der seine Gläubigen zu solchen Taten anstachelt?«, fragte verzweifelt einer der jungen Philosophen.

»Das ist doch offensichtlich: Sie fürchten unser Wissen. Seit Konstantin die Christen bevorzugt, verraten sie ihre eigene Lehre. Alles, was ihre Apostel überliefert haben, ist entweder zerstört oder verfälscht worden«, antwortete Datanos.

»Wir müssen alle Gelehrten warnen«, meldete sich einer der jüngsten Druiden. »Aber wir können doch nicht einfach gehen! Seht ihr denn nicht, was hier geschieht? Sie vernichten unsere Welt, ihre gesamte Schöpfungsgeschichte und ihre Meister – auf ewig.«

»Nein, junger Freund.« Eine ruhige, tiefe Stimme klang durch den Kellerraum. Alle blickten auf Rodanicas, der als Astronom im Ruf stand, Zeit und Raum bis ins Detail verstanden zu haben. Er war eine Legende, ein Mann, der mit vielen fremden Kulturen in Kontakt stand – niemand würde es wagen, ihm zu widersprechen. »Keine Wahrheit lässt sich ewig verbergen. Eine solche Lüge und ein solches Verbrechen gegen die Gesetze der Götter offenbaren sich irgendwann. Es ist nicht an uns, den Zeitpunkt dafür zu be-

stimmen, aber er wird kommen, dessen sei dir gewiss.« Rodanicas blickte in die Runde der Männer, die ihm wie gebannt zuhörten. »Am Ende der vierten Sonne wird unser Geist wiederkehren. Es gibt hier nichts mehr – nichts mehr, was sich zu schützen lohnt. Es ist alles entweiht ...«
Datanos rang verzweifelt die Hände. »Und werden wir einen Weg finden, unser Wissen zu schützen?«
»Hört mir zu. Rodanicas hat recht«, sagte Aregetorix, der mit seinen bald siebzig Jahren der älteste und ranghöchste Druide in Rom war. »Unsere Zeit hier ist vorüber. Wenn unsere Körper überleben sollen, müssen wir uns anpassen und ihren Glauben annehmen. Wenn unser Geist und unsere Kultur, unser Wissen überleben sollen, müssen wir die Verbannung wählen und fortgehen. Jeder muss für sich entscheiden. Für uns Druiden ist der Weg vorgezeichnet und eine Bestimmung. Wir ziehen uns zurück in das Land der Verheißung. Wir werden noch heute Nacht aufbrechen. Was sagt ihr, wer folgt uns?«
»Datanos, komm mit uns!«, drängte einer der jüngeren Philosophen. »Du siehst doch, dass sie nicht mehr nur die Druiden jagen, sondern alle Gelehrten, die nicht bereit sind, sich Konstantins Wahnsinn zu unterwerfen.«
Datanos nickte. »Ihr habt recht«, sagte er leise. »Sie treiben die Menschen in die abscheulichste geistige Sklaverei.«

Shane war fasziniert und skeptisch zugleich, doch bevor er seine Zweifel an diesem Mythos formulieren konnte, nahm MacClary den Faden wieder auf und stellte eine weitere seiner Thesen in den Raum. Nach seiner Ansicht war der Mensch seit bald zweitausend Jahren nicht mehr in der Lage, selbst über sich und sein Geschick zu bestimmen. Wodurch war es möglich, dass die Herrschenden mit der

Exaktheit eines Uhrwerks immer wieder Menschen in den Krieg treiben konnten? Was hat die christlich geprägte Kultur an Regimen hervorgebracht, die nicht nur die Natur, sondern auch die Menschen verachteten. In dem Glauben, alles sei möglich, egal ob es richtig oder falsch ist.

»Wir haben immer noch die Wahl und eine Chance, aber vielleicht nur, wenn wir an den Punkt zurückgehen, wo wir den falschen Weg genommen haben und Beweise für die wahre Geschichte finden.«

Shane kniff die Augen zusammen. »Es wenden sich doch immer mehr Menschen von der Kirche ab.«

»Das ist es nicht«, sagte Ryan. »Geh in dich, Shane. Du weißt es doch.«

Shane zog die Stirn in Falten und folgte MacClarys Ausführungen mit Spannung weiter, der sich nebenbei einen Whiskey nahm. Für ihn ging der christliche Segen, die verkörperte Umsetzung der Botschaft Jesu stets von einzelnen Menschen aus. Und diese Menschen mussten bis heute das Gute, das sie tun, oft genug gegen den Widerstand des Vatikans durchsetzen. Diese Christen bezogen ihre Kraft ausgerechnet aus jenen Bibelstellen, die nicht christlicher, sondern jüdischer Herkunft waren. Wie zum Beispiel das Liebesgebot. Wie das Christentum selbst war auch die Erbsünde eine Erfindung von Paulus. Das konnten auch die bedrohten Heiden gewusst haben.

»Dahinter steckt nichts anderes als ein logischer Zirkelschluss: Wenn die Sünde den Tod zur Folge hat, muss dort, wo gestorben wird, auch Sünde sein. Sünde, für die der Tod die Strafe Gottes ist. Deshalb sind alle Nachkommen Adams schon deshalb als Sünder überführt, weil sie als Sterbliche geboren sind.«

»Das klingt logisch«, murmelte Shane.

»Doch damit nicht genug. Menschenwürde und Menschenrechte existieren im Christentum nur für Glaubende, weil sie quasi von Gott begnadigt sind. ›Nulla salus extra ecclesiam‹ – es gibt kein Heil außerhalb der Kirche.«

Shane hatte genug darüber gelesen und nickte kurz. Wer drinnen oder draußen ist, wer dazugehört oder nicht, darüber entscheidet wiederum die Kirche. Es ist also kein historischer Unfall, dass die Christen die Heiden, die Ungetauften, nicht als Menschen betrachteten. Was natürlich zur Folge hatte, dass die Ungetauften auch nicht als Menschen behandelt werden mussten.

»Die Aufklärung hat die Menschenrechte gebracht. Und die Stoa, die Vorstellung eines Menschen, der aufrecht vor Gott steht, beruht auf jüdischem Erbe«, fügte MacClary hinzu.

»Und die Vorstellung, dass wir Menschen selbst göttlich sind und auch göttliches Schöpfungspotenzial besitzen, beruht auf dem Erbe der Heiden«, fügte Ryan hinzu, aber MacClary ließ sich nur kurz unterbrechen.

»Das alles hat schon meinen Vater zeit seines archäologischen Lebens so sehr beschäftigt, dass ich mich seinem Vermächtnis nicht entziehen kann. Und wie Sie selbst sagen, Adam, diese Frage beschäftigt immer mehr Menschen in allen Winkeln unseres schönen Planeten, und es ist an der Zeit, einige Geheimnisse, die diese dunkle Epoche umgibt, endgültig zu lüften.« MacClary sah auf seine Uhr. »Aber für den Moment soll es genug sein. Ich bin jetzt zum Essen verabredet. Ich hoffe, ich habe euch nicht allzu sehr gelangweilt. Aber ich würde mich freuen, wenn ich euch morgen Abend zum Dinner einladen dürfte, damit wir unser Gespräch fortsetzen können.«

Shane lächelte. »Mit Vergnügen.«

10

Dublin, Haus von
Ronald MacClary – 22.30 Uhr

Kurz nach seinen Gästen hatte sich Ronald MacClary auf den Weg zu Jennifer gemacht. Der dunkle Van, der vor seinem Haus parkte, war ihm nicht aufgefallen.
Dort lauerte George Cassidy mit zwei Kollegen. Der langjährige Mitarbeiter der CIA hatte im vatikanischen Geheimdienst ein neues Zuhause gefunden, nachdem er durch eine verpatzte Undercover-Aktion in Argentinien aufgeflogen war. Nach dieser Pleite hatte er geschworen, niemals mehr einen Auftrag zu vermasseln, und er tat alles, um dieses Versprechen zu halten. Cassidy warf einen letzten Blick auf seinen Lageplan. Dann gab er seinem Team das Zeichen zur Einnahme des Hauses, um die wichtigsten Räume mit mikrokleinen Abhöranlagen und Kameras zu versehen. Steckdosen, Fernseher und Bücherregale wurden nach dem Prinzip der höchsten Unwahrscheinlichkeit einer Entdeckung ausgewählt und mit den »Augen und Ohren Gottes«, wie es Cassidy gern nannte, versehen.
Als er im Bücherregal ein Mikrofon befestigen wollte, fiel sein Blick auf eine Pergamentrolle, die in einer nicht zu öffnenden Vitrine lag. Er konnte nur wenig Latein, aber die wenigen Worte, die er verstand, ließen seine Anspannung steigen. Vorsichtshalber fotografierte er seine Entdeckung. »Noch zwei Minuten«, zischte er den anderen zu und installierte ein Mikrofon. Neunzig Sekunden später verließen sie das Haus so lautlos, wie sie es betreten hatten. Er zog sein Handy aus der Jackentasche und wählte das Büro von

Thomas Lambert an. Er fluchte kurz, als er nicht auf Anhieb durchkam. Dann öffnete er die Tür des Vans, der so vollgepackt mit Bildschirmen und anderen Geräten war, dass es kaum Platz zum Sitzen gab.
Er übertrug das Foto vom Handy auf seinen Rechner, um das Alter des Pergaments mit anderen zu vergleichen und vor allem eine zuverlässige Übersetzung der paar Schriftzeilen, die er fotografieren konnte, zu erhalten.
»Scott, können Sie mir eine sichere Verbindung zum Hauptrechner im Archiv herstellen?«
»Denke schon, aber geben Sie mir fünf Minuten.«
»Schon gut, tun Sie einfach, was Sie können.«
Cassidy sah durch die Frontscheibe den Vollmond, der die gesamte Straße ungewöhnlich hell erleuchtete.
»Wie weit reicht die Signalübertragung?«
»Gute zwei Kilometer.«
»Dann bringen Sie uns weg, so weit es geht.«
Der Van fuhr fast geräuschlos ab, als Cassidy die Verbindung zum Rechner in Rom erhielt. Seine Abfragen ergaben zunächst nichts Besonderes, bis die Übersetzung der zweiten Zeile ihm den Schweiß auf die Stirn trieb.
»Das tödliche Zeugnis Konstantins …«
Cassidy kannte die Quellen der möglichen Peinlichkeiten für die Kirche schon lange. Deshalb wusste er, dass praktisch keine Artefakte aus der Zeit um das Jahr 300 existierten. Wenn dies nicht eine hervorragende Fälschung war oder ein aufwendiger Scherz, dann saß MacClary auf einer Entdeckung, deren wahre Bedeutung er wohl kaum überblicken konnte.
»Verdammt, ich brauche Salvoni!«

DUBLIN – 23 UHR

Ryan, Deborah und Shane hatten es sich in einem kleinen Pub nur zwei Straßen weiter gemütlich gemacht. Shane war mit den Eindrücken dieser Begegnung längst überfordert. Doch Thomas Ryan gab ihm weitere Rätsel auf.

»Als ich ankündigte, ich könnte dir vielleicht etwas mehr über die Bedeutung deiner Träume sagen, habe ich eine große Verbundenheit und viel Vertrauen zu dir gespürt«, sagte Ryan gerade, während Shane einen tiefen Schluck von seinem zweitem Bier nahm. »Beides speist sich lediglich aus einem Instinkt, mein Lieber. Oder nenn es Intuition. Intuition ist Wissen, Adam, und zwar ein Wissen, das dir, wenn du dir seiner wirklich gewahr bist, eine unerschöpfliche Quelle sein kann. Übrigens auch eine Quelle der Macht. Und diese Quelle der Macht und Selbstbestimmung haben Christen und Römer mit allen Mitteln bekämpft. Genau diese Quelle wollten sie durch die größte jemals angelegte Manipulation stilllegen. Und es ist ihnen gelungen, bis heute.«

Shanes Unbehagen schien sich in seinem Gesicht widerzuspiegeln, denn Ryan fügte hinzu: »Ist doch in Ordnung, mach dir nichts draus. Versuch endlich zu akzeptieren, wonach du dich immer gesehnt hast.«

Ryans Worte machten alles noch schlimmer. Betroffen wandte sich Shane ab und bemerkte, wie der Wirt den Fernseher lauter stellte. Die US-Präsidentin hatte eine Ansprache begonnen.

»*Wenige Menschen hätten prophezeien können, dass jemand wie ich eines Tages diese Rede halten wird. Viele Menschen werden es als Träumerei deuten, was ich Ihnen heute ankündige. Frieden, meine Damen und Herren, hat*

eine Ursache und eine Wirkung. Krieg hat ebenfalls seine Ursachen, und eine der wichtigsten Ursachen ist die ungerechte Verteilung des irdischen Reichtums. Unseres gemeinsamen Reichtums. Wir müssen um unserer selbst willen den Ursachen für den Krieg gegen Mensch und Natur ein Ende setzen. Deshalb haben wir nach – und das können Sie mir glauben – intensiven Auseinandersetzungen innerhalb meiner eigenen Partei beschlossen, dass die Vereinigten Staaten den Entwicklungsländern sämtliche Schulden erlassen sollen. Darüber hinaus sollen die Vereinigten Staaten dafür sorgen, dass diese Länder nicht mehr gezwungen sind, ihre eigenen Rohstoffe zu den Preisen zu verkaufen, die an den internationalen Börsen festgesetzt werden ...«
Shane konnte kaum glauben, was er da hörte, und er sah, dass Ryan und Deborah ebenso staunten wie er. Im ganzen Pub lauschte man gebannt den Worten dieser Frau, die offensichtlich dabei war, eine bedeutsame Wende in der amerikanischen Wirtschaftspolitik zu propagieren. Eine Wende, die das weltweite Finanzsystem nachhaltig erschüttern würde.
»Meine Damen und Herren, ich bin mir bewusst, welche Auswirkungen dieser Beschluss meiner Partei für unser Wirtschaftssystem und die Wachstumsdoktrin haben könnte. Aber ich bin mir auch sicher, dass dieses Signal imstande ist, die negativen Auswirkungen zu begrenzen – wenn andere Nationen bereit sind, uns zu folgen ...«
»Siehst du, Adam, das meine ich«, sagte Ryan voller Anerkennung. »Das Bewusstsein ist kein isoliertes Etwas, sondern eine kollektive Energie, die am Ende schlicht und ergreifend dem Überleben dienen wird. Das Universum, in dem du lebst, ist nicht nur ein materielles Faktum, sondern ein hoch spirituelles.«

Shane löste seinen Blick vom Fernseher und drehte sich wieder zu Thomas um. »Das weiß ich«, sagte Shane müde und blickte durch ein kleines Fenster auf die schwach beleuchtete Straße.

Mit allem, was er heute erfahren hatte, war klar, dass es die Aufgabe der alten Meister war, ihr Wissen von Generation zu Generation weiterzugeben, den Respekt vor der Natur und wie sie zu schützen sei. Mit dem Verschwinden der europäischen Schamanen war diese Kette gebrochen und Rom eroberte die Welt mit einer Religion, die sich von der Natur entfremdet hatte. Vielleicht hatten Ryan und Mac-Clary eine richtige Fährte. Wenn man die alten Hierarchien brechen wollte, müsste man beweisen, was damals abgelaufen war. Auch denen, die das Gesamtbild unserer Menschheitsgeschichte langsam wiederentdeckten.

»Adam, ich glaube, du verstehst allmählich, worum es geht. Fehlt dir der Mut, dem nachzugehen?«

»Nicht der Mut, Ryan. Ich habe resigniert. Ich sehe, wie wir mit unserer Erde umgehen, und musste immer wieder zum gleichen Ergebnis kommen: Die wenigsten halten inne und hören einmal zu.«

Ryan schüttelte den Kopf. »Es kommt darauf an, ob dir jemand zuhört, sie müssen dich verstehen. Und das beginnt nicht im Hirn, sondern im Herzen. Auch der neue Kurs dieser mutigen Präsidentin kommt sicher daher, die Zeit ist reif.«

»Das ist der Unterschied zwischen Ryan und dir«, sagte Deborah, die sich bislang auffällig zurückgehalten hatte. »Er hat sich nicht in sein Schneckenhaus zurückgezogen.«

»Sie hat recht.« Thomas klopfte Deborah anerkennend auf die Schulter. »Und wenn du dir deines Wissens und deiner Fähigkeiten bewusst wirst, von denen ich weiß, dass du sie hast, wird sich auch dein Verantwortungsbewusstsein wieder melden.«

Shane brauchte einige Sekunden, um sich zu sammeln. »Das muss ich jetzt erst mal verdauen, Thomas. Aber eine Frage quält mich noch: Was ist nun wirklich der Unterschied zwischen dem christlichen Glauben und dem der Kelten oder Druiden? Sind wir am Ende nicht alle nur auf der Suche nach Gott?«

»Der große Unterschied liegt in der Gestalt und im Charakter der heidnischen Götter im Gegensatz zu dem einzigen Gott, den die Christen entworfen haben. In den alten Kulturen waren Naturverehrung, Hingabe, Demut und Magie selbstverständliche Teile des Lebens. Es sind die mystischen Metaphern, mit denen die heidnischen Menschen Zugang zum allumfassenden und alles durchdringenden Universum und seinen Informationen hatten. Und sie ehrten und nutzten es im Sinne aller.«

»Eines ist sicher«, setzte Deborah hinzu, »wenn die Christen mehr Toleranz gezeigt hätten, nicht mit brutalster psychischer und physischer Gewalt gegen Andersgläubige vorgegangen wären, hätten nicht nur die Kelten und Druiden überlebt, sondern auch die Kultur der Indianer, der Stämme Afrikas und Australiens.«

Ja, da hat sie leider recht, dachte Shane. Das Ausmaß dieser falschen Lehre war gigantisch, und diese Tatsache wurde wahrscheinlich jetzt immer mehr Menschen bewusst.

VATIKANSTADT – SPÄT IN DER NACHT

Victor Salvoni schritt durch sein Büro und sah durch die weit geöffneten Balkontüren auf die Sixtinische Kapelle. Es war ein warmer Abend mit einem schönen, sternenklaren Himmel. Er setzte sich auf eine kleine Bank neben der Tür und seufzte leise. In Dublin müssten seine Truppen längst die Arbeit beendet haben. In Gedanken an das Gespräch mit Lambert wurde ihm klar, dass es nicht ewig so weitergehen konnte. Eines Tages würden dieser Kirche Fehler passieren, die angesichts ihres Bedeutungsverlustes nicht mehr mit den alten Methoden vertuscht werden konnten. Die Zahl der Austritte stieg bedrohlich an, viele Menschen hatten längst den inneren Rückzug aus der Kirche angetreten. Und der Papst hatte sich zu allem Übel dazu hinreißen lassen, nach den Piusbrüdern nun auch noch die Statuten des Opus Angelorum, auch bekannt als Engelwerk, zuzulassen. Ein gigantischer Rückschritt, der die Kirche quasi ins Mittelalter zurückbombte. Etwas Halbes duldete das Engelwerk nicht, alles, was auch nur im Funken den Glauben hinterfragte, galt als Teufelswerk. Salvoni war in den letzten Monaten mehr als genug damit beschäftigt gewesen, die Recherchen der Medien abzuwehren, die versuchten, die Opfer geistlichen Missbrauchs zu interviewen oder der Sekte die Verantwortung für etliche Selbstmorde zuzuschreiben.

In den vergangenen Jahren hatte Salvoni unter anderem in Deutschland und Irland Missbrauchsopfer aus katholischen Schulen und Priesterseminaren zum Schweigen bringen müssen – entweder mit Geld oder mit anderen Mitteln. Das war allerdings angesichts der schieren Masse an Opfern ein aussichtsloser Kampf. Nur die Spuren, die der

Papst selbst hinterlassen hatte, waren in einer groß angelegten Geheimaktion vernichtet worden – wenigstens das war ihm gelungen. Tief in seinem Inneren wusste er, dass nur die Rückkehr zur wahren Botschaft des Jesus von Nazareth die Kirche wiederbeleben könnte. Doch davon hatte sich der Vatikan seit Langem weit entfernt.
»Noch ein Jahr, Victor, nur noch ein einziges, letztes Jahr – und dann hörst du auf«, schwor er sich mit einem schwermütigen Blick in den Vollmond, der sein müdes Gesicht erleuchtete.
Das Klingeln des Handys unterbrach seine Gedanken.
»Salvoni.«
»Hier ist Cassidy. Wir haben alles wie besprochen erledigt, aber ich habe etwas entdeckt, das solltet ihr euch ansehen. Wir müssen das in der Vergangenheit immer wieder übersehen haben, aber es bestätigt, was Padre Morati befürchtet hat: MacClary hat Zugang zu brisanten Dokumenten.«
»Was genau haben Sie gefunden?«
»Ich habe Ihnen ein Foto geschickt, das wird Ihnen alles sagen, glaube ich. Außerdem beobachten wir drei Bekannte von MacClary, die sich mit ihm vorhin lange in seiner Wohnung unterhalten haben, bevor wir hineinkonnten.«
»In Ordnung. Aber seien Sie um Himmels willen vorsichtig und bewahren Sie Ruhe. Ich kann mir nicht vorstellen, dass es so schlimm ist«, versuchte Salvoni den unsicher klingenden Cassidy zu beruhigen.
»Alles klar, ich höre dann wieder von Ihnen.«
Salvoni ging erneut hinein und rief seine Mails ab. Was er sah, ließ ihn fast zur Salzsäule erstarren. Das Dokument erschien so, als könnte es wirklich aus jener Höhle stammen, die Sean MacClary vor vielen Jahrzehnten gefunden hatte. Wenn das, was Cassidy da entdeckt hatte, tatsächlich aus

diesem Fund stammte, dann ... ja, dann war tatsächlich zu befürchten, wovor Padre Morati immer gewarnt hatte. Jetzt kam es vor allem darauf an, herauszufinden, was Sean MacClarys Sohn und seine Freunde sonst noch kannten. Aber Salvoni wusste, dass er sich auf Cassidy verlassen konnte. Die nächsten Tage würden ihm Klarheit darüber verschaffen, ob Moratis Warnungen womöglich doch begründet gewesen waren. Bis dahin blieb ihm nur eines: abwarten und dabei nicht verrückt werden.

11

Lasst die Flamme eurer Schmelzöfen diese Götter rösten! Macht euch all die Tempelgaben zu Dienste und überführt sie in eure Kontrolle. Mit der Zerstörung der Tempel werdet ihr weitere Fortschritte in der göttlichen Tugend gemacht haben.
Iulius Firmicus Maternus,
römischer Senator und Kirchenvater

DUBLIN, ARBOUR HILL –
15. MÄRZ, AM FRÜHEN ABEND

Nach der Ankunft in MacClarys Haus fühlte sich Shane schon weitaus besser als in den vergangenen Tagen. Eigentlich musste er sogar zugeben, dass es ihm ausgezeichnet ging. Nach Jahren der Durststrecke war er endlich wieder mit Menschen zusammen, die seine Interessen und Fragen teilten – und denen er sich scheinbar vorbehaltlos mitteilen und anvertrauen konnte. Erst jetzt war ihm klar geworden,

wie sehr er sich eingekapselt hatte. Doch auch diese schwierige Zeit hatte offenbar einen Sinn gehabt. Ohne all das Grübeln und Zweifeln, ohne all das Kämpfen und Verzweifeln – ohne all das wäre er jetzt wohl nicht hier.
Ronald führte seine Gäste ins Esszimmer, wo gerade die zierliche Haushälterin Ms. Copendale letzte Vorbereitungen für das Dinner traf. Als sie den Raum verlassen hatte, erzählte MacClary, wie seine Mutter Lisa sie 1945, kurz nach dem Tod seines Vaters, engagiert hatte. Die damals fünfzehnjährige Waise sollte sich um ihn kümmern, wenn sie auswärtige Termine oder Besuch hatte. Als Lisa MacClary dann in der Blüte ihrer Jahre an einer damals unbekannten Immunschwäche erkrankte, übernahm Ruth Copendale Aufgaben, die weit über den Bereich einer Haushälterin hinausgingen.
Das Esszimmer war für Shanes Geschmack zwar viel zu konservativ eingerichtet, aber es zeugte nicht nur von Reichtum, sondern auch von Geborgenheit. Um den Tisch konnten sich mühelos zwölf Personen versammeln. Rundherum standen gediegene Kolonialmöbel aus Teakholz, die wohl noch aus der Zeit der vorletzten Jahrhundertwende stammten. Die Wände waren mit Edelholz getäfelt, und kleine, verzierte Wandleuchten tauchten den Raum in ein gelbliches Licht. Zahlreiche Bilder zierten die Wände, darunter das signierte Foto von Ronalds Vater in Uniform, und rechts neben einem der überfüllten Regale stand ein kleiner Tisch, auf dem in einer Glasvitrine ein Pergament leicht aufgerollt lag. Er hätte es gern näher betrachtet. Doch bevor er dem nachgehen konnte, lenkte MacClary ihn ab.
»Ich hoffe, Thomas hat Sie gestern Abend nicht allzu sehr mit seinen Theorien über die frühkommunistischen Druiden belästigt«, bemerkte er grinsend.

Ryan schaute den Richter mit zusammengezogenen Augenbrauen an. Shane hatte schon gestern das Gefühl gehabt, dass die beiden eine Art Hassliebe verband; jedenfalls waren sie nicht immer einer Meinung, und ihre Biografien konnten wohl auch kaum unterschiedlicher sein.

MacClary hatte den irritierten Blick bemerkt. »Schon gut, Thomas, aber du kannst nicht leugnen, dass es vielleicht einen weitaus pragmatischeren Grund gegeben hat, die Druiden zu vernichten.«

»Mag sein. Fakt ist, dass die keltische Gesellschaft auf einer freien Übereinkunft und einer über Jahrtausende gewachsenen moralischen Ordnung beruhte. Die keltischen Völker brauchten keine zentralistische Regierung, um zusammenzuhalten. Die Druiden sahen zum Beispiel Eigentum immer als etwas Kollektives. Rom hingegen war materialistisch und basierte auf privatem Eigentum …«

»Und wir wollen auch auf keinen Fall vergessen, dass die Römer Frauen nur als Lustobjekte und Dienerinnen ansahen, während die Kelten sie als die Quelle Gottes verehrten«, unterbrach Deborah den sichtlich aufgewühlten Ryan.

»Genau, und beides konnten die Römer mit ihren neuen, sagen wir mal göttlichen Geschäftspartnern kontrollieren. Die Kaiser waren nicht mehr abhängig vom Wohlwollen vieler Religionsführer, sondern nur noch von Kirchenführern, die sich so leicht kaufen ließen wie eine Wanderhure …«

MacClary erhob den professoralen Finger. »Aber die Druiden wären gemeinsam mit den wenigen kritischen Denkern in Rom in der Lage gewesen, die Lügen der Christen zu enttarnen. Deshalb mussten sie sterben.«

Shane überkam angesichts der erneuten Debatte und der

wenigen Stunden, die er geschlafen hatte, plötzlich eine abgrundtiefe Müdigkeit.
»Mr. MacClary, dürfte ich mich kurz irgendwo hinlegen?«
»Sicher, kommen Sie mit nach nebenan. Und nenn mich endlich Ronald.«
Neben der Bibliothek gab es ein kleines Gästezimmer, das gemütlich eingerichtet war, wenn auch weitaus bescheidener als die anderen Räume, die er bisher gesehen hatte.
MacClary machte das Licht an und legte die Hand auf Shanes Schulter. »Das war sicher ein anstrengender Abend gestern. Ich weiß schon, mit Thomas kannst du endlos über das Thema diskutieren. Er ist besessen von dem verlorenen Wissen der Druiden. Aber es ist nun einmal verloren, damit müssen wir uns abfinden. Ruh dich aus, wir sind sicher in der Bibliothek zu finden, wenn du wieder zu uns stoßen willst.«
Shane legte sich auf das schmale Gästebett. Langsam glitt er in einen tranceartigen Zustand zwischen Wachen und Schlafen. Während sein Körper sich immer mehr entspannte, überlegte er, ob doch noch eine Aufgabe auf ihn wartete. Dann schlief er ein.

Er wusste nicht, wie lange er geschlafen hatte, aber das Gespräch war immer noch in vollem Gange, als Shane wieder in die Bibliothek kam.
»Roms Motive waren immer von massiven wirtschaftlichen Interessen geprägt, auch schon bevor die Christen an Einfluss gewannen«, sagte Thomas Ryan gerade.
MacClary drehte sich zu ihm um. »Ah, Adam weilt wieder unter den Lebenden. Soll dir Ms. Copendale das Essen aufwärmen?«
»Nein, vielen Dank. Ich bin eigentlich gar nicht hungrig.«

Ohne darauf einzugehen, wandte sich Ronald wieder dem Gespräch zu. »Nun, Thomas, wenn wir ergründen wollen, was aus den Druiden und ihrem Wissen geworden ist und aus welcher Quelle sie ihre Macht bezogen haben, dann müssten wir die Kirche dazu zwingen, ihre Archive zu öffnen. Das ist aber, wie du ebenso gut weißt wie ich, praktisch unmöglich.«
Shane wusste nicht, ob er noch etwas dazu sagen sollte. Er blickte hinüber zu der Vitrine, in der die Papierrolle lag. Irgendetwas daran übte eine magische Anziehung auf ihn aus.

Dublin – 21 Uhr

Jennifer packte ihre letzten Sachen, obwohl sie noch unsicher war, ob sie den frühen Flug nach Brüssel tatsächlich nehmen sollte.
»Ich glaube, ich bin wirklich urlaubsreif«, seufzte sie vor sich hin. Das Essen mit Ronald hatte bis spät in die Nacht gedauert, und sie hatte mehr getrunken, als sie vertrug. Aber vor allem sein Vortrag über die Ereignisse des Abends und seine Wut über den Rektor der Universität hatten sie müde gemacht. Und dann hatte er ihr noch von diesem Adam Shane erzählt und gemeint, sie müsse ihn unbedingt kennenlernen. So war er vom Hundertsten ins Tausendste geraten. Keine Sekunde war Raum für ihre eigenen Sorgen gewesen; wenn man es genau nahm, war sie eigentlich kaum zu Wort gekommen.
Dabei hatte sie ihm einiges zu sagen. Sie wollte nichts mehr hören von seiner Obsession, die Christen vom Vatikan zu befreien. Seine Meinung teilte sie nach wie vor, aber der

Weg, auf dem er sein Ziel erreichen wollte, wurde ihr von Tag zu Tag fremder.
Seit gut fünfzehn Jahren war sie ständig weltweit unterwegs. Ihr kleines Haus in Boston unweit ihres Elternhauses sah sie alle paar Monate für ein paar kostbare Tage; ansonsten hauste sie in Hotels. Ein Hotel nach dem anderen, sei es in New York oder London, Brüssel oder Genf, Den Haag oder anderen Teilen der Welt. Sie war überall dort, wo gerade ihre Expertise als Völkerrechtlerin gefragt war. Aber nach fünfzehn Jahren war sie vor allem müde.
Natürlich war sie auch stolz darauf, dass sie einen nicht unerheblichen Einfluss auf die Definition des Selbstbestimmungsrechts der Völker und seiner Grenzen gehabt hatte, nicht zuletzt nach dem Desaster im ehemaligen Jugoslawien. Ronalds Vision war jedoch eine neue Definition der Völkerrechtssubjekte. Es ging ihm um die Frage, wer als Subjekt des Völkerrechts anerkannt wurde: einzelne Völker oder die Gesamtheit der Menschen? Wenn die gesamte Menschheit zum Subjekt des Völkerrechts wurde, hätte das unweigerlich zur Folge, dass dieses Subjekt auch Anspruch auf das kulturelle Erbe geltend machen konnte. Und wenn sich diese Sicht durchsetzte, konnte sich der Vatikan seine Immunität in Sachen Kulturgüter an die Mitra stecken. So dachte Ronald, und er suchte verzweifelt nach einem rechtlichen Kniff, der ihm half, sich durchzusetzen. Und dafür, so betonte er immer wieder, brauchte er ihren juristischen Sachverstand.
Genau in diesem Augenblick meldete sich ihr Handy mit einer SMS: »Wir freuen uns über einen Besuch, bevor du fliegst. Alles Liebe, Ronald.«
Unwillkürlich musste Jennifer laut lachen. Sie setzte sich auf ihr Bett, ließ sich zurückfallen und entspannte sich. Auf

einen Tag mehr oder weniger kam es jetzt auch schon nicht mehr an. Außerdem war es in der Arbour Hill sicher immer noch lustiger als allein in einem Hotelzimmer in Brüssel.

Shane war in Gedanken bei der Vitrine, als MacClary zu ihm trat und ihm ein Glas Jameson vor die Nase hielt.
»Oh, danke. Sag mir, was ist das für ein Pergament in der Vitrine dort drüben?«
»Das? Das ist sozusagen der Heilige Gral der Familie Mac-Clary, und genau wie der Heilige Gral verhält es sich auch: Mein Vater hat dieses Pergament irgendwann gegen Ende des Zweiten Weltkriegs aus einer Höhle geborgen, und wenn ich ehrlich bin, suche ich bis heute nach einem Hinweis auf den genauen Fundort.«
»Ihr seid Schatzsucher? Ich kann es nicht glauben.« Shane schlug sich gegen die Stirn und sah MacClary zweifelnd an. »Wieso hat dein Vater dir nichts gesagt, Ronald?«
»Er hat es auf dem Sterbebett versucht, als ich sechs Jahre alt war.«
MacClary setzte sich, schwenkte nachdenklich seinen Whiskey im Glas und blickte in die Runde.
Shane stand auf, ging hinüber und betrachtete das Pergament, auf dem kaum leserlich etwas in lateinischer Sprache stand. »Oh, schade, in Latein war ich so gut wie im Backen«, sagte er, während er etwas zu entziffern versuchte. »Konstantins falsches Zeugnis?«
»Nicht ganz. Konstantins tödliches Zeugnis.«
»Ah, dann verstehe ich jetzt allmählich, warum ihr alle so auf diese Zeit fixiert seid. Was gibt die Pergamentrolle sonst noch her?«
Die versammelte Gruppe erschien Shane plötzlich grotesk. Ein weltweit angesehener Richter, eine blitzgescheite Sprach-

wissenschaftlerin und ein Heiler mit druidischen Wurzeln. Alle vereint in dem Wunsch, die Christen von einem Gott zu befreien, dessen Ursprung eine Lüge war? Kaum zu fassen, dachte Shane, in was für eine Räuberpistole bin ich hier geraten.

»Diese Pergamentrolle? Leider gibt sie gar nichts mehr her. Die restliche Tinte ist dem Kupferfraß zum Opfer gefallen. Aber in der Tat kannst du dir vorstellen, was angesichts des Titels der Rolle noch in der Höhle zu erwarten ist, wo immer sie sein mag«, erklärte MacClary mit leiser Bitterkeit in der Stimme.

»Ähm, Ronald, dein Vater war doch Archäologe?«

»Allerdings, und nicht irgendeiner, sondern einer der besten. Wieso fragst du?«

»Nun, wenn er keinen Hinweis auf den ursprünglichen Fundort hinterlassen hat, wie du sagst, kann das doch auch heißen, dass der Hinweis einfach nur verborgen oder eben nicht sichtbar ist.«

»Glaub mir, Adam, ich habe jedes Buch in dieser Bibliothek und auch die Tagebücher meines Vaters untersucht. Nichts, keine Zeile, keine Geheimschrift, kein Kryptus, nichts«, versicherte MacClary und zuckte mit den Achseln.

»Worauf liegt die Rolle eigentlich?«

»Das ist gewöhnliches Papier, Büttenpapier.«

»Und seit wann liegt sie darauf?«

»Seit sie in das Heliumvakuum gepackt wurde. Auf dem Papier lag sie vermutlich auch schon vorher.«

»Und das Papier wurde auch untersucht?«

MacClary sah ihn eindringlich an und erhob sich langsam.

»Also wirklich, Adam, du verstehst es, mir Adrenalin ins Blut zu schicken. Wenn ich die Vitrine jetzt öffne, ist die Rolle so gut wie verloren. Niemals hätte mein Vater dort

einen Hinweis hinterlassen, viel zu offensichtlich …« Doch sein Gesichtsausdruck ließ alle Anwesenden klar erkennen, dass er ins Grübeln geraten war.
»Willst du den Rest deines Lebens auf ein paar verblichene Buchstaben starren?«, murmelte er vor sich hin, als ob niemand im Raum wäre. »Oder baust du auf die winzige Chance, den Hauptgewinn zu ergattern?«
Ronald MacClary atmete tief durch, dann lächelte er, was ihn Jahre jünger aussehen ließ. »Also dann. Thomas geh bitte in meine Dunkelkammer. Ich brauche Ammoniak und Wasser, Watte und Zitrone. Ich hole einen Föhn. Wir müssen wohl Ms. Copendale noch einen späten Besuch in der Küche abstatten.«

»Liebe Ruth, bitte verzeih die Störung«, sagte Ronald sanft, um Ms. Copendale, die die letzten Teller in die Holzschränke der beeindruckenden Küche einsortierte, nicht zu erschrecken. »Aber wir müssen noch ein wenig Forschung betreiben. Du kannst dich ruhig zurückziehen.«
Die bald achtzigjährige Haushälterin schenkte ihm ein wohlwollendes Lächeln, schlug aber entsetzt die Hände über dem Kopf zusammen, als sie sah, dass Ryan die Vitrine im Arm hielt.
»O mein Gott, Ronnie … Ronald, du willst doch nicht …«
»Bitte, Ruth, ich weiß, was ich tue. Oder sagen wir lieber, unser junger Freund hier weiß, was er tut. Ich hoffe es jedenfalls.«
MacClarys Versuch, die alte Dame zu beruhigen, verlief hilflos im Sande.
»Und wie er das weiß.« Ryan schmunzelte und stellte die Vitrine auf den Küchentisch.
Bevor bei irgendjemand Zweifel aufkommen konnten, ließ

er das schützende Heliumgas aus dem Behältnis entweichen.

»Vier erwachsene Menschen, zusammen über zweihundert Jahre alt, und immer noch wie die Kinder«, kommentierte Ms. Copendale und verließ kopfschüttelnd die Küche.

»So, Adam, du kannst jetzt die Hälfte der Flüssigkeit in einen Topf tun und das Ganze auf kleinster Flamme erhitzen«, ordnete Ryan an. »Aber sei bitte vorsichtig, es ist Ammoniak, und wir brauchen nur den Dampf, keine Explosion.«

Vorsichtig zog er das Büttenpapier unter der Rolle hervor, was das Pergament, wie Ronald schon befürchtet hatte, zerfallen ließ. Nur noch der Name Konstantin übte sich in Beharrlichkeit, so wie das jahrhundertelang wirkende Schreckgespenst, das er hinterlassen hatte.

»Ich schätze meinen Vater so ein, dass er keine gewöhnliche Geheimtinte verwendet hat, wenn er überhaupt zu so einem Mittel gegriffen hat. Aber er hatte seinerzeit auch nicht viel Auswahl. Deshalb tippe ich auf Kupfersulfat. Wenn ich damit richtigliege, haben wir Glück. Wenn ich falschliege – dann haben wir eine lange Nacht vor uns.«

Mit Handschuhen und Pinzetten trug Ryan das Papier in Richtung Herd und hielt es über den Topf, aus dem langsam der beißende Dampf des Ammoniaks emporstieg. Als Ryan das Blatt einige Sekunden über den Dampf gehalten hatte, erstarrten MacClarys Gesichtszüge. Wie aus dem Nichts tauchten erste Zahlen in einer bräunlichen Farbe auf. Erst eine 46, dann 43, die 29 und ein N, bis schließlich alles sichtbar war.

46 43 29 N, 14 25 47 O – 150 m NW
vom Virinum runter am Hang – in Liebe, Sean

Ronald MacClary stand in der Küche seiner Vorfahren, die Ärmel hochgekrempelt, mit einem Lächeln im Gesicht, das den kleinen Jungen erahnen ließ, der er einmal gewesen war.

»Eine Legende wird also doch noch wahr. Also, Adam, ich halte ja sonst nichts von Ryans Behauptungen über die spirituellen Seherkräfte der Druiden, aber in diesem Fall kann ich mich nur ehrfürchtig verneigen. Ihr alle nehmt einem alten Mann gerade die größte Last seines sonst so erfüllten Lebens von den Schultern.«

Deborah hatte bereits ihren Laptop hochgefahren und die Koordinaten eingegeben. »Das ist es, der Magdalensberg in Österreich. Dort waren Teile der 8. britischen Armee abkommandiert zur Besetzung Österreichs, nachdem sie eigentlich schon aufgelöst war.«

MacClary erhob sich und sah Ryan erleichtert an. Jetzt war unverhofft der Augenblick gekommen, auf den er fast ein Leben lang gewartet hatte. Doch seine Freude war gedämpft, weil er gleichzeitig wusste, dass er an der Expedition nicht teilnehmen konnte. Nicht nur wegen seines Alters war es schwierig, seine Position am Supreme Court machte es ihm unmöglich. Es war ihm schon seit Jahren klar, dass Ryan davon träumte, seinem Stammbaum an seinen vermeintlichen Ursprung zu folgen. Seit er als Kind von der Geschichte gehört hatte, ließ er nicht mehr locker. Er war der Einzige, der über die notwendigen mentalen wie technischen Fähigkeiten verfügte. Und MacClary vertraute ihm bedingungslos.

»Nun, meine Lieben, ich denke, es ist an der Zeit, alte Rätsel zu lösen und Unerwartetes zu entdecken. Im Augenblick des Triumphes, den ich dir, Adam, zu verdanken habe, wäre es falsch, euch den Schmerz zu verschweigen,

den ich jetzt fühle. Ihr werdet ohne mich aufbrechen müssen. Aber wie du weißt, Thomas, habe ich für diesen Fall vorgesorgt.«
Feierlich zog MacClary einen Umschlag aus einer kleinen Schublade unter der Vitrine und reichte ihn Ryan.
»Ich habe in den letzten Jahren viel Zeit mit euch beiden verbracht, um euch für diesen Fall zu rüsten, an den ich selbst kaum noch geglaubt habe. Ihr habt viel gelernt, und ich weiß, ich kann euch das Vermächtnis meines Vaters bedenkenlos anvertrauen. In diesem Umschlag findet ihr alles, was notwendig ist, um einige – und ich betone: nur die für uns interessanten – Artefakte zu bergen.«
An Deborah schien der feierliche Moment abzuperlen. Wie ein aufgeregtes Kind wippte sie auf ihrem Stuhl hin und her und tippte auf ihrem Laptop herum. Jetzt sah sie MacClary fragend an. »Und so ein kleines Andenken für jeden von uns? Natürlich nur für den privaten Gebrauch …«
»Deborah Walker! Ich habe Thomas angewiesen, dass er dir bei jedem Versuch einen Finger abschneidet!« MacClary verdrehte die Augen zur Decke. »Ihr bergt die Stücke, die für uns von Bedeutung sind, und sorgt dafür, dass sie zunächst verschwinden. Alles andere geben wir danach sofort in professionelle Hände, und ich vermute, ihr habt nun mit Adam eine ideale Ergänzung im Team.«

George Cassidy rutschte auf seinem schmalen Sitz im Van hin und her. Er konnte kaum fassen, was er gerade aufgezeichnet hatte. Seit Minuten versuchte er, Salvoni zu erreichen, bisher ohne Erfolg.
»Verdammt, wir hätten die Küche besser ausrüsten müssen«, sagte er zu Jean Tamber, der hektisch an seinem Computer hantierte. Dies war nicht der erste fragwürdige Auf-

trag, den sie gemeinsam erledigten. »Wie lange werden wir brauchen, um die Tonqualität zu verbessern?«
»Sicher ein paar Stunden. Ich muss die einzelnen Stimmerkennungsprogramme drüberlaufen lassen.«
»Gut, machen Sie weiter. Das muss so schnell wie möglich funktionieren.«
Der Magdalensberg in Österreich. Durch eine erste Recherche im Internet hatte Cassidy herausgefunden, dass seit 1948 eine Siedlung aus spätkeltischer und frührömischer Zeit am Südhang ausgegraben wurde. Hier war einst das keltische Königreich Noricum besiegt worden und einer der wichtigsten römischen Handelsplätze für Eisen entstanden. Die Kelten hatten außerdem immer wieder römische Gebiete zurückerobert, und die Druiden hatten selbst unter Lebensgefahr verlorene Orte wieder aufgesucht, weil sie an die Kraft dieser Orte glaubten. Es waren oft heilige Plätze gewesen, die die Römer entweiht und überbaut hatten. Der Berg selbst bestand überwiegend aus vulkanischem Gestein. Diese Basalte wiesen auch Verwerfungen auf, die für das sonst so feuchte Klima erstaunlich trocken sein konnten und so die Lagerung von Artefakten möglich machten. Da das Gebiet überschaubar war, würde Cassidy die Operation Magdalensberg mit wenigen Männern schaffen.
Endlich meldete sich Salvoni.
»Padre, wir haben ein gutes Stück Arbeit vor uns. Padre Morati hatte offenbar doch all die Jahre recht.«
»Wie meinen Sie das?«
»Sie haben in der Nähe der Schriftrolle irgendwelche Koordinaten gefunden. Offenbar der Fundort der Rolle.«
»Ja und, haben Sie die Koordinaten?«
»Warten Sie, Padre, das ist noch nicht alles. Sie planen eine

Expedition; der Richter hat einige Freunde, die gerade alles vorbereiten. Irgendjemand in Österreich wird ihnen mit einer Ausrüstung helfen. Sie brauchen nur noch den nächsten Flug zu nehmen. Das heißt, wir haben nicht mehr viel Zeit. Und um Ihre Frage zu beantworten: Nein, wir haben noch nicht alle Koordinaten, aber wir wissen, dass es sich um einen Punkt in der Nähe des Magdalensberges handelt, in Kärnten, nicht weit von der italienischen Grenze ... Padre, sind Sie noch dran?«

Salvoni stand am Fenster, ohne das Sonnenlicht auf der Ewigen Stadt wahrzunehmen. Er hatte die Hand mit dem Telefonhörer sinken lassen. Seine Gedanken überschlugen sich. Cassidy brauchte eine Antwort, so schnell wie möglich. Aber die Situation war kniffliger, als der Agent ahnen konnte. Wenn er den offiziellen Weg ging und den Richter anklagte, einen archäologischen Fund auf eigene Faust zu bergen, dann geriet der Fall an die Öffentlichkeit, und er war von allen Informationen über den Fund abgeschnitten. Außerdem würde dann ziemlich schnell ans Licht kommen, dass seine Leute einen Richter am amerikanischen Supreme Court in seinem eigenen Haus abgehört hatten, und das würde die Amerikaner gegen den Vatikan aufbringen. Nicht gut. Der offizielle Weg war, wie fast immer, gar nicht gut.

Es gab also nur eine Möglichkeit: Er musste mit seinen Leuten am Fundort sein, bevor die Mannschaft des Richters dort eintraf. Dazu jedoch brauchte er nicht nur die genauen Koordinaten, sondern auch die Hilfe der Österreicher. Wen konnte er beim österreichischen Geheimdienst anzapfen?

Er hob das Telefon wieder ans Ohr. »Gut, Cassidy. Sie bleiben an den Freunden von MacClary dran und verfolgen sie nach Österreich. Von MacClary selbst haben wir alles, was wir brauchen. Ihr Auftrag dort ist beendet, Sie können abbrechen.«

»Geht in Ordnung, Padre, aber wie sollen wir in Österreich vorgehen? Ich meine …«

»Ich melde mich wieder bei Ihnen, sobald ich alles geklärt habe. Einstweilen erwarte ich von Ihnen allerhöchste Vorsicht! Ich kann jetzt absolut keinen Zwischenfall gebrauchen, zumal wir immer noch nicht wissen, ob der Fund für uns irgendeinen Wert hat oder gar eine Bedrohung ist.«

»Sicher, Padre, Sie können sich auf mich verlassen.«

12

Dublin, Arbour Hill – 15. März, später Abend

Ms. Copendale kam mit der Wäsche aus dem Keller, als MacClary gerade in die Bibliothek gehen wollte. Er blieb vor ihr stehen und legte ihr die Hände auf die Schultern.
»Danke, Ruth, aber ich mach das schon. Leg dich doch hin.«
»Glaubst du wirklich, dass ich jetzt auch nur eine Sekunde schlafen kann? Ich weiß doch, was da vor sich geht! Als hätte dieses Zeug nicht schon genug Unheil angerichtet! Ich kann das nicht gutheißen. Ich habe deiner Mutter versprochen … Ach, ihr macht ja doch, was ihr wollt.« Mit einem für ihr Alter erstaunlich zielstrebigen Schritt marschierte Ms. Copendale die Treppen zu ihrem Zimmer hinauf, ihr zweites Zuhause seit ihrer Jugend.
Ronald stand an der untersten Stufe der Treppe. Ihre Worte

hatten ihn hellhörig gemacht. »Ruth, was hast du meiner Mutter versprochen? Davon hast du mir nie etwas erzählt.«
Sie drehte sich um, ihr Gesichtsausdruck zeigte Verbitterung. »Ich habe ihr versprochen, dass ich dafür Sorge trage, dass du nicht dem Wahnsinn deines Vaters verfällst, der alles zerstört hat und Lisa so krank gemacht hat. Hast du überhaupt eine Ahnung, wie sehr sie unter der Obsession deines Vaters gelitten hat?«
Ronald hob hilflos die Hände. »Ja, ich glaube, das weiß ich sehr gut. Ich habe selbst mehr als genug darunter gelitten, aber das heißt eben auch, ich möchte wissen, ob es das wert war.«
Ruth Copendale schüttelte ihren Kopf. »Du bist wie dein Vater, Ronnie, wie dein Vater, und das hat mir immer Angst gemacht.« Ihre Zimmertür fiel hinter ihr ins Schloss.
In diesem Augenblick erklang die Hausglocke. Das musste Jennifer sein.
»Wir reden morgen darüber«, sagte MacClary leise in Richtung der geschlossenen Tür, bevor er in die Diele ging, um zu öffnen.
Jennifer stand vor der Haustür und las ein paar letzte Nachrichten auf ihrem Handy, als MacClary ihr öffnete.
»Ronald, geht es dir gut? Du siehst aus, als …«
»Ich sehe aus wie jemand, der gerade den spannendsten Augenblick seines Lebens erleben darf.«
»Oh nein, lass mich raten, du wirst UN-Generalsekretär oder … nein, Vizepräsident. So wie du nach deiner Ernennung zum Vorsitzenden Richter mit der Präsidentin geflirtet hast, du alter Charmeur …« Ein boshaftes Lächeln im Gesicht, ging Jennifer den Flur entlang und ließ ihren Mantel und ihre Tasche achtlos auf einen Stuhl fallen.
»Jennifer, du weißt doch, wie sehr Ruth das hasst.« Er nahm

die Sachen auf und hängte sie an die Garderobe, während Jennifer wie in ihrem eigenen Zuhause in die Bibliothek schlenderte.
»Jetzt noch mal.« Sie warf MacClary einen forschenden Blick zu. »Hast du ein Gespenst gesehen? Sind deine Druidenbrüder in Rauch aufgegangen? Was ist los?«
»Nichts dergleichen. Du magst es glauben oder nicht, wir haben den Hinweis meines Vaters auf den Fundort entdeckt. Es gibt eine Höhle, und sie ist im Magdalensberg in Österreich. Wir haben sogar die genauen Koordinaten.«
»Das darf nicht wahr sein!« Jennifer ließ sich in einen Sessel fallen.
In diesem Augenblick kamen Ryan und Shane aus der Küche.
»Jennifer, darf ich vorstellen, Adam Shane. Adam, das ist Jennifer Wilson, meine begabteste Schülerin und langjährige Kollegin am Bundesgericht in Boston.«
Shane war von Jennifers Anblick so beeindruckt, dass er kein Wort herausbrachte.
Jennifer stand auf und reichte ihm die Hand. »Guten Abend, Mr. Shane, Ronald hat mir schon von Ihnen erzählt.«
Shane setzte sich in einen freien Sessel. »Äh … ja, Thomas war dabei, mir alles über die Druiden zu erzählen«, sagte er verunsichert.
Mit gespielter Verzweiflung schlug Jennifer die Hände vors Gesicht. »Es hätte so ein netter Abend werden können!«
»Nun, Adam, mit der Flucht aus Rom war die Geschichte der Druiden und Philosophen noch lange nicht beendet. Ihre erste Station war nämlich das heutige Österreich …«

Virunum (heutiger Magdalensberg) – 18. August 325 n. Chr.

Bei ihrer Flucht aus Rom hatten die Druiden, ihre Schüler und die jungen Philosophen einige Schätze ihrer Kultur mitgenommen. Die Reise zu Fuß und mit Packpferden war beschwerlich gewesen. Das geheime Höhlensystem lag auf der einen Seite des Berges, die römische Verwaltungsstadt Virunum auf der anderen.

Es war ein gewagtes Spiel, hier ein und aus zu gehen, doch die Druiden bestanden auf diesen für sie heiligen Ort, um die Bibliothek anzulegen. In wenigen Tagen hatten sie den Eingang der Höhle so präpariert, dass er jederzeit durch das Wegschlagen zweier Balken einstürzen würde. In jedem Fall sollte vermieden werden, dass sich irgendjemand außerhalb der Eingeweihten das Erbe der Kelten und der Philosophen einverleiben könnte.

Aregetorix war überzeugt, dass es eines Tages den Richtigen in die Hände fallen würde, aber diese Zeit war noch lange nicht gekommen.

»Rodanicas, diese Höhle ist nicht nur geeignet, sie ist hervorragend!«, strahlte Datanos.

Nun ist es an der Zeit, dachte er. Ich muss die Druiden überzeugen, etwas zu tun, was gegen eines ihrer heiligsten Gebote verstößt.

Nachdem die jungen Druiden und drei römische Schüler des Sopatros in den vergangenen Nächten ausreichend Pergamente und Werkzeuge aus der Verwaltung in Virunum hatten stehlen können, hatten die Philosophen begonnen, eine Chronik der Ereignisse in Rom während der christlichen Machtergreifung niederzuschreiben. Wo die eigene Erinnerung als Quelle nicht ausreichte, stützten sie sich auf die Erzählungen der Gelehrten, die nach dem Verrat des Ablabius in Rom ein grausiges Ende gefunden hatten. Am meisten konnten ihnen freilich die Druiden erzählen, doch die heiligen Männer weigerten sich noch immer, ihre eigene Lehre niederzuschreiben.

»Rodanicas, was bleibt von euch, wenn alle Druiden gestorben sind oder wenn es keiner von euch auf die Inseln schafft?«, fragte Datanos drängend.

»Nun, du magst glauben, dass nichts von uns bleiben wird, aber dem ist nicht so. Unser Geist kann zu jeder Zeit …«

»Rodanicas, bitte, nimm doch Vernunft an! Ihr wisst nicht, ob ihr es überhaupt bis zu den Inseln schafft. Du und Aregetorix, ihr seid die Bewahrer des alten Wissens und könnt die Schriften der Christen widerlegen.«

Sie gingen in einen weiteren Raum, in dem seit Tagen einer der Schüler die Spirale des Lebens in einen mächtigen Stein gravierte. Andere hatten bereits Kammern in die Wände geschlagen, die die Pergamente zusätzlich schützen sollten. Sobald alles fertig war, sollten diese Kammern versiegelt werden.

»Hast du denn immer noch nicht verstanden, warum wir unser Wissen nicht aufzeichnen? Wir wissen, dass kein Urteil, keine Rechnung unendlich richtig sein kann. Wahrheit ist erfahrbar: im Moment, im Hier und Jetzt. Was auch immer wir jetzt aufschreiben, würde versteinern und zu einem Fluch werden. Genauso ist es mit der Lehre des Jesus von Nazareth geschehen. Sie haben seine Worte aufgeschrieben – fixiert, verstehst du? Als hätten sie ihn gefesselt oder in einen Kerker aus Stein gesperrt. Festgenagelt, so wie ihn damals die Römer am Kreuz festgenagelt haben. Und damit bringen sie das größte Unheil über die Welt. Die Demut, die in der Gewissheit der Ungewissheit liegt – diese

Demut ist das Herzstück unserer Lehre. Ich verbringe Tage damit, meinen Schülern dies begreiflich zu machen. Und deshalb, mein lieber Datanos, vermitteln wir unser Wissen nur durch die mündliche Weitergabe vom Wissenden zum Schüler.«

Wenigstens haben die Druiden alles niedergeschrieben, was sie in Rom über die Hintergründe der christlichen Machtergreifung gehört oder verstanden hatten, dass aber ihre eigene Lehre so dem Untergang geweiht sein könnte, scheint sie nicht zu interessieren, dachte Datanos.

»Datanos, wir glauben, dass sich in Rom bald alles verändern wird. Es ist eine kurze kulturelle Verwirrung und ein politisches Spiel, das mit dem Tod des Kaisers sein Ende finden wird. Du wirst sehen.«

»Nein, du hast doch selbst gehört, was Aregetorix gesagt hat!«

»Deswegen bleibt Aregetorix auch hier.«

»Wie meinst du das?«, fragte Datanos. Hatte man seinem Drängen endlich nachgegeben?

»Wir werden morgen aufbrechen. Aregetorix aber ist zu alt für die lange Reise, und er hat sich entschlossen, hierzubleiben.«

»Allein?« Datanos sah Rodanicas verzweifelt an.

»Allein. So hat er es entschieden. Er wird vielleicht das aufzeichnen, was dein Herz so sehr begehrt, aber wir müssen gehen. Ein Bote wird Aregetorix mit Nachrichten aus dem Reich versorgen. Und er allein entscheidet, wann diese Kammern und sein Geist darin verschlossen werden und was er hinterlässt.«

»Aber ...«

Rodanicas ließ ihn nicht zu Wort kommen. »Siehst du dort Uratorix, seinen Sohn und seine Tochter Nara? Sie zeigen

schon Ungeduld. Sag den anderen Bescheid, sie sollen alles für die Abreise vorbereiten. Und mach dir keine Sorgen.«
Bis zum Abend hatten alle ihre Sachen gepackt. In der Dunkelheit vor Tagesanbruch würden sie aufbrechen, geschützt vor den römischen Spähern. Datanos stand vor dem Eingang der Kammern und lauschte den Beschwörungsformeln der Druiden. Ihm wurde kalt ums Herz. Was würde aus ihnen werden und was aus dieser Welt, in der fortan nur noch ein Gott erlaubt war?
Nach einer Weile kamen alle heraus und verabschiedeten sich.
»Hier, nehmt das mit«, sagte Aregetorix zu Rodanicas und übergab ihm eine Pergamentrolle. »Unser Stammbaum. Es wird euch auch helfen, auf der Insel die Schulen neu aufzubauen. Gebt alles weiter, was ihr wisst, und schützt diesen Ort, indem das Wissen nur vom Vater zum Sohn, von der Mutter zur Tochter weitergegeben wird. Sie werden wissen, wann es Zeit ist, hierher zurückzukehren.«
Die kleine Gruppe machte sich auf den Weg. Als Datanos sich noch einmal umdrehte, sah er, wie Aregetorix in die Höhle ging. Er war der letzte Meister der alten Zeit, den das Festland je gesehen hatte. Doch er glaubte fest daran, dass eines Tages Menschen hierher kommen würden, die die Wahrheit erkannten.

»Im Grunde genommen ist es ganz einfach, Adam«, fuhr Ryan fort. »Diese Geschichte und der Wunsch, alles darüber herauszufinden, verbindet uns. Und Jennifer – sei fair, dir ist es doch auch ein ernstes Anliegen, dass die Wahrheit endlich akzeptiert wird, wenn auch aus anderen Gründen. Mein Ziel ist, dass wir von unserer Kultur endlich das retten, was uns gestohlen wurde.«

MacClary dachte über Ryans Worte nach. In den geheimen Archiven des Vatikans lagen viele Relikte der heidnischen Kulturen. Dort lagerten Artefakte, die nicht im Verlauf der Jahrhunderte zerstört worden waren. Von fanatischen Schergen, die oft keine Ahnung hatten, was sie anrichteten und warum sie es taten.

»Die Botschaft von Jesus Christus war der der Druiden sehr ähnlich«, fügte Ryan hinzu. »Beide hatten dieselbe Grundvorstellung. Jesus hat aus purer Liebe gehandelt. Er zeigte den Menschen den inneren und gänzlich individuellen Weg zu Gott.«

»Ich verstehe, was du meinst«, sagte Shane. »Jesus hat verkündet, dass jeder Einzelne den göttlichen Funken in sich birgt. So brauchte man auch keine Priester und religiösen Lehrmeister. Unmanipulierte Menschen, die ihren eigenen Weg zum Göttlichen finden … Das war natürlich für die Herrschenden dieser Zeit unakzeptabel. Wen wundert's, dass er sterben musste. Eigentlich kein Unterschied zu den Druiden, nur dass sie die Natur als Symbol für die göttliche Macht respektierten.«

Ryan sah Shane anerkennend an. »Genauso ist es. Sie wollten das Kastensystem durch eine friedliche, selbstbestimmte Gesellschaft ersetzen.«

»Barbarische Propaganda«, spottete Deborah, die in diesem Moment die Bibliothek betrat. »So, meine Damen und Herren, der nächste Flug nach Wien geht morgen früh um sieben, wie viele Tickets hätten wir denn gern?«

»Kannst du bis drei zählen?«, fragte Ryan.

»Na, das klingt ja jetzt schon nach einer anspruchsvollen Reise mitten in den Ursprung des Wahnsinns.«

»So sieht es aus. Gut, dann ist das abgemacht. Wenn ich dich richtig verstanden habe, Professor, werden wir mor-

gen in Adams zweiter Heimat noch jemandem einen Besuch abstatten, der uns ausrüstet.«
MacClary nickte. »Richtig. Und wie ich ihn kenne, wird er alles vorbereitet haben.«

Shane stand in der Küche und wartete darauf, dass sein Kaffeewasser kochte. Ryan hatte gerade am Tisch Platz genommen. Er sah müde aus.
»Adam, da ist noch etwas, worüber wir sprechen sollten. Deine Visionen oder Eingebungen erscheinen vielen von uns heute so fremd, weil wir verlernt haben, sie als Teil unseres natürlichen Potenzials zu erkennen. Aber erstaunlicherweise kommen immer mehr Menschen fast wie von selbst wieder an ihren Ausgangspunkt, auch ohne dass sie die Hintergründe verstehen.« Er schob ein Buch über den Tisch. »Hier, das solltest du lesen.«
»Was ist das?«
»Fünftausend Kinder, die die gleiche Geschichte erzählen wie du. Die Ergebnisse werden von der herrschenden Wissenschaft als Phänomen abgetan.«
Shane nahm das Buch und überflog die Einleitung.
»Die Autoren wollen erklären, weshalb Kinder, die gerade erst sprechen gelernt haben, von Erfahrungen aus einem früheren Leben erzählen können«, sagte Ryan. »Das Erklärungsmuster nennen sie ›Akashic Field‹. Einstein, Nikola Tesla und so weit ich weiß auch Wilhelm Reich nannten es Ether oder auch Morphogenetisches Feld – sozusagen der Ursprung aller Dinge, in dem alle Phänomene potenziell bereits angelegt sind. Das Universum enthält demnach jenseits von Raum und Zeit alle Erfahrungen der lebendigen Dinge, wie in einer universalen Quantenspeicherbank.«
Shane zog die Augenbrauen hoch. »Das ist jetzt aber keine

neue Idee. Hellsichtige wie Edgar Cayce haben sich schon vor längerer Zeit auf etwas bezogen, das sie als Akasha-Chronik bezeichneten – was nichts anderes ist als der metaphysische Name für eine Art Weltgedächtnis von allem, was je geschehen ist.«

»Kann schon sein«, nickte Ryan. »Sicher haben in irgendwelchen Nischen Reste von Ideen und Wissen überlebt. Aber du siehst doch selbst, wie wenige Menschen sich damit beschäftigen. Du und ich, wir sind doch nicht der Maßstab. Ich wollte dir nur einen Hinweis geben, um dem, was du erlebst, die Dramatik zu nehmen.«

Ryans eher harte Ausstrahlung war einer Wärme gewichen, die Shane erstaunte. Obwohl sie sich kaum kannten, kam es ihm vor, als hätten sie schon eine Ewigkeit miteinander verbracht. »Ach, Thomas, ich bin dir ja dankbar, aber eine Frage habe ich noch: War es nicht die Kirche selbst, die die Wissenschaft zu dem gemacht hat, was sie heute ist? Ich meine diese rein rationale Sicht der empirischen Beweisführung ohne metaphysischen Rückhalt. Und seit etwa zwanzig Jahren findest du immer mehr Wissenschaftler, die auf die Frage, ob sie an Gott glauben, antworten, natürlich, ich bin doch Physiker.«

Ryan musste schallend lachen. »Ja, und es ist kein Wunder, dass gerade die Physiker darauf kommen. Sie hantieren schließlich tagtäglich mit Gottes Materie. Aber mit all ihrem irrwitzigen Aufwand kommen sie nur bis zu einem bestimmten Punkt. Als gäbe es da eine Grenze, von der die Druiden und alle anderen Schamanen schon immer wussten.«

Shane atmete tief durch. »So viel, was noch wiederentdeckt werden muss …«

Ryan klopfte ihm auf die Schulter. »Genau. Und wir schaffen es. Komm, du alter Kelte, wir brauchen noch ein paar Stunden Schlaf. Wir haben einen sehr langen Tag vor uns.«

Einige Minuten später stand Shane am Fenster und sah in MacClarys Garten, der von vielen kleinen Lampen beleuchtet war.
»Hallo, Mr. Shane«, ertönte eine weibliche Stimme hinter ihm. »Sie haben ja eine ausgeprägte Begabung, für Bewegung zu sorgen.«
Er drehte sich um. »Jennifer. Ja, danke, aber das war alles eigentlich nur Zufall, wenngleich ein wunderbarer Zufall. Ich bin selbst noch ziemlich unsicher, muss ich gestehen. Ich meine, ich kenne euch gerade mal ein paar Tage, und dann das alles …«
»Ich weiß, es kann unter Umständen ziemlich anstrengend sein, Ronald MacClary zu begegnen. Aber wie kommen Sie überhaupt hierher?«
»Ach, ich interessiere mich einerseits für die Kunst, mit Kräutern zu heilen. Und auf der anderen Seite verbringe ich, seit ich denken kann, ziemlich viel Zeit damit, zu ergründen, was wir Menschen auf diesem schönen Planeten anrichten. Also mit den Fragen, mit denen man sich so wunderbar das Leben zur Hölle machen kann.«
»Ach, und ich dachte immer, das mit der Hölle besorgt die Kirche.«
Shane grinste schief. Jennifer war ihm sympathisch und unnahbar zugleich. »Und was machen Sie, Ms. Wilson, wenn ich fragen darf?«
»Du kannst mich Jennifer nennen, Adam.« Sie setzte sich an einen kleinen Tisch neben dem Fenster. »Ich bin wie du durch Interesse an den Richter geraten. Als ich meine Karriere als Anwältin begann, habe ich mir von ihm in erster

Linie Unterstützung versprochen. Aber irgendwann habe ich begriffen, dass ich tatsächlich Talent hatte und auf seine Protektion gar nicht mehr angewiesen war, und dann hat sich doch tatsächlich eine echte Freundschaft entwickelt.«
»Bist du denn genauso auf der Suche nach der keltischen Kultur wie die anderen?«
Jennifer lehnte sich zurück. »Na ja, ich teile durchaus Ronalds Meinung über die bedenkliche Geschichte des Vatikans. Es ist mir auch vollkommen gleichgültig, ob ein Verbrechen ein Jahr, hundert oder tausend Jahre alt ist, erst recht, wenn es sich um Mord und Folter handelt. Und was ich so ganz nebenbei als Frau von der katholischen Kirche halte, brauche ich dir wohl kaum zu erklären.«
»Aber es klappt wohl nicht so gut mit der Verfolgung alter Straftaten.«
»Nein, natürlich nicht, dazu müssten historische Taten strafbar sein. Und ... aber vergiss es, das ist nur Philosophie und Wunschdenken.« Jennifer erhob sich. »Schlaf gut.«
»Erzähl doch weiter«, entfuhr es Shane zu seiner eigenen Überraschung.
Sie warf ihm einen skeptischen Blick zu. »Meinst du das wirklich im Ernst?«
»Absolut.«

13

Dublin – 16. März, 5 Uhr morgens

Shane packte seine letzten Sachen nach gerade mal zwei Stunden Schlaf. Er fragte sich, warum er für dieses Hotelzimmer überhaupt Geld ausgab. Obwohl sie immer wieder auf Ronalds Spurensuche zurückgekommen waren, hatte er doch etwas mehr hinter Jennifers Fassade der Karrierefrau blicken können. Aber es gab sicher noch viel zu entdecken.
Wenige Minuten später traf er Deborah und Ryan, die bereits vor dem Hotel in einem Taxi warteten, das sie zum Flughafen bringen würde.
Kaum war das Taxi losgefahren, hob Ryan feierlich die Hand. »Bevor wir ins Flugzeug steigen, habe ich hier etwas, was unseren Geist stärken soll. Es soll uns helfen, unter dem Schutz unserer Ahnen diese Reise zum Erfolg zu bringen.«
Ryan zog drei kleine Stoffsäckchen aus der Tasche und gab eins Shane und eins Deborah.
Shane schnupperte an dem Säckchen. Mädesüß erkannte er sofort, dann Eschenblätter, Bartflechte, Alant, Efeu und Mistel. Es war ein süßlich herber Geruch, und er freute sich über dieses Geschenk, zeigte es doch zum ersten Mal eine Seite von Ryan, die er bisher vermisst hatte: den Druiden in ihm.
»Das ist aber noch nichts alles. Deborah hat dir eine irische Weisheit dazugelegt, die, glaube ich, sehr gut zu dir passt, Adam.«
Shane öffnete behutsam den Beutel und nahm einen Zettel heraus.

Handle, ehe es da ist.
Lenke, ehe es wirr ist.
Der Weise geht zurück den Weg,
den die Menschen gingen.
Um den Dingen zurückzuhelfen zu ihrer wahren Natur.
Und wagt nur eines nicht: wider die Natur und
die Einheit allen Lebens zu handeln.

»Danke, Thomas, und vielen Dank auch dir, Deborah. Ja, genau das ist es.« Shane nahm Ryans und Deborahs Hände. »Ich möchte euch beiden wirklich von Herzen danken.«
Ryan und Deborah lächelten und erwiderten seinen Händedruck.
»Noch eines, Adam. Wir haben keine Ahnung, was wir auf dem Kontinent erleben oder finden werden, aber ich bitte dich um dein Vertrauen, egal, was passiert«, sagte Ryan fast beschwörend.
Shane nickte. »Wie sehen jetzt unsere nächsten Pläne aus?«
»Wir fahren zuerst nach Klagenfurt. Dort bekommen wir von einem Freund von Ronald unsere Ausrüstung. Er hat eine Menge Geld investiert für uns drei Hobbyarchäologen.«
»Und dann? Ich meine, wir können doch nicht einfach überall rumlaufen und buddeln.«
»Adam, Thomas ist nicht das erste Mal in Dinge verwickelt, die eine besondere Mischung aus Mut und guter Planung erfordern«, versicherte Deborah.
Shane dachte kurz nach, dann wurden ihm ihre Worte klar. Ryan hatte seine Kindheit in Nordirland verbracht.

Jennifer hatte am frühen Morgen auf Wunsch von Mac-Clary ihre Termine verschoben. Jetzt saß sie in seiner Küche beim Frühstück, noch etwas lädiert von den nächtlichen Gesprächen mit Shane. Neben ihr werkelte Ms. Copendale herum und schimpfte vor sich hin.

»Ich habe immer schon gewusst, dass diese verflixte Rolle nur weiteres Unglück bringen wird«, grummelte sie zum wiederholten Male. »Ich hätte die Vitrine beim Putzen umwerfen sollen.« Sie goss Jennifer eine weitere Tasse Kaffee ein.

»Aber Ruth, nun beruhigen Sie sich doch. Erstens ist Thomas Ryan jemand, der weiß, wie man mit so etwas umgeht. Zweitens haben wir dafür gesorgt, dass niemand Ronald mit der Sache in Verbindung bringen kann. Und drittens glaube ich nicht, dass sie überhaupt etwas finden.«

In dem Augenblick kam MacClary herein, einen Hefter in der Hand.

»Jennifer, würdest du mich auf einem Spaziergang begleiten?«

»Ja, etwas frische Luft wird mir guttun.«

In der Diele half Ronald Jennifer in den Mantel. Draußen spiegelte sich nach einem morgendlichen Regen der strahlende Sonnenschein so stark auf der Straße, dass Jennifer ihre Sonnenbrille aufsetzte.

»Sag mal, Ronald, was soll denn bei dieser Expedition entdeckt werden? Du wirst dort bestimmt nicht Jesus' Grab finden.«

MacClary war ungewöhnlich ernst. »Ich habe dir noch nicht alles erzählt. Mein Vater hat entscheidende Dinge, die er in der Höhle gesehen hat, nicht bergen können. Das, was er noch niederschreiben konnte, ergab für mich einen Zusammenhang, der mich als Anwalt und Richter fasziniert hat.« Er gab ihr den Hefter. »Hier, bitte, lies das durch. Darin beschreibt er die Folgen des kirchlichen Handelns in

Kultur, Wirtschaft und Politik in der ganzen Breite unserer Gesellschaft.«

Jennifer stöhnte, kannte sie doch mittlerweile die ganze Geschichte des Christentums: eine Geschichte von Krieg und Folter und von Verrat und Missbrauch an den eigenen Idealen. Und sie kannte MacClarys Versuche, gegen die Kirche juristisch aktiv zu werden. 1984 war er als leitender Staatsanwalt an der Verurteilung des Jesuiten und Mafioso Michele Sindona beteiligt gewesen. Dieser Mann war bestens bekannt mit Papst Paul VI. gewesen, befreundet mit dem damaligen Leiter der Vatikanbank und mit der Neuordnung der Finanzen des Unternehmens beauftragt. Er wurde zwar für den bis dahin größten Bankenzusammenbruch in der Geschichte der USA verurteilt. Doch bevor MacClary zusätzlich die Anklage wegen der Verstrickungen der Vatikanbank in die Geldwäsche der Mafia durchbringen konnte, war Sindona nach Italien ausgeliefert worden. Und dort war er trotz strengster Bewachung kurz darauf mit Zyankali vergiftet aufgefunden worden.

»Jennifer, die Missbrauchsskandale, die Informationen über die Verstrickungen der Vatikanbank in internationale Geldwäsche und die schiere Masse an international tätigen Historikern, die eine fast lückenlose Kirchengeschichte des reinen Verbrechens aufzeigen, bieten uns vielleicht doch noch eine ungeahnte Chance, dem ganzen Spuk ein Ende zu setzen.«

»Und du glaubst, deine drei Abenteurer finden in der Höhle etwas, das dir dabei helfen könnte? Du spinnst doch komplett, Ronald MacClary!«

»Ich glaube noch viel mehr, Jennifer. Mein Vater sagte mir, dass schon die Gründung der Kirche ein krimineller Akt war und dass es noch vieles zu entdecken gibt, von dem

selbst die kritischsten Historiker nichts ahnen.« MacClary deutete noch einmal auf die Unterlagen seines Vaters. »Außerdem hatte ich letzte Woche einen Termin bei Bob Chaney. Er ist einer der Richter am internationalen Strafgerichtshof. Du kannst mir glauben, nach dem, was wir inzwischen wissen, kann sich der Vatikan seiner Immunität nicht mehr so sicher sein.«
»Tja, fehlt nur noch die UNO.«
»Spar dir deinen Spott.«
Jennifer wusste, dass es nur ein Land gab, dessen Rechtssystem vielleicht eine Angriffsmöglichkeit bot, und das waren die USA. Möglicherweise könnte Ryan mit seiner doppelten Staatsbürgerschaft und seiner Geschichte dabei helfen. Sie wusste auch, was MacClary nun erwartete. Sie sollte ihn vertreten. Sie konnte dem durchaus etwas abgewinnen. Selbst wenn ein solches Verfahren abgelehnt werden würde, könnte es zumindest für die nötige internationale Aufmerksamkeit sorgen, um das Thema in die öffentliche Diskussion zu rücken.
»Kann ich auf dich zählen? Rein theoretisch?«
Jennifer sah ihn an. Die ganze Geschichte war eigentlich blühender Unsinn, riskant und ohne Erfolgschance. Andererseits – eine gute Freundin von ihr, Louis Baker in Boston, hatte es als Staatsanwältin fertiggebracht, eine Klage der Schwarzfußindianer auf Herausgabe alter Kulturgüter so geschickt zu lancieren, dass der Richter den Fall zuließ und Jennifer ihn tatsächlich gewinnen konnte. Das verklagte Museum hatte die Artefakte schließlich zurückgeben müssen.
Aber im Vergleich zu dem, was MacClary vorschwebte, war das ein Waldspaziergang. »Wir werden sehen«, sagte sie ohne einen Ausdruck von Zustimmung im Gesicht.

Lambert spazierte ziellos durch die Sixtinische Kapelle, als Salvoni sich hektisch von hinten heranpirschte. »Ah, Salvoni, ich habe bereits von den Vorgängen in Dublin gehört. Was unsere österreichische Expedition angeht, haben Sie, denke ich, alles im Griff?«
Salvoni war überrascht von Lamberts Ruhe. »Ja, wir werden versuchen, bis zur Nacht vor Ort zu sein. Leider kennen wir die genauen Koordinaten nicht, aber ich habe einige Leute auf MacClarys Freunde angesetzt.« Ihn quälte das Gefühl, dass die Sache außer Kontrolle geraten könnte, da ihm seine Verbindungsleute beim österreichischen Geheimdienst noch immer keine Unterstützung zugesagt hatten.
»Sagen Sie, was ist unsere größte Sorge in dieser Angelegenheit?«
Salvoni sah Lambert ratlos an. Eigentlich hatte er mit Vorwürfen wegen der schlampigen Arbeit in Dublin gerechnet, nicht mit kryptischen Fragen. »Warum gehen wir nicht den inoffiziellen Weg und geben bekannt, was wir wissen? Wir könnten es als eine Entdeckung kundtun, die wir durch eigene Forschung gemacht haben.«
Lambert antwortete mit ungewöhnlicher Gleichgültigkeit. »Ach, Salvoni. Man muss die Geschichte kennen, um sie verachten zu können, und wer kennt schon unsere Geschichte? Die, die es tun, tummeln sich in einer atheistischen und orientierungslosen Welt der Wissenschaft. Von den Gläubigen wird das alles gar nicht wahrgenommen.«
»Aber hochwürdigste Eminenz, Sie wissen, dass MacClary uns schon einmal sehr dicht auf den Fersen war. Zu nahe, um es genau zu sagen. Wir können zwar nicht mit Sicher-

heit einschätzen, was er entdecken wird, aber wir können es ahnen. Es muss Ihnen doch klar sein, dass es noch möglich ist, Zeugnisse aus unserer Gründungszeit zu finden.«
»Selbst wenn das geschieht, ich habe immer schon damit argumentiert, dass man an das Handeln der Bischöfe in konstantinischer Zeit nicht die heutigen ethisch-moralischen Maßstäbe anlegen kann.«
Salvoni wusste, dass diese Argumentation einen doppelten Boden hatte, und er war sich sicher, dass auch Lambert es wusste. »Was sollen wir also tun?«
Lamberts Augen verengten sich. »Ich sage es Ihnen zum letzten Mal: Ruhe ist unsere stärkste Kraft. Tun Sie Ihre Arbeit, aber gehen Sie dabei kein Risiko ein. Es lohnt sich einfach nicht. Soll MacClary doch finden, was er will. Nehmen Sie sich ein paar Männer und kommen Sie ihm zuvor, aber bleiben Sie zunächst in der zweiten Reihe und greifen Sie erst dann ein, wenn es Sinn macht. Ich möchte nicht, dass MacClary denkt, wir sind an ihm und seinem Treiben noch weiter interessiert.«
Salvoni hatte seine Zweifel angesichts der vielen Skandale, die einer breiten Öffentlichkeit bekannt waren, aber er war klug genug, sie nicht zu äußern. »Gut, Eminenz. Es ist Ihre Verantwortung, und wir werden behutsam vorgehen.«
»Wohl wahr, Salvoni, es ist meine Verantwortung. Ich danke Ihnen, und halten Sie mich auf dem Laufenden.«
»Wann werden Sie den Heiligen Vater von den Vorgängen in Kenntnis setzen?«
Salvoni sah, wie Lambert das Blut in den Kopf schoss. Er stellte sich auf einen Zornesausbruch ein. Doch der Kardinal senkte seine Stimme und antwortete sanft: »Welche Vorgänge? Ich bitte Sie, Salvoni, der Heilige Vater hat zurzeit wirklich andere Dinge im Kopf als ein paar Schatzsucher

und ketzerische Frevler wie MacClary. Machen Sie sich darüber mal keine Gedanken.«
Salvoni hatte den Rüffel verstanden. »Sehr wohl, Eminenz.«

In Dublin saß Padre Morati vor seinem Schreibtisch. Seine Lippen und seine Hände zitterten, teils aus Gebrechlichkeit, teils, weil die Zweifel wieder einmal schmerzlich an seinem Gewissen nagten. Was hat er all die Jahre getan? Wie konnte er es verantworten, einer Kirche zu dienen, die seit ihrer Gründung eine brutale, menschenverachtende Spur durch die Geschichte gezogen hatte? Wie konnte ein Mensch von seiner Intelligenz an einen Gott glauben, dessen Blutzoll so hoch war?
»Würde uns Jesus morgen auf dem Petersplatz erscheinen, mit der gleichen Botschaft wie damals, wir würden ihn wieder töten, ihn wieder verraten und missbrauchen«, murmelte er vor sich hin und las weiter halblaut in einem Buch über die Landnahme und die wahre Herkunft seiner so lange geliebten Religion. »Neunzig Prozent der Gebräuche, der Gebote, Offenbarungen und Zeremonien fanden sich schon im Judentum. Das Christentum ist nichts als ein Bastard und schämt sich nicht einmal seiner mangelnden Originalität und seines Diebstahls. Was sie nicht den Juden gestohlen haben, raubten sie bei den Heiden. Dann schmähten und verfolgten sie auch noch die Beraubten und alle anderen Christen, die versuchten, nach der wahren Offenbarung Jesu zu leben und zu handeln. Wir würden heute vor weitaus weniger Problemen stehen, wenn wir diesen Geboten und nicht der verfälschten Bibel gefolgt wären.«
Morati legte das Buch beiseite.
Er hatte endlich einen Entschluss gefasst.

14

MAGDALENSBERG – 16. MÄRZ, 13 UHR

Shanes Flugangst hatte sich zum ersten Mal nicht eingestellt. Er fühlte sich durch die schicksalhaften Begegnungen der letzten Tage von einer Energie beflügelt, die sein Leben spürbar veränderte. Nach gut drei Stunden Fahrt vom Wiener Flughafen hatten sie Klagenfurt erreicht. Markus Steinberger, ein alter Freund von MacClary, der mit Ronald bereits 1970 versucht hatte, den Fundort auch ohne die Koordinaten aufzuspüren, hatte über Jahrzehnte geschwiegen und mit Geldern von MacClary immer wieder die neuesten archäologischen Geräte angeschafft. Nun fuhr er sie in einem dunkelblauen Transporter die Serpentinen zum Gipfel des Magdalensberges hinauf.

Oben angekommen bot sich ihnen ein schauriges Bild. Eine mittelalterliche Kirche mit einem ziemlich hohen Turm aus gelblich grauem Stein tauchte gespenstisch aus dem Nebel auf, der den Gipfel komplett einhüllte. Als sie ausstiegen, zog sich Shane die Kapuze seiner Jacke über den Kopf, um sich vor der feuchten Kälte zu schützen.

Schweigend streiften sie rund zehn Minuten durch einen bewaldeten Hang, als Shane plötzlich stehen blieb.

»Thomas, wie weit sind wir noch vom Zielpunkt entfernt?«, fragte er ungeduldig.

»Eigentlich sind wir fast dort, es müsste im Umkreis von fünfzig, vielleicht hundert Metern sein.«

Ryan drehte sich um und balancierte auf dem steilen Abhang auf Shane zu, die Magnetfeldsonde in der Hand. MacClary hatte ihm gesagt, er solle nach einer Art Trichter oder

Auswölbung suchen, einem Krater, der durch eine Sprengung entstanden sein könnte. Als er jetzt über Shanes Schulter blickte, sah er unterhalb dreier recht junger Bäume am Hang eine Vertiefung, die der Beschreibung entsprach.
»Nicht schlecht Adam, der Anzeige nach ist da unten ein ziemlich großer Hohlraum, aber wir müssen gute drei bis vier Meter graben. Ich fange vorsichtig an. Ihr beiden treibt euch unauffällig in der Gegend herum und gebt mir ein Signal, wenn sich jemand nähern sollte. Egal, was passiert – wir gehen erst im Schutz der Nacht rein.«
Shane und Deborah liefen in unterschiedliche Richtungen auseinander.

Dublin – 16. März, 15 Uhr

Jennifer hatte beschlossen, bei MacClary zu bleiben und auf ein erstes Signal von Ryan zu warten. Sie dachte an Adam Shanes letzte Worte während ihres nächtlichen Gesprächs. Er war der festen Überzeugung, eine Kultur sei verloren, wenn man den Menschen ihre ursprüngliche Spiritualität nahm. Um diese wieder aufzubauen, hatte er argumentiert, brauche es lange Zeit und vor allem Zeugnisse, Wissen und die alten traditionellen Zeremonien. Sie konnte ihm nur wenig entgegensetzen. Sie kannte das Schicksal der Indianer in den USA nur zu gut. Verlorene Seelen im eigenen Land. Auch hier waren es Christen gewesen, die einst das Land im Wahn ihrer eigenen göttlichen Erwählung besetzt und alle Andersgläubigen wie Vieh behandelt hatten.
Vielleicht hatte MacClary recht. Vielleicht konnten in diesem Land, das sich der Freiheit und der Wahrheit so sehr

verschrieben hatte, die Verantwortlichen für diese Taten zur Rechenschaft gezogen werden.
Langsam wurde sie selbst ungeduldig. Was würden die drei Kundschafter in der Höhle finden? Immer wieder hatte sie aufs Telefon gestarrt, aber bisher gab es kein Lebenszeichen vom Kontinent.
MacClary hingegen schien fast unbeeindruckt. Entweder war er wirklich so ruhig, oder er war ein noch besserer Schauspieler, als sie bisher gedacht hatte. Soeben beendete er in der Bibliothek ein Telefonat mit seinem Kollegen in Washington. Ms. Copendale hatte Tee bereitgestellt, und MacClary setzte sich zu Jennifer. Jetzt, aus der Nähe, sah sie, dass er doch nicht so gelassen war.
»Warum rufst du ihn nicht an?«, fragte sie.
»Weil wir vereinbart haben, dass er sich meldet. Und weil ich ihm die Genugtuung nicht nehmen will, die mit Sicherheit in diesem Anruf steckt. Schließlich bin ich überzeugt, dass er Erfolg hat. Ich weiß, dass du Ryan nicht magst, weil er dir zu roh und schroff vorkommt, aber ich kenne ihn besser als du. Er blickt wie ich auf eine sehr, sehr alte Familiengeschichte zurück. Und er weiß als Nordire sehr gut, wohin ein fanatischer Glaube führen kann. Denn das ist es doch, was du mir unterstellst – Fanatismus, oder nicht?«
»Ich unterstelle dir gar nichts. Aber du legst nicht alle Karten auf den Tisch, Ronald. Ich kenne dich zu gut, um das nicht zu merken. Was ist, wenn ihnen etwas passiert? Wenn die Höhle einstürzt? Oder wenn sie erwischt werden? Und was ist mit Adam? Ich meine, er hat doch keine Ahnung, was ihr wirklich im Schilde führt.«
»Du tust ja gerade so, als wären sie bedroht. Und was Adam angeht, so nehme ich ihn als einen durch und durch intelli-

genten und umsichtigen Menschen wahr. Außerdem versteht er sich mit Ryan sehr gut – was äußerst selten ist, wie du weißt.«
»Du hast sensibel vergessen.«
»Was sagst du?«
»Adam ist ausgesprochen sensibel und intuitiv, abgesehen von seiner hohen Intelligenz.«
»Ja, umso besser«, entgegnete MacClary.
Jennifer merkte, dass er mit den Gedanken schon wieder irgendwo anders war. »Du verstehst mich nicht.«
»Doch, doch, ich verstehe dich sogar sehr gut. Es war kaum zu übersehen, dass er dir gefällt.« MacClary stand auf. »Was ich von Adam in der kurzen Zeit mitbekommen habe, ist, dass er die spirituellen Folgen der christlichen Dominanz sehr ähnlich beurteilt wie wir. Er will genauso …«
»… die Christen auf den Scheiterhaufen bringen? Nein, ich glaube kaum, dass das Adams Wunsch ist.«
MacClary schnaufte einmal kräftig aus. Aufgebracht stellte er sich vor Jennifer. »Davon kann doch keine Rede sein, Jennifer! Der Vatikan ist nicht das Christentum.«
Das hatte Jennifer schon zu oft gehört. Für MacClary war der Vatikan nichts weiter als der Ursprung einer unglaublichen Serie von Verbrechen gegen die Menschlichkeit. Lange Zeit stimmte sie darin überein, war es eine gemeinsame Überzeugung aus reiner Berufung zur Gerechtigkeit, aber jetzt bekam sie ein merkwürdiges Gefühl im Bauch. Was plante er wirklich?
»Begreifst du denn nicht, Ronald? Was Adam sucht, ist eine neue Balance, die er in der verlorenen Stammeskultur der Kelten genauso entdeckt hat wie bei anderen Naturvölkern. Erst ging der innere Halt der Stämme verloren und dann mit dem Einzug des Superkapitalismus auch noch der

Halt der Familien. Darin sieht er vor allem das Drama, ihm ist dein Kirchenhass völlig fremd.«
»Aber er sieht auch, dass dieses Drama seinen Ursprung in einer Natur und Mensch ausbeutenden Kultur hat. Und Adam ist kein …«
»Keine Ahnung, was er ist oder nicht ist. Ich weiß nur eines, er ist kein rachsüchtiger und egoistischer Patriarch wie du. Du hast nichts von ihm begriffen, dir geht es nur um dich, um deine Besessenheit …«
Jennifer stand auf und marschierte mit großen Schritten aus dem Zimmer. Einige Sekunden später knallte die Haustür zu.

Ziellos lief sie durch Arbour Hill, bis sie in einen kleinen Park kam. Sie setzte sich auf eine Bank, um ihre Gedanken zu ordnen. Es war kalt, sie hätte etwas Wärmeres anziehen sollen. Ihr Großvater kam ihr in den Sinn, der als Heilpraktiker in der Grafschaft Cork gearbeitet hatte und frostige Temperaturen liebte. Er war einer der wenigen im Ort, die nicht katholisch waren, dazu hatte er seine ganz eigenen Theorien über die Wege des Lebens. Sie musste zwischen acht und neun Jahre alt gewesen sein, als er ihr zu erklären versucht hatte, warum es so viele arme Leute in ihrem Dorf gab. Vor langer Zeit hätten dort weise Menschen gelebt, deren geistiger Einfluss die Habgier der Grafen und Händler im Zaum gehalten hatte. Doch als diese Lehrmeister irgendwann vertrieben wurden, verschwanden mit ihnen das Erbarmen und das Verantwortungsbewusstsein füreinander.
Jennifer zog ihre Jacke fester um sich. Sie stand auf und ging weiter. Die kalte Luft hatte ihr gutgetan.

Magdalensberg – 16. März, 17.30 Uhr

Cassidy zündete sich eine Zigarette an – die wievielte eigentlich? Wütend schmiss er das Feuerzeug gegen die Windschutzscheibe des kleinen Vans. Seit Stunden wartete er nicht nur auf die Verstärkung durch Kräfte der vatikanischen Polizei und archäologische Spezialisten aus Rom, sondern auch auf die von Salvoni in Aussicht gestellte Unterstützung durch den österreichischen Geheimdienst. Immerhin waren zwei Busse in Rom bestens ausgestattet worden, um eine schnelle Bergung der Artefakte zu ermöglichen. Er brauchte eigentlich nur die Diplomaten des Vatikans, dann würde er problemlos auch ohne fremde Hilfe zurechtkommen.
Cassidy griff zum Handy und rief Salvoni an, der sich vor Ort persönlich um die Bergung kümmern wollte.
»Bewahren Sie Ruhe, Cassidy, wir brauchen noch etwa zwei Stunden. Es war kein Kinderspiel, das alles hier zu organisieren. Haben Sie MacClarys Freunde verfolgen können?«
»Ja, allerdings, und ich kann Ihnen jetzt schon sagen, wir kommen zu spät. Sie haben die Höhle bereits gefunden und sind vermutlich schon drin. Und ich sitze hier und habe nur zwei Männer. Was soll ich tun?«
»Das ist sehr bedauerlich, aber der Kardinalstaatssekretär schätzt die Lage nun mal anders ein als wir. Bleiben Sie im Hintergrund, versuchen Sie, sich vorsichtig zu nähern, aber greifen Sie nicht ein, bevor ich da bin.«
»Geht in Ordnung, ich bleibe im Hintergrund und halte mich zurück.« Cassidy war ein linientreuer Befehlsempfänger. Er hatte es sich schon lange abgewöhnt, irgendeinem Vorgesetzten zu widersprechen.

15

Magdalensberg – 21 Uhr

Ryan schaufelte nun seit fast drei Stunden. Inzwischen war es dunkel geworden, und die Bäume, die vor dem Eingang der Höhle standen, wirkten im wattigen Nebel wie uralte Wächter. Shane und Deborah hatten nichts Verdächtiges entdecken können und waren zurückgekehrt.
Gerade als Shane beim Schaufeln mithelfen wollte, krachte es unter ihm. Der Boden gab nach. Shane hielt sich an einem Baum fest und reichte Ryan in letzter Sekunde die Hand, sonst wäre er in die Tiefe gerissen worden.
Nachdem sich Ryan mit Shanes Hilfe wieder gefangen hatte, herrschte für einen Augenblick absolute Stille. Deborah setzte sich zu ihnen und schüttelte den Kopf.
»Das war's dann wohl. Da kommen wir doch heute Nacht nicht mehr durch.« Resigniert zog sie ein Tuch aus der Jackentasche und putzte ihre beschlagene Brille.
»Blödsinn«, lachte Ryan und ließ sich langsam in die Bodenöffnung gleiten. »Gib mir die Schaufel und eine Taschenlampe.«
Shane traute seinen Augen nicht. Ryan leuchtete rund drei Meter unter ihnen tatsächlich in ein Loch, das etwa einen Meter Durchmesser hatte. Das Licht wurde von der Dunkelheit aufgesaugt, als hätte der Raum dahinter nur darauf gewartet, endlich seine Geheimnisse preiszugeben. Das Erdreich rutschte nach. Ryan schaufelte wie besessen so viel frei, dass er hineinschlüpfen konnte.
Dann glitt er einige Meter tiefer in die untere Kammer, aber er konnte kaum etwas erkennen, da der Einsturz immer

noch Sand herunterrieseln ließ. Er sah skeptisch zur Höhlendecke, bevor sein Blick auf die ersten Fundstücke fiel. Gebannt starrte er auf die Artefakte. Einen Augenblick später war er den Tränen nahe. Vor ihm strahlte ein Bronzeschild, graviert mit keltischen Symbolen. Über dem Schild hatten die Erbauer das Rad des Seins in das Gestein geschlagen. Es zeigte die vier Himmelsrichtungen, die durch einen zentralen Kreis vereint wurden. Gleichzeitig stand es für das Universum, bestehend aus den vier Elementen – Erde, Luft, Wasser und Feuer – und einem fünften, jenem Element, das alles zusammenhielt.
Ryan kniete sich nieder wie zu einem stillen Gebet. Ronald MacClary hatte wirklich nicht zu viel versprochen. Er empfand Ehrfurcht bei dem Gedanken, vielleicht vor den letzten Hinterlassenschaften seiner Ahnen zu stehen. Seine Mutter hatte ihm erzählt, dass seine Familie kurz vor der Flucht nach Irland großen Einfluss am römischen Kaiserhof gehabt hatte. Was würde wohl hier auf ihn warten?
Er ließ den Lichtstrahl seiner Taschenlampe noch ein wenig rundum leuchten, bis er einen Durchbruch fünf oder sechs Meter weiter hinten entdeckte. Shane und Deborah waren ihm inzwischen schweigend gefolgt. Shane schritt voran und lief allein durch den Zugang.
Für ein paar Augenblicke war es totenstill in der Höhle, dann hörten sie ihn atemlos rufen. »Thomas, Debbie, es ist einfach unglaublich.«
Ryan stellte eine größere Lampe auf, sodass sie den kompletten Fund bei hellem Licht betrachten konnten.
Sie standen vor rund hundert Kisten, die mit einer Schicht überzogen waren, wahrscheinlich Wachs. Daneben waren weitere Schilde aus Edelmetall zu sehen, einige Steintafeln, die mit Runen ausstaffiert waren, dazu Schwerter und dann,

weiter hinten, ein zweiter Durchgang. Shane stand wie gelähmt davor. Ryan hatte inzwischen eine Plane vor den Eingang gespannt, damit weder Licht nach außen noch weitere Feuchtigkeit nach innen dringen konnte.
Ryan fand als Erster die Sprache wieder. »Komm, Deborah, wir öffnen vorsichtig einige Kisten. Dann wird sich zeigen, ob sich der ganze Aufwand wirklich gelohnt hat.«
Shane sah ihn verwirrt an. »Du meinst, diese Steine, die Schilde, der ganze Schmuck und die Waffen haben eigentlich gar keinen Wert?«
»Oh doch, für die Museen Europas ist das alles sicher von unschätzbarem Wert. Aber nicht für mich.«
»Die Steintafeln enthalten keinerlei Informationen über den Zweck der Bibliothek«, setzte Deborah mit forschendem Blick hinzu.
»Was wir suchen, sind die Schriftrollen, die MacClarys Vater damals entdeckt hat«, erklärte Ryan.
Er öffnete die erste Kiste und sank frustriert und verzweifelt in die Knie. Alles war so gut wie zerstört, obwohl einige Pergamente sich vielleicht noch unter einer Computertomografie das eine oder andere Geheimnis entlocken lassen würden.
Shane riss unterdessen eine alte Plane weg, die mit Zeichen der britischen Truppen versehen war, und ging in den nächsten Raum. Tief beeindruckt blieb er stehen.
Der annähernd kreisrunde Raum war gut achtzig Quadratmeter groß, und in die Wände aus Vulkangestein waren Kammern geschlagen worden, etwa halb so groß wie ein Sarg. In diesen Kammern lagen Pergamentrollen, viele auf den ersten Blick noch gut erhalten, dazu unzählige weitere Schmuckstücke, Armreife und kleinere Steine mit eingravierten Symbolen. In der Mitte des Raumes lag ein runder,

geschliffener Stein, gute drei Meter im Durchmesser, sicher dreißig Zentimeter dick, mit einer eingravierten Spirale. Shane kannte das Symbol: die Spirale des Lebens.
Unwiderstehlich zog es ihn ins Zentrum des Steins. Er setzte sich und sah sich verwirrt um. Die Eindrücke, die auf ihn einströmten, waren fast zu heftig. Er war an einem Ort, an dem sich die ganze Energie einer alten Kultur konzentrierte. Ein Hauch aus der Vergangenheit? Nein, es fühlte sich nicht vergangen an. Es war ein Hauch der Kultur, nach der er sich innerlich sehnte, ohne sie je wirklich verstanden zu haben. Konnte es wirklich sein, dass sich hier der Untergang der Druiden und ihr Vermächtnis manifestierten? Es erschien ihm sinnlos, das Rad der Geschichte zurückzudrehen, wie MacClary es gern hätte. Die Frage, wie sich die Menschen mit dieser Kultur weiterentwickelt hätten, war durchaus wichtig, aber Shane spürte, dass dieser Tag mehr mit der Gegenwart und der Zukunft zu tun hatte als mit der Vergangenheit. Mit dem Öffnen dieser Bibliothek – anders konnte man das angesichts der Masse an Hinterlassenschaften nicht nennen – würde etwas Größeres ausgelöst werden, als sie sich im Moment überhaupt vorstellen konnten, dessen war er sich gewiss.
Er schaute sich wieder um. Der Raum hatte eine archaisch anmutende Ästhetik und Klarheit, die für ihn atemberaubend war. Ein weiterer Durchgang zog ihn unwiderstehlich an. Er zwängte sich durch den engen, etwa fünf Meter langen Gang, bis sich vor ihm ein noch größerer Raum auftat, der ihm endgültig den Atem raubte.
»Thomas, Debbie, kommt schnell her, ich glaube, hier ist alles, was ihr sucht«, brachte er schließlich heraus.
Der Raum war weitaus chaotischer als die beiden anderen; überall lagen Holzbalken, leere Pergamente, Kisten, Ker-

zen, einige Waffen, Krüge ... Dann sah Shane etwas, das ihm das Blut gefrieren ließ. In einer weiteren Auswölbung der Höhle stand ein riesiger Tisch. Darunter waren Fächer zu sehen, angefüllt mit weiteren Pergamenten. Auf dem Tisch fanden sich unzählige Becher und Stäbe, die wie Schreibfedern aussahen. Ein Stuhl stand vor dem Tisch, und unter zerfressenen Stoffresten sah er ein Skelett, dessen Schädel auf den Tisch und ein weiteres Pergament gefallen war.
»Adam?«
»Hier hinten! Ihr müsst durch den nächsten Durchgang«, rief Shane mit belegter Stimme.

Ryans Frustration wich einer Welle der Euphorie, als er die Pergamente in dem zweiten Raum sah. Deborah entdeckte den nächsten Durchgang und ging in den dritten Raum, wo Shane immer noch völlig fassungslos stand.
»Thomas?«
»Wartet, ich komme gleich, ich muss mir das hier erst ansehen«, sagte Ryan, der allmählich schon nicht mehr wusste, wo er anfangen sollte.
Er gab sich einen Ruck, ging auf eine der Kammern zu und hob vorsichtig einige Pergamentrollen heraus. Sie waren wirklich erstaunlich gut erhalten. Ob es ohne allzu großes Risiko möglich war, sie zu öffnen und gleich in einer seiner Spezialboxen verschwinden zu lassen?
Als er die erste Rolle in die Hand nahm, spürte er, dass dies ein heiliger Augenblick war.
Hier standen drei Iren mit keltischen Wurzeln, die in diesem Moment die Verantwortung dafür übernahmen, ihrer angestammten Kultur den Platz in der Welt zurückzuerobern. Ob sie diese Verantwortung nun tragen wollten oder nicht.

Schon der Anblick der Schrift ließ seinen Adrenalinspiegel in die Höhe schnellen. »Deborah, ich brauche dich hier.«
Deborah zwängte sich wieder zurück in die Kammer zu Ryan.
Er hielt ihr ein aufgerolltes Pergament hin, in der Hoffnung, sie könne es übersetzen. Deborah hatte für seinen Wagemut, das Pergament anzufassen, nur Kopfschütteln übrig.
»Vertrau mir einfach. Wir haben nicht viel Zeit, und wir müssen diese Chance nutzen«, sagte Ryan in diesem bestimmenden Ton, den sie so gar nicht leiden konnte.
»Das ist ja nicht zu fassen! Es ist – da ... siehst du die Zahlen? Es ist bereits 315 geschrieben worden von einem ... einem Druiden, der ...« Deborah zögerte ungläubig, aber sie sah es ja vor sich, mit dunkelbrauner Tinte auf dem Pergament, in lateinischer Sprache war es geschrieben! »... der einen Abend beschreibt, an dem vielleicht er selbst, vielleicht aber auch ein anderer Druide am Hof Konstantins als Wahrsager zugegen war. Er beschreibt ein Gespräch, das er belauscht hat, ein Gespräch zwischen Konstantin und einem Bischof. Konstantin erklärte, er sei bereit, den Christen zu helfen, da er in ihrem Gott eine wichtige Offenbarung erkenne. Doch ihre Schriften seien nicht überzeugend genug, um seine Armeen zu führen. Um die Menschen von diesem Glauben zu überzeugen, brauche es mehr ... den Rest kann ich nicht entziffern, dafür brauche ich eine Vergrößerungsmöglichkeit. Und Zeit, Thomas, ich brauche einfach mehr Zeit.«
Ryan sah, wie angespannt Deborah war, aber er hatte vorerst auch genug gehört. Dieses Beweisstück war mehr wert als alles Gold in dieser Höhle. Wenn es anerkannt werden würde, könnte es das Ende der Kirche einläuten. Auf jeden Fall war dies der unumstößliche Beweis für Konstantins

wahre Motive. »Großartig, Deborah, diese Rolle nehmen wir mit. Und was ist mit dieser hier?«

Shane war inzwischen in den Raum mit dem gravierten Stein zurückgekehrt. »He, wo bleibt ihr beide? Wollt ihr nicht sehen, was ich gefunden habe?« Ryan reagierte nicht. Erst als Deborah zum zweiten Mal nach ihm rief, folgte er den beiden in den letzten Teil der Höhle. Am Eingang zum dritten Raum blieb er stehen und nickte, als hätte er mit nichts anderem gerechnet. »Das war's dann wohl. Ich meine ... ja, jetzt haben wir es wirklich gefunden.«

»Was haben wir gefunden?«, fragte Shane und sah die beiden ratlos an.

Deborah warf Ryan einen bedeutungsvollen Blick zu. »Sag es ihm endlich, Thomas.«

Er seufzte und setzte sich vor den Tisch, an dem das Skelett lag. »Und du solltest dich auch besser setzen, Adam.«

Ryan atmete tief durch. »Also gut, wahrscheinlich ist jetzt wirklich der richtige Moment dafür. Adam ... ich bin ein direkter Nachfahre dieser letzten keltischen Druiden und verfüge über schriftliche Aufzeichnungen mit einem Stammbaum, der bis in das vierte Jahrhundert zurückgeht. Einer Zeit, in der die Druiden, die sich nicht dem Christentum unterwerfen wollten, vor den römischen Schergen nach Irland und Schottland geflüchtet sind. Abgesehen von diesem Stammbaum gibt es aber auch mündliche Überlieferungen, die in meiner Familie über viele Generationen weitergegeben wurden. Danach kam 325 eine Gruppe von Druiden, darunter Rodanicas, der Römer Datanos und sechs Schüler, in Britannien, im heutigen Dover an, um sich auf den Weg nach Irland zu machen.«

Irgendwo an der britannischen Küste –
15. September 325 n. Chr.

»Die Götter waren mit uns«, sagte Datanos.
»Ich kann nur ahnen, wie viele von unseren Stämmen sie noch überfallen haben«, murmelte Rodanicas. Auf ihrer Flucht hatten sie Fürchterliches gesehen. Viele seiner Schüler und andere Führer der geheimen Schulen hatten ihr Leben verloren. Er setzte sich auf einen Stein. Die Reise war mühsam und voller Gefahren gewesen; beinahe hätte ein Sturm ihr Schiff kurz vor der Ankunft noch zum Kentern gebracht. Hustend schaute er auf Datanos, der nun die Tasche mit den Pergamenten öffnete, die ihm Aregetorix anvertraut hatte. Auf einem der ersten Pergamente fand er Anweisungen für Rodanicas.
»Was ist das?«, fragte Datanos erstaunt.
Rodanicas stand mühsam auf und schaute auf das Pergament.
»Das sind Aufzeichnungen über die Ahnen eines jeden von uns. Aregetorix ist der einzige Druide, den auch die Inselkelten kennen und respektieren. Die Ehre, die man ihm erweist, wird es uns ermöglichen, hier Fuß zu fassen und neu anzufangen«, sagte er. »Nur du, Datanos, du bist Römer und musst deinen Weg selbst gehen. Aber ich biete dir an, mit mir zu kommen. Ich werde dir den gleichen Schutz gewähren, wie er mir widerfährt.«
»Du weißt, dass ich dir folgen werde, wohin du auch gehst.«
Datanos zog die anderen Pergamente heraus und gab sie Rodanicas.
Der stand auf und wandte sich an die jungen Druiden. »Ich gebe jedem von euch nun seine Ahnentafel. Ihr wisst, was zu tun ist: Jeder von euch sucht sich einen Ort, an dem er

leben und im Verborgenen alles weitergeben kann, was wir euch gelehrt haben. So werden wir die Zeit der Finsternis überdauern. Nur zwei von uns werden das Wissen über den Ort weitergeben, an dem Aregetorix das wahre Zeugnis bewahrt. So wird es sein – bis die Menschen eines Tages nach ihrer wahren Herkunft suchen.«
Feierlich übergab er die Pergamente, dann wandte er sich an einen der Männer. »Du, Uratorix, bist der Zweite, der den Ort bewahrt, an dem dein Vater Aregetorix verweilt.« Er gab dem Druiden das letzte Pergament. »Wir gehen am Abgrund dieser Zeit und kehren am Abgrund einer anderen Zeit wieder. Und nun geht.«
Mit ernsten Mienen umarmten sich die Männer und gingen auseinander, ohne noch einmal zurückzuschauen.

»Der Mann, den du hier vor dir siehst, ist Aregetorix …«
Ryans Stimme versagte. Wie lange mag er wohl sein Wissen und all seine Fragen mit sich herumgetragen haben?, schoss es ihm durch den Kopf. »Bisher war es nur eine Legende, aber jetzt stehen wir vor dem Beweis. Die Geschichte von dem Druiden, der zurückgelassen wurde, um ihre Schätze zu schützen, solange er lebte – das hier ist der Mann.« Erschöpft ließ er seine Arme, die er feierlich erhoben hatte, sinken.
Deborah hatte inzwischen ein weiteres Pergament geglättet und studierte es aufmerksam. Ryan drehte sich zu ihr um. »Was hast du gefunden?«
»Hier schreibt ein weiterer Druide namens Cetanorad eine Warnung an alle Druiden und Kelten. Es ist schwer zu übersetzen, ein grauenhaft schlechtes Latein, aber ich verstehe doch immerhin so viel: Ein Teil der Druiden wusste, was in Rom vor sich ging. Es ist von Fälschungen die Rede

und davon, dass ihr Wissen sie das Leben kostet, wenn sie nicht fliehen. Und hier, oh nein ...« Deborah verstummte.
»Was denn, sag schon!«, forderte Ryan.
»Er schreibt einem Bischof, dessen Namen ich nicht entziffern kann, eine Aussage zu, die dem Kaiser mitgeteilt wurde, wie eine Bedingung zu einem Vertrag: ›Wer die Heiden besiegen will, muss die Druiden vernichten.‹«
»Und weiter?«
»Der Bischof fordert vom Kaiser, die Schriften von Porphyrius zu vernichten.«
Ryans Blick verhärtete für einen Moment.
»Nun, dann sind wir jetzt im Besitz der einzig verbliebenen Abschrift«, sagte Ryan und öffnete vorsichtig eine Kiste, in der das Traktat lag. »Das wird interessant werden.«
»Sollten wir uns nicht langsam bei MacClary melden?«, fragte Shane.
»Später, Adam, das muss warten. Erst sollten wir uns noch ein wenig umsehen, damit wir vernünftig entscheiden können, was wir mitnehmen und was wir hierlassen müssen.«
Ryan drehte sich einmal um die eigene Achse und deutete hilflos auf die Menge an Fundstücken.

Magdalensberg – 22 Uhr

Cassidy wartete noch immer auf Salvoni und begnügte sich angesichts der letzten Befehle mit der Analyse der Aufzeichnungen, die einer seiner Mitarbeiter noch hatte auffangen können, kurz nachdem die drei Iren in die Höhle eingedrungen waren. Inzwischen hatten die Erdmassen den Empfang unmöglich gemacht. Gerade als er sich seinem

mitgebrachten Proviant widmen wollte, klingelte sein Handy. Salvoni war auf dem Display zu lesen.
»Ja.«
»Cassidy, wir sind in zehn Minuten bei Ihnen, wie ist die Lage?«
»Hier tut sich gar nichts«, antwortete Cassidy fast gelangweilt. »Sie sind immer noch in der Höhle, aber was wir hören konnten, spricht nicht von einem großen Fund. Aber selbst wenn die drei in der Höhle etwas gefunden haben, könnten sie mit ihrem kleinen Van ohnehin nicht viel abtransportieren.«
»Gut gemacht, Cassidy, bis gleich.«

Salvoni ließ seine Truppe unterhalb des Magdalensberges die Busse parken und fuhr hinauf, um sich selbst ein Bild zu machen. Ein gutes Dutzend schwarz gekleideter Männer, zum Teil bewaffnet und mit modernsten Geräten für die Bergung der vermuteten Fundstücke in der Höhle ausgestattet, bereiteten sich auf ihren Einsatz vor. Sie hatten klare Anweisung von Salvoni bekommen: Die Aktion musste schnell und so unspektakulär wie möglich ablaufen. Keinesfalls durfte es zu einer direkten Auseinandersetzung kommen oder womöglich zu einem Schusswechsel, da sie nicht über die Rückendeckung der österreichischen Polizei verfügten.
Er sah sich prüfend um und rief Lambert an. »Wir kommen zu spät, sie sind bereits drin. Aber offenbar haben sie nichts Bedeutsames gefunden, wenn ich meinen Männern glauben darf. Dennoch sollten wir uns vergewissern.«
»Warten Sie ab, bis sie wieder rauskommen, und dann wissen Sie, was Sie zu tun haben.«
»Aber Eminenz, wir müssen den Schutz der Dunkelheit

nutzen! Was ist, wenn sie bis zum Morgengrauen nicht herauskommen?«
»Dann haben Sie freie Hand, zu tun, was Sie für angemessen halten.«
Salvoni unterdrückte mühsam ein erleichtertes Seufzen. Freie Hand. Darauf hatte er die ganze Zeit gewartet. Eine solche Operation war sein Spezialgebiet, und er wusste sehr genau, wie er sie durchführen musste.

16

Magdalensberg – 23 Uhr

Gemeinsam mit Deborah versuchte Shane, weitere Rollen zu identifizieren. »Mein Gott, wenn ich mir überlege, was wir hier gefunden haben! Diese Aufzeichnungen widersprechen doch in jeder Hinsicht dem Bild, das uns bis heute von den Druiden und Kelten überliefert wurde!«
Shane war wie gebannt von den zahllosen Pergamenten. Nun konnte vielleicht die wahre Geschichte der Druiden erzählt werden. Alles hier deutete darauf hin, dass sie der Schlussstein und die Architekten der gesamten keltischen Gesellschaft waren. Deborah ließ vorsichtig eine weitere Rolle in der dafür vorgesehenen Box verschwinden. Den Druiden war die Vorstellung eines Imperiums völlig unbekannt, für so etwas gab es in keiner keltischen Sprache eine treffende Bezeichnung. Kein Wunder, dass sich diese Kultur im Dunstkreis der sogenannten ›pax romana‹ nicht halten konnte, dachte Shane. Alle, die der heilige Patrick nicht durch seine Intrigen christianisierte, unterwarfen sich am

Ende freiwillig. Viele Druiden konvertierten und zogen Adel und Könige mit. Aber hier standen sie vor dem Ursprung.

»Oh, sieh dir das an, eine vollständige Liste von Heilkräutern und ihren Anwendungsgebieten. Das muss doch ein Vermögen wert sein!«, freute sich Deborah.

Als Shane eine weitere Rolle hervorzog, runzelte sie kurz die Stirn und scannte hastig den Text. »Nimm das auch mit, das ist eine Beschreibung der Fähigkeit, telepathisch zu kommunizieren und Einfluss auf das Wetter, Tiere und Menschen zu nehmen. Selbst wenn das alles nur Mythen sind – interessant ist es allemal.«

»Nein, Deborah, ich glaube nicht, dass es nur Mythen sind. Wenn die Druiden wirklich über diese Fähigkeiten und über dieses Wissen verfügten, wäre das doch ein weiterer Grund gewesen, sie zu verfolgen. Ich meine, vor so viel geballtem Wissen und derartigen Fähigkeiten mussten die Römer doch ebenso viel Angst gehabt haben wie die Christen. Deshalb brauchten sie diesen Supergott, den einzig wahren Gott. Nur so konnten sie ihre Armeen mit der nötigen Kraft ausstatten, um das Imperium zu erhalten. Ich glaube, die Druiden hatten wirklich Zugang zu einem universellen Wissen, zu einer Gabe, die Anziehung ausübte und …«

Ryan war in den Raum zurückgekehrt. »Sobald alle Boxen und Kisten voll sind, die wir mitnehmen können, will ich hier raus«, kommandierte er. »Und in einer halben Stunde rufe ich MacClary an und sage ihm, dass wir das hier unmöglich alleine bergen können.«

Er drehte sich um und ging in die nächste Kammer.

»Und was dann?«, fragte Shane.

»Das war es dann für uns«, antwortete Deborah. »So sieht

der Deal mit Ronald aus. Ryan darf so viel bergen, wie er kann, und nach Spuren suchen, die belegen, dass seine Vorfahren hier etwas hinterlassen haben. Der Rest ist Sache der Archäologen. Hier, schau dir das an!« Deborah übersetzte aus einer weiteren Rolle. »›Unsere Zeit ist vorüber. Sie foltern uns, um unsere Macht zu brechen und an ihre Quelle zu gelangen, doch sie werden scheitern. Wir kennen ihre Lügen …‹, schade, mehr kriege ich jetzt nicht raus.«
Shane hatte sich erhoben und wollte gerade ein gutes Dutzend der Rollen in eine der Kisten packen, die sie am Eingang gelassen hatten. Da sah er Ryan, der dastand und sich an die Stirn fasste. Von oben rieselten Staub und Sand auf seinen Kopf und auf ein weiteres Pergament, dessen Inhalt ihn offensichtlich sehr beschäftigte. Er nahm eine Plastikhülle, die im Inneren eine Spirale aufwies, sodass man vorsichtig ein Pergament darin verstauen konnte, ohne dass sich die Haut beim erneuten Einrollen berührte und so zusammenklebte. Er hatte Glück, die Rolle passte genau hinein. So konzentriert war er bei dieser Arbeit, dass er Shane gar nicht bemerkt hatte.
»Was machst du da, Thomas?«
»Das ist etwas Spezielles, ich erkläre es euch später.« Shane spürte Ryans Nervosität, aber auch seine Erleichterung. »Dieses Pergament enthält Aufzeichnungen von Rodanicas«, fuhr Ryan fort, »einer meiner Ahnen. Danach habe ich so lange gesucht. Du musst verstehen, dass ich diese Rolle nicht mehr aus der Hand geben kann.«
»Aber das ist nicht alles, oder?«, fragte er, einer plötzlichen Eingebung folgend.
»Nein, Adam, das ist bei Weitem noch nicht alles. Es gibt ja nicht nur mich oder meine Familie. Was hier liegt, gehört im Grunde genommen acht irischen Familien, deren Vor-

fahren sich Anfang des vierten Jahrhunderts bis nach Irland retten konnten. Eine der Geheimschulen, von denen wir schon gesprochen haben, eine dieser Schulen hat sozusagen bis in unsere Zeit überlebt. Und auch wenn das Ausmaß des Wissens und der Macht der Druiden nur noch in den irischen Sagen lebendig ist, waren wir uns doch immer sicher, dass es diesen Ort wirklich gibt und dass wir ihn finden müssen, um mehr über unsere Geschichte zu erfahren.«

»Dann ist es also tatsächlich wahr«, erklang es von hinten. Deborah war mit einigen Rollen auf dem Weg zum Ausgang.

»Was verspricht sich eigentlich MacClary von dem Ganzen hier?«, fragte Shane.

»Oh, eine Menge. Wie du ja weißt, hat ihm sein Vater mit diesem Rätsel eine schwere Bürde auferlegt. Außerdem teilt er die Obsession seines Vaters für die Frühzeit der Kirche. Du darfst nicht vergessen, der Mann ist Jurist bis in die Knochen. Und die Entstehungsgeschichte der Kirche ist für ihn eher so etwas wie die Gründungsgeschichte einer kriminellen Vereinigung. Diese Tatsache und alle Argumente dafür will er so unwiderlegbar dokumentieren, dass es die Öffentlichkeit endlich akzeptiert und der Vatikan seinen Einfluss verliert.«

Shane musste innerlich lachen. Wie naiv waren diese Leute? Glaubte Thomas tatsächlich, was er da sagte? Und der Richter? Den Einfluss des Vatikans eindämmen – dazu waren die Menschen einfach nicht bereit. Sie hatten immer schon über die Verbrechen hinweggesehen, die im Namen des Glaubens – jedes Glaubens – begangen worden waren. Die Geschichte, auch die jüngste Geschichte, war voll davon.

»Hinzu kommt, dass es die britische Regierung vor wenigen Monaten tatsächlich fertiggebracht hat, das Druidentum als Staatsreligion anzuerkennen. Ich bin mir sicher, wir werden hier auch Beweise finden, dass der Vatikan tatsächlich beträchtliche Teile unserer Kulturgüter beiseitegeschafft hat und irgendwo hortet. Aber lassen wir das jetzt. Sehen wir zu, dass wir hier rauskommen.«
Shane schüttelte verständnislos den Kopf. »Aber Thomas, was soll daraus denn werden? Wer sollte in die geheimen Archive des Vatikans kommen, um das zu prüfen?«
»Adam, es gibt im Vatikan keine geheimen Archive. Das ist lediglich eine von vielen Verschwörungstheorien.«
»Das musst du mir erklären. Es gab doch genug Veröffentlichungen, die das Gegenteil besagten.«
Jetzt mischte sich Deborah in das Gespräch ein. »Das Archivio Segreto Vaticano ist, wie das Adjektiv Segreto schon sagt, sowohl privat als auch geheim. Nur der Papst entscheidet darüber, welche Bestände für die Wissenschaft freigegeben werden. Aber dieses Archiv hat nichts mit dem Archiv der Glaubenskongregation zu tun. Und das Archiv des Papstes ist sicher nicht der Ort, an dem solche Dinge aufbewahrt werden.«
»Aber wo sonst?«, fragte Shane.
Deborah hob ihre Hände. »Weiß der Teufel, Adam. Und das sage ich nicht nur so dahin.«

DUBLIN – 17. MÄRZ, 0.15 UHR

MacClary konnte seine Unruhe kaum noch zügeln. Mein Gott, Thomas, jetzt ruf schon an!, dachte er, während er in der Bibliothek auf und ab ging. Zum ersten Mal bekam er Angst, dass sich Ruths Warnung als Vorahnung erweisen könnte.
Jennifer hatte es sich vor dem knisternden Kamin unter einer Decke in einem Ledersessel gemütlich gemacht. Er blieb vor ihr stehen.
»Du willst also aussteigen, habe ich das richtig verstanden?«
Jennifer sah zu ihm hinauf. »Ja, Ronald. Ich habe die letzten Jahre erkannt, wie wenig mich dieser Beruf noch erfüllt. Die Fortschritte, die wir im internationalen Recht erzielen können, sind verschwindend gering, gemessen an den Aufgaben, die vor uns liegen. Ich bin einfach müde und ertrage es nicht mehr, in Hotels zu schlafen und selbst zu Hause immer in ein kaltes, leeres Bett zu kriechen.«
Er zögerte kurz, dann setzte er sich zu ihr an den Kamin. Für eine Weile war nur das Knacken und Knistern der Flammen zu hören, dann sprach er leise weiter. »Es ist nicht so, dass ich gern zusehe, wenn jemand seine Karriere in den Sand setzt, aber in diesem Fall bin ich als dein Freund geneigt, dich nicht davon abzuhalten.«
»Du lässt mich einfach so ziehen?«
»Glaubst du, ich sehe nicht, wie es dir geht?« MacClary stand auf, um sich einen Whiskey zu holen. »Seit dem Scheitern der UN-Reform hast du keinen Tag mehr mit Freude von deiner Berufung gesprochen.«
In diesem Moment klingelte das Telefon. Beide zuckten erschrocken zusammen, und Ruth, die gerade Tee servieren

wollte, eilte zum Apparat, um den Anruf entgegenzunehmen.
MacClary kam ihr zuvor. Die Hand auf dem Hörer hielt er noch einmal kurz inne, als könnte er schon ahnen, was Ryan ihm in den nächsten Sekunden berichten würde.
»Thomas, geht es euch gut?«
»Mehr als gut. Was wir gefunden haben, übertrifft alle Erwartungen – und vor allem hat es meine erfüllt.« Ryans Euphorie war nicht zu überhören, er klang atemlos und sprach so schnell, dass man ihn kaum verstehen konnte.
»Thomas, ich bin überwältigt. Ihr habt wirklich die Schriftrollen gefunden? Und was war sonst noch da?«
»Dein Vater hatte mit allem recht, Ronald. Ich kann jetzt nur so viel sagen: Ich habe jede Menge von den Hinweisen gefunden, über die wir die letzten Jahre spekuliert haben.«
»Das heißt, du hast endlich die Spuren deiner Familie gefunden. Ich habe es immer gewusst, ich habe …«
»Warte, Ronald, die gute Nachricht hat leider auch eine Kehrseite. Es ist zu viel, wir können unmöglich alles bergen. Ich würde sagen, ich schicke Adam und Deborah mit den wichtigsten Rollen nach Dublin, aber der Rest muss so schnell wie möglich konserviert werden, sonst …«
»Verstehe, Thomas. Ich werde meine Kontakte ins österreichische Außenministerium nutzen, um eine sofortige Bergung der Artefakte organisieren zu lassen. Das heißt dann aber, ihr müsst so schnell wie möglich dort weg.«
»Kommt überhaupt nicht infrage. Ich bleibe so lange hier, bis ich sicher weiß, dass hier niemand sonst einfach so reinspaziert.«
Ohne MacClary die Chance zu geben, ihn vom Gegenteil zu überzeugen, hatte er aufgelegt.
»Verdammter Sturkopf«, sagte MacClary freudestrahlend.

Jennifer saß aufrecht auf der vordersten Kante ihres Sessels und sah MacClary erwartungsvoll an. »Erzähl schon, was haben sie gefunden?«

»Was würdest du sagen, wenn ich dir eine Möglichkeit bieten würde, deine Karriere mit einem der ältesten Kriminalfälle der Geschichte zu krönen?« MacClary hatte dieses Grinsen im Gesicht, das er nur zeigte, wenn er felsenfest von etwas überzeugt war.

Jennifer wusste, was jetzt kam. Wie oft hatten sie zusammengesessen und die verschiedensten rechtshistorischen und rechtstheoretischen Möglichkeiten hin und her gewälzt. Was wäre, wenn man der Kirche nachweisen könnte, dass sie im Besitz von Kulturgütern der Kelten oder der Druiden war? Was wäre weiterhin, wenn sich diese oder ihre Nachkommen auf das Völkerrecht berufen könnten und die Herausgabe verlangten? Tatsächlich hatte es in den letzten Jahren neue Ansätze im Völkerrecht gegeben. Waren bisher nur Staaten, aber nicht die darin lebenden Personen als Völkerrechtssubjekt anerkannt worden, so forderten inzwischen immer mehr Juristen weltweit, die gesamte Menschheit als ein einziges Völkerrechtssubjekt anzuerkennen. Würde die internationale Gemeinschaft sich darauf einlassen – die Folgen wären unabsehbar. Der brasilianische Regenwald zum Beispiel, dessen Abholzung das Klima bedrohte, könnte dann nicht mehr ohne Zustimmung der Staatengemeinschaft weiter zerstört werden. Auch der Anspruch auf Kulturgüter war betroffen – die Pyramiden oder die Buddhastatuen in Afghanistan, für die es leider schon zu spät war. Und letztlich auch der Anspruch auf historische Wahrheit.

»Du spielst auf die Bemühungen von Jackson O'Connor an?« Jennifer kannte den irischen Außenminister aus ihrer

Zeit in Brüssel. O'Connor war ein honoriger Mann mit einem modernen Verständnis von internationalem Recht, wenn auch ebenso ein Träumer wie MacClary.
»Na ja, auch. Immerhin hat er angedeutet, dass die irische Regierung bereit ist, alle keltischen Kulturgüter im eigenen Land den Nachfahren zu übergeben. Und so wie für die Juden Israel das Land der Verheißung ist, so ist es für die Kelten Irland.«
»Wie in aller Welt willst du den Vatikan dazu nötigen, seine Archive zu öffnen? Und selbst wenn – sie hätten doch in jedem Fall genug Zeit, alles zu räumen oder woanders zu verstecken! Ich meine, was willst du machen, einen Durchsuchungsbefehl vor der UNO erwirken?«
MacClary zog die Stirn in Falten. »Ich will ein Signal, Jennifer. Ein Fanal, könnte ich auch sagen. Man muss einen Prozess nicht immer gewinnen, um recht zu bekommen oder auch nur Gerechtigkeit walten zu lassen.«
»Mit anderen Worten, du willst sie vorführen. In Wirklichkeit geht es dir gar nicht um Recht und Gerechtigkeit, du willst sie einfach nur vorführen.«
»Warte ab, bis du siehst, was Thomas und die anderen entdeckt haben. Wenn Thomas sagt, er hat etwas Entscheidendes gefunden, dann ist das so.«
MacClary versuchte, sich zu beruhigen. Als er zum Telefonhörer griff, um durch die österreichischen Behörden ohne großes Aufsehen den Fundort sichern zu lassen, erinnerte er sich an die Worte seines Vaters. Sean MacClary hatte einmal gesagt, es gebe einen eindeutigen Grund dafür, warum man in Rom seine Arbeit so fürchtete: Weil er Wissenschaft und Vernunft mit einer bestechenden Logik zu kombinieren wusste. Es hatte ihm nie Vergnügen bereitet, den Glauben eines Menschen zu zerstören, aber die Reli-

gion, die die katholische Kirche predigte, war für ihn Kindertheater, inhaltlich absurd und primitiv. Und die Taten dieser Kirche empfand er als ebenso verachtenswert wie gefährlich.
Er konnte nicht ahnen, auf welch brisante Art und Weise ihm die Kurie schon bald zu Hilfe eilen würde.

17

Magdalensberg – 1.30 Uhr

Während Ryan und Deborah am Eingang damit beschäftigt waren, alles luftdicht für den Transport zu verpacken, zog es Shane noch einmal in den Raum mit dem Stein. In Büchern hatte er keinen eindeutigen Sinngehalt der Spirale gefunden, aber es wurde immer wieder behauptet, sie sei ein Symbol für das Streben der Seele nach einem Wachstum in höhere Sphären. In Irland handelte es sich sehr häufig nur um ein Symbol für die Sonne.
Shane hatte eine andere Theorie: Die Spirale stand für Zeit und Raum. Für die Druiden war die Zeit nicht linear gewesen. Sie hatte zwar Anfang und Ende, war aber dennoch unendlich. Und dazwischen konnte der Geist auf alles zugreifen, was geschehen war und geschehen würde. War es das, was Ryan gemeint hatte, als er ihm die Theorie des morphogenetischen Feldes erklärt hatte?
Shane setzte sich auf den Stein, um noch ein wenig zu sich zu kommen, bevor sie die Höhle wieder verlassen mussten. Wie konnte man die Träger dieser Kultur nur als Barbaren bezeichnen? Je länger er darüber nachdachte, desto größer

wurde sein Respekt für ihre Liebe zur Schöpfung und zu den wahren göttlichen Wundern.

Er legte sich auf den Rücken und sah plötzlich, wie sich die Spirale des Steins an der Decke in Licht manifestierte, wie eine lebendige Galaxie.

Er versank in Trance, konnte wieder seinen Körper mit fast jeder Zelle spüren, es kribbelte überall, und er sah die Bilder aus der Geschichte wieder vor seinem inneren Auge. Er konnte die Völker erkennen und fühlen, die in den vergangenen siebzehnhundert Jahren so sehr unter der Vorherrschaft der Christen und der Menschenverachtung der Kirche gelitten hatten. Er sah Indianer, die von den Truppen der Briten niedergeschossen wurden, sah die australischen Aborigines, die wie Vieh von ihrem eigenen Land vertrieben wurden. Er sah die Versklavung der arabischen und afrikanischen Stämme, die Frauen, die in Europa als Hexen verbrannt worden waren – Schrecken, immer mehr Schrecken, bis er es einfach nicht mehr ertrug. Er atmete tief durch.

Dann stand er auf und sah sich noch einmal in der Höhle um. Wie schwer musste es Ryan fallen, diesen Ort zu verlassen, ohne alles in Augenschein nehmen zu können. In dieser Höhlenbibliothek war das Vermächtnis seiner Familie aufbewahrt. Was wussten sie denn, was hier noch an Geheimnissen zu finden war? Er konnte der Versuchung nicht widerstehen, ein weiteres Pergament aus einer der unteren Kammern zu ziehen. Es war etwas feucht, ließ sich aber ganz leicht ausrollen.

»Adam, verdammt, wir hatten doch vereinbart, dass du nichts alleine anrührst!«

Er hatte nicht bemerkt, dass Deborah zurückgekommen war.

Sie hockte sich neben ihn. Erst jetzt sah sie, wie betroffen er war. »He, was ist los?«

»Deborah, die historische Wahrheit dieses Ortes wiegt vielleicht unerträglich schwer. Ich habe Zweifel, ob die Menschen bereit sein werden, sie zu akzeptieren. Dann müssten sie akzeptieren, dass wir die ganze Zeit auf dem falschen Weg waren.«

Deborah warf einen Blick auf das Pergament. »Du hast ein sehr passendes herausgefischt.« Sie deutete auf das Schriftstück.

»Was meinst du?«

»Es ist von der Rückkehr der Druiden die Rede. Der Druide, der das geschrieben hat, meint, sie werden wiederkommen, wenn die Menschen bereit sind, sich zu erinnern und das dunkle Zeitalter abzuschließen. Und weiter spricht er von einer Sage, die muss ich in Dublin versuchen zu übersetzen, das kann ich hier nicht machen, aber hier … hier heißt es, sie werden wiederkommen und der Welt ein neues Gleichgewicht bringen. Es werden einige wenige Frauen und Männer sein, die einen Anfang machen … Der Name des Druiden ist Dubdrean.«

»Da haben wir in ein paar Stunden mehr Druiden gefunden als die Archäologen in mehr als hundert Jahren.« Shane hatte sich wieder gefangen. Er lächelte sie an. »Können wir die Rolle doch mitnehmen?«

»Wir müssen sie sogar mitnehmen, denn sonst geht sie verloren. Ich schaue, ob ich noch eine Box finde. Wir beide fahren dann mit allen Sachen so schnell wie möglich zurück nach Dublin.«

»Fahren?« Shane schien verwirrt. »Ich dachte, wir fliegen. Und wieso nur wir beide?«

»Thomas bleibt hier und bewacht alles, bis die Archäolo-

gen aus Wien den Rest der Arbeit übernehmen. Und wir können mit dieser brisanten Fracht wohl kaum in ein Flugzeug steigen. Wir fahren über Frankreich, dann mit der Autofähre, weiter durch England, und setzen über Holyhead mit der Fähre nach Dun Laoghaire über. Von dort aus geht es sofort in einen vorbereiteten Raum, den Ronald organisiert hat, um die Pergamente bestmöglich zu konservieren.«
Shane nahm es hin. Was sollte er auch sonst tun? Der Gedanke, Ryan hier allein zurückzulassen, gefiel ihm ganz und gar nicht, doch er schob das ungute Gefühl sofort wieder zur Seite. Viel zu sehr war er mit dem beschäftigt, was er gerade erlebt hatte und was auf dem Pergament stand, das Deborah ihm übersetzt hatte.
Konnte das alles wahr sein? Er hatte gelernt, dass man keltische Sagen niemals wörtlich nehmen durfte. Die Druiden waren Heiler, Juristen, wissbegierige Gelehrte mit großem Erinnerungsvermögen gewesen, trainiert durch das Verbot der Schrift, aber sie hatten auch einen Hang zu übertriebener Heldenverehrung. Shane dachte wieder an die Spirale. Wenn Zeit nicht linear war und Seelen auch ohne Form und Körper in dieser nicht linearen Zeit existieren, dann bedeutete Reinkarnation vielleicht nichts weiter als eine einzige große Erinnerung.
Ryans Stimme riss ihn aus seinen Gedanken. »Adam, wir sind so weit, kannst du Deborah bitte helfen, die Kisten hochzutragen und im Wagen zu verstauen? Ich werde die Kammern so gut wie möglich verschließen.«
»Und du willst wirklich hierbleiben?«
»Zumindest so lange, bis ich Gewissheit habe, dass echte Profis hier das Weitere übernehmen.«
Ich hoffe, du weißt, was du tust, dachte Shane.

Gut fünf Minuten später sah der Gastwirt Georg Winter von seinem Bürofenster im nahe gelegenen Gasthaus zwei Gestalten, die mit Kisten beladen durch die Nacht wanderten. Er holte seinen Sohn hinzu, der gerade die Bestellungen für den nächsten Tag fertigstellte. Sie beobachteten das Treiben, wussten aber nicht, ob sie die Polizei rufen sollten, und schauten unschlüssig zu.

Im Gebüsch unterhalb des Parkplatzes sahen Cassidy und Salvoni mit einem Mitarbeiter der vatikanischen Polizei die Silhouette der Besitzer am Fenster des Gasthauses. Zeugen konnten sie jetzt wirklich nicht gebrauchen, und deshalb konnten sie Shane und Deborah nicht am Abtransport ihrer Funde hindern.
»Sorgen Sie dafür, dass ihnen jemand folgt, bis wir abschätzen können, was sie dort gefunden haben«, ordnete Salvoni an. »Und sobald sie weg sind, gehen wir rein.«
Cassidy lief langsam zum Fuß des Berges hinunter, wo ein paar Männer auf ihren Einsatzbefehl warteten. Kaum unten angekommen, vibrierte sein Handy.
»Waren sie zu zweit oder zu dritt?«, wollte Salvoni wissen.
»Zu dritt, wieso?«
»Weil nur zwei in das Auto eingestiegen sind.«
»Dann hat es der Herr wohl nicht anders gewollt. Wir sollten jetzt reingehen und tun, was nötig ist.«

DUBLIN – 1.30 UHR

MacClary hatte unterdessen beim Journaldienst des österreichischen Außenministeriums den Fund gemeldet. Man würde ihm am Morgen Bescheid geben, hieß es, aber so lange wollte er Ryan nicht allein in der Höhle warten lassen. Nachdem er eine Weile ruhelos durchs Haus getigert war, bat er Jennifer, mit Ruth die Stellung am Telefon zu halten, und fuhr mit dem Taxi in die amerikanische Botschaft.
Das Gebäude in der Elgin Road war beeindruckend schön, wie fast alle Botschaften der USA in Europa, die sich in historischen Bauten befanden. MacClary besaß das Privileg, jederzeit ein Büro in der Botschaft nutzen zu können. Er nahm es gelegentlich in Anspruch, wenn er völlig ungestört sein wollte, einfach nur Tapetenwechsel brauchte oder amtliche, vertrauliche Telefongespräche über die abhörsicheren Leitungen der Botschaft führen musste. Kaum angekommen, griff er zum Hörer und versuchte, den amerikanischen Botschafter in Wien zu erreichen.

Dave Atkinson war auch noch zu später Nachtstunde aktiv. Als sein Telefon klingelte, wunderte er sich und nahm widerstrebend ab. »Amerikanische Botschaft, Atkinson«, meldete er sich unwirsch.
»Hallo, Dave, hier ist Ronald MacClary.«
»Ronald! Was verschafft mir denn diese Ehre zu dieser nachtschlafenden Stunde?« Er kannte Ronald aus seiner Zeit in Washington, als sie gemeinsam bei der UNO in einer Kommission zur Aufarbeitung des Jugoslawienkrieges gearbeitet hatten.
»Dave, ich muss dich um einen Gefallen bitten, ohne dass du mir zu viele Fragen stellst. Du kannst dir zu hundert

Prozent sicher sein, es ist von äußerster Wichtigkeit für einen internationalen Rechtsfall, in den ein amerikanischer Staatsbürger verwickelt ist.«
»Üblicherweise möchte ich schon fragen dürfen. Also was kann ich für dich tun?«
»Danke, Dave. In zwei bis drei Stunden werden zwei junge Leute bei dir vorsprechen, ein Österreicher und eine Irin. Die beiden haben Dokumente bei sich, mit denen sie nicht durch die normalen Kontrollen kommen. Deshalb möchte ich, dass du sie mit Diplomatenpässen ausstattest, vor allem aber mit der Möglichkeit, Diplomatengepäck mitzunehmen. Reiseziel ist die amerikanische Botschaft in Dublin.«
MacClarys Ansinnen war recht eigenartig, aber Atkinson hatte ja schon zugestimmt, keine Fragen zu stellen. »Wie schnell brauchst du die Pässe?«
»Innerhalb der nächsten zwei bis drei Stunden müssten sie in der Botschaft angekommen sein. Ihre Namen sind Deborah Walker und Adam Shane. Walker ist Irin, Shane ist Österreicher mit irischer Herkunft.«
»Kein Problem, Ronald. Ich gehe davon aus, dass du weißt, was du tust. Ich bereite alles vor und warte auf sie.«
»Danke, du bist mir eine große Hilfe, Dave.«

Deborah und Shane waren auf dem Weg nach Klagenfurt, um dort auf die Autobahn zu gelangen, als Deborahs Handy klingelte. »Professor?«
»Deborah, wir haben nicht genügend Zeit, um euch mit dem Bus und den Funden durch halb Europa fahren zu lassen. Ich habe meinen Freund in Klagenfurt gebeten, dass er euch mit seinen Söhnen nach Wien zur amerikanischen Botschaft begleitet. Dort bekommt ihr Diplomatenpässe und könnt alles, was ihr bei euch habt, ohne Kontrolle ins

Flugzeug mitnehmen. Ich erwarte euch am Flughafen in Dublin, und dann fahren wir direkt in die Botschaft.«
MacClary sprach so schnell, dass Deborah kaum folgen konnte.
»Gut, Ronald. Ich denke aber, wir können erst in zwei, drei Stunden in Wien sein.«
»Kein Problem, der Botschafter erwartet euch. Und ich warte hier auf euch. Ihr könnt euch ja denken, wie sehr ich mich freue – auf euch und das, was ihr im Gepäck habt.«
»Ich glaube, das wird dir gefallen. Aber was ist mit Thomas? Wie lange muss er dort warten?«
»Sag ihm, er soll dafür sorgen, dass Thomas die Höhle verlässt«, mischte sich Shane ein. »Ich habe ein ganz merkwürdiges Gefühl. Vielleicht sind wir doch gesehen worden.«
MacClary hatte Shanes Worte mitbekommen. »Macht euch keine Sorgen«, versuchte er zu beruhigen. »Es kann nicht mehr lange dauern.«

Kaum hatte er aufgelegt und war einmal um den Besprechungstisch in seinem Botschaftsbüro herumgegangen, als Jennifer anrief. »Professor Reinisch vom Archäologischen Institut in Wien hat angerufen.«
MacClary atmete erleichtert auf und setzte sich in einen der edlen Stoffsessel.
»Er lässt ausrichten, dass sie in knapp drei Stunden vor Ort sein werden. Ich denke, du solltest Thomas das sagen, damit er rechtzeitig das Weite sucht. Es wird ihm auch helfen, die Kälte besser zu ertragen. Es ist dort nämlich immer noch ziemlich eisig zu dieser Jahreszeit.«
»Ich werde gleich versuchen, ihn zu erreichen«, sagte MacClary. Er wählte Ryans Nummer in der Hoffnung, dass er in der Höhle Empfang hatte.

18

MAGDALENSBERG – 2.45 UHR

Ryan hatte sich gerade auf einem Felsvorsprung in der zweiten Kammer niedergelassen, als ihn ein Geräusch aufschreckte. Zuerst dachte er, es wäre nur wieder irgendwo Erde nachgerutscht, aber das Geräusch wiederholte sich – und es klang so, als bewegte sich etwas Lebendiges draußen vor dem Höhleneingang. Als er aufstand, um nachzusehen, wurde es plötzlich stockdunkel um ihn. Die Akkulampen hatten den Geist aufgegeben.
Ryan griff in die Jackentasche und zog eine Waffe heraus. In diesem Augenblick traf ihn ein dumpfer Schlag auf die Stirn. Er stürzte gegen die Höhlenwand. Licht ging an. Ein schwarz vermummter Mann fiel über ihn her. Benommen rappelte sich Ryan auf.
»Wer zum Teufel seid ihr?«
Schon traf ihn ein zweiter Schlag. Im Fallen riss er dem Angreifer die Maske vom Kopf – ein Büschel Haare folgte. Der Mann schrie auf und trat Ryan mit voller Wucht in die Rippen. Er starrte in das Gesicht des Angreifers. Sekunden später wurde es schwarz vor seinen Augen.
»Lasst ihn liegen, der wird hier nicht mehr rauskommen«, sagte Salvoni und signalisierte seinen Männern nachzukommen, um ihre Arbeit zu beginnen. Schon beim ersten Rundblick durch die Höhle ärgerte er sich maßlos. Von wegen unbedeutend, dachte er an Lamberts Worte und schnaubte verächtlich über die Verharmlosungen, die er sich in den letzten Tagen angehört hatte.
Die Männer begannen hastig, so viel wie möglich in eigens

präparierten Kisten zu verstauen, doch Salvoni war klar, dass die beiden Flüchtigen mit Sicherheit die wichtigsten Artefakte und Pergamente bei sich hatten.

Ryan kam allmählich wieder zu sich. Sein Kopf dröhnte, und der Schmerz in seinem Brustkorb war bei jedem Atemzug so heftig, dass er am liebsten laut aufgeschrien hätte. Es kostete ihn unsägliche Mühe, einfach still liegen zu bleiben, aber er wusste, das war seine einzige Hoffnung. Vielleicht würden sie ihn nicht weiter beachten, wenn er sich nicht mehr rührte. Die wertvolle Pergamentrolle in ihrer Spezialverpackung hatte er sich unter seiner Jacke auf den Rücken geschnürt, sodass es keine Möglichkeit gab, sie irgendwo unter dem Geröll verschwinden zu lassen.
Unauffällig versuchte er, einen Blick auf seine Angreifer zu werfen. Einer von ihnen trug den Ring der Piusbruderschaft. Eine der dunkelsten Sekten innerhalb der katholischen Kirche hatte bei dieser Aktion ihre schmutzigen Finger im Spiel! Er konnte nur hoffen, dass sie ihn tatsächlich nicht weiter beachteten.
Salvoni trieb seine Männer an. Er wusste, dass ihnen nicht viel Zeit blieb. Denn vom nahe gelegenen Gasthaus aus könnte man durchaus das Treiben beobachten, und es war möglich, dass dort schon jemand die Polizei benachrichtigt hatte. Außerdem hatten seine Leute zu schnell und zu heftig zugeschlagen, sodass er den Mann nicht über eventuelle Hintermänner oder Verstärkung befragen konnte. Es lief überhaupt nicht so, wie er es geplant hatte.

Georg Winter hatte schon die Hand am Telefon, als sein Sohn, der am Fenster stand und in die neblige Nacht spähte, ihn anfuhr: »Lass das bloß sein, da sollten wir uns wirk-

lich raushalten. Für mich sieht das aus wie eine Aktion der Cobra-Spezialkräfte – wir machen uns ja lächerlich, wenn wir jetzt anrufen wie ein spießiger Nachbar, der jemanden beim Falschparken erwischt.«
Resigniert ließ Winter die Hand sinken. Er hatte kein gutes Gefühl bei den Vorgängen, an- und abfahrende Autos, herumschleichende Gestalten, die im Wald verschwunden waren – aber wahrscheinlich hatte der Junge wieder einmal recht. Es war meistens keine gute Idee, sich in solche Angelegenheiten zu mischen.

Salvoni warf einen letzten Blick auf den reglosen Ryan und bekreuzigte sich.
»Was machen wir mit ihm?«, fragte einer der Männer, die mit den restlichen Kisten auf dem Weg zum Ausgang waren.
»Lasst ihn hier liegen, zündet den Rest an und schließt die Höhle anschließend so, dass es keinem auffällt.« Vielleicht war es doch ganz gut, dass das österreichische Spezialkommando, das er angefordert hatte, nicht gekommen war. So würde sich vermutlich nie wieder jemand um diesen Abhang kümmern. Der Regen, der jetzt einsetzte und von Minute zu Minute heftiger wurde, würde alle Spuren wegspülen.

19

Nachdem sie Markus Steinberger in Klagenfurt aufgesucht hatten, waren Deborah und Shane auf der nächtlich leeren Autobahn Richtung Wien unterwegs. Steinberger fuhr, begleitet von seinen Söhnen, in seinem Kleinwagen gut hundert Meter hinter ihnen.
»Gib mir doch bitte noch mal das Handy«, sagte Shane. »Ich muss rauskriegen, ob mit Thomas alles in Ordnung ist.«
Deborah reichte ihm das Handy. »Du wirst ihn nicht erreichen, wenn er noch in der Höhle ist, da hat er keinen Empfang.«
»Ich rufe nicht Thomas an«, sagte Shane, während er MacClarys Nummer eingab.
»Deborah, geht es euch gut?«, meldete der sich mit besorgter Stimme. »Ich wollte euch gerade anrufen.«
»Hier ist Adam, Professor, ich musste sie anrufen, weil ich kein gutes Gefühl wegen Thomas habe. Warum haben wir ihn überhaupt in der Höhle zurückgelassen? Wir hätten die Artefakte doch in Klagenfurt bei deinem Freund lagern und dort auf ihn warten können.«
»Eben nicht, Adam. Jede Minute zählt. Die Pergamente müssen schnellstens konserviert werden. Du musst Ryans Entscheidung respektieren. Glaub mir, Ryan und ich, wir beide wissen ganz genau, was wir tun und warum wir es tun.«
»Aber ...«
»Glaub mir, es ist alles in Ordnung. Der Rest der Fundstücke wird von Wiener Archäologen geborgen. Wir versuchen Thomas zu erreichen, damit er rechtzeitig den Ort verlässt,

aber ich habe für den Notfall dem Leiter des Instituts gesagt, dass er dort ist.«
Shane wollte MacClary gern glauben, doch wirklich beruhigt war er immer noch nicht. »In Ordnung. Danke, Ronald, ich möchte einfach, dass Thomas so schnell wie möglich nach Dublin zurückkommt. Er muss dabei sein, wenn wir die Funde richtig auswerten.«
»Wo seid ihr jetzt?«
»Wir brauchen noch gute zwei Stunden, bis wir in Wien sind, denke ich.«
»Hervorragend. Ruft mich an, wenn ihr am Flughafen seid.«
Shane beendete das Gespräch und wollte Deborah das Handy zurückgeben, als er sah, wie sie gebannt in den rechten Seitenspiegel starrte.
»Was ist los, Deborah?«
»Ich weiß nicht. Vielleicht bilde ich mir das ja nur die ganze Zeit ein, aber es ist schon komisch. Hinter Steinberger folgt uns noch ein Auto.«

Cassidy wurde von Minute zu Minute wütender. Es ergab sich einfach keine Gelegenheit zum Zugriff, ohne Zeugen auf sich aufmerksam zu machen. Und er konnte Salvoni nicht erreichen, um eine neue Vorgehensweise mit ihm abzustimmen.
So fuhr er einfach weiter.

Salvoni ging in Richtung des Busses. Äußerlich wirkte er vollkommen ruhig, aber seine Gedanken überstürzten sich. Welche Folgen würde diese Aktion haben? Und was bedeutete das alles für seine Zukunft? Soeben hatte er von Cassidy erfahren, dass die beiden anderen, offensichtlich beschützt von Freunden, unbehelligt Richtung Wien fuhren. Lambert würde ausrasten, wenn er das erfuhr.

Ryan hatte Glück gehabt. Als die Kerle das Feuer gelegt hatten, war es ihm gelungen, sich in kurzer Zeit durch den Schlamm nach oben zu wühlen. Waren die Angreifer schon weg? Würden sie irgendwo warten, ob er doch noch auftauchte?
Er versuchte, ruhig zu bleiben und einen klaren Kopf zu bekommen. Schließlich nahm er die letzten Kräfte zusammen und grub sich weiter nach oben. Sein geschundener Körper war jedoch so geschwächt, dass er bei dem Versuch, sich die drei Meter hochzuziehen, immer wieder abrutschte. Er krümmte sich vor Schmerzen. Es fühlte sich an, als wäre mindestens ein halbes Dutzend Rippen gebrochen. Er blutete am Kopf. Sollte er in diesem engen Loch sterben? Das durfte er nicht zulassen. Er bohrte seine Hände in das Erdreich und zog sich Stück für Stück nach oben, bis er sich endlich aus dem Loch befreit hatte.
Mühsam richtete er sich auf und ging den Abhang hinunter. Als er den Waldrand in der Nähe des Parkplatzes erreichte, bog ein Bus um die Kurve und blendete ihn. Er ließ sich auf den matschigen Boden fallen und suchte Deckung im Gebüsch.

Adriano Paltini putzte gerade seine Waffe, als er zufällig aus dem Rückfenster schaute. War da eine Bewegung im Unterholz gewesen? Erst wollte er den Gedanken als Hirngespinst verwerfen, doch dann siegten Gewohnheit und Disziplin. Er suchte Salvoni auf, um seine Beobachtung zu melden.

Ryan lag zwischen zwei Büschen und stöhnte auf. Nicht nur, dass er jeden einzelnen Knochen spürte, die Scheinwerfer des Busses hatten ihn so geblendet, dass er nur noch helle Flecken sah. Er suchte in seiner Jackentasche nach seinem Handy, dabei krümmte er sich abermals vor Schmerzen. Er schloss die Augen und verharrte reglos in dieser Position.

Das Erste, was er einige Minuten später erblickte, war das Licht in dem Fenster des Gasthauses. Offenbar war dort immer noch jemand wach, obwohl es mittlerweile nach drei Uhr sein musste. Was, wenn er dort Hilfe suchte?

»Du hast nichts mehr zu verlieren, Thomas«, sprach er sich selbst Mut zu. Hoffentlich war wenigstens Shane und Deborah nichts passiert. Wenn alles gut gegangen war, konnten die beiden schon fast in Wien sein.

Ryan gab sich einen Ruck und schleppte sich mit letzter Kraft über den Parkplatz Richtung Gasthaus. Eine Gestalt kam auf ihn zu.

Dann wurde es abermals schwarz um ihn.

20

»Vater!«, rief der junge Mann. »Komm runter und hilf mir, den Mann ins Haus zu tragen. Er ist verletzt und braucht Hilfe.«

»Nicht so laut, ich komme ja schon!« Der alte Wirt quälte sich im strömenden Regen aus dem Haus. »Wir sollten jetzt aber wirklich die Polizei rufen.«

»Wenn überhaupt, rufen wir zuerst einen Krankenwagen.«

Georg Winter hakte den verletzten Mann von rechts unter, während sein Sohn die linke Seite übernahm. Sie schleppten ihn vorsichtig über den Platz, hinauf zum Wirtshaus. Dort wartete bereits eine junge Bedienung und öffnete die Türen. Die beiden Männer schleiften den Bewusstlosen in eines der unteren Gästezimmer, wo sie ihn in ein Bett hievten.
»Mein Gott«, sagte die junge Frau bei Ryans Anblick. »Er muss sofort ins Hospital.«
Ryan tauchte langsam aus seiner Finsternis wieder auf. Er lag auf einem Bett und hörte Stimmen. Jemand sagte, dass er ins Hospital gebracht werden sollte.
»Warten Sie!« Seine mühsam zusammengeklaubten deutschen Worte dröhnten in seinem Kopf. »Wo bin ich?«
»Wir haben alles beobachtet«, sagte eine männliche Stimme. »Hier waren ziemlich viele Gestalten und eine Menge Kisten.«
»Das kann ich erklären.« Ryan mühte sich, möglichst überzeugend zu klingen. Das Letzte, was er jetzt brauchte, war ein Krankenwagen, der vielleicht auch noch die Polizei im Gefolge hatte. »Ich habe keine Ahnung, wer diese Männer sind, aber ich weiß, sie haben das Gleiche gesucht wie … ah … ich.«
»Sympathisch sahen die nicht aus«, brummte der ältere Mann, und die junge Frau reichte Ryan ein Glas Wasser.
»Hören Sie, ich muss so schnell wie möglich weiter, und ich versichere Ihnen, dass ich Ihnen keine Schwierigkeiten mache«, sagte Ryan beschwörend.
»Sie sollten noch hierbleiben«, widersprach ihm der Jüngere. »Erstens sehen Sie nicht so aus, als ob es Ihnen schon richtig gut geht, und zweitens habe ich gesehen, dass einige von den Männern aus dem Bus nur hundert Meter von hier entfernt wieder ausgestiegen sind.«

»Dann haben Sie mich also doch gesehen.« Ryan tastete wieder nach seinem Handy. »Das ist ganz schlecht.«
»Wir sind gerne bereit, Ihnen zu helfen, aber Sie müssen uns schon mehr erzählen«, sagte der Ältere.
»Es geht um etwas Historisches, das hier im Zweiten Weltkrieg gefunden wurde. Anscheinend hatten die Herren mit dem Bus etwas dagegen, dass meine Freunde und ich das jetzt bergen wollten.«
»Italiener.«
»Was?«
»Es waren Italiener, ich habe das Kennzeichen gesehen«, sagte der ältere Mann.
Ryan stöhnte innerlich auf. Er wusste, dass er jetzt schneller auf die Beine kommen musste, als es sein Körper ihm erlaubte. Wenn die Räuber mit dem Bus tatsächlich vom Vatikan gesteuert waren, dann schwebten Shane und Deborah in höchster Gefahr. Und nicht nur sie, sondern auch MacClary.

Autobahn Richtung Rom – 4 Uhr

Salvoni saß wutschnaubend neben dem Fahrer des Busses. Er hatte einige Männer am Magdalensberg gelassen, um herauszufinden, ob Paltini nur ein Gespenst gesehen hatte oder ob Ryan es wider Erwarten geschafft hatte, aus der Höhle zu entkommen.
Sein Handy klingelte. »Habt ihr ihn gefunden?«
»Die Leute aus dem Gasthaus haben ihn gefunden und ins Haus mitgenommen, Padre.«
»Nicht zu fassen! Wie konnte uns das nur passieren? Hatte er irgendetwas bei sich?«

»Nein, nichts.«

»Sagen Sie mir Bescheid, wenn Sie mehr herausgefunden haben.«

Salvoni kochte vor Wut. Die ganze Operation drohte ihm aus den Händen zu gleiten. Erst hatte man ihn zum Warten verdonnert, dann war die zugesagte Verstärkung nicht aufgetaucht, und jetzt waren zwei von den Verbrechern seelenruhig auf der Autobahn Richtung Wien unterwegs, und der dritte, von dem er sicher angenommen hatte, er würde nie wieder das Tageslicht zu sehen bekommen, lag in einem warmen Bett im Gasthaus.

Lambert würde die Verantwortung bedenkenlos auf ihn abwälzen. Es war immer das gleiche Spiel: Sobald etwas offiziell bekannt wurde, distanzierte man sich und sprach von den Fehlern einzelner untergeordneter Mitarbeiter. Auf diese Weise gelang es nun schon seit Jahrhunderten, den Vatikan und den Heiligen Vater vor jedweden Untersuchungen und vor Schaden zu schützen.

Wieder klingelte Salvonis Handy. »Ja.«

»Padre, was wir hier mitschneiden, ist ziemlich beunruhigend«, informierte ihn einer seiner Männer von einem Standort in der Nähe von MacClarys Haus. »Der Richter erhofft sich von den Funden offensichtlich die Möglichkeit, juristisch gegen den Vatikan vorzugehen.«

Salvonis angespannte Nerven drohten zu zerreißen. »Brechen Sie ab und verschwinden Sie! Sofort! Sie hören von mir.«

In Rom bereitete sich unterdessen der Leiter der Glaubenskongregation Vincent Contas auf den Empfang der sagenumwobenen »Bibliothek der Druiden« vor. Selten war er so früh im Archiv. Eine unheimliche Ruhe durchzog die Räume, in denen die historischen Schätze der ehemals römischen Inquisition aufbewahrt wurden, unmittelbar im Anschluss an die Räumlichkeiten der »Kongregation für die Glaubenslehre«. Nirgendwo auf der Welt hatte eine Institution über Jahrhunderte hinweg so intensiv versucht, das neben der Bibel gefährlichste Medium zu kontrollieren: das Buch.

Contas war durchaus neugierig, wofür die heidnischen Druiden bereit gewesen waren, ihr Schriftverbot aufzuheben. So neugierig wie Lambert war er freilich nicht, und er teilte schon gar nicht die gleichzeitige Sorge und Begeisterung des Kardinalstaatssekretärs, der vermutet hatte, hier würde sich irgendetwas Weltbewegendes ergeben. Als er sich umsah, konnte er Padre Econo sehen, der einen Raum für die Sichtung und Konservierung der Pergamente einrichtete. Er war einer der besten Restauratoren und ein ausgewiesener Kenner der keltischen Kulturgeschichte.

»Wie geht es Ihnen, Padre?«, rief Contas ihm aus gut zwanzig Meter Entfernung entgegen.

»Oh, danke, Eminenz, es geht mir hervorragend. Wie ich sehe, treibt auch Sie die Spannung zu früher Stunde hierher?«

»Nicht so sehr, wie Sie vielleicht glauben mögen«, wiegelte Contas ab. »Seit der Frühzeit bis in unsere Tage haben sich da draußen immer wieder verlorene Seelen von der Kirche abgewandt und sich auf die Legenden der Druiden gestürzt. Und immer wieder tun sie es in dem vergeblichen Versuch, ihre heidnischen Ideale zur Not auch mit geschönten, angeblich historischen Quellen zu belegen.«

»Nun, Eminenz, so viel wie über die Druiden geschrieben wurde, so viele Irrtümer gibt es auch. Dennoch wissen wir, dass mehr dahintersteckt und ...«

»Sparen Sie sich Ihren Eifer, Padre. Sie wissen genau, dass ich Ihre Begeisterung für diesen Aberglauben nicht teile. Die Zeit für diese seelenlosen Bekenntnisse ist vorbei, und sie wird auch nicht wiederkommen.« Contas bekreuzigte sich. »Der ganze Aufstand wird ja nicht wegen der tatsächlichen Bedeutung der möglichen Funde gemacht. Sie sollen nur nicht in Hände geraten, die uns nicht wohlgesinnt sind.«

Gasthaus am Magdalensberg – 4.30 Uhr

Ryan lag noch immer im Bett des Gästezimmers. Er hatte zwar das schlammdurchtränkte Handy gefunden, jedoch fehlte sein Geldbeutel mit sämtlichen Papieren. Immerhin hatte er seine Retter davon überzeugen können, nicht die Polizei zu holen. Er hatte wirklich unverschämtes Glück mit diesen hilfsbereiten Menschen gehabt und ihnen versichert, dass er sich für die Gastfreundschaft und Hilfe erkenntlich zeigen würde.
»Ich danke Ihnen«, sagte Ryan zu Irena, der Bedienung, die seine Wunden versorgt hatte und gerade einen Satz frische Kleidung auf den Stuhl legte. Er nahm den Föhn und hoffte, das Handy damit so weit trocknen zu können, dass es wieder funktionierte. Er musste unbedingt MacClary benachrichtigen!
Trotz minutenlanger Heißluftbearbeitung blieb das Handy stumm. Frustriert stellte er den Föhn ab und lehnte sich zurück ins Bett.
Sein Blick fiel auf die Box mit dem Pergament; er konnte es immer noch nicht ganz glauben. Wie viel Glück hatte er gehabt, dass sie bei seinem Sturz nach hinten nicht auf

einen Stein geschlagen war, sondern sich in eine Mulde gefügt hatte!

Fast 1700 Jahre nachdem einer seiner druidischen Vorfahren diese Schrift verfasst hatte, lag sie nun neben ihm. Er hatte mit seinen mageren Lateinkenntnissen gerade so viel übersetzen können, dass er wusste, welche Brisanz genau dieses Zeugnis besaß. Immer noch glaubten die meisten Menschen, der Sieg des Christentums hätte zu einer Humanisierung der grobschlächtigen und wilden Heiden geführt.

Doch Ryan wusste nur allzu gut, dass das ein Märchen war. Ein Märchen, das nicht zuletzt zur Rechtfertigung für die Ausrottung all der sogenannten Barbaren hatte herhalten müssen. Die Darstellung des Gekreuzigten, die Passionsgeschichte und all die Märtyrerlegenden wurden offensichtlich für die Vorbereitung und Rechtfertigung der eigenen Gräueltaten gegenüber Ketzern und Heiden genutzt. Vielleicht würden sein Fund und die Pergamente, die Deborah und Shane nach Dublin brachten, am Ende dazu führen, dass die Christen zu ihrer historischen Wahrheit stehen mussten.

Ihm wurde wieder schwarz vor Augen, doch diesmal war es der Schlaf, der endlich über seine Gedanken siegte.

21

DUBLIN – 18. MÄRZ, 8 UHR

Knappe zwei Stunden konnten Deborah und Shane im Flugzeug schlafen, bevor sie in Dublin landeten. Statt eines Linienflugzeugs hatte schließlich ein von MacClary eigens gecharterter Jet in Wien auf sie gewartet. Auch sonst hatte in Wien alles reibungslos geklappt, und Shane war von dem, was er erlebt hatte, komplett überwältigt. Nie hätte er sich träumen lassen, dass er ein solches Abenteuer erleben dürfte, und er empfand es als ungeheure Ehre, dabei zu sein.
Allmählich wurde ihm klar, dass er mehr gefunden hatte als nur eine Erklärung für die Entwurzelung der Menschen. Dank der Entdeckungen in der Höhle sah er die Wegkreuzung vor sich, an der die Menschheit falsch abgebogen war. Er war gespannt, welche Wahrheiten Deborah den Pergamenten noch entlocken würde.
Shane rüttelte sanft an ihrer Schulter. »Aufwachen. Wir sind gelandet.«
Sie hatte sich in ihrem Sitz wie ein Embryo eingenistet und blinzelte ihn verschlafen an. »Was? Ach so … hat MacClary angerufen?«
Shane deutete aus dem Cockpitfenster. Am Rande des Rollfelds war MacClary zu sehen, mit Jennifer an seiner Seite.
»Bin ich froh, dass wir wieder hier sind! Hoffentlich haben die Pergamente das alles gut überstanden«, sagte Deborah und gähnte noch einmal kräftig, bevor sie sich aus dem Sitz stemmte.
Die Maschine kam vor einem Hangar zum Stehen. Dort warteten bereits ein Lieferwagen und MacClarys Limou-

sine. Deborah packte ihre Sachen und ging zu den Kisten, die auf den Sitzen verteilt waren. Die Fundstücke sollten sofort an den vorbereiteten Ort gebracht werden. »Ich bin gespannt, was da noch auf uns zukommt«, sagte sie, während sie die Tür öffnete.

MacClary ging einige Schritte auf die beiden zu. »Adam, Deborah, ich bin unendlich froh, euch zu sehen. Lasst uns gleich beginnen, die Kisten umzuladen.«

In diesem Augenblick klingelte sein Handy. Er ging kurz beiseite, um ungestört zu sprechen. Doch im gleichen Moment drehte er sich wieder um und strahlte übers ganze Gesicht. »Thomas! Wo zum Teufel hast du gesteckt? Inzwischen müsste längst ein Archäologenteam aus Wien bei dir sein und …« Das Gesicht des Richters wechselte den Ausdruck. Als er die fragenden Blicke der anderen sah, schaltete MacClary den Lautsprecher seines Telefons ein.

»Ronald, um ein Haar wäre ich umgebracht worden. Offensichtlich war unsere Mission alles andere als ein Geheimnis. Mit wem hast du noch darüber gesprochen?«

MacClary schüttelte den Kopf. »Mit niemandem! Ich verstehe das nicht. Hast du eine Ahnung, woher die Leute kamen?«

»Ich weiß es nicht genau, aber ich kann mir vorstellen, wer dahintersteckt. Sie waren ziemlich professionell, und sie hatten keine Skrupel, mich in der brennenden Höhle zurückzulassen. Es grenzt an ein Wunder, dass ich da lebend rausgekommen bin. Die Familie, die mich versorgt hat, konnte das Kennzeichen des Busses sehen, mit dem sie wieder verschwunden sind. Er kam aus Italien, Ronald!«

»Woher?« MacClary konnte es nicht fassen. »Wie soll man in Rom von unseren Plänen erfahren haben? Wo bist du jetzt?«

»Ich bin noch in dem Gasthaus und warte, bis die Luft rein ist. Ich fürchte nämlich, dass ich gesehen wurde, als ich aus der Höhle geflüchtet bin. Ronald, wir können jetzt nicht weiterreden, wer weiß, ob wir nicht sogar abgehört werden. Ich werde mein Handy wegschmeißen. Nur noch eins: Ich habe gefunden, was ich gesucht habe. Der Kreis schließt sich, und ich werde kein Risiko eingehen. Ich bin in eurer Umgebung im Moment nicht sicher. Tatsächlich könnte das, was du mit Jennifer schon einmal rein theoretisch diskutiert hast, jetzt wohl funktionieren.«

MacClary riss die Augen auf. »Meinst du wirklich? Bitte bleib, wo du bist. Ich lasse dich abholen und sicher nach Dublin …«

»Nein, wir machen es anders. Plan B. Ich denke, du weißt, wohin ich am besten komme. Außerdem werde ich ein bisschen Zeit brauchen, um mich zu erholen. Wenn etwas Gras über die Sache gewachsen ist, melde ich mich wieder. Ich habe gute Freunde, die mir helfen. Ronald, vertrau mir, ich weiß, was ich tue.«

»Letzte Frage, Thomas, was ist mit dem Rest der Artefakte?«

»Alles zerstört oder geraubt. Gib mir bitte Deborah.«

»Du bist auf dem Lautsprecher.«

Deborah ging näher ans Telefon. »Thomas, verdammt, was ist passiert, du …«

»Später. Wir haben wenig Zeit. Bitte passt auf euch auf. Du musst die Pergamente so schnell wie möglich übersetzen. Und ihr müsst sie an einem absolut sicheren Ort aufbewahren! Ich muss jetzt Schluss machen.«

»Thomas … Thomas? Ausgeschaltet.« Deborah zuckte die Achseln. »Warum muss er nur immer so dickschädelig sein.«

»Was ist denn nun eigentlich los?«, fragte Jennifer.
»Er hat das etwas kryptisch formuliert, aber ich denke, er will nach Washington kommen. Ich verstehe allerdings nicht …«
»Was verstehst du nicht, Ronald? Es ist doch wohl klar, was er in Washington will. Du hast ihm doch diese verrückten Ideen in den Kopf gesetzt. Jetzt glaubt er offenbar, tatsächlich etwas in der Hand zu haben«, unterbrach ihn Jennifer.
»Er hat etwas in der Hand«, sagte Deborah.
Shane hatte die ganze Zeit zugehört, jetzt meldete er sich zu Wort. »Moment, mal ganz in Ruhe. Wir haben hier Dutzende von Pergamenten. Wir haben Ryan mit einer weiteren anscheinend brisanten Rolle, und wir haben offensichtlich irgendwelche Schergen aus dem Vatikan, die vermutlich gerade die verbliebenen Rollen sichten und konservieren.«
»Woher willst du das wissen?«, fragte Deborah. »Vielleicht haben sie auch alles zerstört. Und selbst wenn sie die Fundstücke nach Rom bringen, was hilft uns das?«
»Können wir das später klären? Wir sollten sehen, dass wir hier wegkommen«, unterbrach MacClary.
»Wohin fahren wir?«, fragte Shane.
»Ich habe Glück gehabt. Meine zahlreichen Einladungen an den umtriebigen Botschafter in Dublin haben mir die Türen für einen Keller geöffnet, in dem Deborah geschützt und ungestört arbeiten kann.«
Shane sah von einem zum anderen. »Und was macht ihr?«
»Wir fahren erst mal nach Hause. Aber bitte kein Wort zu Ms. Copendale. Sie dreht mir den Hals um, wenn sie etwas von euren Abenteuern und vor allem von Thomas erfährt. Und ich möchte ihr altes Herz nicht über Gebühr belasten. Jennifer und ich werden so schnell wie möglich nach Washington fliegen. Es wird Zeit für einige Sondierungen.«

22

Rom – 18. März, 9 Uhr

Kardinal Lambert wartete immer noch auf einen Anruf von Salvoni. Seit gestern hatte er nicht mehr mit ihm gesprochen. Auf dem Weg in den Palazzo del Sant'Ufficio überfielen ihn Zweifel an seiner eigenen Sorglosigkeit. Vielleicht war er mit den Warnungen des alten Morati und mit Salvonis Ratschlägen doch zu leichtfertig umgegangen.
Als er um die Ecke bog, sah er zu seiner Überraschung und Erleichterung den Bus der vatikanischen Polizei vor dem Eingang parken. Salvonis Männer hatten bereits fast alle Artefakte in das Archiv gebracht. Lambert betrat den Raum und traute seinen Augen nicht. So viel Geschäftigkeit hatte er hier selten gesehen. Das Archiv stand voll mit Kisten, und ein gutes Dutzend Männer arbeitete hektisch an den Vorbereitungen für die Einlagerung und Sichtung der Fundstücke. In einem der hinteren Räume saß Salvoni und telefonierte. Er winkte Lambert kurz zu.
»Warten Sie weiter ab«, kommandierte Salvoni in den Hörer. »Er muss ja irgendwann da rauskommen. Und dann verfolgen Sie ihn. Sie bekommen noch weitere Unterstützung. Aber Sie greifen nur zu, wenn er etwas Verdächtiges bei sich trägt, haben Sie mich verstanden?«
Mit wenigen Schritten war Lambert bei ihm. »Warum haben Sie sich nicht bei mir gemeldet?«
»Entschuldigen Sie, Eminenz, aber Ihre letzten Bemerkungen haben bei mir den Eindruck hinterlassen, Padre Morati und ich würden unsere Zeit damit vertun, einer alten und unwichtigen Legende hinterherzujagen. Entsprechend habe

ich mich verhalten«, entgegnete Salvoni, während er den Hörer aufs Telefon legte.

»Nun gut, der Herr wird wissen, was hier die Wahrheit ist. Sie hingegen scheinen immer noch nach Genugtuung zu suchen. Waren Sie es nicht, der mehr Vertrauen zwischen uns gefordert hat? Wenn ich mich nicht sehr irre, sind Sie immer noch Gott und dem Heiligen Stuhl und nicht Ihrer eigenen verletzten Eitelkeit verpflichtet.«

Salvoni ging nicht auf die Bemerkung ein. »Warum haben wir eigentlich in der Nacht keine Unterstützung bekommen? Es wäre ein Leichtes gewesen, die Expedition zu beenden.«

»Nun, es ist leider so, dass man sich auch in Österreich seit den letzten Ereignissen nicht mehr allzu gern für uns in die Nesseln setzt, zumindest nicht auf diese Art und Weise. Immerhin konnte ich erreichen, dass man mit dem Eintreffen des Archäologenteams aus Wien reichlich Zeit für Sie gelassen hat.«

»Wieso? Das verstehe ich nicht.«

»Ihr umtriebiger Richter hat einfach den Fund offiziell gemacht«, sagte Lambert vorwurfsvoll. »Nur durch einen Kontakt im Außenministerium habe ich überhaupt davon erfahren und für die nötige Verzögerung sorgen können.«

Salvoni senkte seinen Blick. »Nun, vielleicht sehen Sie sich jetzt erst einmal an, was wir mitgebracht haben, Eminenz.«

Er geleitete ihn zu den Artefakten. Schon beim ersten Sichten hinterließen die geborgenen Pergamente einen bleibenden Eindruck. Lambert schritt zwischen den Restauratoren und den Kisten umher, als sein Blick an einem Pergament hängen blieb. Nur wenige Zeilen ließen sich noch erkennen, aber die Worte »Genesis« und »Pharao« beunruhigten ihn sofort. Ein paar Tische weiter blickte er einem jungen

Mitarbeiter über die Schulter, der ein gegen die Christen gerichtetes Traktat eines Druiden übersetzte, das erschreckend genau die Praktiken schilderte, mit denen man die Heiden Europas erst denunziert, dann verfolgt, gefoltert und getötet hatte. In einer anderen Handschrift wurde von der religiösen Toleranz der Christen berichtet – bis zu dem Moment, als Konstantin die Macht ergriff und selbst die Urchristen plötzlich verfolgt wurden. Der Bericht endete mit der Flucht vieler Christen in die Wüsten des Nahen Ostens und sogar bis nach Indien.

Lambert setzte sich und versuchte alles einzuordnen, was er sah. Niemals hatte er sich vorstellen können, dass so ein Fund möglich wäre, aber inzwischen war er sich sicher, was hier vor ihm lag, kam den Qumranrollen in seiner Bedeutung gleich. Völlig gleichgültig, was noch alles darin zu finden wäre: Wenn diese Schriften bekannt wurden, wären sie Öl ins Feuer der Atheisten, der Kirchenkritiker und jener Wissenschaftler, die alle möglichen Theorien über eine Schöpfung ohne Gott verbreiteten. Dieser sträfliche Unsinn beflügelte ohnehin schon die Fantasie der Gläubigen wie Ungläubigen weltweit; selbst in der päpstlichen Akademie häuften sich die Stimmen, die diesen Frevel diskutierten – und das völlig ungestraft.

Auf einer weiteren Rolle waren Abbildungen von Hirschen, Bullen, Ebern und Hasen zu sehen: die Götzenbilder der Kelten. Die Druiden hatten sich vor allem mit diesen Tieren identifiziert. Sie verkörperten Schutzgeister, dies war tief im keltischen Bewusstsein verankert. Lambert wusste durch eigene Forschung, dass die antike Religion diese Bilder nicht mit Göttern identifizierte, sondern nur als stellvertretende Symbole verwendete; dennoch waren die Kulte rund um diese sogenannte Götzenanbetung seit

alters her als Beweis für die animalische und gottlose Gestalt der heidnischen Religion herangezogen worden. Egal, ob Ambrosius oder ein Gregor von Nyssa zum Kronzeugen aufgerufen wurde: Die Ausrottung der Heiden war von Anbeginn ein heiliger Auftrag der Kirche gewesen.
Die schiere Menge dieser Funde war schon besorgniserregend, ihre Inhalte bargen Sprengstoff für alle Kirchenkritiker. Er würde den Heiligen Vater unterrichten müssen. Diese Geschichte würde sich nicht mehr unter den Teppich kehren lassen. Das war nicht gut. Das war gar nicht gut.
»Salvoni, ich muss Sie und wohl ganz besonders Padre Morati um Verzeihung bitten, aber wir haben es hier tatsächlich mit Dokumenten aus einer Zeit zu tun, in der sich die junge Kirche Jesu Christi einer unfassbaren Masse an Lügen und Ketzerei erwehren musste. Wir können nicht zulassen, dass diese Dinge erneut in falsche Hände geraten«, sagte Lambert. »Was hat denn nun MacClary?«
»Das kann ich Ihnen nicht sagen, aber einer meiner Männer hat vor unserer Ankunft gesehen, wie einige Kisten abtransportiert wurden. Und dann ist da noch ein gewisser Thomas Ryan, der mich in der Höhle angegriffen hat. Er konnte zwar fliehen, aber er hatte nichts bei sich, und wir haben seine Papiere.«
»Gut, geben Sie her. Ich werde alle Kanäle nutzen, damit wir seiner habhaft werden, und Ihre Leute bleiben ebenfalls vor Ort. Vielleicht ist MacClary so zur Räson zu bringen. Wir werden versuchen, ihm das anzuhängen. Und in der Zwischenzeit versuchen Sie rauszubekommen, was er plant und was er in der Hand hat.«
»Eminenz, ich fürchte, das wird schwierig«, stammelte Salvoni. »Wir mussten unsere Leute aus Dublin abziehen; ich kann einfach nicht garantieren, dass wir nicht auffliegen.«

»Das verstehe ich nicht. Sie sind doch in Österreich nicht etwa erkannt worden?«

»Nein, aber Sie haben ja selbst gesagt, dass MacClary den Fund offiziell gemeldet hat. Möglicherweise kann er sich ausrechnen, wer da wem zuvorgekommen ist. Und dann ist da wie gesagt noch dieser Ire, den wir überrascht haben ...«

»Mein Gott, Salvoni! Ist Ihnen eigentlich klar, was Sie da reden?«

»Ja, sicher! Ich versuche Ihnen die ganze Zeit klarzumachen, dass wir ein hundertprozentig wasserdichtes Dementi brauchen. Ihr Job, Eminenz. Es gibt keinen einzigen Beweis dafür, dass wir vor Ort waren, und Vermutungen sind wohl kaum etwas, das uns je geschadet hat. Abgesehen davon gibt es Dutzende Geheimdienste, die sich für einen Vorsitzenden Richter beim Supreme Court interessieren.«

Lambert war erstaunt über Salvonis Härte und Gelassenheit, aber er spürte, dass sein eigenes Selbstvertrauen davon profitierte.

»Gut, dann wird es wohl Zeit, dass wir in Washington gewisse Vorbereitungen treffen, um dem Richter seine Grenzen aufzuzeigen. Sie gehen vor, wie besprochen, und ich kümmere mich um den Rest.«

Salvoni ließ sich erleichtert auf einen Stuhl fallen. »Ja, Eminenz. Der Herr sei mit Ihnen und danke für Ihr Vertrauen.«

»Wir werden sehen, Salvoni.«

23

Dublin – 18. März, 11.30 Uhr

Jennifer und Shane waren von der US-Botschaft mit dem Taxi zu MacClarys Haus gefahren. Shane lehnte zu seiner Überraschung an Jennifers Schulter, als sie ihn sanft weckte und das Taxi zahlte.

»Tut mir leid, aber wir haben kaum geschlafen«, entschuldigte sich Shane und spürte einen Moment lang dem angenehmen Duft nach, der in ihrem Schal hing.

»Schon gut, Adam«, lachte sie und öffnete die Haustür. »Du weißt ja, wo das Gästezimmer ist.«

Ms. Copendale eilte ihnen entgegen, platzend vor Neugier. »Oh je, da sieht aber jemand aus, als ob er dringend frische Kleidung und ein Bad braucht.«

»Danke, Ms. Copendale, aber ein Frühstück und eine Mütze voll Schlaf wären mir im Augenblick lieber«, antwortete Shane.

»Geht in Ordnung, wo darf ich servieren?«

»Ruth, wir kommen gerne zu Ihnen in die warme Küche. Sie wissen doch, dass ich es nicht so feudal brauche wie der Herr des Hauses. Und du, Adam?«

»Was? Äh ja, sicher, gerne«, sagte Shane und nickte eifrig.

Ms. Copendale musterte ihn prüfend. »Und? Haben die Kinder auf dem Spielplatz gefunden, was sie gesucht haben?«

Weder Jennifer noch Shane gelang es, über Ms. Copendales scherzhaft gemeinte Frage zu lachen.

Ihr Gesichtsausdruck verdüsterte sich. »Wo sind Ronald, Deborah und Thomas?«

Da Jennifer offenbar nicht wusste, was sie sagen sollte,

übernahm Shane die Initiative. »Deborah und Ronald sind in der Botschaft, um die Funde an einem sicheren Ort zu sichten, und Thomas ist noch in Österreich, da er den Rest unbedingt bewachen wollte.« Er brachte es nicht übers Herz, die Sache zu beschönigen. »Tja, und dann wurde er leicht verletzt, als ihn jemand überfallen hat, aber es geht ihm gut, denke ich.«

Ms. Copendale starrte ihn an. »So, denken Sie das. Ich habe es immer kommen sehen, aber auf mich hört ja keiner.«

»Was haben Sie immer schon kommen sehen?«, fragte Jennifer nach.

»Na, jetzt spielt es ja eh keine Rolle mehr.« Ruth atmete tief ein, bevor sie weitersprach. »Ronalds Vater ist kurz nach dem Krieg nicht an den Folgen seiner Verletzung gestorben. Ein Arzt hat nach seinem Tod Spuren einer Giftkapsel in seinem Mund gefunden.«

Jennifer bedeckte das Gesicht mit beiden Händen. Shane starrte seine Kaffeetasse an.

»Er wurde ermordet?« Shane wurde immer deutlicher, wie brisant die Funde waren.

Was war mit der Pergamentrolle, die Ryan an sich genommen hatte? Ihren wahren Stellenwert hatte er verschwiegen – und vielleicht sogar noch mehr.

»Lisa hatte zeit ihres kurzen Lebens nach seinem Tod Angst, dass Ronald Gleiches widerfahren könnte. Deshalb hat sie alle Hinweise vernichtet, die ihn auf die Spur bringen konnten, ohne ihn aber mit der Wahrheit über das Ende seines Vaters zu belasten. Doch dann tauchte dieser Thomas Ryan auf mit seiner Obsession, Anspruch auf das Erbe der Druiden zu haben – und seitdem …«

»Tja, und dann komme ich und finde auch noch auf Anhieb den Hinweis auf den Fundort. Wirklich merkwürdig – aber vielleicht war auch einfach nur die Zeit dafür reif«, versuchte Shane sie zu beruhigen.

»Schon gut, ihr müsst das am Ende selbst verantworten. Aber vergesst nicht, wie viele Menschen davon betroffen sein werden«, sagte Ms. Copendale. »Eineinhalb Milliarden Christen leben auf dieser Erde. Und die meisten sind einfach nur Menschen: mehr oder weniger gute Menschen, die eine Hoffnung brauchen. Vergesst einfach nicht, dass alle diese Menschen von dem betroffen sein werden, was ihr tut.«

Sie drehte sich um und ging die Treppe hinauf.

»Ich vergesse aber auch nicht, wie viele Menschen schon davon betroffen waren«, rief Shane ihr nach.

»Adam, lass sie. Du hast keine Ahnung, was sie durchmacht. Sie kommt aus einer Zeit, in der die katholische Kirche noch eine ganz andere Autorität hatte.«

»Das ist relativ wenig angesichts von fast zweitausend Jahren Schrecken und Vertreibung, findest du nicht auch?«

»Ich glaube, du hast einfach noch nicht wirklich verstanden, worum es geht, Adam.«

»O doch, ich kann es dir sogar sehr detailliert beschreiben.« Shane spürte den Schmerz aus der Nacht seiner Vision. Er sah wieder die Hingerichteten, die verzweifelten, durch bestialische Folterungen erpressten Menschen. Schon der Versuch, davon zu sprechen, trieb ihm fast die Tränen in die Augen. Mühsam konnte er seine Stimme halten. »Ich habe es gesehen, und vor allem fühle ich, was über die Jahrhunderte hinweg passiert ist. Gerade deshalb möchte ich euch ermutigen, diesen Weg weiterzugehen. Es gilt ja nicht nur, der Kirche Grenzen zu setzen. Wir haben auch eine einmalige Chance, vielleicht sogar eine Verpflichtung, diese historische Wahrheit und ihre unermesslichen Folgen aufzuklä-

ren. Ich kann es nicht mehr ertragen, nur zu wissen, dass man alle spirituellen Erben der alten Kulturen fast ausgerottet hat. Verstehst du, selbst die letzten Aborigines haben vor zehn Jahren gesagt, dass sie gehen und die Welt den veränderten Menschen überlassen und ...«
Jennifer wusste, wovon er zuletzt gesprochen hatte: In Australien hatten sich die Mitglieder des letzten frei lebenden Stammes dieser ältesten Kultur der Welt, der »wahren Menschen«, wie sie sich nannten, einer Amerikanerin offenbart. Sie sahen keine Grundlage mehr für ihr Leben, vor allem durch die Entweihung ihrer spirituellen Orte und Gebräuche sowie durch den Entzug ihres Lebensraums. Und deshalb hatten sie beschlossen, sich nicht mehr fortzupflanzen und die Erde zu verlassen.
Jennifer hatte das Gefühl, dass die Zeit gerade stehen blieb. Sie konnte Shanes Mitgefühl und Mitleiden in sich aufnehmen wie die Luft, die sie atmete.
Sie legte Shane den Arm um die Schultern. Sie musste an ihre Arbeit für die Schwarzfußindianer denken. Die gebrochene Würde dieses stolzen Volkes hatte auch ihr Herz schon immer zutiefst berührt, und mit heißem Zorn hatte sie miterlebt, wie die letzten Vertreter dieses Volkes vor einem Gericht um den kläglichen Rest ihrer Kultur hatten kämpfen müssen. Vor einem Gericht jenes Landes, das sie vernichtet hatte. Shanes Gefühlsausbruch erinnerte sie an einen Traum, den sie als Kind oft gehabt hatte: Ein alter Indianer in traditioneller Kleidung und Schmuck hockte auf einem Felsen in den Rocky Mountains und schaute weinend ins Tal seiner verlorenen Heimat und Götter. Sie hatte nie verstanden, warum sie das träumte, aber sie hatte immer einen tiefen, uralten Schmerz gespürt, eine quälende Erinnerung, die sie als Kind vollkommen verwirrte.

»Wir müssen alle anfangen, endlich die Verantwortung dafür zu übernehmen. Ich werde mit Ronald reden.«
Sie umarmte Shane, und für einen Moment genossen sie die Stille. »Wir werden noch viel Mut brauchen, Adam. Vor Gericht lernt man irgendwann eine bittere Lektion: Wenn die Schuld zu groß erscheint und die Opfer zu zahlreich sind, stellen sich die Täter gerne als Opfer dar und finden die irrwitzigsten Erklärungen für ihre Taten. Oder sie entwickeln eine unglaubliche Fantasie, um die Last der Verantwortung von sich zu weisen.« Sie ging zur Tür.
Shane sah ihr hinterher. »Hey, wohin gehst du?«
»Ich muss nachdenken, Adam Shane, ich muss einfach ein bisschen nachdenken, und dafür brauche ich mehr Raum. Aber bitte bleib, ich brauche nicht lange.«

AMERIKANISCHE BOTSCHAFT,
DUBLIN – 10.30 UHR

Deborah war vollkommen hingerissen. Was sie in der letzten Stunde hatte übersetzen können, zeigte das Ausmaß und die Fülle des Wissens, das in dieser geheimen Bibliothek aufbewahrt wurde. Das Ganze war wie eine Offenbarung und eine Anklage zugleich.
»Mein Gott, diese Skizzen sind Baupläne, die sich der Lehre des Pythagoras bedienten. Es stimmt also doch: Die Druiden hatten Zugang zu diesem Wissen.«
Sie erinnerte sich, dass erst vor Kurzem auf dem Mont Beuvray, gut zwanzig Kilometer westlich von Autun, in der Konstruktion eines mehr als 2500 Jahre alten Wasserbeckens im gallischen Oppidum Bibracte die Anwendung des Satzes von Pythagoras nachgewiesen worden war.

Stolz und voller Ehrfurcht zugleich saß sie inmitten des Botschaftskellers in einem eigens hergerichteten Klimazelt und konservierte die Pergamente, indem sie sie zunächst bei hohen Temperaturen und hoher Luftfeuchtigkeit ausrollte, um sie zu fotografieren und dann unter Glas zu sichern.

Auf einem anderen Pergament waren zahlreiche Symbole zu sehen, darunter eines, das sie an das bohrsche Atommodell erinnerte. »Kann das wirklich sein?«, wunderte sie sich vernehmlich.

»Na, Deborah, wie kommst du voran?« MacClary war unerwartet in den Kellerraum gekommen und spazierte jetzt wie ein verzückter kleiner Junge zwischen den ausgebreiteten Rollen umher.

»Ich bin immer noch erstarrt. Schau dir bloß das hier mal an.« Sie deutete auf die Zeichnungen und Skizzen, die sie gerade entdeckt hatte.

»Unglaublich, das erinnert mich an die Geschichte der Allwissenden, die mir mein Onkel einmal versucht hat weiszumachen.« MacClary setzte sich zu Deborah an den Tisch.

»Die Allwissenden?«

»Ja, so nannte er die Eingeweihten, und sie waren der Legende nach die Überlieferer einer alten Hochkultur, die die Schöpfungsgeschichte der Menschen kannte. Sie müssen auch technisch sehr weit entwickelt gewesen sein.«

»Du kommst mir jetzt nicht mit Atlantis oder Mu oder so …«

»Nein, nein, das wären ohnehin nur wieder mystische Umschreibungen für etwas, wovor die neu aufstrebenden Machtzentren im Osten und Rom Angst bekommen hatten.«

»Ich verstehe kein einziges Wort.«

MacClary atmete tief durch. »Die sogenannten Eingeweihten, meine liebe Deborah, waren keine Verschwörer. Ganz im Gegenteil, sie repräsentierten zu allen Zeiten die Kräfte, die mit Geduld und Weisheit gegen Verschwörung und Verwirrung kämpften. Sie versuchten, die vielfältigen Versuche zu vereiteln, mit denen die Menschen in eine subtile geistige und materielle Abhängigkeit getrieben werden sollten. Sie waren bestrebt, die Dinge im Rahmen der wahrnehmbaren Welt zu erklären und die Frage nach unserem Woher und Wohin, die Genesis und den Tod – und zwar fern von dem künstlichen Versuch, sich eines Gottes zu bedienen. Im Gegensatz zu den Glaubensgelehrten, die schon immer im Dienst der Macht standen, teilten die Eingeweihten, bis auf wenige Ausnahmen, wissbegierigen Schülern ihr gesamtes Wissen mit, damit es ins Allgemeingut überging.«

»Wahnsinn! Ich verstehe zwar immer noch nur die Hälfte, aber …«

»Ich bin fest davon überzeugt, dass uns in einem Jahrhunderte dauernden Kampf Wahrheiten verschwiegen wurden, die ein Schlüssel waren, um die Schöpfung fern der uns suggerierten Gottheiten zu erklären. Es wäre nicht so schwierig, die Geschichte der Menschheit darzulegen, wäre sie nicht in Sagen versteckt oder durch Eingriffe der herrschenden Kasten zerstört worden.«

»Und die Druiden waren …«

»Die Letzten dieser Eingeweihten. Eingeweihte, die den heutigen Metaphysikern, Theologen und Philosophen zur Klärung der Frage nach der Schöpfung – mit oder ohne Gott – einen unglaublichen Beitrag hätten liefern können.«

»Und deshalb wurden sie gejagt und mussten sterben.«

»Exakt. Und daran hat vor allem der Vatikan einen großen

Anteil. Und was wir hier vor uns liegen haben, ist zwar bedeutend, aber nicht zu vergleichen mit den Dingen, die uns wahrscheinlich in den Archiven des Vatikans erwarten würden, sofern man dort nicht schon alles zerstört hat.«
»Tja, da bekommt doch der Apfel, in den Adam gebissen hat, eine ganz andere Bedeutung«, grinste Deborah und machte sich daran, die nächste Rolle zu öffnen.
Er verließ lachend das Klimazelt. »Sehr schön, meine Liebe, sehr schön, dass du auch diese Botschaft des Alten Testaments begriffen hast. Vor allem als Nachfahrin einer gewissen Eva.«
MacClarys Lachen wich schnell ernsteren Gedanken. Eines war klar: Wenn die Menschen ihre Entstehung tatsächlich erklären könnten, wären die gesellschaftlichen und kulturellen Folgen unabsehbar. Möglicherweise würden sie sogar Gott finden, diesen Gott, der vielleicht nur ein Wort, ein Gedanke, ein Bündel aus Lichtwellen war oder überhaupt vollkommen formlos existierte.
Herrschaft, wie die Menschheit sie bisher gekannt hatte, wäre dann nicht mehr denkbar. Es würde alles zusammenfallen, woran seit Jahrhunderten geglaubt wurde. Und die christlichen Werte hätten keine Bedeutung mehr. In ihren aktuellen Debatten stritten sich die modernen Metaphysiker und Religionsphilosophen ja ohnehin schon darüber, ob die Schöpfung überhaupt diesen Namen verdient hatte. Ob tatsächlich ein willentlicher Schöpfungsakt dahinterstehen müsse.
Jennifer hatte es einmal wunderschön beschrieben: Gott ist kein Objekt. Vielleicht würden die Menschen wieder zu Gott in ihrem Innern finden. Gott als etwas, was nie fassbar, nur erfahrbar ist. Als etwas, was sich am besten in der Liebe erfahren ließ – und in der Erkenntnis, dass alles mit-

einander verbunden ist. Es musste früher ein unglaubliches Wissen darüber geherrscht haben, und die Zerstörung dieses Wissens war jeden Preis wert gewesen. Wenn es einen Ort gab, an dem vielleicht noch mehr gefunden werden konnte, dann war das der Vatikan.
»Wir müssen dort rein, koste es, was es wolle!«, sagte er zu sich selbst, während er zum Telefon griff und hastig eine Nummer wählte.
»Mr. Langster, ich ordne für morgen eine Sondersitzung der Richter an, und zwar um zwölf Uhr. Inoffiziell, haben Sie mich verstanden?«

Bis vor wenigen Sekunden hatte Deborah die Rede des Richters nicht wirklich ernst genommen. Jetzt jedoch begann sie unruhig zu werden und schaute auf eines der letzten Pergamente, die sie gerade ausgebreitet hatte. Auch diese Rolle gab ihr einige Rätsel auf. Sie war nicht von einem Druiden, auch nicht von einem Heiden, dafür war das Latein zu perfekt und in einem Sprachduktus geschrieben, der eher einem christlichen Mönch entsprach. Die Anführer der Kelten standen, so der Autor, der ursprünglichen Überlieferung der Schöpfungsgeschichte näher als alle anderen Völker Europas. So wie die Wikinger gute vierhundert Jahre vor Kolumbus Amerika bereist hatten, so waren die Druiden weit vor der Entstehung Roms in Asien gewesen, besonders in Indien und im Nahen Osten. Wenn sie Kontakt zu den Pharaonen hatten, wäre das eine Erklärung für vieles. Aber dafür gab es keine Beweise, und die Schrift wurde weiter unten so verschwommen, dass sie dem Pergament mit bloßem Auge nichts mehr entlocken konnte.
»Ronald?«, rief Deborah laut. »Ich bin hier erst mal fertig.«
»Dann fahr mit mir zurück. Wir haben genug zu tun und

müssen schauen, was wir für deinen verrückten Freund Thomas Ryan tun können. Vor allem müssen wir herausbekommen, wer ihn überfallen hat.«

24

*Ihr solltet euch mehr vor dem Urteil fürchten,
das ihr aussprecht, als ich, der es empfängt.*
Giordano Bruno

MACCLARYS HAUS –
18. MÄRZ, 12.15 UHR

Das Taxi bog in die Arbour Hill ein und bremste so ungestüm, dass MacClary unsanft nach hinten gegen die Kopfstütze schlug.
»Passen Sie doch auf!«
»Entschuldigen Sie, aber der Herr da vor uns hat wohl keine Augen im Kopf«, gab der Fahrer zurück.
Ein ziemlich klapprig wirkender Mann ging, ohne um sich zu blicken, über die Straße, und MacClary sah, dass sich das eiserne Eingangstor zu seinem Haus gerade schloss. Ms. Copendale hatte ihm erst gestern erzählt, dass in letzter Zeit öfter ein alter Herr mehrmals die Straße auf und ab gegangen war. Er schien das Haus zu beobachten, und einmal hatte er sich sogar an die Tür verirrt. Nach dem, was zuletzt geschehen war, hatte MacClary ein mulmiges Gefühl. Der Mann sah zwar in keiner Weise bedrohlich aus, dennoch wollte er sehen, ob hinter dessen Verhalten etwas steckte.

»Deborah, geh schon mal vor, ich komme gleich nach.«
»Was hast du vor?«
»Ich mache noch einen kleinen Spaziergang, und zwar allein.«

Während Shane im Gästezimmer schlief, hatte Jennifer es sich vor dem Kamin in der Bibliothek gemütlich gemacht. Dieser Sessel war schon seit ihrem ersten Besuch vor fünfzehn Jahren ihr Lieblingsplatz.
Deborah kam herein, ging geradewegs zum Kamin, um sich zu wärmen und erkundigte sich nach Adam. Bevor Jennifer antworten konnte, knallte die Haustür ins Schloss. Schon von Weitem hörten die beiden MacClary schimpfen.
»Du lieber Himmel, Ronald, was ist denn in dich gefahren?«, fragte Jennifer, als er in die Bibliothek stürmte. So wütend hatte sie ihn selten erlebt.
Statt zu antworten, ging er zielstrebig zu seinem Schreibtisch und schrieb etwas auf einen Zettel, groß genug, dass sie es beide lesen konnten, als er es ihnen hinhielt.

WIR WERDEN ABGEHÖRT.
WIR FAHREN IN DIE BOTSCHAFT.

Jennifer saß fassungslos da, Deborah sah ihn mit geweiteten Augen an.
»Wo ist Adam?«, fragte MacClary fast lautlos.
»Er schläft. Ich wecke ihn.«
Jennifer ging ins Gästezimmer und öffnete vorsichtig die Tür. Shane lag auf dem Bauch und schlief tief und fest.
»Adam, bitte wach auf.«
Jennifer legte ihre Hand auf seine Stirn. So hatte ihre Mutter sie immer geweckt, weil sie als Kind furchtbar schreck-

haft gewesen war, wenn sie plötzlich aus dem Schlaf gerissen wurde.
Shane drehte sich auf den Rücken und öffnete vorsichtig ein Auge. »Was ... oh, Jennifer muss das sein?«
Jennifer beugte sich über ihn. Was sie ihm ins Ohr flüsterte, reichte, um ihn vollständig wach zu machen.
Wenn es stimmte, was sie gesagt hatte, war das die beste Erklärung für alles, was in Österreich passiert war. Aber wer steckte dahinter? Mühsam setzte sich Shane auf. Mit langsamen Bewegungen zog er sich an und versuchte, seine rasenden Gedanken zu ordnen. Wie weit würde das alles jetzt noch gehen? Ein kaltes Gefühl kroch ihm über den Rücken. Vor allem machte er sich Sorgen um Ryan. Was, wenn die unbekannten Angreifer ihn doch noch aufspürten?
Gerade als Shane das Zimmer verließ, klingelte es an der Tür. Jennifer und MacClary standen bereits im Flur und erwarteten ihn mit ernster Miene, nur Jennifer schenkte ihm ein kurzes Lächeln.
MacClary öffnete. Drei junge Männer, unauffällig gekleidet und mit Taschen bepackt, begrüßten ihn. »Wir sind so schnell gekommen, wie es ging«, sagte einer der Männer etwas atemlos.
»Wirklich prompt.«
MacClary gab den Männern verschlüsselte Instruktionen, wo Wanzen im Haus verteilt sein könnten, die auch Shane bald verstand. Er bedankte sich mit einem Augenzwinkern und ging hinaus. Jennifer und Shane folgten ihm, während Deborah bei den Wanzensuchern blieb.
Vor seinem Auto blieb MacClary stehen. »Wir reden erst, wenn wir in der Botschaft sind, in Ordnung?«
Shane hielt seinen Zeigefinger vor die Lippen. Er war jetzt

ebenso besorgt wie Ronald, dass auch der Wagen verwanzt sein könnte.

Während der Fahrt starrte Jennifer aus dem Fenster. Woher wusste MacClary so plötzlich, dass sie abgehört wurden? Sie war sich sicher, dass er ihnen noch mehr zu sagen hatte. Die stählernen Tore zum Botschaftsgelände öffneten sich langsam, nachdem die Besucher überprüft worden waren. Vor dem Eingang wartete bereits der Botschafter John Baxter.
»Guten Abend, Mr. MacClary, ich hoffe, wir konnten alles zu Ihrer Zufriedenheit erledigen. Haben Sie bereits mit Washington gesprochen?«
»Nein, ich muss erst noch ein paar Dinge klären, bevor ich alle aufscheuche.«
»Verstehe.«
Der Botschafter geleitete alle zum Büro von MacClary.
Kaum war die Tür geschlossen, fiel der Richter in sich zusammen. »Adam, ich weiß gar nicht, wie ich es sagen soll. Ich muss dich wirklich um Entschuldigung bitten. Und dich auch, Jennifer. Dass das alles so weit gehen würde, habe ich weder gewollt noch erwartet. Ich denke, es ist an der Zeit, loszulassen. Dieser Wahnsinn muss sofort aufhören.«
»Du willst aufgeben? Jetzt, wo du endlich alles in der Hand hast?«, fragte Jennifer aufgebracht.
»Ich kann das nicht weiter verantworten. Die Nachricht, dass meine Wohnung verwanzt war, wird sich in Washington wie ein Lauffeuer verbreiten, das kann der Botschafter nicht geheim halten, ohne seinen eigenen Kopf zu riskieren. Und dann noch der Überfall auf Thomas … Ich werde die Funde umgehend an das zuständige archäologische Institut

in London übergeben. Ich bin sicher, dass es dort Leute gibt, die sich der Bedeutung bewusst sind. Aber wir sind raus aus der Sache.«

MacClary setzte sich auf einen Stuhl vor dem Schreibtisch, und das erste Mal nahm Jennifer bewusst wahr, wie alt er geworden war.

Shane hatte bis jetzt geschwiegen, nun konnte er nicht mehr. »Ronald, ich verstehe das nicht. Du kannst doch …«

»Gar nichts kann ich, Adam. Ich trage auch eine Verantwortung für mein Amt, und ich habe einen Eid geleistet, der mich verpflichtet, Inhalte und Prozesse des Amtes nicht durch private Ambitionen zu gefährden.«

Jennifer merkte, dass MacClary sich immer weiter verrannte. Sie musste ihn stoppen. »Sag mir nur eines, Ronald: Hat Ruth dir jemals etwas über das Schicksal deines Vaters erzählt?«

Er sah sie verständnislos an. »Was hätte sie mir erzählen sollen, was ich nicht schon wusste?«

»Dein Vater war bereit, sein Leben für seine Arbeit zu riskieren. Und er hat mit seinem Leben dafür bezahlt.«

MacClary erblasste. »Wie kannst du so etwas sagen?«

»Du hattest wirklich keine Ahnung?«

»Ahnung wovon?«

»Ruth hat uns erzählt, dass dein Vater vergiftet wurde. Deine Mutter und Ruth haben sich geschworen, dass du nie davon erfahren solltest. Und sie haben ein Leben lang versucht, dich davon abzuhalten, seinen Spuren zu folgen. Aus Angst, dich könnte ein ähnliches Schicksal treffen wie ihn.«

Jennifer hatte mit sehr lauter Stimme angefangen, aber während sie redete, wurde sie immer leiser. Als sie die letzten Worte aussprach, wurde ihr klar, dass diese Enthüllung alles ändern würde.

Sogar ihr eigenes Leben.
MacClary war so aufgewühlt, dass er Mühe hatte, nicht die Fassung zu verlieren. »Aber ... warum hat Ruth mir das nie gesagt? Ich meine ...«
»Ronald, du kannst jetzt nicht einfach den Schwanz einziehen und davonlaufen, nur weil dein Ruf als Richter auf dem Spiel steht.«
»Du hast doch überhaupt keine Ahnung! Es geht nicht um mich, sondern um den möglichen Schaden, den ich damit in Washington anrichte.«
Eine Minute lang herrschte Schweigen, dann ergriff Jennifer erneut das Wort. »Ronald, du hättest wissen müssen, dass dieser Weg kein Spaziergang wird. Und nach allem, was passiert ist, bist du es auch Thomas schuldig, weiterzumachen.«
MacClary stand auf und ging zum Fenster. Er war tief verletzt, dass seine Mutter und auch Ruth ihm all die Jahre die Wahrheit verschwiegen hatten. Doch das, was Jennifer ihm erzählt hatte, klang vollkommen schlüssig und passte zu seinen eigenen Erinnerungen. Sein Vater war noch wenige Tage vor seinem Tod voller Zuversicht gewesen, das Lazarett bald verlassen zu können. Er hatte viele Pläne gehabt, und sie hatten sogar ein paar Scherze gemacht. Und dann war er ohne ersichtlichen Grund gestorben – einfach so. Er würde es sich vielleicht wirklich nie verzeihen, wenn er jetzt aufgab. Er drehte sich weg vom Fenster, sah die beiden an und straffte die Schultern.
»Was schlagt ihr also vor?«

25

Gasthaus am Magdalensberg –
18. März, 15 Uhr

Ryan hatte lange geschlafen. Seine Rippen schmerzten immer noch bei jedem Atemzug, aber immerhin hatten sich seine Kopfschmerzen gelegt, und er konnte wieder klar denken. Das war auch bitter nötig. Er hatte nicht viele Möglichkeiten, um sich aus dieser Lage zu befreien und ungehindert nach Washington zu kommen. Ohne Papiere war es fast unmöglich.
»Nun gut, mein lieber Brian, ich denke, jetzt kannst du deine Schulden bei mir bezahlen«, murmelte er vor sich hin.
Brian Langster war ein alter Freund aus seiner Jugend. Er hatte ihm bei einer Schießerei in Belfast das Leben gerettet, und sie waren lange Zeit untrennbar gewesen. Aus Sicherheitsgründen hatte Langster Irland vor knapp zehn Jahren verlassen. Dass er nun ausgerechnet in Italien lebte, empfand Ryan als tragikomische Laune des Schicksals, aber vielleicht würde man ihn genau dort gerade nicht vermuten.
Er nahm sein Handy, das er wegen der gespeicherten Telefonnummern doch nicht weggeworfen hatte, suchte die Nummer heraus und benutzte dann das Telefon neben seinem Bett. Es dauerte eine Weile, bis am anderen Ende die vertraute Stimme erklang. »Brian, verdammt, es ist gut, dich zu hören. Ich … ich brauche deine Hilfe, und ich fürchte, es wird ziemlich schwierig.«
»Thomas Ryan«, erwiderte sein Gesprächspartner am anderen Ende der Leitung bedächtig. »Das ist allerdings eine Überraschung. Was kann ich für dich tun?«

»Ich sitze in Österreich fest, genauer gesagt in Kärnten, nahe der Grenze zu Italien, bin ziemlich ramponiert und muss in den nächsten Tagen unbedingt nach Washington. Allerdings habe ich keine Papiere mehr, die Situation ist also einigermaßen haarig.«

»Einigermaßen«, bestätigte Langster. »Und du wirst gesucht, nehme ich an.«

»Ja, aber nicht so, wie du es dir vielleicht vorstellst. Ich erkläre dir das, wenn wir uns sehen. Ich werde …«

»Wo bist du?«

»Ich denke, es wird einfacher, wenn du mir sagst, wo ich hinkommen soll. Ich bin in der Nähe der Südautobahn.«

»Nun gut. Wenn du die Südautobahn nimmst, kannst du kurz hinter der Grenze auf eine Landstraße fahren, die Via Frulli. Du fährst gute fünf Minuten bis zu einem alten Landhaus, das etwas oberhalb der Straße liegt. Dort steht ein alter roter Campingwagen, und da warte ich auf dich, am besten am frühen Morgen kurz vor Sonnenaufgang, dann sind weniger Menschen dort unterwegs. Sagen wir, morgen früh um sechs. Und Thomas, ich warte eine Stunde, nicht länger.«

Da war sie wieder, die alte Angst. Beide hatten sie ihr halbes Leben damit zugebracht, zu flüchten. Vor der Polizei, vor den Terroristen der IRA – und manchmal einfach nur vor sich selbst. Der Preis für ein Leben im Widerstand gegen den irischen Wahnsinn war hoch, und Ryan hatte reichlich Wunden davongetragen, seelische wie körperliche. Seine ganze Familie hatte unter diesem Konflikt gelitten, hatte Glück und Lebensfreude verloren. Mit dem Wunsch, seine wahre Identität und Herkunft wiederzubeleben, hatte er geglaubt, diese Verletzungen heilen zu können. Und nun steckte er wieder genau da, wo er nicht mehr sein wollte:

Er war auf der Flucht und zwischen Paranoia und Wut gefangen.

»In Ordnung, Brian, ich danke dir, und ich hoffe, du kannst mich ein paar Tage irgendwo unterbringen. Ich muss mich erst mal ein bisschen erholen«, sagte Ryan, und die Bitterkeit schnürte ihm fast die Kehle zu.

»Thomas, das ist doch selbstverständlich. Glaubst du, ich habe vergessen, wie du für mich da warst? Also, bis morgen früh.«

»Danke, ja, bis morgen.« Ryan legte auf, lehnte sich zurück und dachte nach.

Nach wenigen Minuten klopfte es an der Tür.

»Ja, kommen Sie rein«, sagte Ryan ruhig.

Es war der Sohn des Gastwirts. »Ich habe mich noch mal umgesehen. Ich kenne hier alle Leute, und auch die typischen Touristen sind leicht zu erkennen. Im Moment laufen hier aber einige Gestalten herum, die gehören eindeutig nicht hierher. Und es ist für meinen Geschmack auch relativ viel Polizei unterwegs. Ich glaube Ihnen zwar, aber wir wollen hier keinen Ärger, verstehen Sie?«

»Natürlich verstehe ich Sie. Sie wollen nicht in Schwierigkeiten geraten, und das kann Ihnen niemand verdenken. Ich danke Ihnen ohnehin vielmals für das Vertrauen und die Hilfe. Morgen früh bin ich weg. Ich muss sehen, wie ich zur Grenze nach Italien komme.«

»Sie brauchen ein Fahrzeug, oder?«

»Äh, ja ...«

»Ich habe ein altes Motorrad, das ich nicht mehr nutze. Eine Enduro, die können Sie haben.«

Ryan hatte in einer seiner Jackentaschen einen ziemlichen Batzen Geld dabei. Eine Angewohnheit aus alten Zeiten: Nie alles an einem Ort aufbewahren und immer genug bei

sich haben, um eine Weile zu überleben, notfalls im Untergrund. Er griff zur Jacke und zog ein Bündel Geldscheine heraus.
»Nein, lassen Sie, das ist nicht ...«
»Doch, ehrlich, mir ist das ein Anliegen. Sie haben mir wirklich sehr geholfen, und Sie sollen nicht auch noch einen finanziellen Schaden davon haben.« Er drückte dem jungen Mann ein paar Scheine in die Hand und klopfte ihm auf den Arm.
Winter schüttelte den Kopf, dann nahm er das Geld und wandte sich zum Gehen. »Okay, danke. Ich hoffe, Sie kommen sicher an Ihr Ziel.«
Ryan sah ihm nach, bis die Tür sich schloss.
Das Ziel. Ja, was war eigentlich das Ziel?

Amerikanische Botschaft, Dublin – 16 Uhr

Jennifer und MacClary sahen sich gemeinsam mit Shane im Keller der Botschaft die Pergamente an und diskutierten, wie sie in Washington vorgehen könnten. In einer guten Stunde würde das Flugzeug starten, doch sie waren sich alles andere als einig.
»Eines ist klar, Ronald: In Rom hatte man immer schon Angst davor, dass irgendwann Dokumente wie diese auftauchen, denn diese Texte untermauern die Argumente aller Kirchenkritiker«, sagte Jennifer.
»Moment, lass uns noch mal sehen, was wir haben. Wir haben hier erstens einige Zeugnisse, die als Indiz ausreichend sind. Jeder begreift, dass der Vatikan ein lebhaftes Interesse daran haben muss, diese Dokumente vom Licht der Öffent-

lichkeit fernzuhalten. Wir haben zweitens einen Zeugen, der mit einer weiteren Rolle untergetaucht ist und vermutlich verfolgt wird. Bis jetzt gibt es keine Beweise dafür, dass der Vatikan direkt darin verwickelt ist, aber Thomas könnte das eventuell bezeugen. Wir haben Wanzen in meiner Wohnung, deren Herkunft noch unbekannt ist. Das ist alles, wenn auch nicht wenig.«

»Woher wusstest du eigentlich so plötzlich, dass die Wohnung verwanzt ist?«, fragte Shane.

»Ich hätte sicher selbst darauf kommen können, aber ich habe es nicht wahrhaben wollen. Dann habe ich, nun, einen Hinweis bekommen. Das muss euch im Augenblick reichen, aber vielleicht kann uns diese Quelle auch noch weiterhin nützen.«

»Wenn Thomas es wirklich schafft, unbehelligt nach Washington zu kommen, können wir auf jeden Fall Klage in Boston einreichen«, sagte Jennifer überzeugt.

»Wie soll das funktionieren? Der Vatikan genießt doch Immunität«, fragte Shane verwundert.

»Das ist relativ, Adam. Was wir wollen, ist ja zunächst einmal Aufmerksamkeit. Du hast schon recht, wir können eventuell kein Urteil gegen den Vatikan erwirken, aber gegen die konkreten Täter, die ja wohl Mitglied einer der Organisationen des Vatikans sind, können wir schon etwas unternehmen.« MacClary schaute auf die Uhr. »Die Frage ist, ob Thomas es rechtzeitig nach Washington schafft und wie weit man in Rom zu gehen bereit ist. Bei allen Rückzugsgefechten, der Vatikan verfügt über unendliche Seilschaften weltweit. Der beste Schutz, den wir Thomas bieten können, ist eine schnelle Klage – und wenn das nicht reicht, ausreichend Öffentlichkeit.«

Jennifer nickte. »Eines ist sicher: Diese Machenschaften

sind nicht mit dem Wirken einer Religionsgemeinschaft vereinbar, und in diesem Fall werden Richter wie auch Bürger in den USA sehr hellhörig.«
»Na ja, ich erinnere dich an den Fall in Mississippi, Jennifer«, bemerkte MacClary skeptisch. »Die Richter haben den Fall abgelehnt, da nicht nachgewiesen werden konnte, dass der Heilige Stuhl und nicht nur Einzelpersonen darin verwickelt waren. Aber es …«
»Moment mal, bitte. Wir vergessen die Inhalte der Dokumente. Wir halten hier Zeugnisse in der Hand, die belegen, dass schon die Gründung der Kirche einen Massenmord nach sich zog: an den Heiden, den Wurzelkulturen Europas, mindestens genauso dramatisch wie ein geplanter Völkermord! Das ist eine direkte Folge dieser Gründung.«
»Nein, nein, Adam, so wird das nichts. Davon träumt auch unser Freund Thomas, aber wir dürfen nicht so naiv sein. Die Verbrechen der Vergangenheit werden wir nicht strafrechtlich, sondern allenfalls moralisch verurteilen können. Die Reaktion der Kirche in der Gegenwart ist dafür allerdings Gold wert, da sie nur einem Zweck dient: der Vertuschung der Vergangenheit. Hinzu kommt, dass diese Zeugnisse zu den Gemeinschaftsgütern der Menschheit gehören. Es sind übernationale Kulturgüter wie beispielsweise die Pyramiden. Auch der Anspruch auf historische Wahrheit und auf Information ist ein Gut, das allen gehört.«
Jennifer nickte und durchschritt den Raum mit erhobenem Zeigefinger. »Wenn man das als Recht durchsetzen könnte und wenn es darüber keine völkerrechtlichen Verträge gibt – und es gibt keine, das ist klar –, dann kann Thomas Anspruch auf diese Dokumente erheben. Und zwar als direkter Nachfahre der Druiden, die von Christen im Auftrag des damaligen Papstes umgebracht wurden. Ganz ein-

fach.« Dann blieb sie plötzlich wie angewurzelt stehen und sah MacClary ernst an. »Dazu hätte man die Bergung der Fundstücke allerdings von vornherein offiziell durchführen lassen müssen. Und das hast du nicht getan, weil du den Zwischenfall provozieren wolltest. Öffentlichkeit. Ja, du hast die ganze Zeit einkalkuliert, dass etwas passieren würde, und Thomas war von Anfang an mit von der Partie.«
MacClary blickte für einen Moment zu Boden, dann hob er den Kopf und sah ihr offen ins Gesicht. »Einen Zwischenfall – vielleicht, aber sicher nicht so etwas. Das hatten Thomas und ich uns anders vorgestellt.«
»Ich habe geahnt, dass ich dir in dieser Sache nicht hätte vertrauen dürfen. Aber gut, machen wir das Beste draus.«
MacClary bemerkte, dass Shane Jennifer fragend ansah. »Wir haben jetzt nicht die Zeit, alles zu erklären, wir müssen zum Flughafen. Und ich verspreche euch beiden, dass ich noch einen Trumpf in der Hand habe für den Fall, dass es schwierig wird. Aber fragt mich jetzt nicht danach.« Er nahm seinen Mantel. »Ja, Adam, und wenn du jetzt immer noch nicht genug von unserem Abenteuer hast, bist du herzlich willkommen, mit Deborah hier die Stellung zu halten.«
»Das Angebot nehme ich dankend an, was glauben Sie denn? Ich lasse mir doch den Rest dieser Geschichte nicht entgehen!«
»Hervorragend! Ich denke, wir werden euch beide auch noch in Washington benötigen, dich und Deborah. Ein Fahrer der Botschaft bringt dich in die Arbour Hill. Dort sollte inzwischen wieder alles in Ordnung sein, hoffe ich.«

Noch bevor Jennifer und MacClary ihre letzten Unterlagen zusammengepackt hatten, verließ Shane die Botschaft. Während die Limousine durch Dublin glitt, sah er aus dem Fenster. Immer noch dieselben alten Häuser, und doch waren in den letzten Stunden Dinge passiert, die möglicherweise die Welt verändern würden. Wie hoch würde der Preis für diese Veränderung sein?
Und vor allem – wer würde ihn bezahlen?

26

Dubliner Innenstadt – 17 Uhr

Shane hatte sich statt nach Hause in den Pub fahren lassen, in dem er Ryan und Deborah kennengelernt hatte. Als er aus dem Wagen stieg, schlug er den Kragen hoch. Ihm war kalt, und er wusste, das lag nicht nur an dem scharfen Märzwind.
Noch vor wenigen Tagen war er in Österreich in eine sinnlose Frustration voller Weltschmerz versunken, und binnen Tagen hatte er das Gefühl, eine Antwort auf all seine brennenden Fragen gefunden zu haben. Allerdings bereitete ihm diese Antwort auch Angst, denn sie forderte in der Konsequenz von Milliarden Menschen ein Umdenken, und er konnte sich nicht vorstellen, dass die Menschheit dazu bereit war.
Doch was würde ihnen bleiben? Der Glaube an Jesus Christus hatte nichts mit dem Vatikan zu tun, und die Funde würden diesen Glauben nicht herabwürdigen.
Plötzlich sah er in Deborahs Gesicht. Er musste lachen.

»Was machst du denn hier, Adam? Ich habe bei Ronald auf dich gewartet; er sagte, du würdest in Dublin bleiben.«
»Das stimmt ja auch, aber jetzt hatte ich erst mal das Gefühl, ich brauche eine Pause und ein schönes großes Bier.«
Shane deutete auf zwei Stühle, und sie setzten sich. Sie war sichtlich aufgeregt.
»Ich habe noch ein Pergament übersetzen können. Darin schreibt ein Chronist, kein Druide übrigens, dass die aufsteigenden Bischöfe kein Interesse mehr an Menschen hatten, die sich in Freiheit entwickeln konnten. Alle Prediger, die weiterhin den wichtigsten Teil der Lehre Jesu verbreiteten und den Gläubigen sagten, dass jeder Mensch Gott in seiner Seele finden kann, wurden vertrieben oder getötet.«
»Alles sehr beeindruckend, aber ...«
»Warte, das ist noch nicht alles. Die offene, empfängliche Natur von uns Frauen und unsere Sexualität sollten von allen Würdenträgern der Kirche gemieden werden. Der Chronist schildert dies als das größte Verbrechen, denn er sagt, ursprünglich hätten die Frauen die Mehrheit der Priester gestellt.«
»Das ist heftig. Aber wir sollten nicht vergessen, dass diese Wahrheit schon seit Jahrhunderten hinter verschlossenen Türen gewusst und ausgesprochen worden ist. Nur kommt man heute dafür nicht mehr auf den Scheiterhaufen ... außer Thomas, der schafft selbst das noch, wenn er so weitermacht.«
Deborah grinste schief und bestellte ein Guiness.
»Vergiss nicht, dass die Priester eine ungeheuer wichtige Aufgabe hatten«, fuhr Shane fort. »Sie waren dazu bestimmt, das teuflische Potenzial jedes Wesens zu erkennen, Vertrauen auszustrahlen und den Menschen ihre Ängste zu nehmen. Sie sollten ihnen beibringen, Gott in sich selbst zu

finden. Wenn die Kirche Liebe und Menschlichkeit verbunden hätte, hätte sie die Chance gehabt, eine wahrhaft göttliche Bewegung zu werden. Aber das Gegenteil ist geschehen, durch die Macht der Lügen, die der Vatikan seit der Gründung der römischen Kirche aufgehäuft hat. In diesem System kann nichts Göttliches mehr entstehen. Trotzdem habe ich meine Zweifel, ob wir einen Kampf gegen sie führen sollten.«

»Wieso Kampf? Wir haben doch gar keinen Kampf gewollt. Wenn man im Vatikan aus der historischen Wahrheit nicht bald die Konsequenzen zieht, wird die Geschichte den ganzen Spuk ohnehin hinwegblasen. Keine Wahrheit und keine Kultur lassen sich ewig unterdrücken.« Deborah dankte der Kellnerin für das Bier und nahm einen kräftigen Schluck.

»Das versuch mal, den fast ausgerotteten Indianern zu erklären. Die werden dir eine neue Frisur verpassen! Aber vielleicht ist das, was Ronald und Jennifer vorhaben, eine späte Art, auf dem Weg über das Recht auch Gerechtigkeit zu schaffen. Ich habe nur Angst um unsere Sicherheit – vielmehr um unser aller Sicherheit. So ein Prozess wird doch unabsehbare Folgen haben!«

»Ich glaube, Thomas hat noch keine Gelegenheit gehabt, dir von seiner Vision zu erzählen. Er hat mir in den letzten Jahren alles über die Gaben der Druiden und anderer Naturvölker erklärt. Und er ist sicher, es wird eine Zeit kommen, in der die Menschen den Irrweg erkennen, den wir hier auf der Erde eingeschlagen haben. Die Reste dieser Gaben und das Wissen der alten Kulturen werden uns dann helfen, ein neues Bewusstsein zu erlangen. Jedenfalls glaubt er das.«

»Und weißt du was, ich glaube das auch. Als du die Perga-

mentrolle über die Wiederkehr der Druiden übersetzt hast, ist mir fast schwindelig geworden. Für Thomas muss dieser Text ja eine noch größere Bestätigung gewesen sein. Doch mit einer Anklage schlagen Ronald und Jennifer einen Weg ein, der alte Wunden aufreißt und einen Glaubenskrieg auslösen kann. Und es ist durchaus denkbar, dass wir die Folgen dieses Vorgehens unterschätzen.«
»Nein, Adam, das glaube ich nicht mehr. Es wird Widerstand aus dem Vatikan geben, das ja. Aber die meisten Christen wissen doch längst, dass die wahre Botschaft nicht hinter diesen feudalen Mauern zu finden ist.«
»Ich habe ein ganz ungutes Gefühl. Vielleicht hat Ronald noch irgendetwas in der Hinterhand. Ich habe immer noch keine Ahnung, was er wirklich plant. Selbst Jennifer könnte nur eine Marionette in seinem Spiel sein.« Shane rieb sich die Augen und gähnte. »Ich denke, wir haben für heute genug gegrübelt und geredet. Ich schlage vor, wir trinken noch ein Bier und gehen dann zurück.«
»Ich fürchte, dafür bleibt uns keine Zeit. Ronald hat mich vor seinem Abflug angerufen. Morgen früh geht eine Sondermaschine mit den Pergamenten nach Washington. Dort sollen Experten ihre Entstehung genau datieren, und er bittet uns, die Rollen auf dem Flug zu begleiten.«
Schon wieder fliegen, dachte Shane mit einem Schaudern.

27

Apartment von MacClary,
Washington, D.C. – 15 Uhr

MacClary hatte Jennifer noch ins Hotel Monaco begleitet. Jetzt saß er in seinem Apartment, nicht weit vom Sitz des Supreme Court, und blickte nachdenklich aus dem Fenster. Als er sich gerade aus seinem Sessel erheben wollte, klingelte das Telefon. Verwundert schüttelte er den Kopf und ging in sein kleines Arbeitszimmer, das im Gegensatz zu seinem altehrwürdigen Elternhaus sehr schlicht und formell eingerichtet war, in erster Linie von Ordnern und juristischen Büchern.
»Ronald MacClary.«
»Sir, hier ist Bill Axton. Ich soll Ihnen ausrichten, dass die Präsidentin Sie gerne morgen um siebzehn Uhr zu einem Gespräch treffen möchte.« Axton war einer der engsten Berater der Präsidentin, und er sprach die Einladung in einem Ton aus, der keinen Zweifel daran ließ, dass es sich eher um eine Vorladung handelte.
Hatte der Botschafter entgegen seiner Zusage das Weiße Haus doch schon über die Ereignisse in Dublin unterrichtet?
»Darf ich Sie fragen, in welcher Angelegenheit? Ich habe morgen eine Sitzung mit den Richtern.«
»Das kann ich Ihnen nicht sagen, aber die Sache ist dringlich.«
»Gut, ich werde pünktlich sein. Bis morgen, Mr. Axton.«
»Danke sehr und bis morgen.«
MacClary legte den Hörer erst gar nicht aus der Hand. Er

wählte sofort die Nummer der Botschaft in Dublin und verlangte den Botschafter.

»Mr. MacClary, was kann ich für Sie tun, ist etwas passiert?«, meldete sich der Botschafter überrascht.

»Ich hatte Sie doch gebeten, Stillschweigen wegen der Wanzen zu bewahren!« MacClary konnte seine Verärgerung nur mühsam verbergen.

»Was denken Sie denn? Wie kommen Sie darauf, dass ich mich nicht an mein Versprechen halte?«

»Sie haben die Information nicht weitergegeben?«

»Nein, und für meine Leute verbürge ich mich ebenfalls. Es ist vollkommen unmöglich, dass über diese Abhöraktion etwas nach außen gelangt ist, jedenfalls nicht von hier.«

MacClary hörte die unausgesprochene Frage hinter den höflichen Worten und war peinlich berührt wegen seines harschen Tonfalls. »Anscheinend sehe ich schon weiße Mäuse«, sagte er zerknirscht. »Entschuldigen Sie meine vorschnelle Vermutung.«

»Schon vergessen. Ich kann verstehen, dass Ihnen diese Sache Kopfschmerzen bereitet. Viel Glück in Washington, und ich hoffe, es klärt sich alles schnell auf. Gute Nacht.«

Verwirrt legte MacClary den Hörer zurück. Was konnte die Präsidentin sonst von ihm wollen? Noch nie war er ins Weiße Haus zitiert worden.

An Schlaf war jetzt nicht zu denken. MacClary schaltete den Fernseher ein. CNN berichtete gerade aus Irland.

»*... hat der Vatikan über Jahrzehnte hinweg systematisch vertuscht, wie viele katholische Würdenträger in Irland und den USA in Vergewaltigungen und Misshandlungen von Minderjährigen verwickelt waren. Zudem wurden erneute Behinderungen der Aufklärungsarbeit in Deutschland und anderen Ländern bekannt...*«

MacClary saß regungslos in seinem Sessel und fühlte wieder die vertraute Selbstsicherheit angesichts dieser Nachrichten.
Es gab kein Zurück mehr. Er würde dafür kämpfen, dass der Vatikan vor der Welt und vielleicht sogar vor Gott die Verantwortung für seine Taten übernahm.

28

Magdalensberg – 19. März, 4.30 Uhr

Ryan hatte sich noch am Abend von den freundlichen Wirtsleuten verabschiedet. Er musste sich einfach darauf verlassen, dass die Familie nichts unternehmen würde, zumindest nicht bis zum Mittag, bis er hoffentlich, gemeinsam mit Brian Langster, im wahren Sinn des Wortes über die Berge in Sicherheit war. Nur der Sohn war mit ihm aufgestanden und hatte hinter dem Haus sein Motorrad bereitgestellt.
»Ich kann Ihnen gar nicht genug danken«, sagte Ryan, während er die Maschine startete. »Wenn alles ausgestanden ist, verspreche ich Ihnen, hier mit meinen Freunden zu feiern. Wir werden einige Gründe dafür haben.«
Als er losfuhr, sah er im Rückspiegel, wie der junge Mann sich bekreuzigte. Na ja, die Sache mit der Feier werde ich mir noch mal überlegen müssen, schoss es ihm durch den Kopf.
Bis zur Grenze waren es rund fünfzig Kilometer, sobald er den Berg hinter sich hatte. Noch war es stockdunkel, und er hoffte, dass man ihn weder gesehen hatte noch später

erkennen würde. Als er fast am Fuß des Berges angekommen war, blendeten ihn plötzlich Lichter aus einem Seitenweg. Ein Wagen steuerte direkt auf ihn zu. Geistesgegenwärtig riss er die Maschine herum. Er geriet dabei so ins Schlingern, dass er fast gestürzt wäre. Querfeldein preschte er einen Abhang hinunter, schaltete das Licht aus und fuhr fast blind durch das Unterholz, bis er wieder auf eine Straße kam. Das geländegängige Motorrad hatte sich bewährt. Doch seine Verfolger näherten sich wieder bedrohlich. Er holte alles aus dem Motorrad heraus. Röhrend legte sich die Maschine in die engen Kurven.

Während er verzweifelt versuchte, die Autobahn Richtung Italien zu erreichen, setzten ihm erneut seine Verletzungen zu, aber er schaffte es trotzdem. Der brennende Wunsch, schnell nach Washington zu fliegen und seine Rolle in diesem Spiel zu Ende zu spielen, verlieh ihm fast übermenschliche Kräfte. Die Morgendämmerung leuchtete das Gebirge orangegelb aus. Er kam seinem Ziel immer näher. Bald konnte er erkennen, wo er die Autobahn verlassen musste, um die verabredete Landstraße in Italien zu erreichen.

Aufatmend überquerte er die freie Grenze, als plötzlich ein schwarzer Hubschrauber unter der Autobahnbrücke aufstieg. Sekunden später entdeckte er einige Hundert Meter voraus eine Straßensperre der Polizei. Aus dem Hubschrauber dröhnte auf Italienisch eine Durchsage, von der Ryan zwar kein Wort verstand, die aber unmissverständlich ihm galt.

Im nächsten Moment öffnete sich eine Seitentür des Hubschraubers. Zwei Scharfschützen brachten ihre Waffen in Anschlag. Ryan begann in Schlangenlinien zu fahren, begriff aber schnell, dass dies keine Rettung war. Jetzt näherten sich auch von hinten Polizeifahrzeuge.

Er musste hier weg. Runter von der Brücke! Unter ihr strömte ein breiter Gebirgsfluss. Keine Chance, das Wasser war zu flach, um von der hohen Brücke springen zu können. Er sah, dass jeder Brückenpfeiler an der Innenseite eine Stahlleiter hatte. Bevor er noch einen Entschluss fassen konnte, hörte er einen lauten Knall und spürte gleichzeitig, wie das Motorrad ausbrach.
Erwischt! Der Hinterreifen hatte einen Treffer abbekommen. Er stürzte auf die Seite und hatte Glück, dass sein Fall abermals von der Pergamentrolle abgefangen wurde. Insgeheim schickte er seinen Ahnen einen innigen Dank, aber der Sturz war heftig genug. Er rutschte mit den Füßen vorweg gegen die Leitplanke.
»Verdammte Scheiße!« Ryan rappelte sich stöhnend auf und rannte zu einem der Pfeiler. Er stieg über die Befestigung und landete mit einem Sprung auf einer Plattform, über die er die Leiter erreichte. Der Hubschrauber tauchte unter der Brücke auf. Schüsse prallten gegen den Beton. Ryan kletterte so schnell er konnte die Leiter hinab. Wieder ertönte eine Durchsage aus dem Lautsprecher, weitere Schüsse folgten. Plötzlich drehte der Hubschrauber ab. Ryan holte tief Luft, während er die letzten Leitersprossen nahm.
Seine Verfolger schienen verschwunden, und selbst von der Brücke schaute nur ein einzelner Polizist hinunter, als er den Talboden erreichte und davonlief.
»Verdammt, was in aller Welt habt ihr denn davon, wenn ihr mich umbringt?«, keuchte Ryan und kämpfte sich mit schmerzverzerrtem Gesicht durch den Fluss zu einem nahe gelegenen Hof, als er den Hubschrauber wieder hinter sich hörte. Er rannte und versteckte sich im Dickicht hinter dem Bauernhof.

Er überlegte fieberhaft. Ihm blieben vielleicht nur noch wenige Minuten, bis seine Verfolger ihn wieder aufspürten. Nicht weit von seinem Versteck entfernt entdeckte er die Landstraße, auf die er gelangen musste. Aus eigener Kraft würde er es bei der Anzahl und der Ausrüstung seiner Verfolger niemals schaffen.
Verzweifelt sah er sich um, sein Blick irrte über den Fluss und die Wiesen und blieb an einem schwarzen Pferd hängen, das neben einem Schuppen graste. Ryan dachte nur wenige Sekunden nach, dann lief er los. Hinter ihm schlug ein Schuss ein. Dennoch näherte er sich behutsam dem Pferd, das aufgeregt hin und her trippelte. Er legte ihm die Hand auf die Stirn, während er sich auf seinen Rücken schwang. »Ich brauche deine Kraft und deine Hilfe, bitte nimm meine Führung an«, flüsterte Ryan ihm ins Ohr und galoppierte los.
Er hörte, wie die Hufe gleichmäßig auf das Gestein schlugen. Als sie das Flussbett erreicht hatten, tauchte der Hubschrauber wieder auf. Schüsse fielen und verfehlten ihn nur knapp.
»Schneller!«, schrie Ryan, den bewaldeten Hang im Visier. Nur noch ein Graben war zu überwinden. Mit einem kraftvollen Sprung setzte das Pferd hinüber. Jetzt waren sie fast am Ziel. Der Hubschrauber drehte ab. Unter dem Schutz der Bäume ging es über Felsbrocken den Hang hinauf.
Ryan klopfte dem Rappen den schweißnassen Hals. »Du bist ja ein echter Teufelskerl«, sagte er, ehrlich überrascht, was für ein Pferd er da einfach so am Wegesrand gefunden hatte. Sie verlangsamten ihr Tempo, und in gut hundert Metern Entfernung sah Ryan das alte Landhaus und den roten Campingwagen, den Brian Langster ihm als Erkennungszeichen genannt hatte – näher als vermutet.

Erleichtert trieb er den Rappen wieder zum Galopp an und ritt in den Seitenweg, wo sein Freund bereits stand und auf ihn wartete. Langster hechtete zur Seite, als das Pferd wie eine schwarze Rakete auf ihn zu galoppierte. Ryan stoppte es unmittelbar vor dem kleinen schwarzen Fiat und sprang direkt vor Langster ab.

Er schlang einen Arm um den Hals des schnaufenden Pferdes und schloss die Augen. »Danke, mein Freund«, sagte er leise und gab dem Rappen einen Klaps aufs Hinterteil, damit er seinen Weg nach Hause antrat. Er öffnete die Beifahrertür und sah in das verblüffte Gesicht von Langster. »Na ja, manchmal reicht auch ein PS … fahr los, wir müssen schnellstens weg hier.«

»Ich bringe dich zu einem befreundeten Arzt«, sagte er nach ein paar Metern. »Von dort wirst du auch deine Reise in die Staaten aufnehmen. Aber es herrscht jetzt Funkstille, wir können kein Risiko eingehen. Sobald du in der Luft bist, kannst du Kontakt mit deinen Freunden aufnehmen. Hast du mich verstanden?«

»Verstanden.«

Für die anderen würde es eine harte Geduldsprobe sein, tagelang ohne Nachricht von ihm warten zu müssen, aber es war nötig. Sein geschundener Körper brauchte eine Pause.

29

SUPREME COURT, WASHINGTON, D.C. –
19. MÄRZ, 11 UHR

Ronald MacClary ging die Treppe hinauf in den ersten Stock des Supreme Court, wo sich der Konferenzraum der Richter befand. Hier wurden Entscheidungen getroffen, Urteile verfasst und unter Ausschluss der Öffentlichkeit Abstimmungen geprobt, bevor klar war, ob sich der Court mit einem Fall beschäftigte oder nicht.
Er hatte keine Vorstellung, wie viel seine Richterkollegen schon wussten und wie sie reagieren würden, wenn er sie informierte. Noch bis vor wenigen Tagen war sein Engagement in Sachen Kirchengeschichte eine reine Privatangelegenheit gewesen. Das wurde stillschweigend toleriert, da er sich immer öffentlich zurückgehalten hatte. Nun würde er sich erklären müssen, denn er musste jeden Versuch abwenden, ihn anzugreifen und seine Autorität zu untergraben. Dennoch – einen Fall vorzubringen, der noch nicht einmal vor einem Bezirksgericht verhandelt, abgelehnt oder gegen den Berufung eingelegt worden war, blieb ein riskantes Unternehmen. Sollte die Kumpanei mit Jennifer ans Tageslicht kommen, er wäre erledigt. Letztlich konnte er die Sache den Kollegen nur anvertrauen und die Reaktion abwarten. Die meisten der unter den letzten vier Präsidenten ernannten Richter waren zwar Katholiken, aber sie waren alle dem Recht, der Verfassung und nicht dem Vatikan verpflichtet.
Als er den Konferenzraum betrat, stand dort nur ein einzelner Kollege. »Guten Morgen, Ronald«, sprach er den erstaunten MacClary an. »Ich habe gerade erfahren, dass

Richterin Courtney erkrankt ist. Die Sitzung ist abgesagt. Hat man dich nicht unterrichtet?« Bob Johnson war ein kleiner, sehr schlanker Mann mit grau melierten Haaren und einem schmalen Oberlippenbart. Mit seinen knapp fünfundsiebzig Jahren war er einer der ältesten Richter am Supreme Court.

Ratlos sah MacClary den Kollegen an. »Nein, das ist aber gar nicht gut.« Für ein paar Sekunden starrte er auf den großen, leeren Konferenztisch, dann erhellten sich seine Gesichtszüge. Jetzt hatte er wenigstens die Gelegenheit, mit einem der liberalsten Richter unter vier Augen zu sprechen.

»Die Sache ist die, Bob, ich bin für heute Nachmittag ins Weiße Haus zitiert worden. Ich weiß nicht genau, was mich dort erwartet, aber es könnte mit gewissen Vorgängen in Dublin zu tun haben, die …«

»Ich kann mir schon denken, worum es geht«, unterbrach ihn Johnson. »Hast du geglaubt, dass deine private Fehde mit der katholischen Kirche völlig ohne Folgen bleibt?«

MacClary setzte sich an den großen Tisch.

»Ja, schau mich nicht so fragend an! Hier, du hast Glück, dass das bisher von keiner unserer großen Zeitungen aufgegriffen wurde«, sagte Johnson und legte ihm den Bericht einer österreichischen Zeitung vor, die sich mit dem obskuren Abbruch seiner Vorlesung beschäftigte.

MacClary atmete erleichtert auf. »Ach, das! Nein, Bob, diese Geschichte ist zwar irgendwie ärgerlich, aber kaum ein Grund, mir etwas vorzuwerfen. Die Welt hat bei diesem Vortrag nichts erfahren, was nicht schon andere versucht haben zu erklären. Nein, es gibt ein anderes Problem. Ich habe durch Zufall entdeckt, dass meine Wohnung in Dublin verwanzt war.«

»Was? Wer in Gottes Namen ...«
MacClary atmete tief durch. So unangenehm es ihm war, aber jetzt musste er einen seiner besten Freunde im Court anlügen. »Ich weiß es nicht, aber ich kann versichern, dass ich dort in den letzten Wochen kein Gespräch über unsere Angelegenheiten geführt habe. Wenn ich dort bin, lebe ich in der Tat, wie du weißt, in einer anderen Welt und gehe oft nicht mal ans Telefon. Nur die Guantánamo-Geschichte war einmal Thema, aber da waren die Wanzen noch nicht installiert, wenn wir den Experten glauben dürfen.«
»Gut, das ist immerhin etwas. Trotzdem, die Sache ist auf jeden Fall äußerst beunruhigend. Gibt es keine Spur zu den Tätern?«
»Leider nein, wenn wir einmal von den üblichen Verdächtigen absehen. Ich weiß auch nicht, ob jemals festzustellen sein wird, woher dieser Lauschangriff kam. Aber wenn wir gerade dabei sind: Ich wollte mit dir über etwas anderes reden, sozusagen außerhalb des Protokolls. Wir bekommen vermutlich bald einen ziemlichen Brocken vorgesetzt. Ich habe von einer befreundeten Anwältin erfahren, dass die Staatsanwaltschaft von Boston in den nächsten Tagen Anklage gegen den Vatikan erheben will. Ich weiß noch nicht einmal, worum es sich handelt. Sie hat aber angekündigt, bei einer Ablehnung den Supreme Court anzurufen.«
»Also wirklich, Ronald, ich fasse es nicht. Was willst du mir denn jetzt wieder verkaufen? Du wirst in ziemliche Schwierigkeiten geraten, wenn du so weitermachst, erst recht nach diesem letzten Vorfall. Man kann dir eventuell wegen deiner privaten Querelen Befangenheit vorwerfen.«
MacClary versuchte, seinen Freund so weit wie möglich ins Vertrauen zu ziehen. Bei der Frage, ob nicht alle Richter befangen wären, wenn eine christliche Institution vor Ge-

richt stünde, wurde Johnson für einen Moment nachdenklich, verwarf jedoch den Gedanken mit einer ablehnenden Handbewegung.
»Selbst wenn es sich um versuchten Mord, Raub von Kulturgütern und die Vernichtung von Beweismitteln in einem Fall von historischem Völkermord handelt?«
Johnson verzog seine Mundwinkel. »Gerade eben hast du noch gesagt, du weißt nicht, worum es sich handelt. Wie soll ich dir vertrauen, wenn ...«
»Warte, Bob, ich weiß es wirklich noch nicht genau, aber es kann in diese Richtung gehen. Die Frage ist, ob die Mehrheit der Richter nicht doch bei einem solchen Ausmaß der Vorwürfe gegen den Vatikan sprechen würde.«
MacClary war wieder aufgestanden. Er wusste nicht, ob er Johnson mit dieser Sache nicht grenzenlos überforderte.
»Nun, ich habe meinen Amtseid auf die Bibel geleistet, nicht auf den Vatikan. In dieser Hinsicht halte ich unsere Kollegen für absolut integer. Aber selbst wenn ich in diesem Punkt recht habe, was will die Anklage gegen einen Staat ausrichten, dessen Amtsträger fast alle Immunität genießen? Ich verstehe ehrlich gesagt nicht, wohin dieser Unsinn führen soll, außer dass du deinen guten Ruf ruinierst und Gefahr läufst, dein Amt zu verlieren.«
»Wir werden sehen, Bob. Zunächst einmal bin ich schon dankbar, wenn du mir nicht das Vertrauen entziehst. Eines ist klar: Auch wenn ich viel über die Geschichte der frühen Kirche und über die Verbrechen des Vatikans weiß, macht mich das noch lange nicht zu einem Richter, der befangen ist.«
»Ronald, verstehst du, mich musst du davon nicht überzeugen. Ich bin selbst kein großer Freund des Vatikans und halte seinen Anspruch auf Allwissenheit und Unfehlbarkeit

für mehr als zweifelhaft. Aber hier gibt es noch sieben weitere Richter, und ich habe keine Ahnung, wie die mehrheitlich denken. Wenn die Beweise hart genug sind, werden sie sich auf eine solche Konfrontation einlassen. Aber genau da liegt das Problem, denn bei der Prüfung und Anerkennung der Beweise wird die Anklage scheitern. Darüber solltest du dir keine Illusionen machen, und ich kann dir nur empfehlen, schon die Anhörung dieses Falls mit deiner Stimme abzulehnen, und zwar hier in diesem Zimmer. Sonst ist deine Karriere möglicherweise sehr schnell beendet.« Johnson stand auf, nahm seine Tasche und ging Richtung Tür. »Lass dich nicht von deiner Besessenheit leiten, Ronald, die Kirche verliert auch ohne unser Zutun ständig an Bedeutung. Siehst du denn keine Nachrichten mehr?«
»Oh doch, das tue ich. Wahrscheinlich hast du recht. Warten wir es ab, Bob.«
Ohne ein weiteres Wort verließ Johnson den Konferenzraum. MacClary hörte, wie sich seine Schritte auf dem Marmorboden entfernten. Er setzte sich wieder an den Konferenztisch und stützte den Kopf in beide Hände. Das Gespräch hatte einige wichtige Punkte für ihn geklärt. Jennifer und ihre Staatsanwältin würden tatsächlich alle Unterstützung brauchen, die er organisieren konnte. Shane und Deborah waren wertvolle Zeugen, aber ihre Aussagen würden wirkungslos verpuffen, wenn Ryan nicht in die Staaten kam. Ohne ihn und das Beweismittel, das er bei sich führte, würde das ganze Unternehmen eine lächerliche Farce. Eine Schachfigur musste er noch zurückhalten, falls der Prozess wirklich platzen würde. Aber diese Figur musste jetzt schleunigst und unerkannt nach Washington gelangen.

WASHINGTON, D.C. – 19. MÄRZ, 13 UHR

Kurz nach der Landung in Washington waren Deborah und Shane mitsamt den Pergamenten zu einem privaten Institut in der Walter Street gebracht worden, das einem Archäologen gehörte, einem alten Freund von MacClary. Das Gebäude lag gut getarnt inmitten einer netten, ruhigen Wohngegend mit baumgesäumten Straßen und niedrigen Einfamilienhäusern ganz in der Nähe des Kapitols. Dort warteten sie auf MacClary.
Im Flur des Labors versuchte Shane, sich etwas auszuruhen.
»Adam?«
Shane drehte sich um und sah in Jennifers verwundertes, aber hocherfreutes Gesicht, die sich von hinten angeschlichen hatte und sich jetzt neben ihn setzte.
»Was machst du denn hier?«
»Ronald hat uns gebeten zu kommen. Er wirkte ziemlich nervös. Und warum bist du hier?«
»Ich habe Ronald vorhin angerufen, nachdem ich das hier bekommen habe.« Jennifer gab Shane einen Ausdruck mit einer Meldung der Nachrichtenagentur Reuters.

IRISCHER TOPTERRORIST NACH JAHREN IN
ITALIEN AUFGETAUCHT. WILDE VERFOLGUNGS-
JAGD ERGEBNISLOS ABGEBROCHEN.

Erschrocken sah Shane sie an. »Meinst du, damit ist Thomas gemeint? Ich dachte, er war ein Gegner der IRA!«
»Du kannst dir doch wohl vorstellen, wer diese Meldung lanciert hat«, sagte Jennifer mit einer Gelassenheit, die ihn erstaunte. »Jetzt verstehe ich auch, warum er sich nicht ab-

holen lassen wollte. Aber wenn er entkommen konnte, wird er es auch bis hierher schaffen.«
»Wieso bist du dir da so sicher?«
»Die alten Freunde von Thomas sind es gewohnt, im Untergrund zu überleben. Sie sind mit allen Wassern gewaschen.«
»Ich hoffe, du hast recht.«
In dem Moment betrat MacClary das Haus, vollkommen durchnässt vom heftigen Regen und sichtlich aufgeregt.
»Jennifer, Adam, Deborah, hier entlang, bitte.« Er warf gleich am Eingang seinen triefenden Mantel auf einen Stuhl, öffnete die Bürotür, bat alle hinein und knallte die Tür zu.
»Jennifer, hast du deine Staatsanwältin erreicht?«
»Nein, sie kommt erst in zwei Tagen aus Europa zurück, aber ich bin mit ihr verabredet.«
»In Ordnung, diese Zeit werden wir ohnehin noch brauchen. Ich habe hier drei unabhängige Gutachter beauftragt, gemeinsam mit Deborah die Pergamente zu übersetzen und genau zu datieren. Das Gleiche wird mit dem Pergament geschehen, das Thomas bei sich trägt. Zusammen mit seiner Aussage haben wir zumindest ein starkes Motiv. Und angesichts der kulturhistorischen Dimension dieses Fundes sollten wir wohl auch die Aufmerksamkeit der Weltöffentlichkeit bekommen.«
»Hat sich Thomas bei einem von euch gemeldet?«, fragte Jennifer, während sie sich einige Notizen machte.
Alle sahen einander an und zuckten kopfschüttelnd die Schultern. Jennifer gab MacClary die Agenturmeldung.
»Verflucht! Die wollen Thomas mit aller Gewalt daran hindern, zu uns zu kommen. Was, um alles in der Welt, hat er mitgenommen, dass sie sogar bereit sind, ihn zu töten?«
MacClary blickte wütend in die Runde.

»Ronald! Er hat vermutlich erkannt, wer sie waren. Das wäre doch wohl Grund genug«, sagte Jennifer. Sie wunderte sich, dass er nicht selbst darauf gekommen war.
MacClary schüttelte verwirrt den Kopf. »Ja, ich fürchte, du hast recht. Wenigstens ist er entkommen. Das ist erst mal das Wichtigste.«
Ein älterer Mann im Laborkittel stand plötzlich in der Tür, mehrere Computerausdrucke in der Hand. »Mr. MacClary, ich denke, das hier wird Sie interessieren.« Der Mann zögerte und blickte auf die anderen.
»Schießen Sie nur los, wir haben in diesem Kreis keine Geheimnisse«, sagte MacClary.
»Als Erstes können wir mit hundertprozentiger Sicherheit sagen, dass der Stammbaum der Ryans der gleichen Zeit wie die Pergamente aus der Höhle zuzuordnen ist. Aber jetzt kommt's: Wir können daran sogar Spuren der Erde finden, die wir auch auf den Pergamenten aus der Höhle haben. Das Pergament ist in der gleichen Gegend geschrieben und gelagert worden.«
»Sie wollen uns auf den Arm nehmen?« Shane sah ihn ungläubig an.
»Nein, nein, das ist absolut sicher«, sagte der Laborleiter.
Ryan hatte Shane zwar davon erzählt, aber Shane hatte es als Wunschdenken und Mythos abgetan.
»Das ist aber noch immer nicht alles. Auch die anderen Stammbäume sind aus dieser Zeit und stammen aus der gleichen Feder, als hätte jemand sicherstellen wollen, dass die Herkunft dieser Familien auf jeden Fall dokumentiert ist.«
»Das macht Sinn«, sagte Jennifer. »Die Druiden sind auf die Insel geflüchtet, und vorher haben sie ihre Stammbäume schriftlich festgehalten, um ihre Herkunft, ihre Stellung, aber auch ihren Herrschaftsanspruch zu dokumentieren.«

»Damit ist tatsächlich belegt, dass Thomas und die anderen Familien von jenen Festlanddruiden abstammen, die vor den Schergen der jungen Kirche geflüchtet sind«, sagte MacClary. »Das heißt, sie haben Anspruch auf ihr Erbe, wo auch immer es sich auf der Welt befindet. Deborah hat alle Kontaktdaten der Familien. Ich denke, wir sollten sie über diese neue Entwicklung informieren, und ich werde außerdem den irischen Außenminister in Kenntnis setzen. Auf diese Weise bekommen wir jede Menge Unterstützung. Schließlich hat er sich auch am vehementesten dafür eingesetzt, dass Großbritannien die Religion der Druiden als Staatsreligion anerkennt.«

»Aber Ronald, das hilft uns doch alles nicht. Wir haben keine ausreichenden Beweise dafür, dass der Vatikan dahintersteckt, das muss dir doch klar sein.« Jennifers Augen verengten sich. »Du hast noch etwas in der Hinterhand, von dem du uns nichts erzählst, sonst würdest du …«

»Gebt mir Zeit, bis ich bei der Präsidentin war. Ich muss noch einige Fragen klären, bevor …«

»Bevor was? Ich denke, es ist an der Zeit, dass wir hier alle mit offenen Karten spielen«, forderte Shane.

»Gebt mir bitte bis heute Abend Zeit. Ich weiß, was ich tue.«

»Ist schon gut, Ronald«, sagte Jennifer und nahm Shanes Hand, um ihm zu signalisieren, dass alles in Ordnung war. »Fahr du ins Weiße Haus. Wir halten hier die Stellung, und ich arbeite weiter an der Anklageschrift.«

»Wir treffen uns heute Abend in meinem Apartment.« MacClary drehte sich um und verließ eilig das Büro.

Rom – 19. März, 14.30 Uhr

Thomas Lambert stand vor dem Spiegel zum Eingang der päpstlichen Privatgemächer und rückte seine Kleidung zurecht. Er sah blass und übernächtigt aus, und die Nachricht von der fehlgeschlagenen Verhaftung Ryans machte seine Stimmung nicht besser. Er konnte Salvoni nicht trauen, dessen war er sich inzwischen gewiss. Er hob seine Aktentasche auf, die er zwischen den Füßen gehalten hatte, und klopfte zweimal an die Tür.
Wie üblich öffnete ihm einer der Wachleute der Schweizergarde.
»Guten Morgen, Eminenz.«
»Guten Morgen, ist der Heilige Vater bereits in seinem Büro?«
»Sicher, Eminenz.« Der Schweizergardist machte den Weg frei.
Im Vergleich zu dem monströsen Reichtum an Fresken, antiken Gemälden, Möbeln, Figuren und anderen Symbolen, die die Räume des Vatikans schmückten, hatte dieser Papst seine Gemächer bescheiden eingerichtet, ja sogar zahlreiche Dinge entfernen lassen, die ihm zu viel gewesen waren. Lambert öffnete die Tür zum Büro des Papstes, der am Schreibtisch saß und einige Papiere studierte.
»Bruder Lambert, Gottes Segen, setzen Sie sich. Mögen Sie einen Tee?«
Lambert deutete ein Kopfschütteln an. »Heiliger Vater, ich habe leider weniger gute Nachrichten«, kam er ohne Umschweife zur Sache und machte eine Pause, als ob er dem Achtzigjährigen Zeit geben wollte, sich auf das Folgende einzustellen.
Das Gesicht des Papstes zeigte trotz seines hohen Alters

wenige Falten und eine gesunde rosige Farbe. Er war fast so groß wie Lambert, ungewöhnlich für einen Italiener, nur sein Rückenleiden ließ ihn mitunter gebeugt gehen. Sein schneeweißes Haar war voll, und die kräftigen Brauen verliehen seinen dunklen Augen eine charismatische Ausstrahlung.
»Sie sehen sehr besorgt aus. Was in Gottes Namen stürzt denn jetzt schon wieder auf uns herein?«, fragte der Papst sorgenvoll.
»Erinnern Sie sich an Padre Morati? Er hat fast vierzig Jahre lang als Restaurator die Geschicke unserer Archive aus der Antike, der Gründungszeit unserer Kirche geleitet. Unter anderem war er zuständig für die Aufarbeitung der Pergamente aus der Zeit des ersten Konzils.«
»Ja, selbstverständlich erinnere ich mich an ihn. Allerdings wusste ich nicht, dass er noch unter uns weilt.«
Lambert nickte. »Der Herr hat ihn mit einem biblischen Alter gesegnet. Ja, er hat die neunzig überschritten. Aber warum ich Ihnen das erzähle, hat einen anderen Grund. Er hat 1945 von einem fanatischen Ketzer, einem Archäologen namens Sean MacClary, eine Einladung erhalten, er möge sich ein Pergament ansehen, das der Mann in Österreich gefunden hatte. Morati war von dem Inhalt des Pergaments tief schockiert, hat sich aber stets geweigert, uns zu sagen, worum es ging. Und dann muss er etwas getan haben, was er offensichtlich zeit seines Lebens bereut hat. Aber auch darüber schweigt er hartnäckig. Auf jeden Fall war er davon überzeugt, dass es einen Ort geben müsse, an dem weitaus mehr von diesen Pergamenten existierten. Und er war ebenso davon überzeugt, dass diese Handschriften in der Lage sein würden, die Mauern unserer Kirche zum Einsturz zu bringen. Nach seiner Zeit als Restaurator hat er

sich sogar nach Dublin entsenden lassen, um darauf zu achten, dass nichts mehr davon auftaucht und um rechtzeitig eingreifen zu können, falls doch etwas passiert.«
»Warten Sie – wie hieß der Mann gleich wieder?«
»Padre Morati.«
»Nein, nein, der andere. Dieser Archäologe.«
»Sean MacClary, Heiliger Vater.«
»Das ist doch ...«
»Genau, er war der Vater von Ronald MacClary, heute Vorsitzender Richter am amerikanischen Supreme Court.«
»Sie brauchen mir den Rest nicht weiter zu erklären. Ich kenne die Sorte. Leute wie er sind geradezu besessen von der Idee, uns ein historisches Verbrechen nachzuweisen, das unsere Existenz infrage stellen soll. Ein irrwitziger Gedanke und ein hoffnungsloses Unterfangen, zweifellos. Niemand bestreitet die Schwächen der jungen Kirche, und diese Pergamente ...«
Lambert musste den Papst auf seiner Seite wissen, bevor er ihm offenbarte, welche Fehler Salvoni und ihm in den vergangenen Tagen unterlaufen waren. Gleichzeitig wollte er vermeiden, dass der alte Mann, wie er ihn bei sich meistens nannte, zu viel von der Dramatik der Funde erfuhr. Dieser Papst war zu unberechenbar, um ihn in alles einzuweihen.
»Diese Pergamente enthalten Dinge, Heiliger Vater, die wir nicht in der öffentlichen Diskussion gebrauchen können ...«
»Dinge ... was für Dinge? Allmählich irritiert mich Ihre Heimlichtuerei, Cardinale. Vergessen Sie nicht, mit wem Sie sprechen!«
»Bei allem Respekt, Heiliger Vater, aber die Kurie ist dafür zuständig, Schaden vom Heiligen Stuhl abzuwenden, und dahinter hat auch Ihre Person zurückzustehen«, sagte Lambert. Ihm war klar, dass er mit solchen Worten eine Grenze

überschritt, aber er musste sich Spielraum verschaffen, um weiter ohne Einmischung agieren zu können.

»Was erlauben Sie sich!«

»Ich bin wie Sie nur ein Diener Gottes. Ich handle im Auftrag des Herrn und im Einklang mit der Heiligen Schrift und kämpfe wie Sie gegen bösartige Fälschungen, Verleumdungen und Angriffe, die uns schaden könnten. Und es ist besser, wenn Sie nicht direkt in diese Auseinandersetzung verwickelt sind.« Lambert hoffte, dass der alte Mann sich auf diese Argumentation einließ. Bisher hatte es immer funktioniert. »Einige eifrige Mitglieder der vatikanischen Polizei haben durch einen Hinweis in Österreich den Ort entdeckt, dessen Existenz Padre Morati immer befürchtet hat. Doch wir waren leider zu spät vor Ort und konnten nur noch wenige Reste bergen. Zwei Männer und eine Frau, die offenbar mit dem Richter befreundet sind, waren schneller als unsere Leute, und wir konnten nicht verhindern, dass sich einige Schriften nun in ihrem Besitz befinden.«

Der Papst bekreuzigte sich. »Mein Gott, Cardinale, wollen Sie mir etwa sagen, wir haben auf österreichischem Boden ohne Genehmigung der dortigen Regierung gehandelt?«

»Heiliger Vater, ich habe mir die Pergamente angesehen. Machen Sie sich selbst ein Bild davon, dann werden Sie mir zustimmen, es war tatsächlich Gefahr im Verzug. Ich fürchte, MacClary will den ganzen Vorgang veröffentlichen und gegen uns einsetzen.«

»Gut, ich sehe mir die Pergamente an, Cardinale, aber ich glaube kaum, dass wir von dieser Seite etwas zu befürchten haben. Gerade die neueren Forschungen und Anfeindungen über unsere Gründungszeit können uns doch nichts anhaben. Schon Johannes Paul II. hat mehrfach für den

Übereifer und die zweifellos brutalen Methoden der frühen Kirche und auch der Inquisition um Vergebung gebeten und unsere Kirche in die Gegenwart geführt. Wovor sollen wir uns also fürchten? Oder verschweigen Sie mir noch etwas?«

»Heiliger Vater, es mag sein, dass uns bei der Bergung der Funde und bei der Beobachtung von MacClary Fehler unterlaufen sind, aber viel schlimmer ist die Tatsache, dass wir keine Ahnung haben, was er plant. Er hat eine Menge Unterstützung, aber Sie könnten Einfluss auf die amerikanische Präsidentin nehmen, damit er sein Amt und seine Privilegien nicht ausnutzt, um uns zu schaden.«

»Sie stellen meine Autorität infrage, wollen sie aber nutzen, um Ihre Fehler zu vertuschen?«

»Nicht ich stelle Ihre Autorität infrage, Heiliger Vater, die Funde könnten es tun. Unsere Chroniken und Aufzeichnungen haben immer davon gesprochen, dass die Zeugnisse der heidnischen Eliten eine Gefahr für uns darstellen.« Lambert hoffte, dass das genügte. Er würde den alten Mann nur dann in seine wirklichen Befürchtungen einweihen, wenn er keine andere Möglichkeit mehr sah.

»Und was, glauben Sie, soll ich jetzt tun? Die amerikanische Präsidentin, die uns ohnehin nicht wohlgesinnt ist, anrufen und mich beschweren, dass einer ihrer höchsten Richter schlecht über uns redet?«

»Genau das, Heiliger Vater.« Lambert reichte dem Papst mehrere Berichte über die Vorgänge in Dublin.

Der Papst setzte sich, begann zu lesen und verzog schon nach kurzer Zeit das Gesicht. »Das ist allerdings nicht hinnehmbar. Er versucht, unsere Lage auf niederträchtigste Weise auszunutzen. Gut, Cardinale. Ich werde ein Schreiben aufsetzen, und zwar noch heute. Sie halten mich auf

dem Laufenden. Ich werde mir überlegen, wie ich die Präsidentin aufkläre.«
»Sehr wohl, Heiliger Vater. Ich habe meinerseits bereits dem US-Botschafter eine Beschwerdenote übergeben, aber Ihr Eingreifen wird der Sache zusätzlichen Nachdruck verleihen. Vielleicht kommt man so in Washington zur Besinnung, schließlich will man auch dort die nächsten Wahlen gewinnen.«
Lambert stand auf und beugte sich über die rechte Hand des Papstes, um den Fischerring zu küssen. Vielleicht würde er den ganzen Spuk doch noch in den Griff bekommen. Vermutlich musste man den Richter nur ausreichend unter Druck setzen.
»So, mein lieber Salvoni, nun sind Sie an der Reihe«, murmelte er beim Verlassen des Vorzimmers. »Sie werden unserer Herde einen außergewöhnlichen Dienst erweisen müssen.«

30

Weisses Haus, Oval Office –
19. März, 16.30 Uhr

Die schwarze Limousine fuhr zum Hintereingang des Weißen Hauses, wo bereits Bill Axton auf MacClary wartete. MacClary wusste, dass er jedes Wort genau überlegen musste, wenn er mit der Präsidentin sprach, und es widerstrebte ihm außerordentlich, sie anlügen zu müssen. Schließlich waren sie seit vielen Jahren gut befreundet.
Sie gingen durch die verwinkelten Flure bis zum Oval Office.

Axton ließ MacClary ins Büro, und die Präsidentin wies ihren persönlichen Berater an, sie nur im Notfall zu stören. Diana Branks war mit ihren fünfundvierzig Jahren noch recht jung für das Amt, das sie seit gut einem Jahr bekleidete. Sie hatte sich überraschend gegen ihren republikanischen Gegner durchgesetzt, nicht zuletzt, weil sie wortgewandter und moderner auftrat als er. Vor allem aber verstand sie es seit Langem, Politik so zu vermitteln, dass die Ängste der amerikanischen Bevölkerung sich allmählich wieder in Mut zur Veränderung verwandelten. Und sie war bereit, ein hohes Risiko einzugehen.

Sie wusste, dass ihr höchstwahrscheinlich nur eine Amtszeit blieb, um ihre Pläne in die Tat umzusetzen. Ihre unkonventionelle Art und die Radikalität, mit der sie dem wirtschaftlichen und ökologischen Niedergang begegnete, brachten ihr nicht nur Freunde ein, sie stärkten ihre Gegner. Aber auch eine Amtszeit war eine lange Zeit, wenn man sie richtig nutzte.

Eine lange Zeit, in der man endlich aussprechen konnte, was notwendig war, um die Realität zu beschreiben und nicht, wie so viele zuvor, das Märchen vom ewigen Wachstum weiterzuspinnen.

»Ronald, setz dich und mach es dir bequem. Was wir zu besprechen haben, ist allerdings weniger angenehm.«

MacClarys leise Hoffnung auf einen glimpflichen Verlauf des Gesprächs fand mit diesem Satz ein abruptes Ende.

»Bringen wir's hinter uns«, erwiderte er und versuchte, seine Stimme ruhig zu halten.

Diana Branks sah ihr Gegenüber mit einer Mischung aus freundschaftlicher Wärme und großem Ernst an. »Ich habe hier eine Depesche von unserem Botschafter im Vatikan«, sagte sie, und ihr Ton ließ keinen Zweifel daran, dass sie jetzt als seine Vorgesetzte sprach und nicht als eine langjährige Vertraute. »Daraus geht hervor, dass sich der Heilige Stuhl über einen nicht unbedeutenden Richter unserer Nation beschwert, der in Dublin mit haltlosen Unterstellungen die Kirche angreift, so sehr, dass sich der Direktor des Trinity College genötigt sah, einen seiner Vorträge zu unterbinden. Ronald, ich weiß, dass du kein großer Freund der Kirche bist, aber das geht zu weit. Ich kann es nicht hinnehmen, dass unser höchster Richter für eine solche Publicity sorgt.«

»Mir ist klar, dass der Glaube an Gott zu den wichtigsten Säulen unserer Verfassung gehört, aber ...«

»Kein Aber. Du musst mir nun wirklich nicht erklären, was ich als Frau von der römischen Kirche zu halten habe, aber was glaubst du, was ich jetzt tun soll? Wenn das weiter in die Öffentlichkeit dringt, droht dir unter Umständen ein Amtsenthebungsverfahren!«

»Es scheint, als hätte ich die Lage falsch eingeschätzt. Das Verrückte an der Sache ist nur, der Vortrag war bei Weitem nicht so brisant, wie es hier dargestellt wird. Ich kann die heftige Reaktion nur auf die neuerlichen Probleme der Kirche in Irland zurückführen.«

MacClarys Gedanken rasten, während er sprach. Er musste Zeit gewinnen. Es hatte keinen Sinn, jetzt alles auf den Tisch zu legen. Erst wenn Jennifer in Boston offiziell Anklage erhob, konnte er die Präsidentin vollkommen einweihen, sonst würde sie ihn auf der Stelle zum Rücktritt auffordern.

»Gut. Was schlägst du also vor?«

»Ich werde offiziell beim Vatikan um Entschuldigung bitten und die Verantwortung dafür übernehmen, dass ich meine Quellen nicht genau genug hinterfragt habe«, sagte

MacClary mit angemessen zerknirschtem Gesicht. »Des Weiteren werde ich mein Bedauern darüber zum Ausdruck bringen, dass eine private Veranstaltung an die Öffentlichkeit geraten ist.«

»Gut, Ronald, ich hoffe, dass sich die Wogen damit glätten lassen. Ich werde unserem Botschafter in Rom genau dies mitteilen, und ich erwarte von dir, dass dein Entschuldigungsschreiben noch heute seinen Weg nach Rom findet. Es tut mir leid, wenn das hier alles ein wenig eilig abläuft, aber ich muss jetzt zu meinem nächsten Termin. Danke – und wir sprechen uns, sobald es eine Reaktion aus Rom gibt.«

Ronald stand auf und ging zur Tür. Kurz davor blieb er stehen. Er konnte sich nicht mehr zurückhalten. Dazu war die Entdeckung zu brisant. Und zu viele Menschen waren involviert, die sich bereits in Gefahr begeben hatten. Er musste jetzt mit der Wahrheit und dem Herzen überzeugen.

»Ist noch was, Ronald?« Diana Branks sah ihn fragend an. Er gab sich einen Ruck und straffte die Schultern. »Diana, wie dringend ist dein Termin?«

»Du lieber Himmel, so kenne ich dich ja gar nicht! Es steckt also doch mehr dahinter, oder?«

MacClary ging zurück und setzte sich wieder. »Das kann man wohl sagen.«

Archäologisches Labor, Washington –
19. März, 17.30 Uhr

Shane, Deborah und Jennifer hatten den restlichen Nachmittag damit verbracht, sich die Übersetzungen anzusehen.
»Es ist schon erstaunlich, dass wir hier nach so langer Zeit vor diesen Dingen stehen«, sagte Shane, der am hinteren Ende des Labors saß, während Deborah und Jennifer vor den Pergamenten standen. »Für Thomas müsste das ein unglaubliches Gefühl sein, zu sehen, wie sich der Kreis schließt. Verdammt, ich hoffe, er meldet sich bald.«
»Das wird er schon, verlass dich drauf, Adam. Der Kerl ist so leicht nicht aufzuhalten«, sagte Deborah.
Jennifer nahm die Brille ab und begann, sie umständlich zu putzen. »Was mich aber ärgert, ist seine Sturheit. In seiner paranoiden Art hat er Ronald davon überzeugt, dass der Fund nicht von offizieller Stelle geborgen werden dürfe, da die Fundstücke dann in den Laboren der Wissenschaftler verschwinden würden. Er hatte natürlich Angst, dass er dann keinen Zugang mehr dazu hätte und sich der Vatikan der brisantesten Dinge bemächtigen könnte.«
»Andererseits kann ich Thomas durchaus verstehen, wenn ich sehe, was wir hier vor uns haben«, warf Shane ein. »Ich meine, du siehst doch an den Reaktionen aus Rom, dass er recht hat.«
Jennifer nickte müde. »Schon gut. Ich zieh das jetzt mit euch durch. Morgen treffe ich Louis Jackson. Sie ist eine Frau, eine Schwarze zudem, und alles andere als katholisch. Zuletzt hat sie sich mit der Anklage gegen die Vatikanbank beschäftigt. Ich bin mir sicher, dass sie uns hilft, dafür haben wir dann doch genug in der Hand und …«
Jennifer unterbrach sich, sah aus dem Fenster und klopfte

mit der flachen Hand auf den Tisch. »Hey, da ist Ronald. Er steht da draussen und telefoniert.«
Sekunden später hörten sie die Tür, und dann betrat Ronald schon das Labor und knallte seine Aktentasche auf den ersten Tisch.
Er verfehlte dabei knapp eines der Pergamente. Als er aufblickte, strahlte er übers ganze Gesicht.
»So, meine Lieben, jetzt haben wir eine Menge Arbeit. Es ist vollkommen anders gelaufen, als ich geplant hatte, aber ich glaube, das ist der einzig richtige Weg. Ich konnte der Präsidentin einfach nicht ins Gesicht lügen. Sie ist informiert, und sie hat mir freie Hand gegeben. Das heisst, es ist ganz allein meine Verantwortung, wie es weitergeht. Wenn es zu brisant wird, muss ich allerdings von meinem Amt zurücktreten. Jennifer, jetzt kommt es auf dich, deine Staatsanwältin und Thomas an.«
Jennifer schüttelte den Kopf. »Aber Ronald, wir haben noch nicht genug Material. Die Aussagen von Thomas, Deborah und Adam werden nicht reichen.«
»Hey, hey, Moment mal«, unterbrach Deborah. »Es gibt im Moment drei Aufbewahrungsorte für diese Pergamente. Bei uns, bei Thomas und vermutlich, sofern diese Wahnsinnigen nicht alles zerstört haben, irgendwo im Vatikan. Wenn die Archäologen mit ihren Analysen bestätigen könnten, dass alle erhaltenen Dokumente aus der gleichen Quelle stammen, dann wäre das schon ein starkes Argument. Wir müssen also lediglich die anderen Rollen finden und offiziell beschlagnahmen lassen. Wobei ›lediglich‹ natürlich ein relativer Begriff ist. Ausserdem habe ich entdeckt, dass fast alle Rollen ein kleines Zeichen tragen. Es ist ein keltisches Schutzzeichen, ein von zwei Strichen durchzogener Kreis. Hier, seht ihr? Und …«

»Nicht im Vatikan«, sagte MacClary, als die anderen sich über das Pergament beugten.
»Was?« Deborah fuhr herum und sah ihn fragend an.
»Diese Pergamente sind nicht im Vatikan. Es gibt ein Archiv außerhalb Roms, verborgen unter einer Kirche. Dort werden schon seit gut hundert Jahren die brisantesten Dokumente nicht nur gelagert, sondern auch restauriert und für die Konservierung vorbereitet. Nach einer ersten Sichtung durch die Glaubenskongregation werden sie zumindest in der Regel dort hingebracht. Aber da kommen wir nie rein. Kein Richter stellt uns dafür einen Durchsuchungsbefehl aus, da es diesen Ort offiziell nicht gibt.«
»Das übernehmen wir!«
Alle sahen Shane an, der so leise gesprochen hatte, dass sie nicht einmal sicher waren, ob sie richtig gehört hatten. Jennifer blickte verwirrt von einem zum anderen.
»Was übernimmst du?«, fragte MacClary.
»Lieber Ronald, es geht hier um mehr als um bloßes formales Recht. Es geht um Gerechtigkeit, und wie du selbst am Abend unseres Kennenlernens gesagt hast, geht es um die historische Wahrheit. Und dafür muss man auch mal was riskieren, oder nicht?« Shane lächelte, als hätte er ganz plötzlich eine großartige Vision. »Es wird doch Zeit, dass ein irdisches Gericht diesem himmlischen Verbrechen in Rom ein Ende bereitet.«
MacClary schüttelte entschieden den Kopf. »Nein, auf keinen Fall, das kann ich nicht ...«
»Oh doch, selbstverständlich kannst du. Wenn es der Sache dient, habe ich keine Angst, dieses Wagnis einzugehen. Sag mir einfach, wo dieses Archiv zu finden ist.«
Jennifer ging zu ihm und stemmte ihre Hände in die Hüften. »Du willst also einfach mal eben in ein Archiv des Vatikans

reinmarschieren und kistenweise Pergamente klauen, die du dann durch den Zoll nach Washington bringst? Jetzt bist du völlig durchgeknallt.«

»Nicht kistenweise, dann fällt es sicher auf, aber ein oder zwei Pergamente, damit wir wissen, wo sich der Rest befindet. Alles andere fotografieren wir und haben so zusätzliche Beweise, dass wir es eben nicht mit fehlgeleiteten Einzeltätern zu tun haben, sondern mit dem Vatikan selbst. Außerdem hätten wir die Möglichkeit, zu sehen, welche Fundstücke es dem Vatikan wert waren, derartige Risiken einzugehen. Schließlich hatten wir kaum Zeit, zu sichten, was die anderen Pergamente noch hergeben.«

MacClary sah zu Jennifer, dann nickte er. »In Ordnung, aber wenn ihr erwischt werdet, kann ich nichts mehr für euch tun. Wir müssen uns darüber im Klaren sein, dass wir uns selbst immer mehr abseits der Legalität bewegen, um recht zu bekommen. Und das war schon immer ein sehr, sehr riskantes Spiel.«

Jennifer war immer noch nicht überzeugt. »Mein Gott, Adam, bist du dir wirklich sicher? Was sagst du dazu, Deborah?«

»Adam hat nicht nur recht, ich würde ihn auch begleiten. Ich bin nämlich in diesen Dingen von Thomas ziemlich gut vorbereitet worden«, grinste sie.

»Wie meinst du das, du hast doch nicht …«

»Nein, nein, auch Thomas ist seit Jahren aus den alten Geschichten raus, aber wir haben uns viel darüber unterhalten, wie man gewisse Operationen durchführt.«

Das überraschte selbst Shane, der nicht damit gerechnet hatte, dass Deborah bereit sein würde, ein solches Wagnis einzugehen.

»Nun denn.« MacClary schrieb die Adresse in Italien auf

einen Zettel, nahm ihn mit spitzen Fingern in beide Hände und überreichte ihn Shane. Die Geste wirkte fast so feierlich wie das ostasiatische Ritual beim Überreichen von Visitenkarten.

Während Shane die Angaben auf dem Zettel überflog, wandte sich MacClary an Jennifer. »Meine Liebe, ich werde morgen nach Den Haag und dann zurück nach Dublin fliegen. Wenn du dich mit Ms. Jackson getroffen hast, sollten wir uns schleunigst zusammensetzen und alles noch mal durchdenken.«

»Ich habe im Prinzip schon alles fertig, Ronald, sogar die Unterlagen für einen Widerspruch im Supreme Court.«

»Gut, Jennifer, ich danke dir.«

»Und Ronald, vergiss nicht, es geht vor allem um die Frage, ob Thomas als Opfer Ansprüche gegen die Kirchenspitze erheben kann oder nur gegen Einzeltäter. Wenn der Vatikan wie bei dem Verfahren in Mississippi behauptet, der Täter gehöre nicht zum Vatikan, haben wir ein ernsthaftes Problem. Die Kläger mussten alles zurückziehen, was sie nicht beweisen konnten.«

»Ja, ich weiß, Jennifer – deshalb hat Adam ja auch recht. Können wir nachweisen, dass sich die Pergamente im Vatikan oder einer ihm zugehörigen Institution befinden, dann kann ich die Klage auf Herausgabe gestohlener Kulturgüter in jedem Fall auch vor meinen Kollegen durchsetzen. Vielleicht sogar nur dann.«

31

Hotel Monaco, Washington, D.C. –
20. März, 21 Uhr

Seit Stunden schon beschäftigte sich Deborah mit der Umgebung von Orvieto. Unmittelbar in der Nähe des von Lorenzo Maitani erbauten gotischen Doms befand sich ein Hotel mit dem Namen Duomo Orvieto. Sie konnte sich nicht vorstellen, wo genau im oder um den Dom herum ein Archiv liegen sollte, das solch eine Bedeutung hätte, aber wenn MacClary sich dessen so sicher war, dann musste es dort irgendwo sein. Also machte sie sich daran, alle Einzelheiten noch einmal zu überprüfen.
Nach weiteren dreißig Minuten, die sie fast reglos auf ihren Bildschirm gestarrt hatte, stieß sie einen leisen Pfiff aus. Kein Wunder, dass sie das die ganze Zeit übersehen hatte: ein kleines, scheinbar unbedeutendes Detail in den Bauplänen des Doms.
Im Nebenzimmer des großen Apartments im Hotel Monaco, wo MacClary sie alle gemeinsam untergebracht hatte, stritten Shane und Jennifer so laut, dass Deborah sich kaum konzentrieren konnte. Sie versuchte, es zu überhören, doch einige Gesprächsfetzen drangen bis zu ihr durch.
»Hirnverbrannt …«
»… doch nicht so schwer zu verstehen …«
»… ja, aber …«
»Adam!«, schrie Jennifer so laut, dass Deborah aufstand und hinüberging. In der Türöffnung blieb sie stehen.
»Ich will nur nicht, dass euch etwas passiert«, beruhigte sich Jennifer gerade wieder.

»Hey, braucht ihr Hilfe?« Deborah ging vor einem Kugelschreiber in Deckung, den Jennifer nach ihr warf.
»Warum bist du bereit, ein so großes Risiko einzugehen, Adam?«, redete Jennifer weiter auf Shane ein, als wäre Deborah nicht anwesend.
»Und warum folgst du Ronald?«
»Weil …«, einen Moment war Totenstille, und Jennifer schaute in Shanes Gesicht. Dann schloss sie die Augen und atmete langsam ein und wieder aus. »… vielleicht einfach nur, weil ich es immer getan habe. Immer wenn Ronald sagte, hier ist der nächste Schritt, habe ich ihm vertraut. Und glaub mir, ich war gerade dabei, auszusteigen und meinen eigenen Weg zu gehen. Nur – bei dieser Sache kann ich ihn nicht hängen lassen. Aber du, du bist zu nichts verpflichtet.«
Shane stand vor ihr, die Fäuste geballt. »Oh doch, ich will endlich wieder anfangen, etwas aktiv zu gestalten, etwas zu bewegen. Ich will, dass endlich mit den vielen Lügen aufgeräumt wird, und hier vielleicht sogar mit einer der größten Lügen unserer Zivilisation. Das ist die Chance, in meinem Leben doch noch etwas zu tun, wovon ich immer geträumt habe. Etwas Sinnvolles, Anständiges. Du und Ronald, ihr wollt den Vatikan vor Gericht bringen und verurteilt sehen. Das akzeptiere ich, und es ist wohl ein Teil dieser Geschichte. Der andere Teil ist aber Thomas, Debbies und meine Vision, dass die Menschen endlich die Wahrheit erfahren sollen. Dass sie erfahren sollen, wo ihnen von den Herrschenden eine Religion aufgezwungen wurde, mit deren Werten und Glaubenssätzen ihre Selbstbestimmung bis heute systematisch untergraben wurde.« Shane hatte voller Leidenschaft gesprochen, ohne einmal abzusetzen oder Luft zu holen.

Jennifer blieb ruhig. »Das habe ich schon verstanden, Adam, und das bewundere ich auch. Für mich gibt es nur den Weg der Anklage. Das ist mein Beruf, das habe ich gelernt – das ist halt meine Möglichkeit, die Dinge in Balance zu bringen.«

Shane lachte leise. »Ja, das ist mir klar, und es ist auch vollkommen richtig. Aber es ist eben nicht alles. Die Pergamente belegen, was das Ziel der Druiden war, und mir geht es darum, der Welt dieses Ziel zu zeigen. Das ist mein Weg, und er ist für mich letztlich wichtiger als das Bestreben, jene zu verurteilen, die uns um unsere ursprüngliche Kultur betrogen haben«

»So faszinierend eure Disputation auch sein mag«, unterbrach Deborah erneut. »Darf ich die Herrschaften dennoch darauf aufmerksam machen, dass wir bis morgen Nacht einen kleinen, unbedeutenden Einbruch planen müssen?«

Jennifer hob beide Hände. »Das höre ich mir lieber nicht an. Ich gehe schlafen. Wann fliegt ihr nach Rom?«

»Um zehn Uhr, und wenn alles klappt, sind wir am nächsten Morgen wieder zurück in Washington«, sagte Deborah.

»Wir werden pünktlich wieder hier sein, das verspreche ich dir«, sagte Shane. »Und tu mir bitte einen Gefallen. Melde dich, wenn du irgendetwas von Thomas hörst.«

»Versprochen. Passt auf euch auf und viel Glück.«

Shane sah Jennifer einen Augenblick hinterher, seufzte dann tief und folgte Deborah ins Nebenzimmer.

Er sah sich die Baupläne des Doms und alle wichtigen Karten an, um die Fluchtwege zu planen. Doch das Archiv direkt im Dom erschien ihm eine zu waghalsige Vermutung. Aber auf den älteren Plänen, die Deborah aus dem Netz gezaubert hatte, war noch eine unterkellerte Kapelle zu sehen.

»Hast du eine Ahnung, welche Alarmanlagen es dort gibt und wie viel Wachpersonal?«
»Nein, keine Ahnung, und das werden wir auch erst vor Ort herausfinden. Wir müssen uns sowieso erst mal tagsüber umsehen. Ich nehme alles mit, was ich heute an Technik auftreiben konnte.«
Shane stützte sich mit beiden Händen auf den Tisch. »Dann haben wir wohl alles, was wir brauchen.«

Den Haag, Internationaler Strafgerichtshof –
21. März, 13 Uhr

MacClary hatte schlecht geschlafen. Er kannte den Briten Dave Foxter zwar sehr gut, aber die politischen Realitäten machten sein Ansinnen eher schwierig. Schließlich hatten die USA den Internationalen Strafgerichtshof mit allen Mitteln blockiert und eine Auslieferung von US-Kriegsverbrechern an das Tribunal kategorisch abgelehnt. Genau wie der Vatikan hatte auch die US-Regierung keine völkerrechtlich bindende Mitgliedschaft in dem Strafgericht.
»Guten Morgen, Ronald«, sagte Foxter, als MacClary das Büro betrat. »Ich habe erst heute Früh erfahren, dass du kommst. Was treibt dich denn hierher?«
»Nichts Offizielles, Dave. Mein Besuch hat mit einem Fall zu tun, der uns alle im Moment beschäftigt«, fiel MacClary mit der Tür ins Haus. »Es geht nicht um unsere Beziehungen zum Internationalen Strafgerichtshof, sondern um den Vatikan.«
Foxter zuckte etwas zusammen und sah MacClary fragend an. »Was hast du denn mit dem Vatikan zu schaffen?«
»Nun, eigentlich schon lange sehr viel, aber bisher war das

so eine Art Privatvergnügen. Inzwischen wächst sich das jedoch in Washington zu einem ziemlich brisanten Fall aus, an dem ich nicht ganz unbeteiligt bin.«
»Ach du meine Güte! Geht es um die Geschichte mit deinem Vater und seine Thesen von den Verbrechen gegen die Menschlichkeit? Wirst du auf deine alten Tage auch von dieser Familienkrankheit heimgesucht? Ich sag's dir gleich, es gibt da nichts für uns zu tun. Erinnerst du dich an George Caven? Der hat seinerzeit versucht, den Papst wegen der Missbrauchsfälle anzuklagen und – ist gescheitert.«
»Ja, ich habe von diesem Staranwalt aus deiner Heimat gelesen. Für mich klang das aber eher wie eine Zeitungsente. Gab es wirklich einen ernsthaften Versuch, den Papst auf die Anklagebank zu setzen?«
»Ronald, George Caven ist einer der bekanntesten Menschenrechtsanwälte der Welt. Wenn jemand wie er sich so weit aus dem Fenster hängt, dann hat das Gewicht. Wir reden hier vielleicht über eine weltweite Zäsur. Bisher ist der Papst vor jeglicher Strafverfolgung geschützt wie jedes andere Staatsoberhaupt.«
»Ist schon klar, und da er Inhaber des Heiligen Stuhls und Oberhaupt des Vatikanstaats ist, kann man nicht erwarten, dass sich daran etwas ändert. Aber am Ende hängt das doch alles nur von der völkerrechtlichen Anerkennung ab, und um die geht es mir, Dave. Es ist eine moralische und ethische Entscheidung der Weltgemeinschaft, ob wir weiterhin tatenlos zusehen oder endlich aus den heutigen wie auch historischen Verbrechen Konsequenzen ziehen.« MacClary war unwillkürlich lauter geworden.
»Ja, Ronald, der Status Roms … der ist ein geradezu groteskes Relikt einer alten Zeit, und glaub mir, es ist mir auch ein Dorn im Auge, welchen Einfluss und welche Macht dieser

Zwergstaat hat, der gerade mal den Petersdom einnimmt und fünfhundert Priester zu seinen Bürgern zählt. Für nichts, aber auch gar nichts kann man diese Brüder zur Rechenschaft ziehen.«
»Moment mal, Dave. Caven sah in der Duldung und Förderung des Kindesmissbrauchs ein Verbrechen gegen die Menschlichkeit gemäß dem heute geltenden Völkerrecht, und diese Ansicht teilen immer mehr Kollegen weltweit!«
»Mag sein, Ronald, aber das Problem ist, es traut sich trotzdem keiner, weder die UNO noch irgendein Staat, diese Erkenntnis wirklich umzusetzen. Auch bei euch bleibt es bisher bei Klagen, die entweder abgelehnt oder mangels Beweisen zurückgezogen werden. Worauf willst du eigentlich hinaus?«
»Auf einen anderen Fall. Es geht um versuchten Mord, Raub von internationalen Kulturgütern und um das Recht auf historische Wahrheit.«
Foxters Gesichtsausdruck verdüsterte sich. »Mein Gott, Ronald, das sind schwere Anschuldigungen, und du weißt, wie man das in Rom immer gehandhabt hat. Man schiebt die Schurkereien einem Einzelnen in die Schuhe und sagt, der gehört nicht mehr zu uns. Im schlimmsten Fall liefern sie ihn aus, oder die italienische Polizei findet ihn irgendwann unter irgendeiner Brücke.«
»Nun, wie dem auch sei, Dave. Nehmen wir mal an, wir hätten ausreichend Beweise, Motive und Zeugen. Gäbe es dann theoretisch einen Weg, wie der Fall bei euch verhandelt werden könnte?«
»Ach, Ronald ... Ich fürchte, die Sache wird wie immer im Keim erstickt werden. Die Immunität des Papstes und anderer Amtsträger würde bei einer Anklage vor diesem Gericht zwar fallen, dazu müsste aber der Sicherheitsrat die

Sache an uns verweisen«, sagte Foxter bedauernd. »Was meint eigentlich deine Präsidentin dazu?«

»Oh, die ist hocherfreut, hat ihre Wiederwahl ohnehin schon abgeschrieben und steht voll hinter mir. Nein, im Ernst. Sie ist sich der Lage bewusst.«

»Wenn sie wirklich hinter der Sache steht, kann sie im Sicherheitsrat das entscheidende Zünglein an der Waage sein. Aber es hilft alles nichts, Ronald, wenn wir hier weiterreden wollen, musst du mir schon sagen, was sich da abspielt.«

MacClary sah nachdenklich aus dem Fenster. Foxter war immer zuverlässig gewesen, wenn es darum ging, Dinge geheim zu halten. Es wäre unklug, ihn nicht ins Vertrauen zu ziehen.

»Freunde von mir haben Pergamente aus dem vierten Jahrhundert gefunden, die historisch nachweisen, mit welch krimineller Energie und mit welchem Machthunger die Kirche ihre eigenen Ideale verraten und bis heute Millionen Menschen betrogen, belogen und umgebracht hat. Sie haben fast die gesamte Wurzelkultur Europas von Anfang an mit Gewalt vernichtet und …«

»Du brauchst nicht weiterzureden, Ronald, ich weiß, wovon du sprichst. Ich habe mir schon so etwas gedacht, und wie du weißt, bin ich auf diesem Gebiet auch nicht völlig ahnungslos.« Foxter deutete auf sein Bücherregal, in dem bedeutende kirchenkritische Werke standen.

»Dann stimmst du mir zu: Es wird Zeit, dass wir die Christen damit weltweit konfrontieren und die Religion an ihren historischen Platz verweisen.«

»Keine Frage, Ronald, aber gib acht, dass du nicht das Kind mit dem Bade ausschüttest. Es ist von vitaler Bedeutung, dass du nicht die vielen authentischen Christen angreifst,

die ihren Glauben leben und nicht das Geringste mit den Verbrechen der Kirche zu tun haben.«
»Nein, Dave. Ich weiß, was für eine Gratwanderung das ist. Aber die historische Wahrheit könnte sehr heilsam für die Christen sein. Wenden sie sich endlich vom Vatikan ab, kann der ursprüngliche Gedanke des Christentums von dem Schmutz und der Schuld der Jahrhunderte befreit werden. Meine keltischen Freunden sprechen ohnehin viel mehr von Vergebung als von Rache. Ich kenne meine Rolle und weiß, dass ich bald in den Hintergrund treten werde. Die Zukunft gehört denen, die auch in die Zukunft hinein denken. Und da gibt es in meinem Umfeld einige. Vielleicht lernst du sie demnächst kennen. Sie wünschen sich ganz einfach eine andere Welt. Wenn man das einfach nennen kann.«
Foxter zog zielsicher eine Akte aus einem hohen Stapel.
»Du kannst das immer noch?«
»Was kann ich?«
»Ich habe nie wieder jemanden kennengelernt, der unter so vielen Akten immer das fand, was er gerade finden wollte«, sagte MacClary mit einem bewundernden Lächeln und ließ den Blick über die Aktenberge schweifen.
»Gelernt ist gelernt. Hier, das habe ich vor nicht allzu langer Zeit ausgearbeitet. Es ist mittlerweile Common Sense in New York, aber noch nicht offiziell anerkannt. Der Vatikan hat seinen völkerrechtlichen Status längst verspielt – und seine Rolle als Weltgewissen ohnehin. Ich werde dich unterstützen, wo ich kann, Ronald, die Zeit ist ganz einfach reif dafür. Wenn man das einfach nennen kann«, nahm Foxter MacClarys Bemerkung auf.
MacClary seufzte. Langsam wurde ihm klar, dass es kaum möglich sein würde, den Vatikan als Ganzes zur Rechen-

schaft zu ziehen. Es sei denn, sein letzter Trumpf würde halten, was er versprach. »Dann wäre ein Anruf bei der Präsidentin äußerst hilfreich. Die weiß im Moment nicht, ob sie mich auf den Mond oder in den Ruhestand schicken soll.« Er stand auf. »Dave, ich danke dir. Wenn diese Sache vorbei ist, sollten wir mal wieder ausgiebig Schach spielen. Ich glaube, ich habe bald sehr viel mehr Zeit dafür.«
»Ich wünsche dir viel Erfolg, Ronald.«
»Danke, Dave. Im Moment kann ich jeden guten Wunsch dringend brauchen.«
MacClary schloss leise die Tür, atmete einmal tief durch und ging den Flur entlang zum Aufzug zurück. An einem der Bilder blieb er stehen. Es war eine Aufnahme von den Nürnberger Prozessen. Damals hatte die Welt einen großen Schritt im Bereich der Menschenrechte getan. MacClary knöpfte seinen Mantel zu und murmelte: »Es ist Zeit für den nächsten Schritt, für uns alle.«

BELGA CAFÉ, WASHINGTON, D.C. –
21. MÄRZ, 14 UHR

Shane und Deborah waren am Morgen nach Italien geflogen. Hätte Ryan sich zwischenzeitlich gemeldet, hätten sie ihn mit den nötigen Papieren ausstatten und auf dem Rückweg sicher nach Washington begleiten können. Jennifer konnte ihren Verdruss kaum zügeln. Wie sollte sie die Staatsanwältin überzeugen, ohne den Kläger an ihrer Seite zu haben?
Sie war spät dran. Sicher wartete Louis Jackson schon im Belga Café in der achten Straße, wo sie sich öfter trafen. Beide hatten sich in Belgien bei einem Praktikum in einer An-

waltskanzlei kennengelernt. Das Café mit seiner authentischen Atmosphäre und der verführerischen belgischen Schokolade weckte Erinnerungen und diente dadurch der Pflege ihrer Freundschaft. Louis Jackson war eine junge, schlanke und ziemlich angriffslustige Frau mit Vorfahren aus Südafrika. Sie hatte eine steile Karriere in Boston gemacht und war seit zwei Jahren als Staatsanwältin am Bezirksgericht beschäftigt.

Jennifer betrat das Café, ordnete ihre Haare und sah Louis hinten im Café sitzen, wie immer mit einem Buch vor der Nase. Mit ein paar Schritten war sie bei ihr. »Louis?«

»Jennifer, wie schön, dich zu sehen. Ich habe mir Sorgen gemacht, als ich deine Nachricht gehört habe. Setz dich doch.«

»Na, dann komme ich am besten gleich zur Sache: Ich habe eine Klage gegen den Vatikan vorbereitet, die ziemliche Brisanz hat.«

»Das ist nicht wahr.«

»Doch, es ist wahr. Ich habe befürchtet, dass du so reagieren würdest, ich …«

»Nein, das meine ich nicht. Das Zusammentreffen ist … Ich musste gestern Anklage erheben. Ein ehemaliger Schüler aus einem katholischen Internat in Boston hat sich bei uns gemeldet und behauptet, dass ein Bischof, der heute im Vatikan lebt, den Missbrauch an ihm und weiteren Mitschülern seinerzeit vertuscht hat und …«

»Das darf nicht wahr sein! Ich dachte, das Thema ist erledigt. Mein Fall ist ganz anders gelagert. Es geht um die historische Aufarbeitung der Verfolgung der europäischen Heiden und um die Frage, zu welchen Taten die Kirche bereit war und offensichtlich noch immer ist, um die historische Wahrheit über ihre Gründung zu vertuschen.«

»Wie bitte?«
»Ich denke, wir sollten besser zu mir gehen«, sagte Jennifer, während sie sich umblickte. Sie wollte auf keinen Fall in der Öffentlichkeit über ihre und MacClarys Pläne sprechen, zumal die ersten Informationen darüber bereits bis ins Weiße Haus vorgedrungen waren. Doch sie musste es irgendwie schaffen, Louis auf ihre Seite zu bekommen.

32

Dublin – 22. März, 15 Uhr

»Ruth? Bist du zu Hause?« MacClary hatte ein schlechtes Gewissen, da er es versäumt hatte, sich zu verabschieden und die Unordnung zu erklären, die er hinterlassen hatte.
»Ronnie? Ja, um Himmels willen, was ist denn hier passiert?«, fragte sie aufgebracht. »Da gehe ich einmal in der Woche zu meinen Freundinnen, und bei meiner Rückkehr finde ich lauter fremde Männer vor. Wenigstens Deborah war noch da und konnte alles erklären. Sonst hätte ich mich ja zu Tode erschreckt! Aber ich verstehe immer noch nicht, warum die alle Leitungen prüfen mussten, nur weil hier einmal der Strom ausgefallen war. Als ob das nicht ständig passieren würde! Die haben alles durcheinandergebracht!«
»Ach Ruth, ich bin untröstlich. Ich musste sofort nach Washington, es tut mir wirklich sehr leid!«
»Ja, ja, ist schon gut. Ist ja wieder Ordnung. Deborah hat mir geholfen, alles wieder an den rechten Platz zu rücken.« Ruth setzte sich erschöpft an den Küchentisch.
»Ruth, warum hast du es mir nie gesagt?«

»Was gesagt? – Ach, hat Jennifer also geplaudert?« Sie blickte an ihm vorbei aus dem Fenster. »Mein Gott, Ronnie, ist das denn wirklich so schwer zu verstehen?«
MacClary setzte sich zu ihr. »So viele Jahre, Ruth, so viele Jahre habe ich geforscht und nach einer Möglichkeit gesucht, die Aufgabe meines Vaters zu einem guten Ende zu bringen. Wer weiß, ob ich das getan hätte, wäre mir bewusst gewesen, dass es ihn das Leben gekostet hat.«
»Dann sollte es dir jetzt eine Warnung sein, Ronald. Kannst du mich denn nicht verstehen? Ich konnte deiner Mutter diesen Wunsch doch nicht abschlagen! Du warst ja alles, was sie nach Seans Tod noch hatte! Und sie hat jeden Abend gebetet, dass dir nichts geschieht und dass du in Frieden deinen Weg findest.«
MacClary lächelte betrübt. »Dafür ist es jetzt zu spät, und das ist auch gut so.«
Er ging in die Bibliothek zur Stereoanlage und rieb währenddessen sein linkes Auge, das zu zucken begonnen hatte. Es war eine lieb gewonnene Gewohnheit, dass er sich nach seinen Reisen mit Mozart erholte. Heute legte er die CD mit der Prager Sinfonie in den CD-Player und machte es sich in einem der alten Ledersessel bequem. Einige Minuten später war er so in die Musik versunken, dass er das Telefon nicht hörte.
»Ronnie ... Ronald!« Ms. Copendale musste ihn anstupsen, damit er endlich reagierte. »Du hast einen Anruf.«
»Oh, äh, ja – danke, Ruth.«
MacClary stand auf, drehte die Musik leiser und nahm den Hörer von Ms. Copendale entgegen.
»Ronald, hier ist Jennifer. Ich hab's geschafft! Louis Jackson hat eben die Klage am Bezirksgericht in Boston eingereicht, und zwar mit einem Eilantrag.«

MacClary war sofort hellwach. »Hervorragend, Jennifer, hervorragend! Das ist genau das, was wir brauchen. Wir machen es wie besprochen, und ich bereite meine Kollegen schonend darauf vor. Ich werde noch heute meinen Freund Alan Montgomery damit beauftragen, eine Pressekonferenz vorzubereiten. Sollten wir in Boston nicht weiterkommen, wirst du alles der Fachwelt präsentieren und die Gutachterergebnisse veröffentlichen. Wir dürfen nicht zulassen, dass uns die Medien zuvorkommen und uns die Führung aus der Hand nehmen. Deborah hat alles übersetzt, und in den Pergamenten warten offensichtlich noch einige Überraschungen auf uns. Morgen stimmen wir das Timing ab. Was glaubst du, wann Rom die Anklageschrift erhält?«
»Bei dem Tempo, das Louis an den Tag legt, sicher schon morgen. Und so wie ich Rom kenne, haben die schon eine Strategie entwickelt, dazu Stellung zu nehmen.«
»Dann können wir im Augenblick nur noch hoffen, dass Thomas sein Versprechen hält und dass unsere beiden tapferen Schatzsucher in Orvieto nicht auf die Nase fallen.«
»Gut, Ronald. Sehen wir uns morgen in Washington?«
»Ja, auf jeden Fall.«
Jennifer legte auf, und MacClary drehte die Musik wieder lauter, bevor er sich zurück in seinen Sessel setzte.
Er schloss die Augen und überließ sich ganz der Musik. Wenige Minuten später schlief er fest.

Orvieto – 22.30 Uhr

Deborah hatte den ganzen Tag mit Shane den Dom und seine Umgebung erkundet. Tatsächlich hatten sie einige Anhaltspunkte finden können, dass sich unter dem Dom mehr befinden musste als nur alte Gräber von Priestern oder gar Etruskern, den ursprünglichen Bewohnern dieser uralten Stadt.

»Ich frage mich die ganze Zeit, woher Ronald von diesem Archiv wusste. Selbst die abstrusesten Verschwörungstheorien im Internet haben nie was davon erwähnt«, sagte Shane misstrauisch.

»Adam, ich habe da vollstes Vertrauen. Dieser Dom ist nicht irgendein beliebiger Kirchenbau, weißt du. Die ganze Stadt wurde einst von den Etruskern auf diesem Felsplateau errichtet. Sie ist durchzogen von einem Labyrinth von Kellern, geheimen Gängen und riesigen Zisternen. Nicht umsonst spricht man von der Stadt unter der Stadt.«

»Du bist sicher, das Archiv ist nicht im Dom, sondern unter den Felsen?«

Der Dombau beruhte auf einer Legende, aus der das Fronleichnamsfest hervorgegangen ist. In Bolsena, einem nahe gelegenen Städtchen, soll der Legende nach im Jahr 1263 Blut aus einer Hostie geflossen sein. Es gab aber einen anderen Punkt, der Deborah sicher machte, dass sie hier fündig werden: Im Mittelalter hatten sich hier mehrere Päpste verschanzt, darunter Clemens VII. Es war eine Art Exil und durchaus lange Zeit Herberge zahlreicher Reichtümer und Geheimnisse.

Äußerlich sahen Deborah und Shane wie ein Rucksacktouristen-Pärchen aus, das zu später Stunde noch ein Hotel suchte.

Niemand nahm Notiz von ihnen, und in den Straßen rund um den Dom wurde es immer stiller.
»Warte mal!«
Deborah hielt Shane am Arm fest. Ein Wagen näherte sich dem Dom. Sie versteckten sich hinter einer Mauerecke und beobachteten, wie drei Priester eilig auf eine Seitentür zugingen und im Gebäude verschwanden.
»Was machen die denn um diese Uhrzeit hier?«
»Auch ein später Christ ist ein guter Christ«, grinste Deborah.
Shane deutete auf die Gitter über den Lüftungsschächten, auf denen sie standen. »Debbie, siehst du die Abzugsgitter? Die sind nicht besonders alt. Und irgendwo da unten sehe ich Licht.«
Sie blickten sich schweigend an, dann überzog ein breites Lächeln Deborahs Gesicht. »Treffer, Adam, ich denke, das ist es«, flüsterte sie. »Jetzt müssen wir nur noch rauskriegen, wohin unsere späten Beter gegangen sind.«
Eine Viertelstunde verging, während sie still in der Dunkelheit standen und den parkenden Wagen beobachteten. Dann kamen die Priester wieder heraus und fuhren weg. Das Licht aus dem Lüftungsschacht war erloschen, sie standen in vollkommener Dunkelheit.
»Wir haben nur eine Möglichkeit, denke ich«, sagte Shane und machte sich daran, mit einem Stemmeisen das Gitter aus seiner Verankerung zu lösen.
»Halt, bist du wahnsinnig?«
Deborah nahm mehrere Geräte aus ihrer Tasche und leuchtete den Schacht ab. »Da ist nichts. Anscheinend sind wir hier doch nicht richtig. Wenn es hier keine Sicherungen gibt ... Warte mal, da ist doch was ...«
Aus einer kleinen Dose ließ Deborah feine Asche in den

Schacht rieseln, die zwei wandernde Laserstrahlen sichtbar machte. Sie leuchtete den Schacht ab, bis sie hinter einer Verschalung den Stromkreis fand.
»Ist es das?«, fragte Shane.
»Jedenfalls finde ich nichts anderes. Im Grunde genommen wäre es viel zu einfach, aber ich teste es trotzdem.« Aus ihrer Tasche zog sie ein kleines Netbook und setzte mehrere feste Klemmen an die Kabel. »Das ist keine Hürde für Thomas' Programm.«
»Thomas' Programm?«
»Ja, sicher, glaubst du vielleicht, dass ich mir das neben meinem Studium an der Uni programmiert habe? Trotzdem erscheint mir die Sicherung zu einfach, wir sollten vorsichtig sein.«
»Nein, ich kann es sehen. Wir müssen da runter, ich bin mir sicher.«
Deborah schloss für einen Moment die Augen, dann nickte sie. Die Szene erinnerte sie an den Augenblick bei Mac-Clary, als sie vor der Vitrine gestanden hatten. Ohne Shanes unheimliche Eingebung, die zu den Koordinaten der Höhle geführt hatte, wäre die gesamte Entwicklung der letzten Tage undenkbar gewesen. Sie stemmte ein Eisen in den Boden und befestigte ein Seil daran.
»Ich gehe voran«, sagte sie und war auch schon dabei, sich vorsichtig hinunterzulassen. Als sie unten angekommen war, meldete sie sich wieder. »Adam, ich glaube … ich glaube, wir sind tatsächlich am Ziel, aber … ach, komm runter und sieh dir das selbst an.«
Shane schlang sich das zweite Seil um die Brust und verknotete es nach Art der Kletterer. Unten angekommen, leuchtete er mit seiner Taschenlampe durch die Gitterstäbe. Sie sahen Bücherregale mit alten, beschrifteten Ordnern.

Durch die Glasscheibe der gegenüberliegenden Tür war ein weiterer Eingang zu erkennen. Auf einem Schild stand etwas von Konservierung und Restaurierung, darunter sah man das Siegel des Vatikans.
Shane tippte Deborah auf die Schulter, die bereits begonnen hatte, mit einem Meißel und einem Gummihammer die Stäbe zu lockern, was unerwartet leicht ging. »Die müssen sich aber ziemlich sicher sein, dass hier niemand herkommt«, flüsterte sie. »Irgendwie kann ich mir immer noch nicht vorstellen, dass wir hier fündig werden. Die müssten doch jede Menge Sicherungen eingebaut haben.«
»Ich kann auf jedes weitere Hindernis gut verzich…«
Scheppernd fiel der letzte Gitterstab zu Boden.
»Verdammt. Ist mir weggerutscht«, zischte sie in ihren Rollkragenpullover. Beide duckten sich und lauschten mit angehaltenem Atem in die Dunkelheit. Es herrschte wieder vollkommene Stille.
»Muss ich jetzt beten oder so?«, scherzte Shane.
»Hörst du was?«
»Keinen Ton.«
»Gut. Trotzdem haben wir keine Zeit, es kann gar nicht sein, dass das niemand gehört hat. Ich gehe zuerst.« Deborah spürte, wie ihre Hände zitterten.
Auch Shane hatte es gemerkt. »Warte. Gib mir deine Hände.«
»Was?«
»Gib mir deine Hände!«
Sie warf ihm einen skeptischen Blick zu, streckte dann aber beide Hände aus. Shane nahm sie fest in die seinen. Zwei kleine Hände, umschlossen von seinen großen – Bratpfannen, hatte mal jemand gesagt.
»Ruhig … hab Vertrauen … okay?«

Zu ihrem Erstaunen spürte Deborah tatsächlich, wie sie sich unter Shanes warmen Händen entspannte. »Das tut gut – danke …«
»Nun los.«
Deborah stemmte sich mit dem Oberkörper voraus durch die Fensteröffnung und ließ sich lautlos hinunter. Shane folgte ihr. Erst jetzt konnten sie erkennen, wie riesig der Raum war, in den sie eingedrungen waren. Überall an den Wänden standen Regale voll mit alten Schriften.
»Ich glaube es nicht. Das ist eine Sammlung der verbotenen Bücher der Inquisition. Hier, schau …«
»Dafür haben wir keine Zeit, Deborah!«, drängte Shane und öffnete vorsichtig die Schwingtür zu einem Flur. Es war stockdunkel und totenstill. Konnte es sein, dass Deborahs Missgeschick unbemerkt geblieben war? Konnten sie tatsächlich so viel Glück haben?
Gerade als Shane hinaus auf den Flur gehen wollte, schlug ihm die Tür wieder entgegen und traf seine Stirn. Er warf sich mit aller Kraft dagegen, sodass sein Gegner an die gegenüberliegende Wand prallte und zu Boden sank.
Deborah rannte weiter und suchte mit ihrer Taschenlampe den Flur nach beiden Seiten ab. Sie sah, wie eine dunkle Gestalt weglief, viel zu weit entfernt, um sie noch aufzuhalten. Wenn er jetzt Hilfe holte, hatten sie vielleicht nur noch Sekunden, um unerkannt zu flüchten.
»Adam, wir müssen hier raus!«
»Auf keinen Fall! Los, mach die Fotos.«
Wie ferngesteuert holte sie ihre Kamera aus der Tasche und fotografierte, was sie konnte.
Sie fluchte leise, als ihr klar wurde, dass das Blitzlicht überall zu sehen sein würde, selbst auf der Straße draußen vor den Lüftungsschächten.

Shane gestikulierte wild mit beiden Händen. »Komm, hier rein!« Mit einem Stemmeisen brach er die verschlossene Tür zum Konservierungsraum auf und schaltete das Licht an.
»Bist du wahnsinnig, mach das Licht aus!«
»Das spielt doch jetzt keine Rolle mehr.« Er deutete auf einen der hinteren Tische, wo einige Pergamente ausgebreitet lagen. »Schnell, gib mir eine Box.«
In Windeseile nahm Deborah eine der Boxen von der Schulter, wie sie sie auch schon in Österreich zum Transport der kostbaren Pergamente benutzt hatten.
Shane rollte ohne Rücksicht auf Verluste das Pergament in die Box. Deborah konnte flüchtig erkennen, was darauf geschrieben stand.
»Warte, das ist ja … eine Schrift über Sopatros … er war …«
»Dafür ist jetzt wohl kaum der richtige Augenblick.« Er drängte Deborah beiseite, verschloss die Box und rannte in Richtung des Luftschachtes.
Beide zogen sich, so schnell sie konnten, aus dem Schacht. Sie sprinteten in Richtung einer der engen Gassen unmittelbar in der Nähe des Doms.
Deborah sah einen bewaffneten Mann, der aus dem Dom kam und in ihre Richtung rannte. Plötzlich fiel ein Schuss, der Deborah nur knapp verfehlte. Er schlug in eine Mauer ein. Steinsplitter stoben durch die Luft. Deborah jagte in eine Seitengasse. Der nächste Schuss fiel. Eine Gasse nach links, dann wieder rechts – beide rannten keuchend um die Ecken. Und sie hatten Glück: Die Gassen waren zu eng, als dass ihnen ein Wagen hätte folgen können. Ein wenig erleichtert, aber ständig mit einem hektischen Blick über die Schulter flüchteten sie weiter, bis einer der vielen labyrinthischen Hinterhöfe sie in den Schutz seiner Dunkelheit aufnahm.

Dort warteten sie bis fast zum Morgengrauen, bevor sie sich auf den Weg zu ihrem Mietwagen machten. Die Stadt schlief. Keine Verfolger, keine Polizei. Erleichtert ließen sie sich ins Auto fallen und fuhren zum Flughafen.

33

Rom, Vatikanstadt – 23. März, 8.30 Uhr

Die Tür knallte so laut, dass Salvoni vor Schreck zusammenzuckte. »Salvoni, wo haben Sie die Pergamente gelagert?«
»Wir haben sie nach Orvieto bringen lassen, nachdem der Heilige Vater sie gesichtet hatte. Er war ziemlich schockiert.«
»Wer hat das veranlasst?«
»Was veranlasst, Eminenz?«
»Den Transport der Pergamente nach Orvieto. Wovon reden wir denn sonst hier?«
»Verzeihen Sie, ich bin verwirrt. Veranlasst ... veranlasst hat das Contas, Eminenz.«
»Verdammt, ich kann es nicht fassen! Macht hier eigentlich mittlerweile jeder, was er will? Oder gibt es hier noch irgendeine Spur von Koordination? Ich hatte doch deutlich gesagt, dass das Material auf keinen Fall den Vatikan verlassen darf, bevor die Sache ausgestanden ist.«
»Was ist denn geschehen? Orvieto ist doch der sicherste Ort, an den ...«
»In Ihrem sichersten Orvieto wurde eingebrochen!«, brüllte Lambert. »Nur das beherzte Eingreifen von Priestern

und Wachleuten hat Schlimmeres verhindert. Anscheinend fehlt nichts, ich kann nur sagen, Gott sei Dank.« Er bekreuzigte sich drei Mal, dann zog er mit zitternder Hand ein Taschentuch hervor und tupfte sich den Schweiß von der Stirn.

»Ich kann mir schon denken, wer dahintersteckt«, murmelte Salvoni kleinlaut.

»Ich auch, aber das ist jetzt wohl auch keine große Leistung mehr.« Er blickte Salvoni finster an. »Es ist an der Zeit, dass wir Konsequenzen ziehen. Ich kann Sie vielleicht nicht mehr halten und muss Sie bitten, uns einen letzten Dienst zu erweisen.«

Salvoni wusste, was gemeint war. Er hatte geahnt, dass dieser Augenblick eines Tages kommen würde. Wie ein Schatten hatte dieses Schicksal jahrelang über ihm geschwebt. Seine innere Erschöpfung war so gewachsen und brütete so bleischwer in seinem Kopf, dass er bereit war, sich allem zu fügen. Hauptsache, diese elende Quälerei hatte bald ein Ende für ihn. Er nickte müde.

»Zunächst einmal stellen Sie sicher, dass alles in Orvieto zerstört wird. Das alte Archiv wird aufgelöst und hierhergebracht. Und die Pergamente aus Österreich werden vollständig zerstört, und zwar ohne Ausnahme.«

Er konnte kaum fassen, was Lambert da verlangte. Hier war von Zeugnissen der Antike die Rede, von Dokumenten mit unschätzbarem Wert und großer Bedeutung für die Altertumskunde. Aufzeichnungen über die Heilkunde der Druiden waren darunter, aber auch Handelsverträge mit Rom, die bezeugten, wie weit sich die Metallverarbeitung der Kelten entwickelt hatte. Und natürlich gab es etliche Schriften der alten Philosophen, die die Druiden in ihrem Durst nach Wissen erfasst und verarbeitet hatten.

»Aber Eminenz, das ist doch ... Verstehen Sie, nur ein Bruchteil unserer Funde beschäftigt sich mit den fragwürdigen Ereignissen unserer Gründungszeit. Können wir den Rest denn nicht im Vatikan sichern? Ich meine, wenn wir diese unschätzbaren Werte jetzt zerstören, wird man uns doch noch mehr verteufeln. Es ist nicht unproblematisch, die Bibliothek der Druiden vor der Öffentlichkeit zu verbergen, aber die Zerstörung ...« Salvoni hatte nichts mehr zu verlieren, und er spürte zu seinem eigenen Erstaunen, wie ruhig ihn das machte. »Wir wissen doch beide, dass die wirklich brisanten Dokumente ohnehin nicht in Orvieto lagern.«

Lambert nickte. »Sie haben recht, Salvoni, das wissen wir beide. Die Helfer von Ronald MacClary haben vermutlich genau die Pergamente in der Höhle gefunden, die man besonders gut gegen uns verwenden kann.«

Die beiden Männer schwiegen eine Minute, dann sprach Lambert ruhig weiter. »Wissen Sie, Salvoni, ich habe gerade das Buch von einem unserer schärfsten Kritiker gelesen. Der Titel lautet: Der Vatikan geht in den Schuhen des Teufels. Reißerisch, aber aus der Sicht des Autors natürlich sehr treffend. Über Jahrhunderte hinweg ist es uns immer wieder gelungen, diese fundamentale Kritik im kleinen, überschaubaren Rahmen der wissenschaftlichen Fachwelt zu halten und die Gläubigen davor zu schützen. Aber wie lange wird das noch gelingen? Wie lange noch, Salvoni?«

Lambert setzte sich. »Die Bibliothek der Druiden, wie Sie es nennen, könnte unsere Argumentation zum Scheitern bringen. Und was dann?« Lambert verschränkte die Hände hinter dem Kopf. Er sah fast entspannt aus, aber Salvoni wusste, der Schein trog.

»Was dann? Ich weiß es nicht, Eminenz, aber ich weiß, dass

es ein Fehler ist, diese neuen Funde zu zerstören. Wohl möglich, dass sie uns am Ende helfen können, etwas wiedergutzumachen.«
Lambert nickte bedächtig. »In Ordnung, Salvoni, vielleicht haben Sie recht. Zerstören Sie nur die brisantesten Pergamente, und bringen Sie den Rest ins Archiv des Heiligen Vaters. Aber hören Sie, das muss heute noch geschehen. Und eines noch: Wenn meine Quellen zuverlässig sind, versucht eine Staatsanwältin in den USA, den Vatikan für die Aktion in Österreich zur Verantwortung zu ziehen. Die Frau muss irgendwie zu dem Kreis um MacClary gehören, aber darüber habe ich keine näheren Informationen. Es spielt allerdings auch keine Rolle. Sollte das eintreten, sollte diese Klage tatsächlich zum Tragen kommen, wissen Sie, was zu tun ist.«
Lambert sah Salvoni scharf an.
»Sie werden sich erinnern, Eminenz, es war mein eigener Vorschlag. Wir brauchen ein hundertprozentiges Dementi, und ich bin bereit, die Verantwortung zu übernehmen.«
Salvoni sprach mit großem Ernst. »Und der Heilige Vater?«
»Ist über alles informiert, was für ihn wichtig ist. Ich denke, er wird sich entsprechend zu verhalten wissen und sein Gewicht in Washington einsetzen ...«
»Was heißt das?«
»Unsere Anwälte bereiten alles vor – zu unserem und auch zu Ihrem Schutz, soweit möglich. Sollte das reichen, haben Sie – haben wir alle noch einmal Glück gehabt. Sie sehen, Salvoni, der Heilige Vater setzt sich für uns alle ein.«
Salvoni zog die Schultern hoch. Zum ersten Mal erlebte er es, dass Lambert sich um das Schicksal einzelner Menschen kümmerte. Bisher hatte er immer nur vom großen Ganzen gesprochen, beseelt von dem Glauben, Gottes Werk schüt-

zen zu müssen. Irgendetwas hatte sich in den letzten Tagen und Wochen verändert.

Lamberts Stimme riss ihn aus seinen Gedanken. »Ich erwarte, dass Sie sofort aus Orvieto zurückkehren, wenn alles erledigt ist.«

»Und dann?«

»Dann setzen Sie alle Ressourcen ein, damit wir diesen Thomas Ryan in die Finger bekommen.«

Salvoni straffte sich. Innerlich löschte der den kleinen Hoffnungsschimmer, den er gerade gesehen hatte, wieder aus. Es würde sich nichts ändern, solange Menschen wie Lambert die Geschicke der Kirche lenkten. »Ich verstehe, Eminenz.«

»Und Salvoni, falls Sie scheitern: Hier haben Sie ein Schweizer Nummernkonto und eine Adresse in Rom. Ich besorge Ihnen noch die Entlassungspapiere, die auf den Dezember zurückdatiert sind«, sagte Lambert und drückte Salvoni eine Kreditkarte, einen Schlüssel und eine Adresse in der Nähe des Kolosseums in die Hand. »Ich hoffe, Sie werden das nicht brauchen.«

Orvieto – Washington, D.C. –
23. März, 13.30 Uhr

Im Anflug auf Washington suchten sie nach ihren irischen Diplomatenpässen, die sie vor ihrer Reise nach Orvieto ausgehändigt bekommen hatten. »Ich kann es immer noch nicht fassen, dass wir da heil rausgekommen sind.« Deborah wirkte überdreht. Die Erinnerung an die Ereignisse in Orvieto hatte sie kaum schlafen lassen.

»Na ja, ich muss zugeben, dass ich die großen Sicherheitsvorkehrungen immer für ein Filmmärchen gehalten habe.

Offenbar hatten wir riesiges Glück, eine Schwachstelle gefunden zu haben«, sagte Shane und atmete tief durch, als die Maschine zur Landung ansetzte. »Und ich hatte mal Angst vorm Fliegen …«

Vom Flughafen fuhren sie direkt ins Labor in die Walter Street und übergaben das Pergament zur Radiokarbonanalyse. MacClary war bereits in der Nacht wieder nach Washington geflogen. Jennifer hatte es im Hotel nicht ausgehalten. Seit Stunden brütete sie im Labor über Deborahs Übersetzungen.

»Ihr beiden Satansbraten habt es echt geschafft!«, freute sie sich, als Deborah und Shane die Pausenküche des Labors betraten.

»Ja, und nicht nur das! Wir haben eine ziemlich spannende Abschrift mitgenommen und alles andere wie besprochen fotografiert. Sag mal, wer war eigentlich dieser Sopatros?«, fragte Shane, dem wieder einfiel, dass Deborah beinahe an diesem Pergament hängen geblieben wäre.

»Der wichtigste Kopf der neuplatonischen Schule in Rom. Er hat wohl einige Schüler aufgenommen, die zuvor von Druiden ausgebildet worden waren. Und er war ein sehr angesehener Berater Konstantins, bis er wegen seiner heidnischen Einstellung und seiner intelligenten Kritik am Christentum auf Befehl des Kaisers hingerichtet wurde. Nicht zuletzt, da er sich weigerte, seine antichristlichen Schriften einzustellen«, spulte Deborah mit der für sie typischen Begeisterung herunter.

»Noch ein Opfer, das ich nicht kannte. Allmählich könnte ich eine Liste führen«, stöhnte Shane. »Je mehr ich mich mit dem Gedankengut Roms beschäftige, desto kleiner erscheinen sie mir in ihren großen, herrschaftlichen Roben. Je mehr ich erfahre, desto weniger kann ich begreifen, warum

sie sich nicht eingestehen, was sie angerichtet haben. Im Gegenteil: Sie sehen sich immer noch als die großen religiösen Führer.« Nachdenklich spielte er mit einem Teelöffel.
»Und sie glauben sich immer noch im exklusiven Besitz des Heils und der letzten Wahrheit. Es ist zum Kotzen«, erwiderte Jennifer. »Aber mit dieser Bibliothek können wir ihren absoluten Wahrheitsanspruch endlich brechen. Und ich schwöre euch, ich werde alle Register ziehen, um das zu schaffen.«
Shane war überrascht, dass Jennifers Ärger ihn kaltließ.
»Bei allem Verständnis, ich glaube, wir müssen weitaus höher ansetzen. Diese Bibliothek gibt unserer westlichen Welt die Chance, uns selbst zu fragen, was wir bisher getan haben und welche Gesellschaft wir erschaffen wollen.«
»Ich weiß, was du meinst. Vielleicht würde es tatsächlich reichen, wenn wir einfach alles veröffentlichen, was wir haben, und dann sehen, was passiert. Aber ich will mehr, Adam. Ich will, dass die wenigen Nachfahren der Druiden und die ganze Welt einen Anspruch auf die historische Wahrheit haben.« Jennifer sah durch ein Fenster, wie die Wissenschaftler gerade eines der Pergamente bearbeiteten. Shane fragte sich, ob sie eigentlich niemals an sich zweifelte.
»Wo ist eigentlich Ronald?«, wollte er wissen. Er war verwundert und auch etwas enttäuscht, dass MacClary nicht vor Ort war, um seinen beiden Helden einen gebührenden Empfang zu bereiten. Schließlich hatten sie nun fast alle Beweise.
»Er trifft sich heute den ganzen Tag mit den Richtern und sondiert, welche Optionen wir haben.«

34

Religionen, die der Individualität des Menschen ihre volle Berechtigung zugestehen, werden automatisch zu Förderern der Humanität. Solche aber, die den Anspruch erheben, im alleinigen Besitze der Wahrheit zu sein, oder die den Wert des Individuums und individueller Überzeugungen gering schätzen, können zu Feinden der Humanität werden, und dies umso mehr, wenn Religion zu einer politischen oder gesellschaftlichen Machtfrage wird.
Lama Anagarika Govinda

Rom – Washington, D.C. –
24. März, 13 Uhr

Der Papst stand vor dem Fenster seiner privaten Räume und blickte auf den Petersplatz. Seine Hände stützten sich schwer auf das Fensterbrett.
»Heiliger Vater? Kardinal Lambert bittet um eine kurze Audienz.«
Der Papst drehte sich langsam um. »Ja, gut, er soll reinkommen.«
Mit gemessenen Schritten betrat Lambert den Raum und verneigte sich. »Heiliger Vater, ich habe …«
»Cardinale«, fiel ihm der Papst ins Wort und deutete auf die Papiere, die ihm die Anwälte des Vatikans am Morgen übergeben hatten. »Ich erwarte eine ehrliche Antwort. Wer ist dafür verantwortlich?«
»Heiliger Vater, ich bitte Sie! Es ist besser, Sie wissen so wenig wie möglich davon, es ist von …«
»Vor dem Angesicht Gottes, sagen Sie mir jetzt die Wahrheit!«, forderte der Papst. »Sie haben mir verschwiegen, dass

es dort zu gewalttätigen Übergriffen gekommen ist. Ich muss dafür ...«
»Ich habe den Verantwortlichen in unserer Polizei bereits entlassen. Victor Salvoni hat ohne Rücksprache eigenmächtig gehandelt. Nicht einmal ich kann Ihnen genau sagen, was in Österreich passiert ist.«
»Nun gut, das heißt, Padre ... er ist doch Padre, oder?«
»Ja, Heiliger Vater.«
»Dann wird also Padre Salvoni offiziell die Verantwortung übernehmen, für den Fall, dass unsere Verteidigung scheitert?«
»Ja, das wird er. Ich habe mit ihm bereits alles besprochen, und er ist einverstanden.«
Der Papst deutete ein Nicken an. »Wissen wir, welchen Inhalt die Pergamente haben, die sich nun vermutlich in Irland oder den USA befinden?«
»Nein, leider nicht, Heiliger Vater.«
»Nun, Cardinale, eines ist klar: Das wenige, was ich gesehen habe, ist ohne Zweifel sehr bedrohlich angesichts der Gesamtlage der Kirche.«
Der Papst hatte sein halbes Leben mit dem Studium der Antike verbracht, es jedoch wie fast alle seine Vorgänger nicht für nötig gehalten, aus der blutigen Geschichte Konsequenzen zu ziehen. Jetzt schauderte es ihn selbst, wenn er bedachte, welche Folgen die Kriege hatten, die unter dem Kommando der Kirche gegen die alten Kulturen geführt worden waren. Doch vor Lambert durfte er sich keine Zweifel, keine Schwäche anmerken lassen.
»Ich hoffe, Ihnen ist klar, welchen Eindruck es hinterlässt, wenn wir nun auch noch offiziell bezichtigt werden, die Entdeckung dieser Bibliothek der Druiden mit Gewalt verhindert zu haben. Ich werde jetzt versuchen, in Washington

meinen Einfluss ins Spiel zu bringen. Beten Sie, dass mir das gelingt.«

Schweigen und Vertuschen. Es gibt so viele Gründe, uns zu verachten, dachte der Papst. Und das alles nur aus Angst, Verantwortung zu übernehmen. Eines Tages wird diese Haltung der Kirche das Rückgrat brechen.

»Ja, Heiliger Vater, ich kümmere mich um das weitere Vorgehen.«

»Unterrichten Sie mich laufend. Guten Tag, Cardinale.«

Vor der Tür des Büros sortierte Axton minutenlang die Rede der Präsidentin, die ihm aus der Hand gefallen war. Er setzte sich, wartete noch eine Weile, doch dann wurde die Zeit knapp. Die Präsidentin würde ihren nächsten Termin verpassen. Er öffnete die Tür. Sie telefonierte noch immer, winkte ihn aber herein. Axton sah, dass sie wütend war.

»Eines kann ich jedoch nicht, Heiliger Vater. Ich kann und werde nicht in unsere Justiz eingreifen. Sollten Ihre Anwälte keine Einstellung des Verfahrens erreichen, sind mir die Hände gebunden. Ich kann dafür sorgen, dass der Fall nicht an die Öffentlichkeit gerät, und dafür verbürge ich mich, aber das ist auch schon alles«, erklärte die Präsidentin mit hochrotem Kopf.

Axton zuckte innerlich zusammen. Alles konnte die Präsidentin jetzt gebrauchen, nur keinen Streit mit dem Vatikan, der öffentlich ausgetragen wurde und vor den Kongresswahlen einen großen Teil der Bevölkerung gegen die Demokraten in Stimmung brachte. Das wären Tonnen von Öl in das Feuer der Republikaner.

»Ja, Heiliger Vater, ich versichere Ihnen, dass ich mich persönlich um die Sache kümmern werde«, sagte die Präsidentin jetzt. »Danke, Heiliger Vater. Auf Wiederhören.«

Ihre Berater, die das Gespräch zwangsläufig mitverfolgt hatten, sahen sie fragend an.
Sie blickte in die Runde. »Alle Mann raus. Bill, Sie bleiben hier. Bestellen Sie mir sofort den Richter her, und kriegen Sie raus, vor welchem Gericht die Anklage erhoben wurde. Ich will bis siebzehn Uhr alles auf meinem Tisch haben.«
»Ja, Ms. President, ich kümmere mich darum. Was ist mit dem Termin im Kabinett?«
»Absagen, und richten Sie MacClary aus, dass er bis achtzehn Uhr Zeit hat, hier aufzutauchen. Ach so, noch etwas: Die Rede für morgen brauche ich bis zwanzig Uhr. Ich muss da noch einige Änderungen vornehmen.«

APARTMENT VON MACCLARY –
24. MÄRZ, 15.30 UHR

MacClary legte den Hörer auf und schaute resigniert aus dem Fenster auf die Kuppel des Kapitols. Boston hatte die Klage zwar wie erhofft aus Mangel an Beweisen abgelehnt. Der Anruf, der ihn gerade aus dem Weißen Haus erreicht hatte, war aber ein Hinweis, dass der Richter in Boston auch deshalb so schnell war, weil man aus Washington nachgeholfen hatte.
War die erste Einladung ins Weiße Haus noch relativ freundlich ausgesprochen worden, klang diese nun eher wie ein Befehl zum Rapport. Was zum Teufel war in die Präsidentin gefahren? Er hatte sie ehrlich eingeweiht. Würde sie nun doch umfallen, aus Angst vor den Reaktionen der Öffentlichkeit?
Als er die Klingel an seiner Wohnungstür hörte, stand er sehr langsam auf und ging zur Tür.

»Adam, Deborah, Jennifer – kommt rein.«
»Stell dir vor, Ronald, der Leiter des Instituts bestätigt in seinem Gutachten, dass sich das Pergament auf die gleiche Zeit datieren lässt wie unsere Funde aus Österreich. Genau wie wir gehofft haben. Es ist erwiesen, dass es aus der Höhle stammt«, sprudelte es aus Shane heraus.
MacClary sah ihn verwirrt an, dann schüttelte er den Kopf, als wollte er sich in die Gegenwart zurückholen. »Entschuldigung, ich war gerade ganz woanders. Erst einmal meinen herzlichen Glückwunsch, ihr beiden. Ich muss schon sagen, ihr habt sehr viel Mut bewiesen.«
»Den haben wir auch gebraucht. Es wurde auf uns geschossen«, sagte Deborah.
MacClary erschrak. »Warum habt ihr mir das nicht gestern gesagt? Das heißt, man weiß, dass ihr dort wart, verflucht noch mal!« MacClary schlug mit der Faust gegen die Wand.
»Unwahrscheinlich, weil wir nur Sekunden drin waren. Wir hatten gerade mal die Möglichkeit, eines der Pergamente mitzunehmen. Wenn wir Glück haben, denken sie, dass nichts fehlt«, versuchte Deborah, MacClary zu beruhigen.
»Gut, es nützt alles nichts. Wir dürfen keine Zeit verlieren.« Jennifer entdeckte auf dem Tisch ein Fax aus Boston. »Wann hast du das bekommen?«
»Vor wenigen Minuten. Ich hätte dich gleich angerufen …«
»Aber das ist doch das, was du wolltest«, sagte Jennifer erstaunt, nachdem sie das Fax des Bezirksgerichts überflogen hatte. »Ich reiche noch heute Abend alles an den Supreme Court weiter, und dann …«
»Warte, Jennifer. Ich habe gerade einen Anruf aus dem Weißen Haus bekommen, und ich kann dir versichern, das war alles andere als eine beiläufige Einladung zum Tee. Irgendwas stimmt da nicht. Ich brauche jetzt eure Hilfe, damit ich

weitermachen kann. Deshalb bitte ich euch, mich ins Weiße Haus zu begleiten.«

»Ich hoffe, die Präsidentin weiß, dass Sie in Begleitung kommen«, sagte Axton höflich.
»Nein, aber sie wird es gleich erfahren«, antwortete Mac-Clary lächelnd.
»Wie Sie wollen.«
Als wenig später die Präsidentin vor ihnen stand, spürte Shane, dass er feuchte Hände bekam.
»Ronald, was hat das zu bedeuten?«, fragte die Präsidentin scharf.
»Diana, darf ich dir Adam Shane und Deborah Walker vorstellen, zwei von den dreien, die an der Bergung der Artefakte in Österreich beteiligt waren«, sagte MacClary selbstsicher. »Und Jennifer Wilson, eine befreundete Anwältin, die neben der Staatsanwaltschaft in Boston die Anklage im Namen von Thomas Ryan übernommen hat. Er ist seit der Bergung vermisst und wird in Italien als angeblicher Terrorist gejagt – vermutlich eine gezielte Fehlinformation aus dem Vatikan. Er ist ...«
»Stopp! Ronald, das kann doch alles nicht wahr sein! Ich habe heute mit dem Papst persönlich telefoniert und ...«
»Und er wird dir wissentlich oder unwissentlich nicht die volle Wahrheit gesagt haben«, versuchte MacClary, einer Anschuldigung zuvorzukommen.
»Der Vatikan verwahrt sich dagegen, mit den Vorkommnissen in Österreich in Verbindung gebracht zu werden. Der sogenannte Überfall geht auf das Konto eines ehemaligen Mitarbeiters der vatikanischen Polizei, der bereits im vergangenen Jahr gekündigt wurde und ...«
»Entschuldigen Sie bitte, Ms. President, aber das kann nicht

sein.« Shane hörte seine eigene Stimme unnatürlich laut im Raum, bevor ihm überhaupt bewusst wurde, dass er sprach. »Wir konnten Beweise dafür sichern, dass einige Artefakte aus der Höhle am Magdalensberg in einem Archiv des Vatikans aufbewahrt werden.«

»Stimmt das, Ronald?«

MacClary zögerte einen Moment. »Ja, Diana, und das bedeutet einwandfrei, dass der Vatikan dahintersteckt. In Boston lagen noch nicht alle Fakten vor, und offensichtlich hat man sich dort auch nicht mit den Motiven beschäftigt.«

»Woher willst du wissen, dass man sich in Rom aller Fakten bewusst ist? Glaubst du denn, ich weiß immer, welche Fehden meine Minister, meine Partei oder die CIA hinter meinem Rücken ausfechten? Was denkst du, wie oft ich Entscheidungen mittragen muss, von denen ich keine Ahnung habe und denen ich mich trotzdem unterordnen muss? So viel zur Macht meines Amtes, Ronald.«

Ronald war sich über die exponierte und schwierige Position der Präsidentin durchaus im Klaren, und es tat ihm fast leid, dass er ausgerechnet sie mit dieser problematischen Situation konfrontieren musste. Andererseits hatte sie den nötigen Kampfgeist, um diese Sache durchzustehen.

»Diana, da ist noch einiges mehr, weshalb ich dich um dein Vertrauen bitte. Bitte lass dir von uns alles in Ruhe erklären.«

Die Präsidentin kniff die Lippen zusammen, dann ging sie zu ihrem Schreibtisch und drückte auf die Freisprechanlage ihres Telefons. »Bill? Die nächste halbe Stunde bin ich nicht zu sprechen«, sagte sie, bevor sie sich mit einem Seufzer wieder ihren Besuchern zuwandte.

35

Landhaus Nizzani, Italien –
24. März, 12.30 Uhr

Ryan saß auf der Terrasse, eine Tasse Cappuccino in der Hand, und blickte auf die italienischen Alpen, die im Mittagsdunst wie riesige Wächter wirkten, Jahrmillionen alt. Wie klein und unbedeutend sind dagegen die paar tausend Jahre, die wir Menschen hier leben, dachte er. Und wir glauben in unserer egozentrischen Art, diesen Planeten beherrschen zu können – statt unser wahres göttliches Potenzial im natürlichen Einklang mit der Erde zu leben. Er sah aber auch, wie viele Menschen sich dessen zunehmend bewusst wurden.
Brian Langster hatte ihn zu einem befreundeten, sehr wohlhabenden Arzt gebracht, der seine Verletzungen versorgt und ihm einen komfortablen Unterschlupf gewährt hatte, damit er sich etwas erholen konnte. Dennoch quälten ihn die Gedanken an das, was geschehen war. Wie sollte er den anderen erklären, warum man ihn als Terroristen abgestempelt hatte? Langster hatte ihm verboten zu telefonieren, aber er konnte nicht mehr länger warten.
»Na, wie fühlt man sich als Mitglied einer der ältesten Familien der Welt?«, scherzte Langster, der ihm gegenübersaß und ihn aufmerksam beobachtete.
»Oh, besser, viel besser. Nur scheint es anderen damit nicht sonderlich gut zu gehen.«
»Ich brauche leider noch ein paar Tage, um dich sicher nach Washington zu bringen. Noch bist du auf der Fahndungsliste der italienischen Polizei, aber der Doktor hat sich be-

reit erklärt, dich so bald wie möglich mit seinem Privatjet nach Washington zu transportieren, und dann ...«
»Brian, ich kann nicht mehr so lange warten, es steht zu viel auf dem Spiel! Ich muss zumindest ein Lebenszeichen von mir geben ...«
Langster legte seine Stirn in Falten, dann reichte er Ryan ein Handy. »Versuch, unter einer Minute zu bleiben. Wird schon gut gehen.« In Irland hatte er immer als einer der Vorsichtigsten gegolten. Und sein Erfolg hatte ihm recht gegeben: Niemand war ihm je auf die Spur gekommen.
»Danke, Brian, ich fasse mich kurz.«

WEISSES HAUS, WASHINGTON, D.C. –
24. MÄRZ, 18.30 UHR

Nach gut einer Stunde verließen Shane, Deborah, Jennifer und MacClary das Büro der Präsidentin. Alle strahlten, und selbst MacClary war die Erleichterung anzusehen.
»Ronald, du kannst dich auf meine Leute verlassen«, hatte die Präsidentin gesagt. »Wir werden Thomas Ryan in Sicherheit bringen, sobald er den Flughafen erreicht hat.«
»Warum hast du uns nicht früher davon erzählt?«, fragte Jennifer auf dem Korridor. Sie war immer noch völlig verwirrt von den Fakten, die Ronald bisher verschwiegen hatte.
»Ganz einfach: Ich habe es versprochen. Und bitte, Jennifer, kein Wort zu Ms. Copendale. Sie kennt Thomas und hat keine Ahnung von seiner Vergangenheit. Das gilt auch für euch beide.«
Deborah nickte, und Shane schien immer noch überwältigt. In der letzten Stunde hatte die Präsidentin ehrlich und schonungslos zugegeben, wie begrenzt ihre Möglichkeiten

in Wirklichkeit aussahen und wie stark der Einfluss Roms auch heute noch war. In den Vereinigten Staaten ließen sich mit dem Glauben immer noch Wahlen gewinnen. Was Shane aber am meisten beeindruckt hatte, waren die Vorstellungen der Präsidentin von einer Wende in der Wirtschaftspolitik. Sie hatte mehrere Bücher der renommiertesten Philosophen und alternativen Ökonomen ausgebreitet. Letzten Endes lief es auf eine Abkehr vom wirtschaftlichen Wachstum hinaus. Die Gedanken der Präsidentin über eine neue planetare Ethik waren für Shane wie eine Offenbarung, an die er nicht mehr geglaubt hatte.

MacClary und Shane hatten sie überzeugen können, das Spiel mitzuspielen, doch noch war nichts gewonnen. Ryan war abgetaucht, vielleicht sogar tot. Sie hatten keine Ahnung, was man in Rom ausbrütete, um nach außen eine weiße Weste zu zeigen, und so blieb ihnen nur noch MacClarys geheimnisvolle Quelle. Doch selbst die war unberechenbar.

»Wenn sie diese Rede vor den Vereinten Nationen hält, ist sie weg vom Fenster«, kommentierte MacClary nüchtern und für Shanes Geschmack etwas zu kalt.

»Du aber auch, Ronald«, gab Shane zu bedenken.

»Was? Ja, mag sein. Ich gehe aber davon aus, dass die Präsidentin sich einen Richter nach dem anderen vorknöpft und darauf besteht, dass sie ihren juristischen Verpflichtungen und nicht ihren kirchlichen Bindungen folgen. Was hast du eigentlich der Präsidentin für einen Text gegeben? Der hat sie ja schwer beeindruckt.«

»Ich habe mich in den letzten Tagen von all den Ereignissen vollkommen überrollt gefühlt, und nachdem das erste Mal in meinem Leben auf mich geschossen wurde, habe ich an Ryan gedacht, als stapfte ich kurz in seine Vergangenheit ...«, Shane hielt inne, dann fuhr er fort. »Ich habe noch mal über das Symbol in der Kammer nachgedacht, die Spirale des Lebens, und darüber, was Ryan mir über dieses Feld der Erinnerungen erzählt hat, in dem alles, was je geschehen ist, wie in einer riesigen Datenbank gespeichert wird. Wenn ich das Pergament von dem Druiden, der sich mit Raum und Zeit beschäftigt hat, richtig verstanden habe, sprach er davon, dass die Zeit nicht linear ist und dass jeder von uns in dieser Zeitspirale reisen kann. Die Erfahrungen, die wir machen, können wir nutzen, wenn wir auf die Informationen zugreifen und wenn wir offen sind, Geschichte nicht als linearen Verlauf, sondern als Summe von Erfahrungen zu begreifen. Und je mehr Menschen dies tun, desto mehr spitzt sich diese Erfahrung zu, bis eine kritische Masse erreicht wird, die bereit ist, aus dieser Summe von Erfahrungen ein neues Bewusstsein zu entwickeln.«

»Vielleicht kein neues Bewusstsein«, ergänzte Deborah, »aber auf jeden Fall eines, das uns mit unserer Erde wieder in Harmonie verbindet. Das Ende des Chaos.«

»Genau, Debbie, und es würde ein Augenblick entstehen, in dem ein Würdenträger, ein idealer Herrscher alles auf sich konzentriert, indem er die Vollendung einer großzügigen und wohltätigen Regierung schafft.«

MacClary sah ihn erstaunt an. »Davon redet Thomas schon seit Jahren.«

»Aber was hat das mit der Präsidentin zu tun?«, fragte Deborah.

»Nun, für mich steht sie genau an diesem Punkt. Ihre Bereitschaft zu handeln, ohne Rücksicht auf ihr Ego, zum Wohle allen Lebens, ist das, was die Druiden den Weltenkönig nennen.«

»Und die Christen den Messias«, fügte Deborah hinzu.

»Ganz genau, Debbie, nur dass die Kirche dieses Bild voll-

kommen verzerrt und die Ankunft des Messias dadurch geradezu verhindert hat. Wir reden nämlich nicht von einer Person oder irgendeiner Form, sondern von der Ankunft eines neuen Bewusstseins, das in jedem von uns seine Vollendung finden kann. Egal, welche Religion du betrachtest, der Messias, der Erlöser oder der gute Herrscher ist in Wirklichkeit immer nur ein Synonym für die Sehnsucht des Menschen nach einem höheren Ziel und Bewusstsein. Die Präsidentin ist natürlich nicht diese Lichtgestalt, sie ist lediglich ein Symbol, der Knotenpunkt, über den alles läuft.«
Shane hatte das Gefühl, plötzlich alles zu verstehen. Das war also mit der Wiederkehr der Druiden gemeint: der Erkenntnisstand, der es unmöglich machte, gegen die Gesetze der Natur und ihrer Balance zu handeln. Die Menschen mussten für ihre Erlösung selbst die Verantwortung übernehmen.
»Sie wird die Rede halten, da bin ich mir sicher«, sagte MacClary. »Jetzt verstehe ich, warum sie den drohenden Konflikt mit Rom vielleicht sogar nützlich findet.«
Sein Handy klingelte. Er lauschte einen Augenblick, dann erhellte sich sein Gesicht. »Mein Gott, Thomas, wo zum Teufel bist du jetzt?«
Shane, Deborah und Jennifer hielten den Atem an.
»Hast du eine Ahnung, was wir uns für Sorgen gemacht haben? Ich meine, die letzten Nachrichten waren ein Schock für uns alle und ...« Er stellte das Handy laut.
»Ronald, es tut mir leid, mit so einem Schlag habe ich auch nicht gerechnet und ...«
»Wie konnte man dich als Terrorist der IRA abstempeln? So einfach kann man doch die italienische Polizei nicht manipulieren!«
»Ich erkläre dir das, wenn ich in Washington bin, aber ich

brauche noch ein paar Tage, weil ich immer noch auf der Fahndungsliste stehe. Aber ich kriege Papiere und werde mit einem Privatjet nach Washington geflogen.«

»Pass auf dich auf, Thomas! Und denk dran, du musst dich unbedingt vorher bei mir melden. Du kannst dir ja vorstellen, dass hier schon einiges ins Rollen gekommen ist. Ich stehe gerade mit den anderen vor dem Weißen Haus. Du bekommst jede erdenkliche Hilfe, sobald du gelandet bist, und dann stehst du bald vor dem Supreme Court, hoffe ich.« Normalerweise wurden in einem Verfahren vor dem Court keine Zeugen gehört, doch in diesem Fall würden die Richter dem kaum widersprechen können. Dafür hatte man in Boston zu viele Fehler gemacht.

»Alles klar, ich melde mich auf jeden Fall, sobald ich Näheres weiß. Wie geht es Adam und Deborah? Konnten sie alles in Sicherheit bringen?«

»Nicht nur das, Thomas. Adam hat sich zu einem echten Iren gemausert. Wenn du wüsstest, was die beiden alles angestellt haben, um …«

»Klingt gut, aber im Grunde habe ich nichts anderes erwartet. Ich täusche mich selten in Menschen, Ronald. Ich muss Schluss machen, ich melde mich morgen wieder. Danke Ronald, danke für alles.«

»Ich kümmere mich …«

Doch Ryan hatte schon aufgelegt.

Erleichtert blickte der Richter in die Runde. »Nun können die alten Männer in Rom Spiele spielen, wie sie wollen. Wir gehen jetzt genauso vor, wie wir es mit der Präsidentin besprochen haben. Jennifer, hast du die Unterlagen fertig?«

»Aber sicher, die Sachen liegen schon im Court. Du musst nur noch eine Anhörung ansetzen.«

36

SUPREME COURT, WASHINGTON, D.C. –
26. MÄRZ

Den ganzen Morgen hatte Ronald darüber nachgedacht, wie er in Rom für eine gewisse Verwirrung sorgen könnte. Was wussten sie dort? Wovor fürchteten sie sich, und welcher war ihr nächster Schachzug?
Plötzlich sprang er auf und suchte in seinem Notizbuch nach einer Telefonnummer. Edoardo Vasaci, Journalist in einer Nachrichtenagentur in Rom! Er war genau der Mann, nach dem er sein Gedächtnis durchforstet hatte.
Es dauerte eine Weile, bis Vasaci abhob.
»MacClary, hallo, Signor Vasaci, ich hoffe, Sie können sich noch an mich erinnern?«
»Ehrenwerter Richter! Diese Stimme würde ich selbst auf dem Totenbett noch wiedererkennen. Jetzt sagen Sie bloß, Sie haben wieder eine Story für mich. Ich schulde Ihnen ohnehin schon …«
»Nein, nein, diesmal könnten Sie sich tatsächlich für die alte Sache revanchieren.« Er hatte Vasaci vor vielen Jahren mit brisanten Informationen über die Regierung Andreotti versorgt. Vor MacClarys Apartment ertönte ein Staubsauger. Der wöchentliche Putzdienst machte seine Runde. Das waren die Augenblicke, in denen er sich nach Dublin wünschte, er hatte den Lärm dieser Stadt satt, sie kam nie zur Ruhe.
»Ich wäre Ihnen sehr dankbar, wenn Sie für mich eine Story lancieren könnten. Nur ganz kurz. Ich rufe Sie an, sobald Sie sie irrtümliche als Falschmeldung wieder zurücknehmen können. Mit höchstem Bedauern, selbstverständlich.«

»Verstehe, Richter. Für eine Story tue ich alles, dafür pfeif ich notfalls auch auf den Job hier.«
»Danke, vielen Dank.«
MacClary wusste, dass er sich auf Vasaci verlassen konnte. Nun war es Zeit, sich mit den Richtern zu treffen. Die Präsidentin würde ihre Autorität bereits ins Spiel gebracht haben. Er griff wieder zum Hörer.
»Mr. Carrington, holen Sie mich bitte in zwanzig Minuten ab.«
»Sehr wohl, Sir.« Ronalds Fahrer war einer der wenigen, die es fast immer schafften, pünktlich zu sein, ganz gleich wie dicht der Verkehr sich drängte.
Die Mehrzahl der Richter würde sich gegen Jennifers Einspruch wehren, doch zwei oder drei hatte er sicher auf seiner Seite. Hinzu kam, dass das Gericht in Boston den Fall tatsächlich viel zu schnell abgelehnt hatte; schon die formalen Mängel waren gravierend genug. Ronald wusste, dass es jetzt zur Sache gehen würde. Sein politisches Überleben und das der Präsidentin hingen von Jennifers nahtloser Beweisführung und seinen geschickten Täuschungsmanövern ab, die alle Eventualitäten berücksichtigen mussten.
Das Telefon klingelte.
»MacClary.«
»Ronald, hier ist Jennifer. Ich habe eben von dem demokratischen Senator Jeff Bukake erfahren, dass einer der Richter im Court versucht, gegen dich mobilzumachen. Es gibt Gerüchte, dass ein Republikaner im Repräsentantenhaus ein Amtsenthebungsverfahren gegen dich anstrengen will, solltest du mit deiner Stimme meinen Einspruch annehmen.«
MacClary fragte sich, auf welcher Grundlage man ein solches Verfahren einleiten wollte. Sein öffentlich gewordener Vortrag in Dublin konnte doch niemals ausreichen, um ihn

so zu diskreditieren! Oder hatte Rom sich etwas Perfideres einfallen lassen?

»Nun, dann muss ich die Richter zahlenmäßig so auf meine Seite bekommen, dass meine Stimme nicht notwendig ist, Jennifer«, sagte er, selbst ein wenig überrascht, wie ruhig und gelassen seine Stimme klang.

»Ronald, wenn es stimmt, was ich gehört habe, sind diese Leute schon erbost genug, dass du überhaupt Mitglied im Court bist, von deinem Amt als Vorsitzender ganz zu schweigen. Sollte der Fall angenommen werden, wird das Verfahren nicht mehr aufzuhalten sein.«

»Jennifer, bis zu den Kongresswahlen sind es noch drei Monate. Die Präsidentin hat eine respektable Mehrheit, und bis ein Verfahren gegen mich überhaupt zur Abstimmung kommt, sind wir längst am Ziel.«

»Nicht zwingend. Du weißt genau, dass eine Anhörung so lange verschoben werden könnte, bis das Verfahren gegen dich auf die eine oder andere Weise abgeschlossen wäre.«

»Jennifer, ich bitte dich! Sind wir wirklich noch so rückständig, dass wir versuchen, Mord, Raub und Vertuschung einfach durchgehen zu lassen?«

Er hörte, wie Jennifer seufzte. »Ronald, sei ehrlich. Wie viele Richter hast du hinter dir?«

»Auf jeden Fall Bob Johnson, Ian Copter und Barbara Andrews, das habe ich schon heute Morgen geklärt. Ich glaube nicht, dass einer der Richter das Risiko eingeht, mich derartig zu hintergehen. Sollte das herauskommen, geht es ihm selbst an den Kragen. Aber wer weiß. Ich werde in einer Stunde im Court sein und mit Alex Winster sprechen. Ich hoffe, ich kann ihn überzeugen. Ich muss meine Trümpfe vielleicht früher ausspielen als geplant. Ich werde mit Ryan alles besprechen, und dann sehen wir weiter. Da

fällt mir übrigens noch etwas ein. Ich habe gestern Abend mit einigen Abgeordneten des irischen Parlaments gesprochen und sie über die Funde informiert. Das irische Außenministerium hat sich ganz klar zu unserem Ziel bekannt und will dies auch völkerrechtlich deutlich machen. Sie sind sogar zu mehr bereit.«
»Das ist eine gute Nachricht, Ronald. Viel Glück im Court.«
»Danke. Ich fürchte, das kann ich brauchen.«

Rom, Vatikanstadt – 26. März

Salvoni hatte seine Siesta beendet und lag noch auf dem Bett, als er die Nachrichten im Radio hörte. Eine davon machte jeden Kaffee überflüssig. Konnte er doch noch so viel Glück haben?
Er sprang auf, zog sich rasch Hose und Hemd an, stürmte aus seinem Zimmer und rannte geradewegs einen Priester um, der ihm im Flur entgegengekommen war und sich nun schimpfend wieder aufrappelte. In der Presseabteilung angekommen, stürzte er sich auf die aktuellen italienischen Agenturmeldungen.
»Ist es denn zu fassen! Danke, Herr, ich danke dir!« Salvoni zog sein Handy aus der Tasche und versuchte, Lambert zu erreichen. Vergeblich, das Telefon klingelte lange, aber niemand nahm ab. Er rannte durch die Gärten der Vatikanstadt zum Regierungspalast, die Treppen hinauf und preschte in Lamberts Büro.
Lambert saß in einem Nebenraum und telefonierte auf Englisch. Er warf Salvoni einen grimmigen Blick zu, doch die glückliche Miene seines Gegenübers ließ ihn den Hörer vom Ohr nehmen.

»Was ist denn los?«, flüsterte Lambert.
Salvoni ging schnellen Schrittes auf Lambert zu und gab ihm, während Lambert seinen Gesprächspartner kurz um Geduld bat, die Meldung in die Hand. Als er die Nachricht las, ließ er fast den Hörer fallen. »Mr. Carrington, ich muss unser Gespräch kurz unterbrechen. Ich glaube, unsere Lage hat sich gerade dramatisch verändert. Ich melde mich bald wieder bei Ihnen.«
Lambert legte auf und sah Salvoni an. »Ist das bestätigt, Victor?«
Das war das erste Mal in fast dreißig Jahren, dass Lambert ihn mit dem Vornamen ansprach. »Ja, ich denke schon. Er wurde in Österreich gefunden.«
Lambert atmete hörbar auf. »Ist Ihnen eigentlich klar, dass das alles ändert, Salvoni? Halten Sie sich bereit für eine Reise nach Washington. Diese Gelegenheit, dem Richter seinen erhofften Triumph gegen die Heilige Kirche aus den Händen zu schlagen, sollten wir uns nicht entgehen lassen. Haben Sie in Orvieto alles erledigen lassen, sind die restlichen Pergamente hier?«
»Ja, sie liegen im Archiv des Heiligen Vaters.« Salvoni plagten plötzlich Zweifel – an der Zuverlässigkeit der Nachricht, an den Möglichkeiten der Gegner. »Bei aller Freude, ist das nicht doch zu riskant, jetzt einfach so nach Washington zu fliegen?«
»Nein. Wir haben nicht nur diplomatische Immunität, sondern auch die volle Unterstützung des Heiligen Vaters.«
Salvoni wusste, dass Lambert ein schlauer Fuchs war. Er war immer wieder überrascht gewesen, wie Lambert es verstand, den Vatikan vor jeglicher Kritik oder gar Strafverfolgung zu schützen.
Das war es, was ihm seine fast unantastbare Position ver-

lieh, und Salvoni war sich nicht zum ersten Mal sicher, vor dem nächsten Papst zu stehen.
»Ich werde den Heiligen Vater davon in Kenntnis setzen«, sagte Lambert. »Sie können mich gerne begleiten. Ich denke, Sie haben sich das verdient.«

37

Supreme Court, Washington, D.C. – 26. März, 15 Uhr

Trotz der Einsicht, die er in dem Gespräch mit Jennifer gewonnen hatte, konnte Ronald seinen Zorn kaum zügeln. Seit mehr als einer Viertelstunde wartete er im ehrwürdigen Konferenzraum der Richter.
Außerdem beschäftigte ihn das, was Jennifer ihm anvertraut hatte: Ruth Copendale hatte nicht nur all die Jahre mit dem schrecklichen Wissen um den Tod seines Vaters gelebt – sie hatte am Abend vor der Abreise von Ryan, Shane und Deborah Walker nach Österreich inständig für die drei gebetet. Nie zuvor hatte er sie beten, geschweige denn in eine Kirche gehen sehen.
»Ronald!«
»Elora, gut, dass du zuerst kommst, ich …«
»Du brauchst mir nichts mehr zu erklären, Ronald. Es wird dich überraschen, aber ich werde diesem Antrag meine Zustimmung geben, wenn mich die Anwälte und die Fakten überzeugen. Die Präsidentin hat mich gestern angerufen. Ich habe sie nicht gewählt, sie gehört nicht meiner Partei an, aber in diesem Fall konnte sie mich überzeugen, dass ich

mich nicht vom Respekt vor dem Vatikan leiten lasse, und das werde ich auch nicht tun. Aber du bist das Problem.«
»Wie soll ich das verstehen?«
»Wie konntest du dir nur diese Sache in Dublin einhandeln? Es gibt zwei Wege, denke ich. Entweder du trittst heute noch zurück, oder du riskierst, aus dem Amt gejagt zu werden. Aber unabhängig davon, wir werden die Anhörung nicht blockieren. Ich habe mit den anderen Richtern gesprochen, und wenn wir deine Stimme mitzählen, haben wir wohl eine Mehrheit dafür …«
»Ja, das könnte euch gefallen!«, unterbrach John Faster, der den Konferenzraum betrat, das Gespräch. »Diese Kirche hat unsere Zivilisation begründet, mit all ihren Schwächen und Stärken, und ihr tretet sie mit Füßen.« Er war wie immer in Angriffslaune. Aufgebracht knallte er seine Aktentasche auf den blank polierten Konferenztisch.
Elora Spencer beugte sich ein wenig vor und legte beide Hände auf die Tischplatte. »John, kannst du bitte an deinen Blutdruck denken und dich wieder etwas beruhigen? Keiner hier hat ein Interesse daran, leichtfertig der Kirche zu schaden. Wir haben doch alles besprochen. Du bekommst ausreichend Gelegenheit, die Anwälte auseinanderzunehmen.«
Widerwillig setzte er sich ans Ende des Konferenztisches. Nach und nach betraten alle Richter den mit Teakholz getäfelten Raum.
Ronald eröffnete die Sitzung wie gewohnt. »Meine Damen, meine Herren. Wir sprechen heute über die dringliche Eingabe der Staatsanwaltschaft in Boston und der Anwältin des Bürgers Thomas Ryan. Eines möchte ich angesichts der letzten Ereignisse kurz und unmissverständlich klarstellen: Meine privaten Forschungen und Vorträge haben keinen

Einfluss auf meine professionelle Integrität, auch wenn einer der hier anwesenden Richter versucht hat, mich damit zu diskreditieren.«
Ein Raunen ging durch die Runde.
»Gut, dass wir nicht dreizehn sind und Sie, Faster, nicht Judas, sonst würden wir in Verdacht geraten, das letzte Abendmahl zu feiern. Aber wahrscheinlich hat Sie Senator Bukake gestern einfach nur verwechselt«, setzte MacClary hinzu.
Faster stand auf und knallte die Verfassung der Vereinigten Staaten auf den Tisch. »Herr Vorsitzender, das ist unsere Verfassung. Wollen Sie nicht auch die Vereinigten Staaten verklagen, weil wir uns nicht immer an unsere eigenen Regeln gehalten haben?«
»Oh, das können wir gerne nach der Sitzung besprechen«, konterte MacClary. »Allerdings beanspruchen die Vereinigen Staaten nicht, die Stellvertreter Gottes auf der Erde zu sein.« Einige der Richter konnten sich ein Lachen über Fasters Ausraster nicht verkneifen. »Setzen Sie sich bitte wieder, lieber Kollege.«
Der Angesprochene kam der Aufforderung entrüstet nach. Richterin Barbara Andrews ergriff das Wort, eine Kollegin, für die MacClary schon seit Langem große Sympathie hegte. »Liebe Kollegen, unser Problem ist doch nicht allein, was die Öffentlichkeit über die Vorgänge denkt, sondern zunächst einmal der völkerrechtliche Status des Vatikans. Hier sollten wir vielleicht der Auffassung des Internationalen Gerichtshofs und der Mehrheit der Staaten folgen, die …«
»Was soll das heißen?«, unterbrach Ian Copter ihre Ausführungen.
»Aufgrund der aktuellen Entwicklungen kann es gut sein, dass die nächste UN-Vollversammlung beschließt, dem Va-

tikan die Anerkennung als Völkerrechtssubjekt zu entziehen.«
»Das ist doch völliger Blödsinn!«
Das Thema heizte die Gemüter auf, aber Richterin Andrews ließ sich nicht beirren.
»Wie gesagt, Richter Copter, das ist die neue Auffassung der Staatengemeinschaft. Nach den klassischen Regeln des Völkerrechts fehlt diesem Gebilde von ein paar Hektar mindestens ein wesentliches Merkmal eines Staates, nämlich ein Staatsvolk. Das Besondere des kleinen Volkes ist nämlich, dass die Zugehörigkeit nur auf Zeit verliehen wird und ...«
»Das spielt keine Rolle, bis auf Weiteres ist der Heilige Stuhl eine Person des Völkerrechts, und insofern genießen seine Mitglieder auch die damit verbundenen Privilegien. Aber was soll die ganze Diskussion überhaupt?«, fragte Adrienne Windsor, eine eher stille, aber sehr kluge Juristin, die sich nicht so schnell politisch vereinnahmen ließ.
»Ich bin noch nicht fertig. Allmählich setzt sich die Erkenntnis durch, dass die Diplomaten des Heiligen Stuhls nur noch ein fahler Abglanz einstiger Größe sind. Sie sind ein Vehikel aus einer Zeit, als der Papst mit den Kaisern und Königen Europas aufs Engste verbunden war ...«
»Was hat das alles mit diesem Fall zu tun?«, fiel ihr Faster ins Wort.
»Eine Menge. Vor allem sollte es uns vor Augen führen, dass wir keine Hemmungen haben müssen, diesen Fall wie jeden anderen zu behandeln, werter Kollege. Sollte sich herausstellen, dass der Fall in Boston vorschnell abgelehnt wurde ...«
MacClary hob seine Hände. »Meine Damen und Herren, Richterin Andrews hat völlig recht. Ich war erst vor weni-

gen Tagen in Den Haag. Auch dort erfährt das Völkerrecht derzeit einen gewissen Strukturwandel. Trotzdem würde ich vorschlagen, dass wir uns jetzt und hier auf den konkreten Fall konzentrieren und sehen, was in Boston schiefgelaufen ist.« Andrews hatte ihm mit der Debatte um das Völkerrecht und die internationale Bedeutung einen großen Gefallen getan, aber er bemühte sich, seine Dankbarkeit nicht allzu deutlich zu zeigen.

»Ausgezeichnete Idee«, bemerkte Elora Spencer und fuhr fort: »Liebe Kollegen, ich habe mich bereits ausgiebig mit dem Fall befasst und stimme für die Annahme der Eingabe.« Sie übersah großzügig die erstaunten Gesichter der anderen. »Hören wir uns an, was die Anwälte vorzubringen haben. Und Faster, eines möchte ich Ihnen sagen: Ich habe jahrelang Opfer sexueller Gewalt in psychiatrischen Kliniken erlebt. Und darunter waren nicht wenige, die mit kirchlichen Würdenträgern zu tun bekommen hatten. Diese Menschen sitzen unsichtbar hier bei uns am Tisch, wenn wir darüber nachdenken, ob es möglich ist, den Vatikan oder auch nur Angehörige des Vatikans vor Gericht zu stellen. Gerade Sie als Christ sollten endlich Ihre Doppelmoral beiseitelegen und Mitgefühl für die Opfer entwickeln. Auch für die Millionen Opfer, die durch den Machtanspruch des Vatikans über Jahrhunderte ums Leben gekommen sind.«

Sie sagte das mit solch einer gestochenen Klarheit, dass sogar Faster in seinem Sessel versank und schwieg.

38

Hotel Monaco, Washington, D.C. –
28. März, 11 Uhr

Zwei Tage waren vergangen. Entgegen Jennifers Befürchtung war aus dem Repräsentantenhaus nichts zu hören. Spencers Standpauke hatte Faster offensichtlich zur Räson gebracht. Sie war sich sicher, dass er hinter dem Versuch stand, MacClary aus dem Amt zu entfernen.
Am Morgen hatte sie alle zum Frühstück ins Hotel eingeladen, um die letzten Schritte abzustimmen. Während sich Deborah und MacClary noch über den besten Zeitpunkt für die Pressekonferenz der Wissenschaftler stritten und Jennifer sich ein paar letzte Notizen machte, starrte Shane müde in den Fernseher, der in der Bar des Hotels nahezu Tag und Nacht lief. Als der Barkeeper auf einen anderen Sender umschaltete, wurde Shane mit einem Schlag wach. CNN berichtete aus Europa.
»Hey, machen Sie das bitte mal lauter?«, bat Deborah den Mann hinter der Bar.
»*Wie erst heute bekannt wurde, ist in Boston Anklage gegen den Vatikan erhoben worden. Nach bisher nicht bestätigten Berichten handelt es sich dabei um einen international relevanten Kulturraub, bei dem ein amerikanischer Bürger schwer verletzt worden sein soll. Dabei wurden nach Angaben der Anklage einem privaten Archäologenteam aus Irland von Mitgliedern der vatikanischen Polizei äußerst brisante Dokumente aus der Gründungszeit der katholischen Kirche entwendet. Ein Großteil der Pergamente soll sich nun widerrechtlich im Vatikan befinden. Ein Team von*

Gutachtern und Wissenschaftlern hat einen anderen Teil der Funde in Washington bereits datiert und versucht, erste Übersetzungen einzuordnen.
Demnach wurden die gefundenen Pergamente auf die Konstituierung der Kirche, also auf das vierte Jahrhundert datiert und sollen brisante Details über die Umstände der Kirchengründung preisgeben. Nach Angaben des Institutsleiters werden diese Details der Fachwelt in den nächsten Tagen bekannt gegeben.
Die Vorwürfe werden von den amerikanischen Anwälten des Vatikans vehement bestritten. Nachdem der Fall in Boston bereits abgewiesen wurde, wird die Berufung, auch aufgrund der internationalen Bedeutung, bereits ab morgen vor dem Supreme Court in Washington verhandelt. Nach Bekanntwerden der ersten Details haben sich bereits am Vormittag einige Hundert Menschen vor dem Weißen Haus versammelt und gegen jede pauschale Vorverurteilung des Vatikans protestiert. Weiteren Gerüchten zufolge ist Kardinalstaatssekretär Thomas Lambert persönlich nach Washington gereist und wird morgen zu den Vorwürfen Stellung nehmen.
Wir schalten nun nach Rom zu unserem Korrespondenten Tom Leaver, der auf dem Petersplatz steht und uns von dort erste Eindrücke übermittelt.«
MacClary starrte sprachlos auf den Fernseher.
»Ronald, das war doch klar, dass das nicht lange geheim bleibt.«
»Ja, sicher, das macht mir auch keine Angst, aber die Demonstrationen dürfen nicht eskalieren, wir müssen morgen sehr geschickt die Medien im Zaum halten.« Er drehte sich zu Jennifer um. »Du weißt, dass wir im Gerichtssaal nicht miteinander sprechen können. Bitte – egal, was passiert, lass

dich nicht dazu hinreißen, in der ersten Anhörung mehr preiszugeben als nötig. Bei der zweiten hast du freie Hand. Ich kann dazu jetzt nicht mehr sagen. Die denken wirklich, sie kommen da unbeschadet raus.«
Kopfschüttelnd wandte er sich wieder dem Fernseher zu.
»Tom, was können Sie uns noch berichten?«
»Nun, hier in Rom reagiert man relativ gelassen auf die Vorwürfe, und hinter vorgehaltener Hand erfährt man, dass versucht wird, die Angelegenheit als einen Irrtum herunterzuspielen, bei dem es sich eher um Fehler einzelner Beteiligter handelt. Man werde aber alles Erdenkliche tun, um den Sachverhalt schnellstmöglich aufzuklären.«
»Danke, Tom, ich denke, das wird uns in den nächsten Tagen noch beschäftigen. Wie unser Reporter aus dem Weißen Haus erfahren hat, wurden auch von mehreren Botschaften der USA, darunter in Deutschland, Italien und Frankreich, erste Demonstrationen gemeldet.
Und nun die Nachrichten aus Europa im Überblick ...«
Jennifer schaute in Shanes Gesicht und spürte, dass ihm irgendetwas nicht behagte. »Adam, was quält dich?«
»Das Gleiche wie Ronald.« Shane sah noch immer gebannt auf den Bildschirm. »Es war klar, dass die Menschen jetzt in Aufruhr geraten. Dafür ist in den vergangenen Jahren zu viel Schmutz ans Tageslicht gekommen.«
Jennifer wusste, was er meinte. Erste Stellungnahmen aus Kirchenkreisen zeigten, wie viel Aggression schon jetzt ausgelöst worden war, doch es gab auch Stimmen wie die des amerikanischen Bischofs Ellington, der Reformen im Vatikan und mehr Mut zur historischen Wahrheit anmahnte.
»Jennifer, siehst du nicht, was da droht? Dass die Menschen so überreagieren, bevor auch nur ein Detail über die eigentlichen Inhalte bekannt geworden ist ...«

»Ich weiß, Adam. Wir werden aufpassen.«
»Ich hoffe, Jennifer, oder möchtest du die Verantwortung dafür übernehmen, wenn es zu Gewalt kommt?«
»Nein, Adam, nein, das möchte ich nicht«, sagte sie leise und nahm seine Hand.
»Dann behalte das Gefühl, das du jetzt in deinem Herzen hast, wenn du morgen vor dem Supreme Court sprichst. Wir müssen lernen, mit der Rechthaberei aufzuhören, Jennifer. Packen wir einfach die historischen Fakten auf den Tisch, lass uns der Welt zeigen, wie das Vermächtnis der Ureinwohner Europas aussieht.«
Jennifer dachte an ein Gespräch, das sie vor einiger Zeit mit Ryan geführt hatte. Über seine Erfahrungen mit Religion und Rache in Nordirland. Das jeweilige Glaubensbekenntnis bestimmte, wer das nächste Opfer sein würde. Wie lange sollte dieser Wahnsinn noch weitergehen? Wie lange sollten Menschen den Glauben noch nutzen können, um Mord, Märtyrertod, Vergewaltigung und Versklavung zu rechtfertigen?
Shane wollte aufstehen, aber Jennifer zog ihn an seinem Pullover wieder zurück, sodass er unsanft knapp neben ihr zum Sitzen kam. »Ich muss dir auch noch was sagen, Adam.« Sie nahm sein Gesicht zwischen ihre Hände und sah ihm in die Augen. »Du bist etwas ganz Besonderes, Adam Shane. Danke, dass du in mein Leben gekommen bist.«
Dann stand sie auf, nahm ihren Mantel und ging mit ihren gewohnten schnellen Schritten Richtung Ausgang. An der Tür drehte sie sich noch einmal um. »Wir sehen uns alle morgen zum Frühstück, ich erwarte euch pünktlich.«

39

SUPREME COURT, WASHINGTON, D.C. –
29. MÄRZ, 12 UHR: TAG DER ERSTEN ANHÖRUNG

Salvoni und Lambert waren früh in Washington gelandet und trafen sich mit dem Erzbischof von Washington, Kardinal John Jasper, der bis zuletzt erfolglos versucht hatte, Einfluss auf den Supreme Court zu nehmen. Mit einem guten Dutzend Bischöfen aus dem ganzen Land machten sie sich anschließend auf den Weg zum Gericht.
»Nur die Ruhe, Salvoni. Mit Gottes Hilfe kommen wir da schon raus.«
Salvoni wollte es glauben, aber er hatte kein gutes Gefühl.
Es dauerte fast eine halbe Stunde, bis sie angekommen waren. Vor dem Gebäude des Supreme Court standen Hunderte Demonstranten. Jennifer fuhr gemeinsam mit Louis Jackson durch die Menge, Deborah und Shane folgten in einem zweiten Taxi. Jennifer sah auf die unzähligen Transparente, die ein Ende der Anhörung forderten. Auf anderen standen »Frieden für den Papst« oder »Gott wird diese Schande nicht vergessen« und ähnliche Sprüche.
Als Jennifer in der Halle ankam, sah sie, dass vor dem Eingang des großen Saales Reporter auf sie warteten. Bis jetzt war sie ein unbekanntes Gesicht in Washington. Beide Frauen versuchten, ohne einen Kommentar abgeben zu müssen, durch die Meute zu kommen, nur dem Blitzlichtgewitter konnten sie nicht ausweichen.
Jennifer setzte sich in die erste Reihe, den Blick fest auf die neun Sessel der Richter geheftet. In diesem Raum war schon

so viel Geschichte gemacht worden; obwohl das Gebäude erst seit 1935 stand, sah es aus, als wäre es in der Gründungszeit der USA erbaut worden. Die weißen Marmorsäulen, hinter denen der rote Stoff wie ein Wasserfall hinabfloss, verliehen dem Saal eine besondere Mischung aus Wärme und Macht.

Er war voll mit Menschen, darunter zahlreiche Bischöfe in ihren rot-weißen Roben. Ganz vorn erkannte sie den Kardinalstaatssekretär Thomas Lambert. Wie sicher sich diese Männer fühlten! Und wie unwohl ihr selbst war!

Am Morgen hatte sie einen Anruf von Ms. Copendale erhalten, nachdem jemand einen roten Farbbeutel gegen die Fassade von Ronalds Haus geworfen hatte. Zur Sicherheit hatte Jennifer bei der Polizei in Dublin angerufen, die sofort versprach, regelmäßig eine Patrouille zu schicken und notfalls auf Dauer einen Polizisten zum Schutz des Hauses abzustellen.

Erst heute früh hatte MacClary sie informiert, dass Ryan durch europäische Medien in einer Meldung für tot erklärt worden war, was im Vatikan zu heftigen Reaktionen geführt hatte. Eine Finte, die zu MacClary passte.

Während ihr diese und andere Gedankenfetzen durch den Kopf schossen, nahmen die Richter ihre Plätze ein. MacClary betrat den Saal als Letzter. Er würdigte Jennifer, wie verabredet, keines Blickes. Mit zwei Hammerschlägen auf dem Tisch leitete der Marshall die Standardprozedur ein.

»Die Ehrenwerten, der Vorsitzende Richter und die Beigeordneten Richter des Obersten Gerichtshofes der Vereinigten Staaten. Höret, höret, höret! Alle Personen, die vor dem Ehrenwerten, dem Obersten Gerichtshof eine Sache zu verhandeln haben, sind aufgefordert, vorzutreten und ihre Aufmerksamkeit dem Gerichtshof zuzuwenden, denn

seine Sitzung ist nun eröffnet. Gott schütze die Vereinigten Staaten und dieses ehrenwerte Gericht.« Jennifer trat an ihr Pult. Sie spürte, wie ihr das Herz bis zum Hals schlug und es ihr fast unmöglich machte, zu sprechen. Gott schütze die Vereinigten Staaten, ja, aber bitte nicht den Vatikan, dachte sie.
MacClary ergriff das Wort. »Wir verhandeln heute die eilige Eingabe der Bostoner Staatsanwaltschaft und der Anwältin Jennifer Wilson im Fall des Bürgers der Vereinigten Staaten Thomas Ryan gegen den Vatikan. Ich erteile der Anwältin Jennifer Wilson das Wort.«
Jennifer holte noch einmal tief Luft. Sie würde einen kühlen Kopf brauchen, denn eine Anhörung vor dem Supreme Court glich eher einem Kreuzverhör, und in diesem Fall musste sie mit allem rechnen, was sie aus dem Konzept bringen konnte.
»Hohes Gericht, wir beantragen die Wiederaufnahme des Falles vor dem Bezirksgericht in Boston, da wir beweisen können, dass Mitglieder des Vatikans nicht nur international relevante Kulturgüter gestohlen haben ...«
Richter Copter unterbrach sie. »Hat der Kläger nicht selbst ohne Genehmigung und zudem als Ausländer sich dieser Güter zu bemächtigen versucht?«
»Der Fund wurde noch am Abend vor dem Überfall von zwei weiteren Beteiligten dem österreichischen Außenministerium bekannt gegeben. Die Meldung ist dokumentiert. Die beiden Zeugen bestätigen, dass sie die Höhle zusammen mit Thomas Ryan gefunden und als Erste geöffnet haben.«
Jennifer legte den Richtern die Bestätigung aus Österreich vor, drehte sich gewandt um und fuhr mit etwas mehr Sicherheit fort. »Zudem wurde von dem Kommando versucht,

den Kläger Thomas Ryan vorsätzlich zu töten. Nachdem man ihn niedergeschlagen hatte ...«

Richter Faster versuchte erneut, zu unterbrechen. »Wie wollen Sie ...«

»... wurde die Höhle in Brand gesteckt. Der Kläger wurde dort zurückgelassen und konnte sich nur mit viel Glück und mithilfe zufällig anwesender Zeugen retten.«

»Ich habe Sie gefragt, wie Sie das ohne den Kläger beweisen wollen.«

»Der Kläger befindet sich in einer Privatklinik und wird innerhalb der nächsten drei Tage in die USA gebracht. Er hat sich unmittelbar nach seiner Rettung bei den hier anwesenden Zeugen und Beteiligten der Expedition gemeldet, die mit einem Teil der Artefakte auf dem Weg nach Wien waren.«

»Kann der Kläger den oder die Täter identifizieren?«, fragte Richter Faster.

»Wir wissen nur, dass er bei einem der Täter ein eindeutiges Zeichen bemerkt hat, nämlich einen Ring der Piusbruderschaft. Die meisten Männer waren vermummt, einem konnte er jedoch die Mütze vom Kopf reißen, bevor er von ihm niedergeschlagen wurde.«

Salvoni sackte in sich zusammen. Das konnte sie sich nicht ausgedacht haben. Er war also wirklich zu langsam gewesen, als er Ryan niederschlug. Er sah in das schockierte Gesicht Lamberts, dem er dieses Detail aus gutem Grund verschwiegen hatte und der jetzt offensichtlich ebenfalls unsicher wurde.

»Wie kommen Sie zu der Aussage, dass der Vatikan der Auftraggeber sein könnte? Und wenn es so wäre, warum sollte er so drastisch vorgehen?«, hakte MacClary nach.

»Nun, das liegt in der Natur der Sache, verehrter Vorsit-

zender Richter. Wie Sie unlängst auch aus den Medien erfahren konnten, handelt es sich bei dem Fund nicht nur um die größte Sensation seit der Entdeckung der Qumranrollen, sondern um direkte Anklagen von Zeitzeugen, keltischen Druiden, die belegen, dass die Gründungsgeschichte der Kirche bis heute verfälscht und vertuscht wird.«
»Die Gründungsgeschichte der römisch-katholischen Kirche ist nicht Gegenstand des Verfahrens«, schaltete sich Richterin Windsor ein.
»Verehrte Richterin, ich versuche lediglich, eine Frage des Vorsitzenden zu beantworten. Die Aufzeichnungen der Pergamente decken sich zu fast hundert Prozent mit den Anklagen der renommiertesten Kirchenkritiker unserer Zeit. Es ist zudem international anerkannt, dass die Menschheit als Völkerrechtssubjekt Anspruch auf historische Wahrheit hat. Und der Vatikan oder zumindest Angehörige des Vatikans haben in diesem Fall versucht, die Aufdeckung der historischen Wahrheit mit Gewalt zu verhindern und …«
»Wodurch können Sie das belegen?«, fuhr Richter Faster dazwischen.
»Durch die Aussagen der hier anwesenden Zeugen und durch Belege, für die wir nur noch ein wenig Zeit brauchen. Zeit, die man in Boston offensichtlich nicht hatte.«
»Meines Wissens sind die Druiden doch nichts als ein Mythos«, entgegnete Richter Faster. »Ich bitte Sie!«
Jennifer spürte, wie ihre Unbeirrbarkeit wuchs. Sie hatte die Oberhand. Die meisten Richter waren offensichtlich beeindruckt, sonst wäre sie noch weitaus häufiger mit Zwischenfragen bombardiert worden. Als sie sich zur Seite drehte, sah sie in das blasse, kalte Gesicht von Lambert. Offensichtlich hatte er nicht mit ihrer Härte gerechnet.

»Lagen die erwähnten Gutachten sowie die anderen Fakten auch dem Bostoner Gericht vor?«, fragte Richter Johnson.
»Ja, Euer Ehren. Hinzu kommt, dass eines der Pergamente erwiesenermaßen von einem direkten Vorfahr des Klägers stammt. Dies ist belegt durch eine kriminaltechnische Untersuchung eines Stammbaums, der seit Jahrhunderten im Besitz der Familie Ryan ist.«
Johnson zog zweifelnd die Augenbrauen zusammen. »Das ist doch völlig unmöglich.«
»Nein, Euer Ehren, es ist wissenschaftlich gesichert, nicht zuletzt durch dieses unabhängige Gutachten.« Wieder reichte Jennifer den Richtern ein Dokument über den Tisch. »Thomas Ryan sowie acht weitere irische Familien sind Nachfahren jener Druiden, die diese Bibliothek angelegt haben, was …« Sie dachte an MacClarys Bitte, nicht alles preiszugeben. Sie würde heute nur so viel sagen, dass sie gerade die Hürde der ersten Anhörung nehmen konnten.
»… den Anspruch des Klägers auf diese Kulturgüter untermauert. Thomas Ryan, verehrter Richter, trägt diese Rolle nach eigener Aussage bei sich.«
»Das heißt, wir sind abhängig davon, dass der Kläger nach Washington kommt«, sagte MacClary.
Jennifer sah, dass sein Plan zu funktionieren begann. Der Vatikan würde sich so lange in Sicherheit wiegen, bis Ryan und MacClarys Joker in Washington zum Showdown eintreffen würden.
»Ja, Euer Ehren.«
»Danke, Ms. Wilson. Ich erteile das Wort dem Anwalt Roy Watson.«
»Hohes Gericht, verehrte Richter. Ich bin mit der Verteidigung des Vatikans beauftragt, doch ehrlich gesagt, weiß ich nicht, was ich verteidigen soll. Die Vorwürfe sind nicht nur

völlig haltlos, sondern ich halte sie angesichts dessen, was sie bereits für einen Schaden angerichtet haben, für geradezu verwerflich.«

»Überlassen Sie die Bewertung dem Gericht, Mr. Watson, und fahren Sie fort«, sagte Richter Brown.

»Hohes Gericht, ich bin dennoch verwundert, dass die folgende Tatsache hier niemandem bekannt ist: Der Kläger wird beziehungsweise wurde in Europa nicht nur als Terrorist gesucht, sondern er wurde vor zwei Tagen in Österreich tot aufgefunden.«

Richterin Windsor beugte sich vor. »Wie bitte?«

»Das sagen zumindest diese Medienberichte, verehrte Richter. Hinzu kommt, dass die Piusbrüder keine Funktion innerhalb des Vatikans ausüben, sondern eigenverantwortlich handeln. Das heißt, selbst wenn sich der Überfall durch Mitglieder der Piusbruderschaft bestätigen sollte, handelten hier Privatpersonen. Deshalb könnte dafür weder der Vatikan noch der Heilige Stuhl zur Verantwortung gezogen werden. Wir beantragen, das Verfahren einzustellen.«

Richter MacClary blickte zu Jennifer. »Ms. Wilson, haben Sie irgendeine Erklärung für die soeben gehörte Behauptung, der Kläger sei nicht mehr am Leben?«

»Verehrtes Gericht, diese Behauptung ist offensichtlich falsch. Ich habe erst heute Morgen mit Thomas Ryan telefoniert. Wir sind sicher, die Sache umgehend aufklären zu können, ebenso wie den Verdacht, Thomas Ryan sei ein Terrorist.«

Das war der Punkt, auf den sie gehofft hatte. Nun musste die Anhörung unterbrochen werden, und wertvolle Zeit bis zu Ryans Ankunft war gewonnen.

MacClary schaute die anderen Richter an, die etwas ratlos wirkten. Er redete mit ihnen so leise, dass niemand etwas

hören konnte. Dann wandte er sich wieder an die Zuhörer im Saal. »Die Anhörung ist geschlossen. Die nächste Anhörung findet übermorgen ab zwölf Uhr statt.«
Der Hammerschlag des Marshalls beendete das Schauspiel, alle schauten überrascht, da niemand mit diesem plötzlichen Ende gerechnet hatte.
Jennifer atmete einmal tief durch. Die erste Runde war überstanden, aber das Eis, auf dem sie wandelte, war dünn, sehr dünn.

»Wieso haben Sie mir das nicht gesagt?«, schnauzte Lambert Salvoni an.
»Was denn, wovon reden Sie?«
»Wessen Gesicht hat dieser Thomas Ryan gesehen, und wie kann jemand so unglaublich dumm sein und bei so einem Einsatz seine Identität durch einen Ring preisgeben?«
Salvoni sank in sich zusammen. Er war ein Mann, der immer Verantwortung übernommen hatte, aber diese Verkettung peinlicher Fehler konnte selbst er nicht mehr rechtfertigen. »Eminenz, ich werde bei der nächsten Anhörung die Verantwortung auf mich nehmen. Wir müssen dafür kämpfen, dass der Heilige Stuhl …«
»Ich weiß, Salvoni, ich habe nie gezweifelt, dass Sie das tun würden. Aber ich fürchte, es wird schwer, den Schaden einzudämmen. Man wird nicht lockerlassen, die Kirchenkritiker, Atheisten und Nihilisten werden uns …«
Sein Handy unterbrach ihn. »Ja?«
Lambert verdrehte die Augen, während Salvoni ihn gespannt ansah. »In Ordnung, lassen Sie das dem Botschafter der USA übergeben. Wir werden das hier zu Ende bringen. Ich bleibe bis zum Abschluss der Anhörung in Washington. Ja, ich werde es ihm ausrichten.«

Er legte auf und holte einmal tief Luft.
»Der Heilige Vater dankt Ihnen, dass Sie bereit sind, die volle Verantwortung für die Vorgänge zu übernehmen. Ich werde dafür sorgen, dass Sie vor ein italienisches Gericht gestellt werden. Wir werden uns darum kümmern, dass Sie so anständig wie möglich behandelt werden.«
»Danke, Cardinale. Ich hoffe, dass damit allen gedient ist.«
»Ihr Thomas Ryan ist zweifelsfrei am Leben. Der Richter hat sich am Ende wohl tatsächlich der gleichen Mittel bedient wie wir, Salvoni.«
»Ich hatte es geahnt, mich aber von dem Wunsch leiten lassen, dass mich Gott vor dieser Bürde schützt. Nun ist es wohl zu spät.«
Lambert nickte. In seinem Gesicht zeichnete sich Mitgefühl ab. »Der Heilige Stuhl wird noch heute bei den Vereinten Nationen Beschwerde gegen die Anhörung einlegen, da hier internationale Verträge verletzt wurden.«
Sie stiegen in ein Taxi. Das Radio war eingeschaltet.
»... wurde vertagt, nachdem die Anwältin glaubhaft machen konnte, dass der Fall in Boston schon aus formalen Gründen nicht vorschnell hätte eingestellt werden dürfen. Wie soeben bekannt wurde, kam es vor der Botschaft der Vereinigten Staaten in der Schweiz zu ersten gewaltsamen Auseinandersetzungen zwischen Demonstranten und der Polizei. Dabei wurde ein Botschaftsangehöriger von einem Steinwurf so schwer getroffen, dass er seinen Verletzungen erlag. Die Schweiz sowie acht weitere Staaten haben heute die Botschafter der Vereinigten Staaten einbestellt und ein Ende der Anhörung gefordert. Es verstoße gegen das Völkerrecht, wenn ein Staat versuche, gegen einen anderen Staat zu urteilen. Aus dem Weißen Haus hieß es dazu, dass man sich nicht in die Arbeit der Justiz einmische. Die An-

hörung diene nur der Klärung, ob der Vatikan an sich oder Einzeltäter an den Vorgängen in Österreich beteiligt waren. Sollten sich die Vorwürfe nicht bestätigen, würde das Verfahren sicher umgehend eingestellt, sagte der Sprecher des Weißen Hauses, Steve Thomson.«
»Schalten Sie das ab«, befahl Lambert dem Fahrer.

40

Hotel Monaco, Washington, D.C. – 29. März, 21 Uhr

Shane und Deborah waren nach dem Mittagessen zurück ins Hotel gefahren. Jennifer hatte sich etwas hingelegt, sie war fix und fertig. Doch von richtigem Schlaf konnte keine Rede sein.
Sie fühlte sich zu abhängig von MacClarys Taktik. Was, wenn seine ominöse Quelle gar nicht existierte? Hatte er diesen sogenannten Joker nur erfunden, um sie alle bei der Stange zu halten, in der Hoffnung, die Beweise würden auch so ausreichen, wenn Ryan endlich hier wäre? Sie stand wieder auf und ging in das geräumige Wohnzimmer des Hotelapartments.
»... habe so etwas noch nie erlebt«, sagte Shane gerade. »Als die Richter die Sitzung beendet hatten, sah ich in die Gesichter von MacClary, diesem Lambert und allen anderen. Alles lief plötzlich wie in Zeitlupe ab, und ich konnte jeden fühlen. Es war, als ob ich die Dinge von weit weg beobachtete, und was ich sah, war nur grausam ...«
»Was war grausam?«, fragte Jennifer.

»... die Rollen, Jennifer, die Rollen, die wir hier spielen. Ich meine, wenn ich irgendetwas in den letzten Tagen verstanden habe, dann, dass die Druiden und auch andere Naturvölker diesen Gegensatz von Gut und Böse zwar kannten, aber sie hatten einen anderen Sinn dafür. Ich weiß nicht, wie ich es erklären soll ... sie wussten, dass alles, was ich tue oder denke, die Realität erschafft, in der ich lebe.«
»Ja, das weiß ich auch. Aber was hat das jetzt mit der Anhörung zu tun?«, fragte Jennifer missgelaunt.
»Ich konnte an einem Punkt keinen Unterschied mehr erkennen zwischen den Intrigen dieses eiskalten Kardinals und Ronalds Verhalten. Sie sind Kinder ihrer Zeit. Sie haben keine andere Lösung, als gegeneinander anzutreten. Und was passiert auf der Straße? Genau das Gleiche. Unversöhnliche Extreme treffen aufeinander und spielen Cowboy und Indianer. Verdammt noch mal, wann werden wir endlich erwachsen? Wann erkennen wir, dass all diese Trennungen nur in unseren verblendeten Köpfen existieren? Hier, die aktuellen Meldungen, schau sie dir an.«
»Aber Adam ...«
»Verdammt, schau sie dir an!«
Jennifer sah sich die Online-Meldungen aus Europa an. Bei Unruhen auf dem Petersplatz waren mehrere Menschen schwer verletzt worden.
»Ich habe euch im Garten der Präsidentin erklärt, was ich in den Pergamenten gefunden habe und was die Druiden unter einem Bewusstseinswandel verstanden haben. Und dir und MacClary fällt nichts Besseres ein als ...«
»Hör auf, Adam! Du wusstest von Anfang an, was Thomas und Ronald planten. Ich gebe ja zu, es ist nicht alles so gelaufen, wie wir es uns vorgestellt haben, aber was denkst du, sollen wir jetzt tun? Alles hinschmeißen?«

»Jedenfalls werde ich diesen Weg nicht mehr mitgehen. Selbst die Präsidentin hat das verstanden.«
»Aber Adam, es bleibt uns doch gar nichts anderes übrig, als dem Vatikan diesen Verrat an seinen eigentlichen Werten vor Augen zu führen! Ja, verdammt, ich messe Menschen an ihren Taten, woran denn sonst? Geschichte ist für mich eine Geschichte des Humanismus. Schritt für Schritt nähern wir uns einer besseren Welt …«
»Wer sagt, dass euer Rechtssystem das richtige ist? Ich erinnere mich, dass einer eurer Präsidenten fast die Welt damit in Brand gesetzt hat. Mit einem einzigen Satz.«
»Adam, ich brauche doch kein Strafgesetz …«
»Er hat von einem Kreuzzug gegen das Böse gesprochen. Und was machen wir gerade?«
»Das ist doch …«
Deborah ging dazwischen: »Also ehrlich, Adam, siehst du denn die Unterschiede nicht mehr? Auf der einen Seite der Weg der Kirchenlehrer, durch die schriftliche Tradition der Erstarrung, dem Dogma und der stillen Manipulation Tür und Tor zu öffnen. Und das taten sie so gründlich, dass dem Vatikan heute der Arsch auf Grundeis geht, auch nur einen Funken davon zuzugeben. Auf der anderen Seite die Druiden, die mit ihrer mündlichen Überlieferung genau diese Manipulation zu verhindern suchten. Wir tun doch nichts anderes, als die Verhältnisse wieder geradezurücken!«
»Ja, aber genau wegen dieser Erstarrung hat der Vatikan doch sein Ende längst hinter sich, ohne es bemerkt zu haben! Mein Gott, Jennifer, die Fakten unseres Fundes reichen, da kommen sie so oder so nicht mehr raus. Wir brauchen diesen ganzen Showdown nicht!«
»Gut, mag sein. Aber hör auf, mir vorzuwerfen, ich hätte Rachegelüste. Ich habe nur eines: Mitgefühl mit den Op-

fern dieser Kirche. Ich will, dass diese Führung verschwindet, dann könnte sich der bald zweitausendjährige Fluch vielleicht doch noch in einen Segen verwandeln.«
»Ja, mag sein, ja, da gebe ich dir sogar recht, aber es wäre für uns alle heilsamer, wenn der Vatikan, der Papst diesen Schritt selbst ginge, ohne dass wir ihn dazu mit einem Gerichtsurteil zwingen müssen. Und was ist mit Ronald? Willst du mir erzählen, er hätte keine Rachegefühle? Wer hat seinen Vater umgebracht und warum, kennst du die wahren Motive? War der Täter nicht auch nur ein Opfer seines eigenen Irrglaubens? Diese Welt wird keinen Wandel erfahren, wenn wir nicht lernen zu vergeben! Täter, Opfer … wie willst du das denn noch auseinanderhalten?«
»Adam, es reicht mir jetzt wirklich. Wenn das alles stimmt, was du da sagst, dann ist es besser, du fliegst zurück nach Österreich. Dann gibt es hier nämlich nichts mehr für dich zu tun«, sagte Jennifer verärgert. Dann drehte sie sich um und ging zurück in ihr Zimmer.
»Puh.« Deborah verschränkte die Hände hinter dem Kopf und sah Shane kritisch an. »Hohe Ansprüche, mein Lieber. Jede Revolution hat ihre Opfer.«
»Aber ich will keine Revolution! Es geht nicht einmal darum, was ich als Individuum will. Es geht um Wandel. Wir haben keine Zeit mehr für dieses kleinliche Aufrechnen.«
»Vielleicht braucht es dennoch einen klaren Schnitt, Adam«, sagte Deborah, die den Streit beenden wollte. »Weißt du, die Lehre der Druiden spricht auch von Wahrhaftigkeit. Und genau darum geht es vor diesem Gericht. Um die geschickte Darstellung und die Wahrhaftigkeit.« Ein Schluchzen drang aus Jennifers Zimmer. »Und es ist auch keine Lösung, wenn es einem von uns ausgerechnet jetzt schlecht geht.« Sie sah ihn auffordernd an. Dann vertiefte sie sich

wieder in ihren Laptop und würdigte ihn keines weiteren Blickes mehr.

Shane stand auf und ging hinüber. Er klopfte vorsichtig an Jennifers Tür.

»Komm schon rein«, sagte Jennifer mit einem letzten Schluchzen und putzte sich die Nase.

»Es tut mir leid, ich bin offensichtlich …«

»Ist schon gut, Adam. Ich habe überreagiert. Seltsamerweise hatte ich kurz zuvor selbst darüber nachgedacht, was wir da machen und wohin es führt. Ich …«

»Ich will doch nur wissen, welche Rolle meine Identität hier spielt«, lächelte Shane verlegen. »Noch mal, es tut mir leid.«

»Falls du die Antwort auf die Frage nach deiner Identität suchst, kann ich dir sagen, wo du sie findest, du weiser Druide.«

»Hmm?«

»In dir«, sagte Jennifer sanft.

Deborah klopfte an und steckte den Kopf zur Tür herein. »Die Präsidentin hat wegen des Supreme Court für elf Uhr morgen Vormittag eine Rede angekündigt.«

Weisses Haus, Washington, D.C. – 22 Uhr

Den ganzen Tag über hatte sich die Präsidentin nicht mit einem einzigen öffentlichen Wort zu den weltweiten Protesten wegen der Anhörung geäußert. Am Nachmittag hatte sie erfahren, dass das irische Parlament beschlossen hatte, eine Sondersitzung der Vereinten Nationen zu beantragen. Angesichts der Vielzahl von international relevanten Verbrechen durch den Vatikan und Mitglieder der katholischen

Kirche hatten sich binnen Stunden sechsundachtzig Staaten für die außerordentliche Vollversammlung ausgesprochen. Auch der Sicherheitsrat würde wegen der weltweiten Zusammenstöße von Gegnern und Befürwortern des drohenden Prozesses zusammenkommen, nachdem radikale Christen vor mehreren Botschaften der USA Brandsätze geworfen hatten und weltweit zahlreiche Tote bei den Unruhen zu beklagen waren.

Die Präsidentin blickte aus ihrem Schlafzimmer im Seitentrakt des Weißen Hauses hinaus auf die Straße. Letzte Demonstranten harrten vor dem Gitter aus und hatten Kerzen angezündet. Sie wusste, dass ihr politisches Schicksal von dieser einen Rede abhängen würde, die sie morgen hielt. Sie atmete tief durch und griff zum Telefonhörer.

»Bill, bitte bringen Sie mir den Entwurf für das Projekt ›Butterfly‹. Ich möchte noch mal daran arbeiten.«

»Aber Ms. President ...«

»Bill, bitte, jetzt keine Diskussion.«

Einige Minuten später klopfte es.

»Kommen Sie rein, Bill.«

»Madam, ich muss Sie darauf hinweisen, dass weder das Kabinett noch der Senat eine öffentliche Debatte zu diesem Projekt wünscht.«

»Danke, Bill, das ist alles ...«

»Sehr wohl ... Gute Nacht, Ms. President.«

Das Projekt Butterfly war eines der vielen Schubladenkonzepte, die nach der letzten Finanzkrise von Wissenschaftlern ausgearbeitet worden waren. Es war radikal, zu radikal. Wann wird die Menschheit reif dafür sein?, dachte sie. Mit einem Seufzer legte sie es auf den Tisch und ging zu ihrem Bett. Sie ließ sich auf der Tagesdecke nieder, zog ein Kissen hervor und wollte ein paar Minuten in sich gehen.

Doch sie glitt in einen Zustand zwischen Schlafen und Wachen. Sie sah sich selbst, wie sie am nächsten Tag vor dem Blitzlichtgewitter im Pressebüro des Weißen Hauses stehen würde und in die verdutzten Gesichter sah. Plötzlich kam ihre fünfjährige Tochter herein und hielt eines der Pergamente aus der Bibliothek der Druiden in der Hand. In der anderen hielt sie die Unabhängigkeitserklärung der Vereinigten Staaten. Sie gab ihr beide Texte in die Hand und fragte, ob es stimmte, dass die Erde ein lebendes Wesen wäre und dass sie krank war und bald sterben würde.
Dann kam dieser Adam Shane und brachte ihr einen Packen Papier, auf dem ein wunderschöner, sehr großer Schmetterling saß. Sie konnte ihren Blick nicht von ihm lösen. Auch als er sich erhob und durch den Raum flatterte. Höher und höher.
Allmählich erwachte die Präsidentin wieder. Erstaunt stellte sie fest, dass es bereits fünf Uhr morgens war.
»So viel zu Zeit und Raum«, murmelte sie und ließ sich noch einmal in die Kissen sinken.
Sie erinnerte sich, dass ihre Tochter diese Frage tatsächlich vor ein paar Wochen gestellt hatte. Und was die Pergamente der Druiden anging, waren die Gedanken über Freiheit und Selbstbestimmung des Menschen dort doch um einiges weiter gefasst als in der heroischen Verfassung der Vereinigten Staaten. Vor allem dort, wo es um die Verantwortung des Einzelnen für das Ganze ging. Und das alles nur, weil man irgendwann damit angefangen hatte, die Kulturen zu verdrängen, die im Einklang mit der Natur lebten und leben konnten.
Adam Shanes Worte kamen ihr wieder in den Sinn: Was bedeutet es schon, ein spirituelles Bewusstsein für die ursprüngliche Kultur der Kelten zu entwickeln, wenn man

gleichzeitig tatenlos zusah, wie die letzten Stämme der Welt untergingen.

»Das ist die wirklich unbequeme Wahrheit«, sagte die Präsidentin entschlossen zu sich selbst. »Und dabei dachte ich immer, dass du früher in Rente gehst als ich, Ronald MacClary.«

41

Das Christentum ist das abwegigste System,
das je auf Menschen herabschien.
Thomas Jefferson

WASHINGTON, D.C. –
30. MÄRZ, 11 UHR

Jennifer stellte den Ton lauter, als Deborah und Shane vor dem Fernseher Platz nahmen. Die Rede der Präsidentin begann.

»*Guten Morgen, meine Damen und Herren. Ich möchte die aktuellen Ereignisse in Washington dafür nutzen, gleich mehrere Glaubensfragen zu erörtern. Meine Tochter hat mich vor ein paar Tagen gefragt, ob unsere Erde so krank ist, dass sie bald sterben muss. Lisa ist, wie Sie vielleicht wissen, fünf Jahre alt.*
Meine Damen und Herren, was soll ich ihr antworten? Soll ich sie anlügen?
Tatsächlich sind wir an einem historischen Wendepunkt angekommen. Angesichts der globalen ökonomischen, ökologischen und politischen Krisen müssen wir unser Leben neu

organiseren. Ein Leben, das friedvoll ist und imstande, unseren Kindern eine zukunftsfähige Welt zu hinterlassen. Die Wahl bleibt uns noch offen, aber sie ist abhängig von unseren Werten, Überzeugungen, Visionen und von einer gemeinsamen planetaren Ethik.
Sie werden vielleicht überrascht sein, wenn ich behaupte, dass es diese gemeinsame Ethik schon einmal gegeben hat. Sie war den Ureinwohnern dieses Landes genauso bewusst wie allen anderen Naturvölkern. Nimm nicht mehr, als du brauchst, so lautet die einfache Leitlinie dieser Kulturen. Es war die Achtung vor dem eigentlichen Wunder der Schöpfung, unserer Erde, die den Naturvölkern selbstverständlich war. Das ist auch die Botschaft der geborgenen Funde der Kelten und Druiden, der Ureinwohner Europas, über die derzeit vor dem Supreme Court gestritten wird. Die daraus entstandene Unruhe in Rom zeugt von Ängsten, die ich hier unberührt lasse. Nur eines halte ich für gewiss: Von der Bewertung dieser Funde wie auch von der Bewertung der Kirchengeschichte wird unser gegenwärtiges Bewusstsein weitgehend bestimmt. Gerade hier, gerade jetzt entscheidet sich, ob uns die Einheit der Menschheit konkret bewusst wird oder ob sie weiter zerfällt.
Meine Damen und Herren, keiner von uns kann in dieser Welt noch etwas tun, ohne dass es Auswirkungen auf alle anderen hat. Viele Dinge, von denen wir angenommen haben, sie seien umkehrbar, sind es in Wirklichkeit nicht mehr. Die Hierarchien unserer Gesellschaftsordnungen haben die Menschen oftmals entmündigt. Wir brauchen aber selbstverantwortliche und selbstbestimmte Menschen. Unsere hochgelobte Effizienz, das materielle Wachstum, ist ein Irrtum. Technologie ist nicht mehr die Antwort auf unsere Probleme und Neues nicht immer besser als Altbewährtes.

Wir können nicht mehr so weiterleben, als würde die Zukunft uns nichts angehen.
Zur aktuellen Anhörung gegen den Vatikan werde ich aus Respekt vor unserer Justiz keine Stellung nehmen. Nur so viel: Wir alle haben den Anspruch auf die historische Wahrheit, und wir sind sogar verpflichtet, diese zur Kenntnis zu nehmen. Wir haben eine Kultur auf Überzeugungen aufgebaut, deren Auswirkungen wir nun zu spüren bekommen und die unsere Vernichtung bedeuten können. Wenn wir nicht bereit sind, etwas zu erschaffen, das kompromisslos die Balance zwischen Natur, Technik und Glauben herstellt, ist es keine Frage des Glaubens mehr, wie lange wir noch überleben.
Es ist wohl kein Zufall, dass ausgerechnet die Zeugnisse jener Kultur uns jetzt erreichen.
Manchmal ist es einfacher, dorthin zurückzukehren, wo die falsche Richtung eingeschlagen wurde, als einen neuen Weg zum Ziel zu suchen. Die Gesetze, die uns die Natur vorgegeben hat, erfordern von jedem, Verantwortung zu übernehmen in seinem alltäglichen Handeln. Dazu braucht es ein neues Bewusstsein. Die alten Völker können uns dabei eine wertvolle Hilfe sein. Lernen wir von dem, was übrig ist, und bitten wir um Verzeihung für die Folgen unserer Überheblichkeit und Ignoranz. Das gilt für jeden Menschen, unabhängig von seinem Glauben und seiner Nation. Ich möchte Ihnen nun das Projekt ›Butterfly‹ vorstellen, das einer Vision der weltweit besten Wissenschaftler folgt. Die Maßnahmen, die ich Ihnen jetzt erläutere, werden in den kommenden Jahren eine große Herausforderung für die Vereinigten Staaten sein. Wir können sie aber nur im globalen Kontext umsetzen. Daran werde ich in der mir verbleibenden Amtsperiode arbeiten. Es ist Zeit, dass wir wieder

das Vertrauen zu uns selbst finden und unser Potenzial nutzen. Dann kann ich meiner Tochter auch versprechen, dass wir alle gemeinsam die Erde heilen werden.
Nun zu den einzelnen Maßnahmen ...«
Jennifer drehte sich zu Shane und lächelte. »Na, zufrieden du großer Druide?«
»Ich bin überwältigt. Butterfly, was für ein schöner Name und was für ein hoher Anspruch.« Jennifers Handy zerriss die andächtige Stimmung.
»Jennifer, hier ist Thomas.«
»Thomas, es ist verdammt schön, dich zu hören ...«
Deborah stand auf, nahm Jennifer das Handy aus der Hand und stellte den Lautsprecher an.
»... mir sagen, wieso ich für tot erklärt wurde?«
»Okay, du bist wieder auferstanden. Kannst du jetzt bitte irgendwie deinen sagenhaften Arsch hierherbewegen?«, brüllte Deborah ins Telefon. »Ich meine, kapierst du eigentlich, was hier passiert?«
Ryan lachte am anderen Ende. »Ist schon gut, kleine Hexe. Ich bin bald in Washington, und ich kann es ja selbst kaum abwarten, also beruhige dich, bitte gib mir Jennifer wieder.«
»Lazarus will heute nur mit dir sprechen.« Deborah trat mit gespielter Entrüstung zur Seite, aber die Erleichterung war ihr deutlich anzusehen.
»Thomas ...«
»Mach schnell, ich kann nicht lange telefonieren.«
»Okay, pass auf, du wirst vom Flughafen aus von Sicherheitsbeamten der Präsidentin in ein Hotel gebracht. Wann genau kommst du?«
»Nicht vor übermorgen. Landezeit ist gegen achtzehn Uhr.«
»Geht es nicht früher? Die nächste Anhörung ist morgen, und ich brauche dich hier.«

»Das ist nicht möglich.«
»Gut, ich werde sehen, ob wir das noch einmal drehen können. Alles Gute, und pass auf dich auf, Thomas.« Sie drückte die Austaste und sah in die Runde.
»Was ist jetzt?«, fragte Shane.
»Nichts. Wir werden das Gericht hinhalten müssen. Aber mir fällt schon was ein.«
Hoffentlich würde Ronald sein Versprechen halten.

VATIKAN – 30. MÄRZ, 17 UHR

Die Erklärung des UN-Sicherheitsrates, dass der Vatikan schon in der Vergangenheit seinen Status missbraucht habe, hatte in Rom einen Wirbelsturm ausgelöst. Schärfere Sicherheitsmaßnahmen gegen die wachsende Gewalt der Proteste wurden hitzig diskutiert. Der Papst konnte die Ansicht zahlreicher Diplomaten nicht länger hinnehmen, dass der Vatikan seinen Status missbrauchte, um sich vor Strafverfolgung zu schützen.
Er rief einen Schweizergardisten.
»Jawohl, Heiliger Vater.«
»Schicken Sie Kardinal Catamo zu mir.«
»Sofort, Heiliger Vater.«
Eduard Catamo war der Leiter der Presseabteilung. Er war unter anderem dafür verantwortlich, dass man sich seit einiger Zeit in den Buchhandlungen ziemliche Mühe geben musste, neben den vielen Würdigungen des Papstes auch noch die eine oder andere Kritik zu finden. Jedoch jetzt war sein Schreibtisch voll davon. Nachdem der Entwurf der europäischen Verfassung ohne Gottesbezug formuliert worden war, hatte er die Offensive verstärkt, mit der Euro-

pa wieder in einen christlichen Kontinent verwandelt werden sollte.

Doch dann waren alle Bemühungen auf einen Streich zunichtegemacht worden. Die Verstrickungen der Vatikanbank in Mafiageschäfte und die immer wieder aufflammende Diskussion um die Missbrauchsfälle entwaffneten schlagartig den neuen Kreuzzug des Papstes gegen die Moderne.

»Heiliger Vater?«

»Kommen Sie herein, Eduard. Ich muss Sie dringend etwas fragen: Was wissen Sie über die Verstrickung von Kardinal Lambert in diese unerträgliche Geschichte?«

»Ich kann mir nicht vorstellen, dass Padre Salvoni wirklich auf eigene Faust gehandelt hat, Heiliger Vater.«

»Hören Sie, ich weiß, dass der Kardinal alles tut, um mir auf den Stuhl Petri zu folgen. Und ich weiß auch, dass Sie unter seinem Einfluss stehen. Aber noch bin ich diese Kirche. Sollte der Kardinal mehr Verantwortung dafür tragen, als ich bisher weiß, will ich das jetzt von Ihnen erfahren. Sie sehen doch, welchen Schaden er schon angerichtet hat.«

»Aber Heiliger Vater, wenn ich mir ansehe, was vonseiten der Historiker, die die ersten Pergamente analysiert haben, nun auf uns zukommt, dann …«

»Dann was? Sehen Sie dort die Bücher? Alles, aber auch alles ist der Welt bekannt, wenn man es wissen will. Diese Kirche hat Kaiser und Könige gesehen, Diktatoren und Revolutionäre. Sie kommen und gehen. Wir haben das Mittelalter, die Reformation und die Revolutionen der Moderne überlebt, und wir werden auch die Schriften von ein paar Druiden oder heidnischen Philosophen überleben, die völlig falsch ausgelegt werden.«

»Aber Heiliger Vater! Ich denke, wir müssen jetzt nach

vorne blicken und uns zur Wehr setzen. Seit einer Stunde tagt man in New York und ...«
»Catamo! Die antiken Religionen sind nicht von uns zerstört worden. Sie haben sich selbst zerstört, weil ihren vielen Göttern die Kraft fehlte. Weil ihnen die Frömmigkeit und jede einheitliche Morallehre fehlte. Und wenn wir nicht aufpassen, erfährt unsere Kirche bald das gleiche Schicksal. Wir müssen der Welt jetzt zeigen, welche Anziehungskraft unser Glaube hat.«
Catamo neigte seinen Kopf. »Heiliger Vater, ich werde dafür Sorge tragen, dass Italiens Katholiken das sonntägliche Angelusgebet des Papstes für ein Bekenntnis zum Vatikan nutzen. Zeigen wir der Welt die Kraft des klaren Glaubens!«
»Wie viele Wellen des Widerstreits, wie viele ideologische Strömungen, wie viele Denkweisen haben das kleine Boot der Kirche schon ins Schwanken gebracht, aber so bedroht wie heute waren wir noch nie, Eduard.«
»Aber die Schriften belegen ...«
»Einen Völkermord, sagen Sie es ruhig. Und ja, wahrscheinlich tun sie das und noch mehr, aber das ist Geschichte, Eduard! Eine Geschichte, die zeigt, dass die Welt und auch die handelnden Bischöfe und Kaiser eine Übergangszeit gebraucht haben, um wahre Christen zu werden. Hört diese unsinnige Diskussion denn nie auf? Ich bitte Sie jetzt in Gottes Namen um einen Gefallen. Wir müssen diese Kirche unter allen Umständen schützen. Hier, nehmen Sie das, und befolgen Sie die Anweisungen ganz genau.« Der Papst reichte Catamo einige Papiere. »Es ist wichtig, dass dies rechtzeitig in Washington ankommt.«
Catamo warf einen Blick auf die Papiere. Ihm stockte der Atem. »Aber Heiliger Vater, sind Sie ...«
»Eduard, ich muss mich auf Sie verlassen können.«

»Ja, Heiliger Vater. Ist in Ordnung, ich kümmere mich darum, Sie können sich auf mich verlassen.«

»Ich danke Ihnen. Und noch etwas: Ich möchte, dass Sie diese Anwältin kontaktieren. Ich denke, es macht Sinn, wenn ich mich mit einem der Menschen unterhalte, die hinter dieser Klage stehen. Wir müssen ihnen klarmachen, dass die Antike nicht die Gegenwart dieser Kirche ist.«

Ohne ein weiteres Wort verließ Catamo den Raum. Der Papst sah ihm nachdenklich hinterher. Ja, die Wahrheit war weitestgehend ausgeschlossen worden. Solange er sich erinnern konnte, hatte er immer geglaubt, dass Menschen ohne Führung sich selbst als göttlich betrachten könnten, und dann die Welt moralisch aus den Fugen geraten würde. Zum ersten Mal war er sich dessen nicht mehr so sicher.

RONALD REAGAN AIRPORT,
WASHINGTON, D.C. – 18 UHR

MacClary spürte die wachsende Unruhe. In den Nachrichten hatte er direkt nach der Rede der Präsidentin die Bilder aus Rom gesehen. Rund zweihunderttausend Menschen waren am Vormittag auf den Petersplatz geströmt, in den ersten Reihen führende Vertreter aller politischen Parteien, darunter auch der Anführer einer kleinen Partei, der bekanntermaßen Verbindungen zur Mafia hatte. Für den kommenden Sonntag rechnete man mit über einer Million Demonstranten, die dem Papst ihre Ergebenheit erweisen wollten.

Wenn alles gut ging, wäre die Anhörung bis dahin längst vorbei. Dafür sollte nicht zuletzt dieser Mann sorgen, den MacClary so sehnsüchtig erwartete.

Die Limousine fuhr, gefolgt von einem halben Dutzend Fahrzeugen des Weißen Hauses, auf einen entlegenen Hangar zu, der sonst nur Diplomaten und Regierungspersonal vorbehalten war. Noch war die Maschine nicht gelandet, als sein Handy klingelte.
»MacClary.«
»Ronald, hier ist Adam. Ich weiß, dass wir ...«
»Ist schon gut, worum geht es?«
»Der Papst will mit uns sprechen.«
»Der Papst will was?«
»Der Papst will mit uns sprechen. Persönlich. Jennifer hat einen Anruf aus der Nuntiatur in Washington bekommen. Der Papst bittet darum, mit einem, der bei der Bergung der Pergamente dabei war, zu sprechen, und zwar inoffiziell. Ronald, ich habe das Gefühl, dass der Papst nicht weiß, was in Österreich passiert ist.«
»Mag sein, Adam, aber komm jetzt nicht auf die Idee, dass er deshalb keine Verantwortung trägt ...«
»Nein, das ganz sicher nicht, aber ich werde diese Einladung annehmen. Ich will wissen, was dahintersteckt. Und eines ist gewiss, wenn er einlenkt und sich von der Aktion distanziert, sollten wir ...«
»Adam, das ist doch lächerlich! Gerade dieser Papst hat mehr konservative Rückschritte gemacht als seine Vorgänger, und mit welcher Heilsgeschichte er dir auch kommen wird, alles, was zuletzt auch aus seiner Feder stammt, ist ein Angriff auf die freie und offene Gesellschaft.«
»Ich habe seine Schriften gelesen. Ich weiß, wem ich gegenüberstehe. Aber irgendetwas stimmt da nicht. Und du vergisst die Gerüchte um diesen Papst. Was ist, wenn an den Mordplänen gegen ihn etwas dran war? Vielleicht ist der äußere Schein äußerst trügerisch.«

»In Ordnung. Du musst das selbst entscheiden, aber vergiss nicht, du trittst quasi als Vertreter der Anklage auf, und der Vatikan beherrscht das Spiel der Intrigen seit Jahrhunderten. Adam, ich habe jetzt nicht die Zeit für lange Debatten. Pass auf dich auf und halt mich auf dem Laufenden. Wir sehen uns übermorgen im Gericht.«
»Danke, und bis bald.«
MacClary wusste, dass Shane eine kleine Chance hatte. In der Tat hatten einige Maulwürfe im Vatikan vor Monaten von einem offenen Machtkampf zwischen dem Papst und verschiedenen Kardinälen gesprochen. Auch wenn der Vatikan dies immer wieder dementierte, könnte der jetzige Druck in der Kirche eine Revolution einläuten oder ein weiteres Verbrechen provozieren.

Inzwischen war der Jet gelandet. Nachdem die Maschine vor dem Hangar ausgerollt war, ging die Tür auf. Ein dunkel gekleideter Mann ging langsam die Treppe hinunter und stieg in eine der Limousinen. Das wäre geschafft, dachte MacClary. Doch gleichzeitig lief ihm ein kalter Schauer über den Rücken. Welches Geheimnis umgab diesen Mann? Würde er, Ronald MacClary, ertragen können, was er in den nächsten Tagen von diesem Mann erfahren würde?

42

Es ist meine feste Überzeugung, dass das heutige Europa nicht den Geist Gottes und des Christentums verwirklicht, sondern den Geist Satans. Und Satan hat den größten Erfolg, wo er mit dem Namen Gottes auf den Lippen erscheint... Ich meine, dass das europäische Christentum eine Verleumdung des Christentums Jesu bedeutet.
Mahatma Gandhi, 8.9.1920

ROM – 31. MÄRZ

An einem Tag nach Rom hin und zurück zu fliegen war kein Vergnügen für Shane, aber es ging nicht anders. Er wollte so schnell wie möglich wieder in Washington sein, um nicht die nächste Anhörung zu verpassen. Einige irische Familien waren mittlerweile in der Hauptstadt angekommen. Sie sollten helfen, Ryans Forderungen Nachdruck zu verleihen, solange dieser noch nicht eingetroffen war. Als man ihnen die Pergamente und ihre Übersetzungen zeigte, flossen sogar Tränen angesichts des Verlustes und der Verbrechen, die sich vor so langer Zeit zugetragen hatten.
Deborah Walker hatte darauf bestanden, Shane nach Rom zu begleiten. Sie wollte einmal dem Mann gegenüberstehen, der immer noch lehrte, sie sei ein Mensch zweiter Klasse.
Nach ihrer Ankunft wurden sie von Diplomaten des Vatikans am Flughafen empfangen. Sie fuhren eine gute halbe Stunde durch den wahnsinnigen römischen Straßenverkehr. Nachdem sie durch die Menschenmenge geschleust worden waren, die sich seit Tagen immer wieder auf dem Petersplatz versammelte, standen sie vor dem Machtzentrum des Unfehlbaren.

Vor den Gemächern des Papstes angekommen, ging einer der Diplomaten auf Deborah zu.
»Es tut mir leid, aber der Heilige Vater möchte nur mit einer Person sprechen.«
»Warum überrascht mich das jetzt nicht? Schon gut, geh nur, Adam.«
Der Mann wandte sich an Shane. »Sie sind mit den Gepflogenheiten vertraut? Wie Sie den Heiligen Vater anzusprechen und zu begrüßen haben?«
»Ich werde die üblichen Regeln der Höflichkeit nicht außer Acht lassen«, antwortete Shane reserviert. »Ansonsten zolle ich jedem Menschen den gleichen Respekt. Wenn Sie etwas voraussetzen, was darüber hinausgeht, muss ich Sie enttäuschen.«
Der Mann hob kurz die Schultern, dann öffnete er die Tür. Was Shane sah, war ein gewöhnlicher Mensch, ein alter Mann mit friedvollem Blick in weißen Gewändern.
»Lassen Sie uns allein«, wies der Papst den Diplomaten an. Die Tür schloss sich, und sie standen sich zu zweit gegenüber.
Der Papst zeigte ihm die neuesten Nachrichten, die von immer mehr Gewalt bei den weltweiten Demonstrationen berichteten.
»Sie spielen ein gefährliches Spiel, Mr. Shane.«
»Das ist wohl der Preis für Veränderung.«
»Glauben Sie an Gott, mein Sohn?«
»Ich bin nur der Sohn meines Vaters. Nein, ich glaube nicht an Ihren konstruierten Gott, der nur Schuld und Sühne kennt, da er angeblich seinen Sohn für die Menschen geopfert hat. Aber ich bin hoffentlich nicht hier, um mit Ihnen über Ihren Gott zu diskutieren.«
Der Papst setzte sich und sah ihn nachdenklich an. »Gut,

dann sagen Sie mir bitte, was wirklich in Österreich passiert ist.«
Shane begann, seine Geschichte zu erzählen. Doch es dauerte nicht lange, bis ein heftiger Disput entstand, weil der Papst ihn immer wieder unterbrach, um die Handlungen der Kirche zu rechtfertigen.
Shane hatte versucht sich zu zügeln, doch jetzt platzte der angestaute Ärger aus ihm heraus.
»Sagen Sie mir einen Punkt, an dem die Kirche unter Führung der Päpste sich wahrhaft christlich verhalten hat. Zur Zeit der Merowinger? Der fränkischen Raubzüge? Bei den Kreuzzügen? Bei den Verbrennungen der Ketzer und Hexen? Bei Katharern, Waldensern und Hussiten? Bei der Ausrottung der Völker in Süd- und Nordamerika, der Judenverfolgung, im Dreißigjährigen Krieg, im Ersten und Zweiten Weltkrieg, im Vietnamkrieg? Von den heutigen Gemetzeln ganz zu schweigen. Einmal müsst ihr doch dem sanftmütigen Vorbild dieses Jesus gefolgt sein, der die Menschen ins Herz und in die Liebe führen wollte und …«
»Sie vergessen, mit wem Sie reden!«
»Ich habe nicht die Zeit, mit Ihnen theologische Debatten zu führen, aber eines kann ich Ihnen sagen: Ihr habt uns Heiden nicht erst mit der Inquisition gejagt. Je mehr Freiheit und Macht euch Konstantin und seine Nachfolger zugebilligt hatten, desto rücksichtsloser ging die Ausrottung der Ureinwohner Europas vor sich.«
»Das ist Ihre Interpretation der Geschichte.«
»Es ist die Wahrheit dieser Zeit. Und das alles hatte nichts mehr mit den Geboten eures Lehrers Jesus zu tun, dafür umso mehr mit weltlichen Machtgelüsten. Vor allem aber war es kein vereinzelter Sündenfall!«

»Wir haben die Menschen aus dem Sumpf der Barbarei befreit und ihnen Orientierung gegeben.«

»Zeigen Sie mir einen Punkt, an dem die Führung der Kirche, ihre Päpste, Bischöfe und Kardinäle, die christlichen Werte wirklich verkörpert hat. Mit dem Leugnen der historischen Wahrheit bringen Sie Ihre Kirche doch selbst an den Rand …«

»Wenn Sie die Kirche nur an ihren Kritikern messen, dann werden Sie genau das auslösen, was Sie nicht wollen. Die Schwächen des Menschen sagen nichts über die Kraft Gottes und seine Botschaft aus. Aber Leute wie Sie führen die Welt zurück in barbarische Finsternis. Erklären Sie mir, wie das dem unbeständigen Weltgefüge helfen würde.«

»Erklären Sie mir lieber, warum das vor wenigen Tagen in Österreich einen Mord wert gewesen ist!«

Der Papst zuckte zusammen. Mit der Reaktion hatte Shane nicht gerechnet. »Wenn es tatsächlich jemand von uns gewesen ist, dann gibt es keine Rechtfertigung dafür.«

»Wirklich? War es nicht die Furcht, Beweise dafür zu finden, dass Ihre Kirche um des Machtgewinns und des Machterhalts willen bereit war, einen Massenmord an den Heiden zu begehen. Einen echten, kaltblütig geplanten und durchgeführten Völkermord.«

»Schweigen Sie! Das ist Blasphemie!«

»Es ist die Wahrheit, und Sie sollten endlich anfangen, sich der Tragweite bewusst zu werden. Die Folgen der Vernichtung …«

»Halt!« Der Papst griff sich an die Brust und setzte sich wieder. »Sind Sie sich eigentlich klar darüber, welche Verantwortung ich für eineinhalb Milliarden Christen habe? Glauben Sie mir, junger Mann, der Untergang dieser Kirche wäre ein Erdrutsch für die Welt, dann könnten Sie zuschauen, wie der Verfall der Werte und Sitten endgültig in die Dunkelheit und Verwirrung führt.«

»Nein, Ihr Versuch, sich gegen die Moderne zu stemmen, führt doch geradewegs dorthin! Die Einschränkung von Demokratie, die Unterdrückung der Frauen und der sexuellen Selbstbestimmung der Menschen … das alte Bestreben, die offene und freie Gesellschaft mit einem Glaubensmonopol in Haft zu nehmen. Das widerspricht für mich in jeder Hinsicht der Gabe des Menschen, sich kraft seiner Vernunft zu entwickeln. Moral und Ethik sind nicht Errungenschaften der Kirche, nicht einmal der Bibel.«

»Sie glauben tatsächlich, dass die Heiden eine andere, bessere Welt geschaffen hätten?«

»Alles, was ich in den letzten Tagen gesehen und erfahren habe, zeigt mir, dass die Druiden wie alle anderen Naturvölker eines gemeinsam hatten: Sie hatten eine Balance zwischen Gott, Mensch und Natur als Ziel. Sie wären nicht auf die Idee gekommen, eine Morallehre zu entwickeln, die den Menschen als Krönung der Schöpfung über die Natur und die Tiere stellt. Wollen oder können Sie nicht begreifen, dass diese Lehre dazu geführt hat, dass uns die Natur nun bald nicht mehr als Lebensgrundlage dienen wird? Weil wir den Respekt davor verloren haben?«

»Sehen Sie nicht, dass der moderne Mensch alles relativiert? Nichts mehr als definitiv anerkennt und als letztes Maß nur noch das Ich und seine Bedürfnisse sieht? Das hat nicht die Kirche zu verantworten.«

»Das ist Ihre Weltsicht. Erst wenn wir akzeptieren, dass es mehr als ein Weltbild gibt, wird der Mensch erkennen, dass er für seines Verantwortung übernehmen muss. Wir sind nicht nur vor unserem Gewissen verantwortlich, wir tragen auch Verantwortung für unser Gewissen. Ich sehe immer

mehr Menschen, die klare Vorstellungen davon haben, was hinnehmbar und ethisch in Ordnung ist. Und ich hatte gehofft, wir könnten darüber miteinander ins Gespräch kommen.« Shane blickte zu Boden, er fühlte sich erschöpft. »Es ist wohl besser, wenn ich gehe.«
Der Papst ließ einige Sekunden verstreichen, bevor er wieder das Wort ergriff. »Möge Gott Ihnen beistehen auf Ihrem Irrweg, Mr. Shane.«
Shane schüttelte enttäuscht den Kopf. »Es muss Ihnen doch klar sein, dass diese Kirche nicht nur wegen des Auftauchens der Pergamente vor diesem Tribunal steht«, versuchte er es dennoch ein letztes Mal. »Die Menschen spüren, dass eine neue Zeit anbricht.«
Er erhielt keine Antwort. Schweigend ging er zur Tür. Er hatte seine Hand schon auf die Klinke gelegt, als er die Stimme des Papstes noch einmal hörte.
»Mr. Shane. Kein Urteil wird uns davon befreien, einander zu vergeben. Vor keinem Tribunal der Welt.«
Shane drehte sich um.
»Das ist das erste Mal, dass ich Ihnen zustimmen kann, aber vertrauen kann ich Ihnen nicht. Geben Sie uns, was uns gehört.«

43

WASHINGTON, D.C. – 1. APRIL, 9 UHR

Am Morgen vor der zweiten Anhörung war Jennifer in Ruhe zum Gericht gefahren. Wenn MacClarys Plan funktionierte, würde sie die Richter mit den Belegen der italienischen Polizei über die tragische Verwechslung und mit dem Widerruf der italienischen Presseagentur hinsichtlich Ryans angeblichem Tod ausreichend beschäftigen. Und dann konnte sie noch Orvieto ausspielen. Selbst wenn Rom das Archiv vollkommen geräumt hatte, müsste die Anhörung bis zu einer Überprüfung vertagt werden.
Wieder füllte sich der Saal mit dem zugelassenen Publikum, nur die Presse hatte, wie immer, keinen Zugang. Zu ihrer Überraschung war diesmal weder der Kardinalstaatssekretär noch irgendein anderer ranghoher Vertreter der Kirche anwesend.

In der Kathedrale Saint Peter's auf dem Kapitol in Washington saß Victor Salvoni in einer der hinteren Bänke. Er spielte mit einem kleinen goldenen Kreuz, das er in seiner Hand hielt. Salvoni reichte dem Mann, der vor ihm saß, ein Foto. »Und Sie sind sicher, dass Sie das hinbekommen?«
»Signore, ich habe so etwas schon unter wesentlich schwierigeren Bedingungen erledigt. Wichtig ist nur, dass ich ihn in der Masse vor dem Court erkenne, bevor er das Gebäude betreten kann.«
»Das dürfte nicht allzu schwierig sein, die Behörden haben uns zugesichert, dass die Umgebung wegen der Demonstrationen abgesperrt sein wird, selbst für Journalisten.«

»Dann können Sie sich auf mich verlassen. So wahr uns Gott helfe, ist die Sache damit für Sie und die Kirche ausgestanden.«
Salvoni beugte sich vor und küsste den Mann auf beide Wangen. »Danke.«
»Schon in Ordnung. Sie haben mir einmal das Leben gerettet, jetzt bin ich dran.«
Salvonis Handy klingelte. Er suchte fahrig in seinen Taschen. Schließlich fiel es heraus. Er musste sich unter eine der Bänke mühen, um es wieder aufzuheben.
»Eminenz! Ich verstehe Sie ziemlich schlecht, wo sind Sie? – Was haben wir? – Oh, mein Gott. Sie haben Nerven. Das verändert natürlich alles …«
Salvoni versuchte, seinem Helfer nachzueilen, doch dieser hatte die Kathedrale schon verlassen.
»Ja, sicher, Eminenz. Ich werde pünktlich zur Anhörung erscheinen … Danke, Eminenz, danke für alles.«
Salvoni zog seinen Rosenkranz aus der Jackentasche.

HOTEL MONACO, WASHINGTON, D.C. – 18 UHR

»Ich habe ein merkwürdiges Gefühl«, sagte Shane, als er Jennifer begrüßte. »Jedenfalls solltest du mit allem rechnen, was von der Schuld des Vatikans ablenken wird.«
»Wir verhandeln weiter, Adam. Die italienische Polizei hat sich allerdings in Orvieto alles angeschaut, und du wirst es nicht glauben …«
»Sie haben nichts mehr gefunden, stimmt's? Es war naiv von uns, anzunehmen, dass wir damit durchkommen.«
»Moment«, mischte sich Deborah ein. »Die Experten der CIA und ein weiteres Institut haben doch bestätigt, dass die

Fotos keine Fälschungen sind. Und Ryans Aussagen werden doch ausreichen, oder?«

»Im Moment streiten sich die Gutachter noch darüber, Deborah. Was schwieriger wiegt, ist, dass der Anwalt des Vatikans morgen einen Zeugen präsentieren will, der die Täter offenbaren soll. Und sie sind nicht Angehörige des Vatikans. Wenn ihnen das gelingt, ist die Sache gegessen.«

»Verdammt noch mal!«, rief Shane aus. »Was ist mit den Wanzen in Ronalds Wohnung, damit fing doch alles an! Wer soll es denn sonst gewesen sein?«

»Adam, wenn in der Anhörung zur Sprache kommt, dass Ronald mit in den ganzen Schlamassel verwickelt ist, dann muss er nicht nur zurücktreten, es fehlt dann auch der Beweis, dass der Vatikan oder gar der Papst ...«

»Jennifer, für dich!«

»Was?«

Deborah hielt ihr das Handy hin. »Es ist Louis!«

Hektisch nahm Jennifer das Handy. »Ja?«

»Ich konnte dich nicht auf deinem Handy anrufen. Wir haben ein Problem.«

»Was ist passiert?«

»Der Vatikan hat gerade eben eine Genehmigung für die Ausgrabung in Österreich vorgelegt. Datiert auf den 3. Februar. Also lange bevor dein Thomas Ryan dort angekommen ist.«

»Unsinn, Louis, das ist eine Fälschung.«

»Kann schon sein, aber das ist noch nicht alles. Sie behaupten, dass sie ein privates Archäologenteam mit der Grabung beauftragt haben, und zwar, jetzt halt dich fest, unter der Leitung eines ehemaligen führenden Mitarbeiters der vatikanischen Polizei. Die Grabungsgenehmigung ist vom österreichischen Außenministerium ausgestellt.«

In Jennifers Kopf rotierte es. »Ja, aber wie kann das sein? Dieser Fundort kann ihnen doch nur durch das Abhören von Ronalds Wohnung bekannt geworden sein. Wir müssen prüfen, wer diesen Beamten bestochen hat.«
»Ich glaube kaum, dass uns das so kurzfristig gelingen wird, und selbst wenn, dann bleibt immer noch ...«
»Warte, Louis. Dann steht immer noch Aussage gegen Aussage. Schließlich war Ryan nicht alleine dort. Und was ist mit den Leuten aus dem Gasthaus, sind die bereit auszusagen?«
»Als sie erfahren haben, worum es geht, haben sie klar gesagt, dass sie nicht wissen, worum es sich handelt. Sie haben Ryan nie gesehen, geschweige denn ihm geholfen. Sagen sie jedenfalls.«
»Großartig. Trotzdem müssen wir jetzt einen klaren Kopf behalten und einfach weitermachen wie geplant. Ich kann mir nicht vorstellen, dass Ronald derartige Wendungen nicht mitbedacht hat. Louis, es tut mir leid.«
»Ist schon gut, Baby, ich werde das schon irgendwie überleben, aber du?«
»Mir bleibt im Moment nichts anderes übrig, als Ronald zu vertrauen. Danke, Louis, bis morgen.«

44

Italien und Washington, D.C. – 2. April

Ryan hatte sich am Morgen von Brian Langster verabschiedet. Der Arzt hatte großartige Arbeit geleistet, es ging ihm wieder gut, und er konnte es kaum abwarten, in Washington zu landen. Er hatte kurz mit MacClary telefoniert und sich den Hintergrund seines vorgetäuschten Todes erklären lassen. Erst war ihm die Angelegenheit unheimlich erschienen, nun aber konnte er darüber lachen. Was er jedoch nicht so lustig fand, war MacClarys Plan, die anderen über seine weiteren Schritte im Unklaren zu lassen. Er wusste, dass es manchmal notwendig war zu lügen, um sicherzugehen, dass etwas geheim blieb. In diesem Fall forderte er allerdings schrecklich viel von seinen Freunden, ohne seine Karten komplett auf den Tisch zu legen.
Trotz heftiger Windböen landete das Flugzeug nur mit leichtem Schlingern auf der Piste. Aus der Entfernung sah er einige Wagen mit Blaulicht, offensichtlich seine Eskorte, was ihm überhaupt nicht gefiel.
»Danke, Mr. Ellis«, sagte Ryan, als die Maschine zum Stillstand kam. »Ich werde das nie vergessen, was Sie für mich getan haben.«
»Schon gut, Mr. Ryan«, entgegnete der Arzt, während er die Kabinentür öffnete. »Brians Freunde sind auch meine Freunde. Außerdem wünsche ich mir, dass Sie Ihr Ziel erreichen. Es ist Zeit dafür.«
Das Erste, was Ryan sah, war eine Wolke aus rotem Haar. Deborah Walker rannte die Treppe hinauf und nahm Ryan so fest in die Arme, dass er kaum Luft bekam.

»Danke, dass Sie mir diesen Verrückten zurückgebracht haben«, rief sie Ellis zu.
»Gute Güte, ich hatte zwischendurch echt Angst, dass ich euch nicht wiedersehe.« Ryan legte einen Arm um Deborah. Dann entdeckte er Jennifer und Shane.
»Du musst mir unbedingt erzählen, wie es ist, wenn man wieder aufersteht, ich meine, die Erfahrung ist ja ziemlich selten«, begrüßte ihn Shane.
»So selten nun auch wieder nicht. Diese Auferstehungsgeschichte kannten schon die Menschen zur Zeit der Pharaonen, und nun bin ich halt auch eine der vielen mythologischen Gestalten, die herhalten mussten, um die Anbetung der Menschen von der Sonne wegzulenken.«
Deborah lachte. Doch Ryan sah, dass Jennifers Sinn für Humor zurzeit abhandengekommen war. »Also, was gibt es?«, wandte er sich ihr zu.
Jennifer reichte ihm einen Computerausdruck. »Die Agenturmeldung kam vor ein paar Stunden. Die irische Regierung hat deine Forderungen und die der anderen Familien anerkannt …«
»… trotz massiver Proteste der katholischen Kirche«, las Ryan aus dem Text. »Das ist aber doch eine gute Nachricht!«
»Es gibt auch so noch genug Schwierigkeiten. Wir erklären dir alles während der Fahrt.«
Sie stiegen in ein Auto, und die Kolonne machte sich auf den Weg zum Hotel.
Ryan fühlte sich immer noch ziemlich geschwächt. Noch bevor sie den Flughafen verlassen hatten, war er an Deborahs Schulter eingeschlafen.

45

Tief ist der Brunnen der Vergangenheit. Sollte man ihn nicht unergründlich nennen? ... Denn nun gerade geschieht es, dass, je tiefer man schürft, je weiter hinab in die Unterwelt des Vergangenen man dringt und tastet, die Anfangsgründe des Menschlichen, seiner Geschichte, seiner Gesittung, sich als gänzlich unerlotbar erweisen ...
Thomas Mann, Joseph und seine Brüder

HOTEL MONACO, WASHINGTON, D.C. –
2. APRIL, 10 UHR

»Wie spät ist es?«, fragte Ryan, als er am nächsten Morgen erwachte. »Was ist mit dem Gerichtstermin? Habe ich etwas verpasst?«
»Nein, nicht wirklich, und du bleibst heute noch hier«, sagte Jennifer überraschend gut gelaunt nach ihrem gestrigen Durchhänger. »Ronald hat entschieden, dass du erst morgen um zwölf Uhr vor dem Court erscheinen sollst, du kannst also entspannt bleiben. Aber ich habe hier noch etwas für dich – eigentlich für euch alle. Komm, steh auf.«
Ryan mühte sich in die Hose und sah noch ziemlich zerzaust aus, als er den Raum betrat.
Jennifer schmunzelte. »Es hat sich für morgen eine Menge der sogenannten kirchlichen Würdenträger angekündigt, und da habe ich darüber nachgedacht, wie wohl die Druiden sich zweitausend Jahre später gekleidet hätten.«
Sie ging kurz ins Nebenzimmer und kam dann mit Shane wieder heraus, den sie hinter sich herzog und der – offensichtlich nicht ganz freiwillig – in einem wallenden Gewand steckte, wie es der Sage nach den Druiden durch alle Wetter

half. Allerdings war es aus edlerem Stoff gefertigt und modern geschnitten. Unter der hellgrauen Kutte mit der typischen Kapuze trug Shane schwarze, lockere Kleidung.
Ryan wusste nicht, ob er lachen oder sich ärgern sollte. Wie konnte Jennifer nur so gut gelaunt sein angesichts der Tatsache, dass man morgen versuchen würde, sie und ihn mit gefälschten Beweisen und Vertuschungen über den Tisch zu ziehen?
»Jennifer, ich bitte dich, das kann doch nicht dein Ernst sein! Sollen wir aussehen wie die Jedi-Ritter?
Jennifer sah ihn überrascht an. »Ich verstehe dich nicht. Ist dieses Gewand denn nicht Ausdruck eurer Kultur und Position? Und ich finde, es grenzt euch auch sehr würdevoll von diesen Priestern mit ihren roten Roben und komischen Hüten ab. Außerdem, was glaubst du, woher George Lucas die Idee mit den Jedi-Rittern hatte?«
»Äh, ich denke, wir sollten uns das vielleicht doch noch mal überlegen, Jennifer«, sagte Shane, der krampfhaft vermied, in Ryans Gesicht zu sehen, um nicht laut herauszuplatzen. Sinnlos, einen Augenblick später lachten sie schallend und wie befreit. Alle Anspannung war von ihnen abgefallen.
Deborah hatte ihnen grinsend zugesehen. Jetzt ging sie zur Tür des Apartments und sagte zu Ryan: »Ich will dir etwas zeigen, und ich denke, es wird dir noch ein bisschen besser gefallen.«
Als sie die Tür öffnete, schrie Ryan begeistert auf. »Nein, das glaube ich nicht! Gute Güte, ist das schön, euch hier zu sehen. O'Brian, Jacky, Onkel Patrick und die kleine Paggy. Sarah, Ian und John Lord – meine Güte, sind noch mehr von euch da?« Er warf sich selbst in ihre innigen Umarmungen.
»Die anderen sind in der Stadt, aber du wirst sie alle im Gerichtssaal sehen«, sagte O'Brian. »Lass dich anschauen.

Die haben dir ja ganz schön übel mitgespielt, was man so hört.«
»Ja, das kann man wohl sagen, und ich habe auch eine ziemliche Odyssee hinter mir, bis ich endlich hier war. Aber das ist geschafft, und ich bin sicher, es wird einigen Leuten gar nicht gefallen.«
»Weißt du noch, Thomas? Ich kann mich noch genau erinnern, wie begierig du als Kind darauf warst, alles über unsere Kultur und vor allem über das Geheimnis der Druiden zu erfahren. Und wir konnten dir nie mehr als ein paar zweifelhafte Sagen bieten. Und nun bist ausgerechnet du es, der das Geheimnis der Druiden immer weiter lüftet. Ich will dir einfach nur danken. Junge, ich wünschte, deine Eltern hätten diesen Moment erleben können«, sagte O'Brian.
»Vielleicht wissen sie es ja längst. Du weißt doch, Onkel O'Brian, es ist alles relativ mit der Zeit und dem Raum, und der Tod ist nur ein Übergang. Ich kann die beiden jeden Tag spüren, sie sind immer bei mir.«
»Schluss jetzt«, unterbrach Jennifer. »Für eure metaphysischen Erörterungen ist auch später noch Zeit. Jetzt möchte dir Sarah etwas zeigen.«
Sarah war die Jüngste im Clan der O'Brians und seit Jahren damit beschäftigt, die Mythen und Sagen der christianisierten Druiden in Dublin zu studieren. »Thomas, wie du weißt, war den Druiden das Kastensystem der Brahmanen ein Vorbild, jedoch mit einem feinen Unterschied: Jeder konnte Druide werden, egal, welcher Herkunft – wenn er geeignet war.«
»Ja, kluge kleine Cousine, ich weiß. Druide ist man sowohl durch Berufung als auch durch eine ganz bestimmte Ausbildung. Aber worauf willst du hinaus?«

»Wir möchten, dass ihr beide, du und Deborah, das Studium der Pergamente in Zukunft leitet – und zwar hier.«
Sarah hielt feierlich das Modell eines Baumplatzes hoch, der gerade in der Nähe von Glendalough in den Wicklow Mountains errichtet wurde. Dahinter war ein Gebäude in Planung, in dem sämtliche Artefakte der Kelten und Druiden eine neue Heimat finden sollten.
»Und, Sarah, hast du auch die Schwerter mitgebracht?«, scherzte Ryan.
»Wie jetzt?«
»Na ja, eigentlich wurde der oberste Druide durch Abstimmung der anderen Druiden bestimmt. Aber wenn es zu keiner eindeutigen Entscheidung kam, fochten sie die Wahl auch schon mal mit dem Schwert aus.« Ryan holte mit einer symbolischen Bewegung gegen Deborah aus.
Die hatte aber keine Augen für ihn, sondern starrte nur begeistert auf das Modell und fuhr sich mit beiden Händen durch die rote Mähne. »Ich … ich bin sprachlos, das ist ja der absolute Wahnsinn! Woher kommt denn das Geld dafür?«
»Es gibt einige reiche Iren, die sich schon immer gewünscht haben, dass die Relikte unserer Kultur an einem zentralen Ort gesammelt werden. Und nun finanzieren sie dieses Projekt, übrigens auch mit Unterstützung der irischen Regierung«, erklärte Sarah ebenso begeistert.
Nur Shane war unruhig geworden. »Leute, ich kann das alles zwar verstehen, und es ist großartig und so weiter – aber ich denke auch an die anderen. Ich wünschte, dass auch die anderen Urvölker eine solche Chance bekommen würden.«
»Adam, ich glaube, da habe ich etwas für dich, was ich dir schon lange zeigen wollte.«

Jennifer holte ihre Tasche und kramte eine alte Zeitungsmeldung hervor. Es war ein Bericht aus Bolivien, über die Amtseinführung des ersten indianischen Präsidenten Südamerikas nach der Kolonialisierung durch die spanischen Eroberer. Shane las die Worte des Präsidenten und war zutiefst gerührt.
Heute beginnt ein neues Zeitalter für die Urvölker, ein neues Leben, in dem wir nach Gleichheit und Gerechtigkeit streben, eine neue Ära, ein neues Jahrtausend für alle Völker...
»Na, wie wäre es mit einem Druiden als Präsident Irlands?«, fragte Shane halb im Scherz und reichte die Meldung weiter.
»Warum nicht?«, sagte O'Brian, nachdem er die Zeilen gelesen hatte.
Shane setzte sich und schaute sich noch einmal die Runde an.
Sie hatten recht – wenn er bedachte, was in den letzten Wochen geschehen war, dann war wirklich alles möglich. Dazu gehörte auch der Aufbruch der vielen kleinen Gruppen, die weltweit nicht mehr mit den alten Glaubenssätzen weiterleben wollten und längst in ihrem Bewusstsein auf einen großen Wechsel hinarbeiteten. Konsequent im Kleinen wie im Großen.
Er sah in Ryans lachendes Gesicht, der Paggy im Arm hielt und sichtlich aufblühte im Kreis seiner Leute.

Washington, D.C. –
2. April, 18.30 Uhr

Kardinal Lambert hatte es sich in seinem Hotel bequem gemacht, nachdem mit den Anwälten alles für die vermutlich letzte Anhörung besprochen war. Salvoni hatte sich bereits hingelegt und wälzte sich von einer Seite auf die andere.
Trotz des Coups mit der Genehmigung für die Grabung plagten Lambert noch weitere Probleme. Zu viel war schon in Bewegung geraten. Nachdem Catamo ihm von der unerwarteten Audienz des Papstes für einen dieser gottlosen Heiden erzählt hatte, fragte er sich ernsthaft, was im Kopf des Heiligen Vaters vor sich ging. Wer konnte schon wissen, was der Pontifex als Nächstes plante?
Er nahm sein Handy und wählte nachdenklich eine Nummer.
»Hier ist Kardinal Lambert, Camerlengo. Was wissen Sie über den Inhalt des Gesprächs, das der Heilige Vater mit diesem Adam Shane geführt hat?«
»Nur wenig. Es ging aber recht laut her. Jedenfalls wurde das Gespräch schneller beendet als erwartet, und beide gingen, soweit man das als Außenstehender beurteilen konnte, ziemlich enttäuscht auseinander. Aber ehrlich gesagt mache ich mir viel mehr Sorgen wegen des automatischen Rücktritts, den er Catamo anvertraut hat.«
Der argentinische Kardinal Rodriguez Perona war mit seinen achtundsechzig Jahren direkt nach der Wahl des Papstes in die Vertrauensposition des Camerlengo erhoben worden, eine Tatsache, die Lambert nie verschmerzt hatte. Damit war zum ersten Mal ein lateinamerikanischer Kardinal ins innerste Machtzentrum der Kirche aufgerückt. Lambert hätte es sich nie anmerken lassen, schon um seine wichtigs-

te Informationsquelle nicht zu verlieren, aber diese Konkurrenz irritierte ihn außerordentlich. Schließlich würde der Camerlengo qua Amtes beim Tod des Heiligen Vaters für kurze Zeit die Herrschaft im Vatikan übernehmen. Er sorgte für die Beisetzung des Papstes und organisierte die korrekte Wahl eines neuen Pontifex. Kein Wunder, dass ein Mann mit diesen Befugnissen auch zu Lebzeiten ein wichtiger persönlicher Berater war.
»Wie bitte?«
»Der Heilige Vater hat Catamo ein Schreiben mitgegeben, das seinen automatischen Rücktritt enthält, allerdings nur vorsorglich, falls die Vereinten Nationen dem Heiligen Stuhl tatsächlich den Sonderstatus aberkennen sollten«, sagte Perona.
»Ich verstehe das nicht. Wir haben alles getan, damit ihn niemand persönlich zur Verantwortung ziehen kann«, versuchte Lambert zu beschwichtigen.
»Ja, das mag sein, aber in den Ermittlungen wegen der …«
»O Gott, das hatte ich vergessen. Ja natürlich!«, sagte Lambert bestürzt. Nach Verlust der Immunität als Staatsoberhaupt würde sich der Papst den Nachforschungen wegen der Vertuschung von Missbrauchsfällen stellen müssen. Seit Jahren hatten einige einflussreiche Anwälte immer wieder versucht, einen Haftbefehl gegen ihn zu erwirken, um ihn entweder vor einem nationalen Gericht oder vor dem Internationalen Strafgerichtshof in Den Haag anzuklagen. Das Geringste wäre wohl, dass man ihn als Zeugen in einem der Entschädigungsprozesse vernehmen würde.
»Aber das ist noch nicht alles, Cardinale. Er hat Catamo noch etwas mitgegeben, und Catamo schweigt sich darüber beharrlich aus«, sagte Perona zur weiteren Beunruhigung Lamberts.

»Gut, Cardinale. Sie wissen, dass ich immer auf Sie gesetzt habe, auch als einen möglichen Nachfolger auf dem Stuhl Petri. Wir müssen vorbereitet sein, notfalls binnen Stunden ein neues Konklave einzuberufen. Machen Sie Catamo klar, wo er steht, und finden Sie heraus, was er weiß. Und im Übrigen bitte ich Sie, dass Sie den Heiligen Vater ganz genau im Auge behalten und vor allem sein Ohr sind, verstehen Sie mich?«

»Ja, Cardinale, ich weiß, was zu tun sein wird.«

»Sprechen Sie im Hintergrund mit den Kardinälen Contasiera und Huber, die beiden werden Sie im Notfall bei allem unterstützen.«

»Gut. Möge der Herr mit uns sein und die Hand Gottes uns schützen.«

»Ja, möge die Hand Gottes uns schützen. Und noch etwas, Perona. Halten Sie mich stündlich auf dem Laufenden, was in New York vor den Vereinten Nationen passiert. Ich werde morgen nach der Anhörung sofort zurückkehren.«

Lambert hatte es befürchtet. Dieser Papst war für ihn nicht mehr berechenbar. Von jetzt an konnte in der Ewigen Stadt wirklich alles passieren, und er hatte nur noch wenige Möglichkeiten, die Entwicklung aufzuhalten.

WASHINGTON, D.C. – 20 UHR

Die Geschichte der europäischen Ureinwohner wie auch die Kirchengeschichte müsse neu geschrieben werden, titelten manche Zeitungen am Morgen vor der nächsten Anhörung. Die erste Pressekonferenz der amerikanischen Historiker hatte weltweites Interesse an den Funden geweckt. Die Schlagzeilen entsprachen freilich nur bedingt der Wahrheit. Andere Wissenschaftler sahen in den Pergamenten nur die Bestätigung dessen, was kirchenkritische Historiker schon lange veröffentlicht hatten. Allerdings würden diese Tatsachen wohl erst jetzt, durch die Funde, in der breiten Öffentlichkeit wahrgenommen.

MacClary hatte sich ins Institut fahren lassen, um sich ein Bild von den unabhängigen Bewertungen der Historiker zu machen. Jetzt saß er in dem Raum mit den Pergamenten und dachte über die vergangenen Tage nach. Die Emotionen kochten auf allen Seiten sehr hoch. Im Grunde genommen konnte er nur noch von einem Tag zum anderen planen. Was würde man dem Gericht noch zumuten können? Morgen müsste alles ein Ende finden, und das würde es auch, auf die eine oder andere Weise.

»Guten Abend, Ronald«, begrüßte ihn Joseph Pascal, einer der Wissenschaftler, die noch kurz vor der Pressekonferenz ein Pergament analysiert hatten, das die Archäologen als verkohlten Rest aus der Höhle am Magdalensberg geborgen hatten. Nicht nur das Pergament und die Schrift konnten eindeutig datiert werden – es trug auch das kleine Signum, das Schutzzeichen der Druiden, wie es auf jedem der Pergamente zu sehen war.

Jeder Versuch gegnerischer Gutachten, die Pergamente auf eine spätere Zeit zu datieren und ihre Herkunft aus der Höhle zu bezweifeln, konnte zur Zufriedenheit MacClarys widerlegt werden.

»Guten Abend, Joseph. Nun, was können Sie mir noch sagen?«

»Eigentlich nicht viel, außer dass es natürlich trotz der widrigen Umstände ein absolut atemberaubender Fund ist. Es ist ein bisschen, als hätten wir den ersten Pharao gefunden. Verstehen Sie – wir haben immer gewusst, dass es ihn gegeben haben muss, aber nun stehen wir quasi vor ihm. So ähnlich jedenfalls.«

»Und weiter?«

»Die Annahme von Gottes Existenz, seine Allmacht und die Auferstehung seines Sohnes Jesus sind von zentraler Bedeutung für den christlichen Glauben. Beide Ansichten waren bis zur Aufklärung die Erklärung für alles, was geschah. Seit der Aufklärung jedoch spielen sie nur noch eine Rolle in religiösen Debatten. Deshalb hören wir immer wieder vom Vatikan, dass der Niedergang mit der Aufklärung begann. Die Frage ist nur, wessen Niedergang.«

»Gut, doch was hat das mit unseren Entdeckungen zu tun? Genau genommen beinhalten sie ja keine revolutionären Gedanken.«

»Ich bin Ihrer Meinung. Aber der Vatikan befindet sich jetzt in der Position, sich endlich einer kritischen Untersuchung des Glaubens öffnen zu müssen, mithilfe wissenschaftlicher Methoden und ihrer Resultate. Sie können sich einfach nicht länger gegen jede Kritik immun machen, verstehen Sie? Die Aufklärung war der erste logische Evolutionssprung. Jetzt kommen die Zeugnisse dieser alten Meister, und das ist schon ziemlich erstaunlich. Allein die Wirkung der Pergamente sollte eigentlich dafür sorgen, dass man sich auf Erkenntnis und Vernunft besinnt.«

»Ich verstehe, was Sie meinen, aber Rom wird doch niemals ein kritisches Denken zulassen, das in der Konsequenz in den Atheismus führen könnte.«

»Natürlich werden sie das nicht tun, Ronald, aber das negative Bild des vergreisten Vatikans hat in letzter Zeit doch ohnehin den meisten Christen klargemacht, dass das Heil nicht in der Kirche liegt.«

»Also hatte mein Vater immer recht.«

»Womit?«
»Wenn die Philosophen – und dazu gehörten nun mal auch die Druiden – und nicht die Christen es geschafft hätten, sich in diesem kurzen Zeitfenster des vierten Jahrhunderts die Gunst des Kaisers zu sichern, wäre die Aufklärung vermutlich sehr viel früher gekommen. Die Christen haben durch die systematische Verfolgung der Gelehrten – übrigens der heidnischen genauso wie derjenigen in ihren eigenen Reihen – quasi den kulturellen Stoppknopf gedrückt.«
»Was wäre wenn, lieber Ronald, ist eine Frage, die sich ein Historiker niemals stellt«, bemerkte Pascal mit einem Zwinkern und schickte sich an, den Raum zu verlassen. »Jedenfalls nicht, wenn die Gefahr besteht, dass ihn jemand dabei erwischt. Außerdem, was für die christlichen Texte gilt, werden Sie auch in Bezug auf diese Pergamente annehmen müssen: Sie sind geschrieben für die Menschen ihrer Zeit.«
MacClary wiegte seinen Kopf. »Sie machen Aussagen über die Ereignisse ihrer Zeit, Joseph, aber das sagt uns nicht das Geringste über die Adressaten. Ich bin mir jedenfalls nicht sicher, für wen sie geschrieben sind. Vielleicht wussten die Schreiber viel mehr über das Thema Zeit und Raum, als wir uns vorstellen können. Vielleicht rechneten sie mit uns.«
MacClary nahm seinen Mantel, warf einen letzten nachdenklichen Blick auf die Pergamente und machte sich auf den Weg in sein Apartment.

46

Leuchttürme sind nützlicher als Kirchen.
Benjamin Franklin

VEREINTE NATIONEN, NEW YORK –
3. APRIL, 8 UHR

Es war kalt in New York. In der Nacht hatte es tatsächlich noch einmal geschneit. Vor dem Gebäude der Vereinten Nationen hatten sich Dutzende Journalisten versammelt, um die erste große Rede der Präsidentin vor den Vereinten Nationen live zu verfolgen.
Dieser Tag würde die Welt verändern, oder sie wäre am Abend nicht mehr im Amt – oder beides, hatte sie ihren Beratern gesagt, die kopfschüttelnd den Raum verließen, nachdem sie erfahren hatten, was sie plante.
Eine außerordentliche Vollversammlung aller Staaten dieser einen Welt gab es nur äußerst selten. Dass parallel in zwei Tagen der UN-Sicherheitsrat zusammenkommen würde, machte die Dramatik noch deutlicher, wie auch die Tatsache, dass die Diplomaten des Vatikans nicht mehr zur Versammlung zugelassen wurden.
Diana Branks fühlte sich wie ein Rennpferd kurz vor dem Start. Sie warf einen letzten Blick auf ihre Armbanduhr.
»Bill, hast du alles?«
»Ja, sicher. Und das kam gerade noch aus Rom.«
»Aus Rom? Zeig her.«
»Der Papst bittet, das Ergebnis der Anhörung abzuwarten, bevor weitere für die Kirche und den Weltfrieden schädliche Schritte unternommen werden und …«
»Ah, gut, nichts Neues also. Wenn ihnen nichts mehr ein-

fällt, verbinden sie das Wohl der Kirche mit dem Weltfrieden. Ich glaube, das kann ich auch noch später lesen, Bill. Trotzdem danke.«
»Alles klar, viel Glück, Ms. President.« Obwohl Bill im Weißen Haus schon viel erlebt hatte, schien er außerordentlich nervös zu sein. Er wischte sich die feuchten Hände an der Hosennaht ab.
»Was ist los, Bill, immer noch Angst um deinen Job?« Die Präsidentin bedachte ihn mit einem ironischen Lächeln. »Dann haben wir was gemeinsam. Aber das ist das Risiko, wenn man bereit ist, große Lügen und Illusionen zu beenden.«

Vor dem Gebäude der Vereinten Nationen hatten sich Zehntausende Demonstranten versammelt. Es kam zu heftigen Auseinandersetzungen zwischen aufgebrachten Christen und Gegnern des Vatikans. Gleichzeitig meldeten sich weltweit immer mehr einflussreiche Mitglieder der Kirche im gleichen Atemzug mit Atheisten und Muslimen und forderten tief greifende Reformen und den Verzicht auf jede Gewalt. Der Ökumenische Rat der Kirchen in Genf appellierte an Rom, sich der historischen Debatte zu stellen.

Die Präsidentin betrat den Saal mit den knapp dreihundert Staatschefs und Diplomaten aus aller Welt und ging an das Rednerpult.
»*Sehr geehrte Damen und Herren. Nationen dieser Welt. Als ich gestern noch einmal über die jüngsten Ereignisse nachdachte und mir vor Augen führte, welche Position wir zu dem Antrag der Republik Irland einnehmen, erinnerte ich mich an eine Aussage eines unserer Senatoren während der Kubakrise. Er hat damals gesagt, es sei Gottes Entschei-*

dung, wann unser Ende kommt, und nicht die des Präsidenten. Er wollte damit die Fähigkeit des Präsidenten infrage stellen, eine so große und sicher verhängnisvolle Entscheidung wie die eines Atomkrieges überhaupt treffen zu können.

Meine Damen und Herren, ich möchte nicht in einer Welt leben, in der ich tief greifende Entscheidungen nicht mehr selbst treffen kann oder darf, und zwar sowohl als Präsidentin der Vereinigten Staaten als auch in meiner Eigenschaft als ganz normaler Mensch. Ich möchte in einer Welt leben, in der jeder Mensch die Reife besitzt, für seine Entscheidungen Verantwortung zu übernehmen. Ich wünsche mir eine Welt, in der wir verstehen, dass es unser Wille und nicht göttliche Fügung ist, wenn wir uns gegenseitig im Krieg oder durch unser maßloses Verhalten auslöschen.

Wenn wir jetzt den Punkt verpassen, zentrale Entscheidungen darüber zu treffen, auf welchen gemeinsamen Werten und Visionen wir unsere Zukunft aufbauen wollen, dann haben wir und unsere Kinder keine friedliche und lebenswerte Zukunft mehr – und das ist sicherer als das Amen in der Kirche.

Ich kann und werde unser Schicksal nicht einem fatalistischen Gottesglauben überlassen. Wenn wir auf diesem niedrigen Bewusstsein stehen bleiben, das nur unsere jeweiligen egoistischen Interessen, unsere fragwürdigen Bedürfnisse bedient, dann ...«

Vor den Fernsehern in aller Welt sahen die Menschen gebannt den Vorgängen in New York zu. Nur wenige blieben gleichgültig bei dem, was hier ablief. Die Präsidentin der Vereinigten Staaten ließ gerade öffentlich den Vatikan fallen und forderte allen Ernstes eine neue Weltordnung.

In Israel hatten sich jüdische und christliche Jugendliche versammelt und beteten gemeinsam. In Jordanien saßen Muslime vor dem Fernseher und diskutierten über ihren eigenen Glauben. Und in Österreich fühlte sich der Sohn eines Gastwirts plötzlich nicht mehr wohl in seiner Haut, als er begriff, dass er, ohne es zu wissen, Teilnehmer dramatischer Ereignisse geworden war. Ja, sie hatten diesem Mann geholfen, der schwer verletzt aus der Höhle gekommen war. Sie hatten ihm vielleicht sogar das Leben gerettet, wer konnte das schon wissen? Aber als sie gemerkt hatten, dass kirchliche Stellen in den Fall verwickelt waren, hatten sie bei der Polizei jede Aussage verweigert.
»Wir hätten alles erzählen sollen«, sagte der Sohn jetzt zu seinem Vater, der abwehrend die Hände hob. »Wir hätten diese Kirchentypen niemals decken dürfen, das sage ich dir.«

»Ich habe hier, wie Sie alle, die Ausarbeitung einer Reform des Völkerrechts vor mir liegen, über die wir in den nächsten Tagen entscheiden müssen. Die Experten kommen darin klar zu dem Schluss, dass dem Vatikan der alte Status nicht mehr zusteht – und zwar unabhängig von dem Verfahren, das derzeit gegen den Vatikan geführt wird. Dennoch sehe ich auch, welch wichtige Leistungen auf das Konto vieler Organisationen gehen, die dem Vatikan und anderen christlichen Kirchen unterstehen, beispielsweise im Bereich der Friedensmissionen und humanitären Hilfsleistungen.
Deshalb beantragen die Vereinigten Staaten, dem Vatikan die völkerrechtliche Anerkennung als Staat zu entziehen und den einzelnen Organisationen jeweils den Status zu verleihen, den bereits andere Hilfsorganisationen innerhalb der Strukturen der Vereinten Nationen besitzen. Das wird

der Lage zukunftsweisend gerecht. Die Epoche, in der der Vatikan direkt politischen Einfluss hier und in anderen Staaten ausüben konnte, ist aus unserer Sicht ein Relikt der Vergangenheit. Aber es ist wichtig, dass christliche Hilfsorganisationen und Organe wie der Ökumenische Rat der Kirchen in Genf weiterwirken können – sie sollten als nicht staatliche Organisationen ungehindert arbeiten können. Jegliche kirchliche Einflussnahme, die darüber hinausgeht, ist jedoch abzulehnen. Die Weltgemeinschaft sollte sich unmissverständlich darauf einigen, religiös motivierte Politik nicht länger zuzulassen, und die Vereinigten Staaten von Amerika werden eine solche Einigung unterstützen.«

Im Anschluss an die Rede der Präsidentin hatte der Generalsekretär allerhand Mühe, die erhitzten Gemüter der provatikanischen Staatsvertreter unter Kontrolle zu bekommen, bevor er dem nächsten Redner das Wort erteilen konnte.
Diana Branks setzte sich mit weichen Knien auf ihren Platz. Sie hatte hoch gepokert. Aber was auch immer in den nächsten Tagen geschehen würde, sie hatte gesagt, was zu sagen war.

An einer Hausecke ganz in der Nähe des Gebäudes der Vereinten Nationen stritten sich zwei Passanten über die Position des Vatikans. Auf einer Treppe saß eine verlorene Seele und bettelte. Einer der Männer unterbrach das Streitgespräch und blieb an der Treppe stehen.
»Was machst du?«, fragte der andere.
Der Angesprochene zog einen Zehndollarschein aus seiner Geldbörse, ging zu dem Mann auf der Treppe und legte ihn in seinen Hut.

»Gott vergelt's, Gott vergelt's, ich danke Ihnen.«
Der Spender wandte sich wieder an seinen Gesprächspartner. »Was habe ich gemacht?«
»Ein gute Tat? Ja, klar, das ist Nächstenliebe und Mitgefühl, aber ...«
»Brauchst du dafür den Papst, einen Lehrstuhl für Dogmatik, den Petersdom? Brauchst du dafür dicke Bücher, geldstrotzende Bischofspaläste? Brauchst du letzten Endes dafür die Bibel? Aber vor allen Dingen: Brauchst du dafür den Vatikan?«
Der andere Mann schaute auf den Obdachlosen, der sich immer noch freute und sich auf den Weg machte, um sich etwas zu essen und vermutlich auch einen Drink zu kaufen. »Nein.«
»Siehst du, dann hast du die wichtigste Botschaft von Jesus verstanden.«

WIEN – 3. APRIL, MORGENS

Im österreichischen Außenministerium schaute der Staatssekretär Anton Schick von seinem Büro auf die Minoritenkirche, eine der ältesten Kirchen Wiens und Zentrum der italienischen Kongregation. Seit Stunden standen die Telefone in seiner Dienststelle nicht mehr still, nachdem die US-Botschaft um Amtshilfe in einer ziemlich brisanten Angelegenheit gebeten hatte.
»Wer hat Sie angerufen?«, fragte er Josef Angerer, der die Gruppe österreichischer Archäologen am Magdalensberg geleitet hatte. Eine Expedition, die nichts als verkohlte Reste in einer verrußten Höhle entdeckt hatte.
»Ein gewisser Herr Rudolf, Herr Staatssekretär.«

»Um welche Uhrzeit?«
»Es war ein Uhr in der Früh, und dann waren wir im Morgengrauen vor Ort«, erwiderte Angerer. Er wurde seit Stunden befragt, um zu klären, warum er mit seinen Leuten erst so spät am Magdalensberg eingetroffen war. Alle Indizien deuteten darauf hin, dass ein Beamter die nötigen Informationen bewusst verspätet weitergegeben hatte.
»Und was haben Sie dort vorgefunden?«
»Wir konnten nur noch ein paar Artefakte bergen: Schilde, Schwerter, ein paar Schmuckstücke. Und ein Pergament.«
Der Staatssekretär überprüfte kurz, wer in der Nacht Dienst gehabt hatte.
»Gut. Warten Sie hier, bitte.«
Er signalisierte zwei Polizeibeamten, ihm zu folgen.

In seinem Büro war Alfred Steiber fieberhaft damit beschäftigt, Dateien von seinem Rechner zu löschen, als sich plötzlich, ohne Ankündigung, die Tür öffnete und der Staatssekretär in den Raum stürmte. Die Polizeibeamten blieben vor der Tür stehen.
»Warum haben Sie erst mit vier Stunden Verzögerung die Anweisung an das archäologische Institut weitergegeben, Leute zum Magdalensberg zu schicken?«, fragte Schick aufgebracht. »Wissen Sie eigentlich, was Sie damit angerichtet haben?«
»Ich verstehe nicht ...«
»Steiber, machen Sie die Sache nicht noch schlimmer, als sie eh schon ist! Ich weiß, dass Sie allerbeste Verbindungen zum Vatikan haben. Und jetzt möchte ich auf der Stelle erfahren, wer Ihnen die Anweisung gegeben hat, diese Meldung zu verzögern.«
»Herr Staatssekretär, ich verstehe überhaupt nicht, von

welcher Anweisung Sie sprechen. Ich habe keinerlei Dringlichkeit in der Sache erkennen können. Erst nachdem ich ein zweites Mal aus Ihrem Büro angerufen wurde, verstand ich den Ernst der Lage.«
»Ich frage Sie noch einmal: Wer hat Ihnen die Anweisung gegeben, die Meldung zu verzögern? Und wer hat Sie dafür bezahlt oder Ihnen eine Bezahlung angeboten? Ich warne Sie, entweder sagen Sie mir sofort, wer aus dem Vatikan Sie dazu bewogen hat, oder ich lasse Sie verhaften.«
Wie aufs Stichwort betraten die beiden Polizisten den Raum. Bei ihrem Anblick versuchte Steiber hektisch, noch einmal die Löschtaste an seinem Rechner zu betätigen, doch einer der Polizisten griff beherzt ein und riss ihm die Hände von der Tastatur.
»Lassen Sie mich los! – Sie haben nicht das Recht …«
Die Polizisten sicherten den um sich Schlagenden mit Handschellen. Der Staatssekretär setzte sich unterdessen an Steibers Platz. »Dann wollen wir uns den Papierkorb mal etwas genauer ansehen.«
Minuten vergingen, während Schick vor sich hin murmelte und gelegentlich ein »Das darf ja wohl nicht wahr sein!« hören ließ. Dann nickte er den Polizisten zu. »Sie können ihn abführen.«
Durch den Lärm aufmerksam geworden, war der Leiter der Pressestelle ins Zimmer gekommen.
»Was ist denn hier los?«
»Sie kommen gerade richtig. Auf geht's, wir haben etwas zu tun.«
Völlig verwirrt folgte der Sprecher dem sichtlich entrüsteten Staatssekretär in sein Büro.

47

Rom – 3. April, 16 Uhr

Der Papst hatte gerade ausgiebig mit dem italienischen Präsidenten telefoniert, um herauszufinden, wie sich die italienischen Behörden im Fall einer Aberkennung des völkerrechtlichen Status verhalten würden. Überall im Vatikan war die Nervosität zu spüren, da halfen auch Lamberts Tricks nicht, die den Prozess in Boston vielleicht doch noch verhindern konnten. Auf dem Petersplatz hatten sich Tausende Menschen versammelt und bekundeten ihre Sympathie für den Papst.
Der warf einen kurzen Blick aus dem Fenster und seufzte. Da draußen gab es Unterstützung, durchaus tröstlich, aber in den letzten Tagen war ihm schmerzlich bewusst geworden, dass es innerhalb der heiligen Mauern wesentlich schlechter bestellt war. Es gab nur wenige Menschen, auf die er sich wirklich verlassen konnte. Lambert hatte es im Laufe des vergangenen Jahres geschafft, die Befürchtung zu nähren, dieser Papst würde eine Reihe von Kardinälen austauschen und Reformen anstreben. Nicht wenige unter den Platzhirschen, die schon seit Jahrzehnten hier ihr eigenes Revier verteidigten, fürchteten deshalb schlicht und einfach um ihre Machtposition.
»Heiliger Vater, Sie haben mich rufen lassen?«
»Ja, Perona, kommen Sie herein. Ich hoffe, Sie haben alles in die Wege geleitet?«
Beide setzten sich. »Ja, Heiliger Vater, ich habe eben mit unserem Sprecher in der UNO gesprochen, und es zeichnet sich bisher keine Mehrheit für den Antrag Irlands ab.«

»Haben Sie mit Cardinale Lambert gesprochen?«
»Ja, Heiliger Vater, er ist trotz aller Widrigkeiten guter Dinge, dass der Spuk morgen ein Ende haben wird, sobald Victor Salvoni ausgesagt hat.«
»Dennoch – wenn ich die Lage richtig einschätze, sind wir widerrechtlich im Besitz von Pergamenten, die so oder so als Weltkulturerbe anzusehen sind. Ist das so?«
»Ja, Heiliger Vater, aber offiziell haben wir die Bergung nur finanziell unterstützt, und offiziell sind die Pergamente auch gar nicht hier.«
Der Papst nickte bedächtig. »Gut – lassen Sie alles an einen neutralen Ort bringen und sorgen Sie dafür, dass Lambert erfährt, dass wir den gesamten Fund an eine internationale Delegation übergeben werden.«
»Ja, aber wie erklären wir das?«
»Ganz einfach: Wir haben Einfluss auf das beauftragte Team genommen, diese für die Wissenschaft bedeutsamen Pergamente einer breiten Öffentlichkeit zugänglich zu machen.« Der Papst wusste, dass dies jetzt kein großer Verlust mehr war im Vergleich zu dem, was bereits veröffentlicht worden war. Und er ging davon aus, dass dies auch Perona klar war.
Perona schien darüber nachzudenken, doch der Papst fragte sich, was wirklich im Kopf seines Camerlengos vorging. Als er nichts dazu sagte, fuhr der Papst fort.
»Noch eine Bitte. Ich möchte, dass Sie mir die Liste aller Bischöfe zukommen lassen, die unter sechzig Jahre alt sind und die sich besonders durch ihr soziales Engagement ausgezeichnet haben.«
»Heiliger Vater, was …«
»Ich bitte Sie, Perona, selbst Sie müssen doch erkennen, dass wir in vielen Bereichen nicht mehr so weitermachen

können wie bisher. Auch wenn die Situation in New York und Washington sich noch einmal zu unseren Gunsten beruhigen sollte. Ohne sicht- und spürbare Erneuerungen verlieren wir immer mehr …«

»Aber Heiliger Vater, unsere Kanzlei wird mit Briefen überschwemmt, die tiefe Zuneigung, Hoffnung und Verehrung für Sie zum Ausdruck bringen.«

»Ja, natürlich, Perona! Sie haben mich völlig falsch verstanden. Es geht nicht um meine Nachfolge, sondern um die Ernennung der nächsten Kardinäle. Wir müssen Akzente setzen, die weniger politisch als vielmehr für die Gläubigen erkennbare Signale sind, dass diese Kirche nicht nur aus internem Streit und Skandalen besteht. Das ändert gar nichts daran, dass unsere Welt eine geistige Reinigung durch den christlichen Glauben dringend nötig hat. Aber wir brauchen an der Spitze Menschen, die Gott wieder ins Zentrum des religiösen, philosophischen, wissenschaftlichen und politischen Denkens bringen. Sehen Sie doch selbst, Ihre Arbeit für die päpstliche Akademie hat das Bewusstsein für die Todsünde einer Abtreibung erst wieder in die Öffentlichkeit gebracht, und wie viel Zustimmung haben wir dafür bekommen!«

»Danke, Heiliger Vater.«

Der Papst lächelte ihn väterlich an. »Und sagen Sie Cardinale Lambert nach seiner Rückkehr, dass Sie nicht mehr länger sein Spitzel sind.«

»Wie bitte?«

»Glauben Sie, ich weiß nicht, wie Lambert seine Ziele im Hintergrund verfolgt?«

»Aber Heiliger Vater, das würde ich nicht im Traum tun.«

»Glauben Sie, ich wüsste nicht, wie viele Päpste hinter diesen Mauern oder irgendwo dort draußen eines höchst unnatürlichen Todes gestorben sind? Ich habe nicht die Absicht, der Nächste zu sein.«

SUPREME COURT, WASHINGTON, D.C. –
3. APRIL, 11 UHR

Der weiße Van parkte in der Nähe der East Capitol Street. Ein guter Platz, um den Seiteneingang des Supreme Court zu beobachten. Hier, fern vom Haupteingang, betraten in der Regel Zeugen und Richter den Court. Das Zielfernrohr hatte ein wenig geklemmt, doch inzwischen war die Waffe vorbereitet, und bei einer Reichweite von gut dreihundert Metern war genug Zeit, sich unauffällig vom Ort des Geschehens zu entfernen.

Am Morgen hatte MacClary im Café des Hotels mit Jennifer und Shane das weitere Vorgehen besprochen. Erst jetzt hatte er die Tragweite seiner geheimen Quelle offenbart. Es würde die Anwälte des Vatikans in eine unhaltbare Position bringen, aber er müsste sofort zurücktreten, wenn er wirklich darauf zurückgriff. In einem Umschlag hatte er alle Unterlagen für die heutige Anhörung vorbereitet. Nun kam es darauf an, ob die Richter Ryans Aussagen und den Aufnahmen aus Orvieto Glauben schenkten.
»Wo ist Deborah?«, fragte Shane, als sie den Verhandlungssaal betraten.
»Sie kommt mit Ryan«, sagte Jennifer und schaute auf die Uhr. »Okay, es geht los, denke ich.«
Shane fühlte sich bleischwer und fieberhaft unruhig zugleich. Sein Herz raste. Er konnte die Spannung kaum noch ertragen.

Vor dem Haupteingang des Supreme Court hatten die Behörden wegen der zahlreichen Demonstranten eine Bannmeile errichtet. Die ersten Bischöfe trafen ein. Außerhalb des Sperrgürtels lieferten sich Zehntausende Demonstranten zum Teil heftige Straßenschlachten mit der Polizei.
Im Saal herrschte eine gereizte Stimmung. Jennifer wusste, dass erst die gegnerische Seite zu Wort kommen würde, die sich im Moment vermutlich in Sicherheit wähnte.

Die Richter hatten sich Zeit gelassen und versammelten sich schließlich an ihren Plätzen.
»Ich erteile das Wort dem Anwalt des Vatikans«, sagte MacClary und sah in das angespannte Gesicht von Salvoni. Der Anwalt erhob sich. »Hohes Gericht. Wir beantragen erneut, diese Anhörung umgehend zu beenden. Ich habe hier eine Genehmigung für die besagte Ausgrabung, die zwar von der päpstlichen Akademie in Auftrag gegeben wurde, jedoch von einer privaten Sicherheitsfirma begleitet wurde, und zwar durch den hier anwesenden ehemaligen Leiter der vatikanischen Polizei, Victor Salvoni.«
»Was heißt in diesem Zusammenhang ehemalig?«, fragte Richterin Andrews.
»Victor Salvoni ist seit über einem Jahr aus den Diensten des Vatikans ausgeschieden und arbeitet für eine private Sicherheitsfirma in Rom. Diese Firma war mit der Bewachung der Bergung in Österreich beauftragt.«
»Offen gestanden, für mich klingt das eher wie der Versuch, den Vatikan durch die Vortäuschung irreführender Behauptungen zu schützen«, wandte sie ein. »Gerade Sie sollten doch wissen, dass die alten Mechanismen nicht mehr so leicht greifen. Der Vatikan kann sich der Verantwortung nicht mehr dadurch entziehen, dass er Kardinäle und Bi-

schöfe oder Mitarbeiter nach Belieben zu seinem Staatsvolk zählt oder nicht. Die aktuellen Überlegungen der Vereinten Nationen sind auch an diesem Gericht nicht spurlos vorbeigegangen, werter Kollege.«
Richter Faster setzte hinzu: »Wie erklären Sie sich außerdem die übereinstimmende Bestätigung sämtlicher Gutachten, dass die hier vorgelegten Fotos aus dem Archiv in Orvieto authentisches Material zeigen?«
»Die Leitung der Expedition hat die Räumlichkeiten vorübergehend zu einer ersten Sichtung genutzt. Ich weise darauf hin, dass der Dom von Orvieto ebenfalls nicht zum Hoheitsgebiet des Vatikans gehört. Es ist jedoch nachvollziehbar, dass der Auftraggeber dennoch seine Räumlichkeiten zur Verfügung stellt…«
MacClary legte beide Hände auf den Tisch, beugte sich weit vor und sah den Mann scharf an.
Der Vertreter des Vatikans sprach ungerührt weiter. »Hohes Gericht, offensichtlich sind hier einfach zwei konkurrierende Gruppen aneinandergeraten, und ich betone, dass daran kein Angehöriger des Vatikans beteiligt war. Dennoch übernimmt Victor Salvoni die Verantwortung für den bedauerlichen Zwischenfall.«
»Wollen Sie behaupten, der Vorgang und die Eskalation vor Ort waren dem Vatikan bis zum Erhalt der Anklage nicht bekannt?«, fuhr Richter Copter auf. »Und warum taucht diese Grabungsgenehmigung erst jetzt auf?«
»In der Tat war der gesamte Vorgang im Vatikan unbekannt, und der Leiter der päpstlichen Akademie, der die Grabung in Auftrag gegeben hatte, konnte wegen eines Krankenhausaufenthalts nicht rechtzeitig für Aufklärung sorgen. Außerdem sagen die Mitglieder der Expedition übereinstimmend aus, sie hätten niemanden behindert, sondern

seien vielmehr ihrerseits von drei unbekannten Männern überfallen worden.«

MacClary hätte beinahe laut aufgelacht. »Können Sie belegen, dass der – wie Sie sagen – ehemalige Leiter nicht mehr Mitglied der vatikanischen Polizei ist?«

»Selbstverständlich, Hohes Gericht. Die Entlassungsurkunde aus dem vergangenen Jahr liegt vor. Außerdem wurde uns heute Morgen mitgeteilt, dass die restlichen Fundstücke bereits in der Engelsburg außerhalb des Vatikans von staatlichen Archäologen untersucht werden. Von Geheimhaltung oder Unterschlagung kann hier also überhaupt keine Rede sein.«

MacClary blätterte unruhig in seinen Unterlagen. Das war raffiniert eingefädelt, zumindest für die Öffentlichkeit.

Seiteneingang zum Supreme Court – 11.45 Uhr

Trotz der zahlreichen Demonstranten war die Zufahrt zum Seiteneingang leicht zu erreichen. Deborah sah aus der Ferne die Menschenmenge und die Zusammenstöße mit der Polizei.

Ryan hielt die Box mit dem Pergament des Rodanicas mit seinen Händen fest umschlossen. Am Abend zuvor war auch dieses Pergament begutachtet und als authentisch bewertet worden. Zusammen mit den Stammbäumen der Familien war nun die Linie vom vierten Jahrhundert bis in die Gegenwart geschlossen. Er fühlte sich wie erlöst.

Die Wagenkolonne erreichte ihr Ziel. Ein Dutzend Sicherheitsbeamte stieg aus und kontrollierte die Umgebung. Die Tür des gepanzerten Fahrzeugs öffnete sich, und Deborah stieg aus. Ryan legte sich den Tragegurt der Box um die

Schulter. Er schaute sich kurz um, bevor er, umringt von den Beamten, die Treppe hinaufging.

Der Schmerz durchzuckte ihn. Ein scheußlicher, brennender Schmerz. Ryans Atem stockte. Neben ihm fiel einer der Beamten zu Boden. Aus dem Kopf des Mannes spritzte Blut auf den hellen Beton der Treppe. Mehrere Männer stürzten sich auf Ryan und Deborah, um sie vor den Kugeln zu schützen.

Weitere lautlose Schüsse – ein Polizist sackte schwer verletzt zu Boden. Geschosse schlugen in den Beton ein.

»Da hinten!«, schrie einer der Beamten und zeigte auf den Van. Drei Polizisten knieten im offenen Schussfeld. Ein weiterer wurde getroffen und fiel nach hinten um. Die Sicherheitsbeamten schossen mit allem, was sie hatten, auf den Van, bis sich die Fahrertür wie von selbst öffnete und ein Mann aus dem Wagen fiel. Er war sicher tot. Aber war er der einzige Schütze?

Zwei Beamte rannten zum Van und sicherten die Lage. Ryan sackte zusammen. Er versuchte, den brennenden Schmerz in seiner Brust mit aller Kraft zu unterdrücken.

Ein Mann kümmerte sich um Ryan. Mit einem besorgten Blick auf die Schussverletzung zog er sein Funkgerät hervor.

»Agent Rupert Cook, CIA, ich brauche eine Ambulanz am Seiteneingang des Supreme Court, aber schnellstens! Und schicken Sie einen Helikopter!«, brüllte er in das Gerät. »Ja, mehrere Verletzte, einer lebensgefährlich, mindestens zwei Tote. Nein, mehr kann ich im Moment noch nicht sagen.«

Deborah kniete neben Ryan. »Thomas, Thomas, nein, bitte nicht, bitte, bitte nicht! Verdammt noch mal, holt doch Hilfe! Bitte, bitte helft uns!« Ihre Jacke war rot getränkt von Ryans Blut.

»Gib mir deinen Schal, Deborah«, sagte Ryan mit zittriger Stimme.
»Wieso? Was …«
»Du musst mir helfen, ich schaff das nicht allein. Bind den Schal um meine Brust und zieh, so fest du kannst.«
»Was hast du vor? Du musst liegen bleiben, du musst sofort ins Krankenhaus. Oh Gott, Thomas!«
»Deborah … ich muss. Ich will da rein! Du musst mir helfen, sonst verblute ich, bevor ich in diesen Saal komme.«

48

SUPREME COURT – 12 UHR

Im Verhandlungssaal schaute Jennifer auf ihre Uhr. Wo war Ryan? Er hätte längst hier sein müssen.
Der Anwalt des Vatikans hatte sämtliche Register gezogen, um alles wie eine unglückliche Verquickung von Zufällen aussehen zu lassen, und die Stimmung der Richter drohte schon zu kippen, als MacClary plötzlich das Wort ergriff.
»Hohes Gericht. Angesichts dessen, was jetzt zwangsläufig folgen wird, muss ich den Vorsitz abgeben. Für diesen Fall wurde vorgesorgt. Die Präsidentin hat Richterin Barbara Andrews mit meiner Nachfolge betraut.«
Ein Raunen ging durch den Saal. Jennifer öffnete den Umschlag mit den Unterlagen, die MacClary ihr gegeben hatte. Lambert schaute den Anwalt an, doch auch der zog nur ratlos die Schultern hoch. Salvoni schüttelte verwirrt den Kopf. Es gab keine Beweise, dass sie den Richter abgehört

hatten, oder? Was also sollte dieser Schritt? Wollte der Richter etwa selbst aussagen?
Lambert nahm seinen Mantel, als wollte er gehen.
»Ruhe!«, rief die Vorsitzende Richterin Andrews. »Ich bitte um Ruhe und erteile jetzt der Anwältin Jennifer Wilson das Wort.«
Jennifer stand auf. »Hohes Gericht. Uns liegt inzwischen eine Bestätigung des österreichischen Außenministeriums vor, dass die Genehmigung der archäologischen Ausgrabung widerrechtlich und im Nachhinein erteilt wurde. Der betreffende Beamte ist bereits in Wien verhaftet worden.«
Lambert starrte sie fassungslos an. Hektisch flüsterte er dem Anwalt etwas zu.
»Zum Zweiten kann ich dem Hohen Gericht mitteilen: Die Entlassungsurkunde von Victor Salvoni ist ebenso eine Fälschung wie die Ausgrabungsgenehmigung. Heute Morgen wurde uns durch den Vertreter des Heiligen Stuhls bei den Vereinten Nationen die tatsächliche Entlassungsurkunde für Victor Salvoni übermittelt. Sie ist auf den gestrigen Tag datiert und vom Papst persönlich ausgestellt. Es kann also überhaupt keine Rede davon sein, dass Victor Salvoni bereits vor einem Jahr aus dem Dienst des Vatikans ausgeschieden ist.«
Wieder ging ein Raunen durch die Menge. Im Zuschauerraum wurde heftig diskutiert, und von der Bank der Bischöfe und Kardinäle waren laute Stimmen und Protestrufe zu hören.
»Ruhe! Ich bitte um Ruhe«, mahnte die Vorsitzende Richterin Andrews. »Fahren Sie bitte fort, Ms. Wilson.«
»Hohes Gericht, abgesehen von der Aussage des Klägers, der jede Minute hier eintreffen müsste, können wir durch einen Zeugen beweisen, dass der Vatikan im Zusammen-

hang mit den Ausgrabungen am Magdalensberg definitiv als Auftraggeber gehandelt hat. Und zwar in einer Weise, die grob gegen geltendes Recht verstößt. Außerdem können wir beweisen, dass dieser Mann, der Zeuge selbst, über Jahrzehnte die Familie MacClary ausspioniert hat, da die Kirche befürchtete …«

»Ist dieser Zeuge wenigstens hier, wenn schon der Kläger nicht vor Ort ist?«, fragte Richterin Andrews.

»Allerdings, Hohes Gericht.«

Die Tür öffnete sich, und ein Mann betrat den Saal, die Gestalt komplett unter einer Mönchskutte verborgen. Seine gebeugte Haltung und sein Gang wirkten wie die eines Greises.

Im Saal herrschte erwartungsvolle Stille. Salvoni war beim Anblick des Mannes leichenblass geworden. Er hatte bereits bei der Anküdigung geahnt, wer dieser Zeuge sein würde, aber irgendwie hatte er immer noch gehofft, er würde sich irren. Jetzt jedoch wurde jede Zelle seines Körpers von Angst durchströmt, als er aus der Entfernung die ausgemergelten und von Altersflecken übersäten Hände des Mannes sah. Als dieser schließlich die Kapuze zurückschlug, bekreuzigte sich Salvoni, verbarg sein Gesicht hinter den Händen und atmete tief durch. Jetzt würde alles zusammenbrechen, das war ihm vollkommen klar.

Als Lambert den Greis erkannte, hatte er Mühe, sich auf seinem Sitz zu halten. »Morati, dafür wirst du in der Hölle braten, du Bastard«, zischte er, als der Alte an ihm vorbeiging.

Der alte Mann blieb stehen und drehte sich um. »Ich brate schon fast mein ganzes Leben in der Hölle«, erwiderte er leise, aber sehr gefasst.

Jennifer ergriff wieder das Wort. »Hohes Gericht, der Zeuge Padre Luca Morati hat vor rund drei Wochen den hier anwesenden Victor Salvoni über eine mögliche Bedrohung unterrichtet. Er vermutete, dass Ronald MacClary eventuell Zugang zu den hier vorliegenden Pergamenten der Druiden und einiger römischer Philosophen hätte.«

»Wie wollen Sie das beweisen?«, hakte Richter Wilson ein.

»Dazu komme ich gleich, einen Moment. An die eigentliche Information über den Fundort der Pergamente kam die vatikanische Polizei erst durch eine Abhöraktion in der Dubliner Wohnung des Richters Ronald MacClary. Sowohl die Abhöraktion selbst als auch ihre Urheber wurden uns von Experten der amerikanischen Botschaft in Dublin bestätigt.«

»Woher wollen Sie wissen, dass diese Abhöraktion durch Mitarbeiter des Vatikans durchgeführt wurde?«

Shane spürte die Angst der Kardinäle und Priester. Er sah, wie Salvoni vor Wut kochte. Andere beschimpften weiter den alten Morati, der sich inzwischen neben ihn und O'Brian in die erste Reihe gesetzt hatte. Doch keiner von ihnen schien den Greis zu berühren. »Ich habe hier ein Gutachten des FBI, welches die Herstellung und den Verbleib der verwendeten Wanzen dokumentiert. Sie wurden vor rund vier Jahren von der vatikanischen Polizei in den Vereinigten Staaten erworben.«

Die Protestrufe von der Bank der Kardinäle und Bischöfe wurden immer heftiger und lauter, sodass die Vorsitzende Richterin energisch mit dem Hammer auf den Tisch schlug. »Entweder es kehrt hier umgehend Ruhe ein, oder ich lasse den Saal räumen. Fahren Sie fort, Ms. Wilson.«

»Der Padre hat zudem zu Protokoll gegeben, dass er auch mit Kardinalstaatssekretär Lambert über die Umstände seiner Entdeckung gesprochen hat«, fuhr Jennifer fort.

»Was wollen Sie damit sagen?«, unterbrach Richter Copter. »Wie Sie wissen, ist Kardinalstaatssekretär Lambert die wichtigste leitende Persönlichkeit des Vatikanstaates, vom Papst einmal abgesehen. Wenn er in den Vorgang verwickelt war, rechtfertigt das umso mehr unsere Klage gegen den Vatikanstaat.«

Lambert diskutierte wieder mit dem Anwalt. Morati sah ihm für einige Sekunden zu, betrachtete das entsetzte, zornige Gesicht des Kardinals; dann straffte er sich und schien einen Entschluss gefasst zu haben. Mühsam stand er auf und signalisierte, etwas sagen zu wollen. Obwohl es nicht üblich war, in diesem Gericht Zeugen zu hören, gab die Richterin Andrews ihm mit einem Handzeichen die Erlaubnis zu sprechen.

O'Brian, der neben Morati gesessen hatte, stand auf und stützte den Greis, der sich kaum noch auf den Beinen halten konnte.

»Verehrte Richter. Ich bin zu schwach, um die ganze Geschichte zu erzählen, aber ich kann eines versichern: Im Vatikan, in allen höheren Rängen, bestand immer die Angst, dass eines Tages klar würde, mit welcher Menschenverachtung wir der Aufklärung und der Vernunft entgegenstanden und wie sehr wir von Anbeginn und bis in die Gegenwart hinein unsere Lehre zum unumstößlichen Gesetz machen wollten. Ich selbst …« Morati wankte; er drohte jetzt wirklich zusammenzubrechen. »Ich habe es zeit meines Lebens bereut, aber ich selbst …« Tränen standen in seinen Augen, nur mit letzter Kraft brachte er den Satz zustande. »Ich selbst habe dafür einen Menschen getötet. Nachdem Sean MacClary, der Vater des hier anwesenden ehrenwerten Richters Ronald MacClary, sich geweigert hatte, uns den Ort seiner Entdeckungen bekannt zu geben, war ich

mit dafür verantwortlich, dass er kurz vor seiner Entlassung aus dem Lazarett ... vergiftet wurde.«
Seine Stimme zitterte bei jedem Wort. Er sank immer mehr zusammen. O'Brian wollte ihm auf den Stuhl helfen, aber ein letzter Satz kam noch über seine Lippen: »Ich kann nur noch um das bitten, was wir als Kirche wohl am wenigsten verkörpert haben: um Vergebung ...«
MacClary saß wie gelähmt auf seinem Stuhl. Morati hatte ihm gegenüber bisher nur zugegeben, dass er die Mörder kannte – nicht dass er selbst der Mörder war. Im Saal herrschte betroffene Stille.
Als die Richterin wieder das Wort ergreifen wollte, öffnete sich die Tür zum Verhandlungssaal. Shane drehte sich erwartungsvoll um. Er sah nur Deborahs verweintes Gesicht und ihre blutbefleckte Kleidung. Sie ist verletzt, schoss es ihm durch den Kopf. Er wollte zu ihr. Dann erst nahm er die Sicherheitsleute wahr, die Ryan auf seinem Weg in den Gerichtssaal stützten.
Jeder sah, dass Ryan etwas Fürchterliches zugestoßen sein musste. Er wirkte schwach, dennoch strahlte er Stolz aus und sah in die schockierten Gesichter.
»Lasst mich, den Rest schaffe ich alleine«, sagte er zu seinen beiden Helfern. Er ging auf den Tisch der Richter zu. Sein Gesicht verzerrte sich, und seine verkrampften Hände ließen die ungeheuren Schmerzen erkennen, die er zu unterdrücken versuchte.
Salvoni wand sich auf seinem Sitz. War das tatsächlich der Mann, den er in der Höhle niedergeschlagen hatte? Es war alles so schnell gegangen ...
Ohne den Gepflogenheiten im Gerichtssaal Beachtung zu schenken, rannte Deborah wie in Panik zu Jennifer. »Irgendwer hat ihn angeschossen. Er verliert so viel Blut. Jen-

nifer, bitte, beeilt euch und bringt das hier zu Ende«, flehte sie unter Tränen.
»Was? Oh nein ...«
Shane wurde übel. Gestern hatten alle noch so viel Hoffnung gehabt und waren vereint gewesen in dem Gefühl, dass für sie, aber vor allem für Ryan, eine lange Suche glücklich zu Ende gehen würde. Und nun ein neues Verbrechen.
Er hatte das Gefühl, dass sich in diesem Elend, in diesem grauenhaften Moment, der Schmerz einer ganzen Epoche spiegelte. Glaubensfragen, Machtfragen ... wann würde das endlich aufhören? Er wollte aufstehen, um Ryan zu helfen, doch Jennifer signalisierte ihm, sitzen zu bleiben und abzuwarten. Als sie weitersprach, hatte sie hörbar Mühe, ihre Stimme ruhig zu halten.
»Hohes Gericht, ich sehe mich leider gezwungen, die Würdigung der soeben gehörten Zeugenaussage zu unterbrechen. Dieser Mann ist der Kläger Thomas Ryan, und ich halte es für vordringlich, seine Aussage zu hören, und zwar unverzüglich, da er eben vor dem Eingang des Gerichts angeschossen wurde.«
»Reden Sie«, bedeutete ausgerechnet Richter Faster, der sich im Laufe der Verhandlung immer mehr von seiner ursprünglichen Ablehnung gegen diese Anhörung wegbewegt hatte.
»Hohes Gericht, ich bin Thomas Ryan, rechtmäßiger Erbe der Bibliothek der Druiden, Nachfahre des Druiden und Gelehrten Rodanicas, was dieses Pergament belegt.« Er spürte, wie die Kräfte ihn verließen, aber er öffnete die Box, zog eine beglaubigte Kopie des Pergaments heraus und rollte es auf dem Tisch der Anwälte vor dem Podium der Richter aus.

»Und dieser Mann ...«, Ryan deutete mit dem Finger auf Salvoni, der nur noch wie in Trance seinem Schicksal entgegensah, »... dieser Mann hat am Magdalensberg versucht, mich zu töten.«
Ryan holte unter seinem Mantel die Mütze hervor, die Salvoni gehörte und die noch Haare enthielt, die er ihm im Kampf ausgerissen hatte. Im Saal herrschte Totenstille; selbst die kirchlichen Würdenträger saßen wie unter Schock auf ihren Plätzen.
»Ich bete darum, dass euch all das eines Tages ...«
Mit einem Stöhnen sackte Ryan zusammen. Die Tür zum Saal öffnete sich, Sanitäter stürmten herein. Deborah kniete sich auf den Boden und nahm Ryans Kopf auf ihren Schoß. In Sekundenschnelle entlud sich die aufgestaute Spannung in tumultartigen Szenen. Während einige Bischöfe weiter Morati beschimpften, nahmen auf ein Signal von Richter Faster hin zwei Saalbeamte Salvoni in Gewahrsam, der regungslos auf Ryan starrte. Widerstandslos ließ er sich die Handschellen anlegen. Währenddessen versuchte Lambert, sich an der Seite aus dem Saal zu schleichen.
Als er die Tür erreichte, standen zwei Polizisten vor ihm, begleitet von Luciano Verosa, dem Gesandten des Heiligen Stuhls bei den Vereinten Nationen.
»Lassen Sie mich sofort durch! Ich muss dringend zurück nach Rom«, sagte Lambert in seiner üblichen autoritären Art. Doch die Handschellen, die einer der Polizisten gezückt hatte, waren unmissverständlich.
»Kardinal Thomas Lambert, ich bin beauftragt, Sie wegen der Beteiligung an einem in Österreich verübten Raub und Mordversuch festnehmen zu lassen«, sagte Verosa kühl und ruhig.
»Sind Sie verrückt geworden?«, brüllte Lambert, während

er versuchte, an den Polizisten vorbeizukommen. »Ich geniesse diplomatische Immunität!«

»Das ist leider ein Irrtum, Cardinale. Sie sind seit gestern Abend weder im Amt noch Bürger des Vatikanstaates. Hier ist Ihre Entlassungsurkunde.«

»Das ist doch völliger Irrsinn. Wer hat …« Lambert durchzuckte es wie ein Blitz. Die Aussagen Moratis hatten ihn schwer belastet, und offensichtlich waren diese Aussagen in Rom bereits bekannt gewesen, bevor der Greis hier aufgetreten war. Nun schlug die alte Strategie, wie man sich in Rom verdächtiger Mitarbeiter entledigte, auf ihn selbst zurück.

»Der Heilige Vater persönlich hat Ihre Entlassung angeordnet, den Rest muss ich ausgerechnet Ihnen wohl kaum erklären.« Er nickte den Polizisten auffordernd zu. »Schreiten Sie zur Festnahme, meine Herren.«

Lambert spürte das kalte Metall der Handschellen und einen unmissverständlichen Ruck von einem der Beamten.

Vor dem Richtertisch kämpften die Sanitäter immer noch um das Leben von Thomas Ryan. Deborah kniete neben ihm und sah in die Gesichter der Bischöfe. Angewidert von den Abgründen, die sich hier auftaten, hatten sich ein paar Aufrechte ihre Roben ausgezogen.

»Ist das eure Vorstellung von der Botschaft eures Propheten? Zu töten? Zu lügen und zu betrügen?«, schrie Deborah in die Menge. »Ihr lasst auf ihn schiessen, nur weil er seine Identität, unsere Identität finden wollte, weil er unsere Kultur wieder zum Leben erwecken wollte. Ich hasse euch, ich hasse euch …«

Shane beugte sich zu ihr herab und legte seine Arme um sie. Er sah, wie Ryan das Blut aus dem Mund lief.

»He, ihr Helden …« Ryan griff nach der Hand eines Sani-

täters. »Lasst mich bitte einfach mit meinen Freunden alleine.«
Shane, Deborah und Jennifer, O'Brian und MacClary knieten sich neben Ryan auf den Boden.
»Hör auf, von Hass zu reden, Deborah. Ihr alle – ihr müsst ihnen vergeben. Wie sagte ihr eigener Prophet angeblich: Sie wissen nicht, was sie tun. Ihr werdet mich immer finden. Hier drin.«
Ryan legte die Hand auf sein Herz.
»Und du bist nicht allein, Deborah, hörst du! Du hast diese Menschen hier, und du kannst sicher sein, sie werden dir helfen. Wir sind eine große Familie. Du wirst nie allein sein … ich … ich liebe euch alle. Und jetzt bringt mich nach Hause.«
Ryan sah an die Decke. Sekunden später wurde sein Blick starr.
Mit einer sanften Handbewegung schloss ihm Shane die Augen, dann setzte er sich, umschlang seine Knie mit beiden Armen und weinte wie ein Kind. Jennifer hielt Deborah im Arm, die laut schluchzte. Erst allmählich begriffen sie alle, wie sehr Thomas Ryan und Deborah Walker zusammengewachsen waren. Verborgen unter der rauen Schale einer robusten Freundschaft war eine wahre Liebe herangewachsen: in den verrückten Jahren bei MacClary, bei den Vorträgen und den vielen Verschwörungstheorien, die sie zusammen ausgeheckt hatten. Während der unzähligen Stunden in den Pubs ihrer Stadt Dublin, in denen sie beherzt mit allen um das wahre Erbe der Kelten gestritten hatten, um die ewige Frage, was denn nun davon übrig sei, was Mythos und was Realität war. Auf den Wiesen des kurzen Sommers in Cork, bei den Opfersteinen ihrer Vorfahren – und immer in dem Gefühl, dass es noch einen anderen

Lebensentwurf geben müsse, einen, der dem Respekt vor der Natur nahekam, wie ihn die Naturvölker immer vor Augen gehabt hatten.

Hoch über ihnen waren die Richter des Supreme Court schockiert und starr vor Entsetzen. Im Saal herrschte jetzt absolute Stille, nur Deborahs Schluchzen war zu hören. Sie schien meilenweit entfernt von allem, was sie umgab, strich Ryans Haar aus seinem Gesicht und wischte mit einem Taschentuch das Blut aus seinen Mundwinkeln. Die anderen Iren kauerten in ihrer Nähe.

Während Shane das alles beobachtete, überkam ihn plötzlich ein beklemmendes Gefühl, fast wie eine Vorahnung künftiger Ereignisse. Er stand auf und winkte Jennifer zur Seite. »Jennifer, die Entlassung von Salvoni und diesem Kardinal ist nicht nur ein Schachzug, es ist ein Verzweiflungsakt. Aber ich glaube nicht, dass es nur darum geht, die Kirche zu retten, wie man oberflächlich denken könnte. Ich glaube, im Vatikan tobt gerade jetzt, in diesen Minuten, ein erbitterter Machtkampf. Ein Papst wird auf Lebenszeit gewählt. Das heißt, er stirbt im Amt, so oder so, verstehst du? Ich muss dort hin, und zwar schnell.«

»Aber Adam … ich … ich meine … wir brauchen dich hier.«

Shane sah sich um. Immer mehr Menschen scharten sich um den toten Ryan. »Ich weiß, und ich habe wirklich kein gutes Gefühl dabei, wegzugehen, aber ich muss dorthin!«

»Wir brauchen dich doch hier. – Ach, vielleicht habe ich auch nur Angst, dass dir auch noch etwas passiert.«

»Keine Angst, ich weiß, dass mir nichts passiert. Um mich geht es jetzt nicht. Vertrau mir. Vielleicht endet dieser ganze Wahnsinn schon bald.«

»Nimm mich bitte in die Arme«, sagte Jennifer leise.

Shane nickte und drückte sie für einige Augenblicke fest an sich. Er spürte ihre Angst. »Wir sehen uns in Dublin, versprochen.«
Die Sanitäter legten Ryans Leichnam auf eine Trage und brachten ihn aus dem Saal. Die Richterin schloss die Sitzung bis zum nächsten Tag.
Morgen würde die Entscheidung fallen.

49

VATIKANSTADT, ROM –
3. APRIL, 19.30 UHR

Die internationalen Reaktionen auf die dramatischen Ereignisse in Washington ließen nicht lange auf sich warten. In der Vatikanstadt verfolgten die Kardinäle und Priester wie auch der Papst schockiert die Nachrichten an den Bildschirmen.
Drei lateinamerikanische Kardinäle erklärten ihren Rücktritt und mahnten Reformen an.
Der Papst saß an seinem riesigen Schreibtisch und schrieb die letzten Zeilen eines Briefes an den Generalsekretär der Vereinten Nationen. Es war eine eindringliche Bitte um Entschuldigung für die Machenschaften seiner Untergebenen, die am Ende eben auch nur Menschen seien und Fehler begingen. Dieser Brief war dem Papst nicht leichtgefallen; zu lange hatte auch er mit der Vorstellung von Unantastbarkeit und Unfehlbarkeit gelebt. Doch als die Nachricht von der Eskalation in Washington den Vatikan erreicht hatte, kippte auch die Stimmung auf dem Petersplatz. In Sprech-

chören wurde der Papst zu einer Stellungnahme aufgefordert, die einhelligen Sympathiebekundungen gehörten offenbar der Vergangenheit an. Und die Informationen über Kirchenaustritte, die er aus vielen Teilen der Welt erhalten hatte, waren mehr als alarmierend.

Für den Kardinalstaatssekretär Lambert hatte der Papst noch keinen Nachfolger benannt. Dieses Machtvakuum löste im gesamten Kardinalskollegium blanke Ratlosigkeit aus. Wie weit würde Lamberts Arm über sein Amt hinaus in die Geschicke des Vatikans hineinreichen? Und wie würden die nächsten Schritte des Pontifex aussehen?

»Heiliger Vater?« Kardinal Catamo stand in der Tür.

»Kommen Sie herein, Catamo, kommen Sie herein und setzen Sie sich. Aber bitte – nicht noch mehr schlechte Nachrichten.«

Der Kardinal setzte sich und holte tief Luft. »Ich habe zumindest die vage Hoffnung zu bieten, Heiliger Vater, dass in dieser Sache am Ende nur Lambert, Salvoni und natürlich auch Morati zur Rechenschaft gezogen werden. Aber wir müssen uns von den Ereignissen noch klarer distanzieren. Wir müssen Klartext reden und das Geschehene als das darstellen, was es war: eine Verschwörung innerhalb des Vatikans, die wir zutiefst bedauern, ja, verabscheuen. Euer zügiges Handeln, was die Pergamente betrifft, und die Entlassungen …«

»Seien Sie nicht naiv, Catamo. Sie haben den Finger doch am Puls der Öffentlichkeit. Die Feinde unserer Kirche wetzen jetzt die Messer, aber das ist weder neu noch überraschend. Derlei haben wir über Jahrhunderte hinweg unterdrückt oder ausgesessen. Aber wenn wir uns jetzt nicht um unsere Menschen kümmern, diejenigen, die in den Diözesen und Gemeinden leben, dann verlieren wir wirklich an

Boden. Hier habe ich einen Brief, einen offenen Brief, der gestern in den wichtigsten Tageszeitungen Europas veröffentlicht wurde. Hunderttausende Unterstützer gibt es dafür inzwischen im Internet – es ist wie eine Flutwelle.«

Der Papst reichte Catamo die Zeitungsseite. In dem offenen Brief wurde gefragt, wann sich die Kirche von ihren eigenen Lehren der Gewalttätigkeit verabschieden würde, wie etwa die Anschauung des heiligen Augustinus, der die Folter als Kur für die Seele pries, oder die des heiligen Thomas von Aquin, der die Ungläubigen den staatlichen Henkern empfahl? Vor allem aber war von Kaiser Konstantin die Rede, der die Bibel und die Geschichte Jesu Christi verfälscht habe.

Der Brief gipfelte in der Frage, wie viele Menschen noch sterben sollten, bevor die Kirche endlich ihre Scheiterhaufen löschte.

Der Kardinal legte das Blatt zur Seite. »Aber Heiliger Vater, das ist doch nicht mehr unsere Kirche, ich meine, das ist doch alles Jahrhunderte ...«

»Ach, ist sie das nicht? Solange sich alle Christen indirekt für die Verbrechen der Kardinäle und auch der Päpste mitverantwortlich fühlen, solange sind wir diese alte Kirche. Die Menschen denken, dass wir unsere Scheiterhaufen nur unter dem Druck der Menschenrechtsbewegungen gelöscht haben, Catamo.«

Catamo warf einen besorgten Blick zur Tür. Er fürchtete, dass der Camerlengo draußen stand und lauschte. Jeder Gesprächsfetzen, den er aufschnappte, konnte gefährlich werden. »Wir sind nicht allein, Heiliger Vater.«

»Ach, sei's drum. Im Katechismus meines Vorgängers heißt es, dass wir den Schaden, den unsere Sünden dem Nächsten zufügen, soweit möglich, wiedergutmachen müssen. Catamo, ich denke, wir müssen jetzt endlich etwas mehr Mut aufbringen!«

»Wie darf ich das verstehen?«

»Wir müssen die Angst vor Veränderung überwinden und uns auf den Geist unseres Glaubens und seine Grundwerte konzentrieren. Wir können nicht mehr an der Realität vorbeisehen, Catamo. Ich möchte übermorgen die Kardinäle in der Basilika versammeln. Wir sind genau in der richtigen Situation, ein drittes Vatikanisches Konzil einzuberufen. Wenn wir eine Zukunft haben wollen, müssen wir uns jetzt der Vergangenheit stellen, und darüber muss gesprochen werden.«

Der Papst gab Catamo den Entwurf für eine Presseerklärung. Er beugte sich über das Papier und las den Text. Dann sah er den Papst zweifelnd an.

»Nun schauen Sie nicht so, als wäre ein Konzil das Ende, Catamo.«

»Wann … wann soll ich das veröffentlichen, Heiliger Vater?«

»Erst mal behalten Sie es für sich. Lassen Sie die Wachen vor meinen Gemächern verstärken.« In den Gesichtszügen des Papstes zeigte sich Entschlossenheit, aber auch Sorge um sein Gegenüber. Würde Catamo dem Druck standhalten und loyal bleiben? »Geben Sie das an die Presse, während ich mit den Kardinälen spreche – keine Minute früher.«

»Aber in Washington ist doch noch gar nichts entschieden worden.«

»Doch, Catamo, das ist es, dessen bin ich mir sicher.«

Catamo brauchte einen Moment, um diese Erklärung zu schlucken. »Heiliger Vater, ich habe hier noch eine Nachricht für Sie. Dieser Adam Shane möchte Sie noch einmal sprechen.«

Der Papst zog die Augenbrauen hoch. »Adam Shane? Hat er Ihnen gesagt, worum es geht?«
»Er hat mich angerufen. Er folge da nur einem Instinkt, er hätte vieles erst in den letzten Tagen verstanden und wolle Sie vor irgendetwas warnen. Etwas kryptisch, aber mehr war nicht aus ihm herauszuholen.«
»Nun, Catamo, ich denke, dies könnte eine versöhnliche Geste sein, die uns allen nützt. Sagen Sie ihm, er kann jederzeit kommen. Gut, wenn das alles war, lassen Sie nun Perona hereinkommen, bevor seine Ohren durch das Schlüsselloch quellen. Und danke, Catamo, möge der Herr Sie beschützen.«
Draußen waren nur noch die Schweizergardisten zu sehen. Von Perona keine Spur.
»Heiliger Vater, der Camerlengo ist nicht mehr hier.«
»Sehr gut. Denken Sie bitte an die Wachen.«

WASHINGTON, D.C. – 15 UHR

Shane packte im Hotel ein paar Sachen zusammen, um am nächsten Morgen ohne Verzögerung aufbrechen zu können. Deborah, Jennifer und MacClary waren in das gerichtsmedizinische Institut des FBI gefahren. Noch war die Identität des Schützen nicht ganz eindeutig geklärt, doch erste Anzeichen deuteten auf einen ehemaligen Agenten der CIA hin, der sich im Dunstkreis der sogenannten Legionäre Christi bewegt hatte und in Verbindung mit Salvoni stand.
Shane setzte sich aufs Bett. Sein Flug ging erst in ein paar Stunden; er hatte Zeit und versuchte noch einmal, Jennifer zu erreichen. Nach dem zweiten Klingeln hörte er ihre vertraute Stimme.

»Jennifer, ich bin es. Mein Flug geht erst am Morgen. Ich wollte bloss kurz noch mal deine Stimme hören. Wie geht es Deborah?«

»Schlecht wäre geprahlt. Hast du die Nachrichten gesehen?«

»Nein, wieso?«

»Es ist unglaublich. Ich hatte gedacht, dass die gewaltsamen Proteste zunehmen werden, wenn das rauskommt, aber dem ist nicht so.«

»Wenn was rauskommt?«

»Es ist so gut wie sicher, dass die Mehrheit in den Vereinten Nationen dem Vatikan tatsächlich die Anerkennung als Staat entzieht. Die meisten fordern aber vor allem die Herausgabe aller Kulturgüter, die nicht dem Vatikan gehören. Adam, das betrifft nicht nur die Pergamente. Sie fordern, dass die Archive des Vatikans von einer UN-Kommission durchsucht werden dürfen und …

»Das ist doch hervorragend! Wann?«

»So schnell geht das nicht, Adam. Du darfst nicht vergessen, dass Italien noch dazwischensteht. Bis das alles formal durch ist, werden wahrscheinlich noch Wochen vergehen, optimistisch geschätzt.«

»Ja, ich verstehe schon, aber das Signal ist doch vernichtend, und ich kann mir nach den Aussagen von Morati nicht mehr vorstellen, dass uns da noch jemand Schwierigkeiten macht.«

»Ja, vernichtend ist ein guter Ausdruck. Auf jeden Fall wird es zusätzlich Druck auf die Richter machen, das Ganze morgen nicht nur als Tat von Salvoni und Lambert zu betrachten. Trotzdem, vergiss nicht, Morati hat den Papst gedeckt. Und deshalb, bitte, Adam, wenn du wirklich meinst, dass du dorthin musst, pass auf dich auf. Ich habe ein ganz ungutes Gefühl.«

»Wo seid ihr nach der Entscheidung im Court?«
»Wir werden morgen sofort nach Dublin fliegen. Ronald will mit Ms. Copendale sprechen, die sicher völlig außer sich ist.«
»Ich verstehe immer noch nicht, was sie damit zu tun hat.«
»Ich weiß es auch nicht, Adam. Treffen wir uns gleich, wenn du aus Rom zurück bist?«
»Na klar. Bis morgen.«
Shane legte auf und lehnte sich zurück. Plötzlich spürte er Ryans Gegenwart. Sein Blick fiel auf ein Pergament, das Deborah aus dem Labor hatte mitgehen lassen. Es war mit dem gleichen Symbol verziert wie der Stein, auf dem er seine letzte Vision gehabt hatte.
Wieder überrollte ihn das Gefühl von Klarheit und Schmerz angesichts der vielen Generationen, die betrogen, ermordet und vertrieben worden waren. Doch die einstigen Gelehrten und die Druiden hatten ihr Schicksal offenbar mit stoischer Ruhe hingenommen. Er konnte sie fühlen, wie sie durch Europa irrten, gehetzt und gejagt, nirgendwo sesshaft wurden, wie sie immer weiter nach Westen zogen, um sich schließlich auf die Insel zu retten, auf der alle Wege endeten. Doch wie war es möglich, dass diese Stammbäume so lange weitervererbt worden waren? Warum kam erst jetzt ihre Entdeckung? Das alles konnte doch kein Zufall sein. Irgendetwas fehlte in dem ganzen Puzzle. Vielleicht würde er in Rom noch mehr erfahren oder verstehen.

50

WASHINGTON, D.C. – 4. APRIL, 11 UHR

Das Erwachen war schrecklich an diesem Morgen. Mac-Clary hatte kaum ein Auge zugetan und machte sich immer noch schwere Vorwürfe wegen Ryan. Auch wenn Deborah ihm am Abend gesagt hatte, dass Ryan ganz allein für seine Entscheidungen verantwortlich war und dass sie niemandem die Schuld an seinem Tod gab. Er quälte sich aus dem Bett und hoffte, dass er rechtzeitig in Dublin sein würde, um Ruth Copendale seine Sicht der Dinge nahezubringen. Sie sah zwar so gut wie nie fern, aber sicher hatte sie die Zeitungen gelesen.
Die Straßen waren voll, und er war so spät dran, dass er fast noch die letzte Besprechung verpasst hätte. Vor dem Supreme Court herrschte Totenstille. Nach dem Attentat vom Vortag war die Bannmeile weiter gezogen worden, es gab verstärkte Kontrollen, und bewaffnete Sicherheitsleute beherrschten das Bild. Als die ersten Busse mit den Kardinälen und Bischöfen ankamen, wurde der gespenstische Eindruck noch stärker. In ihren roten und schwarzen Roben schritten sie die Treppen hinauf zur Haupthalle.

Jennifer und Deborah wurden gemeinsam mit den meisten der irischen Familien ebenfalls in einem Bus vorgefahren. O'Brian und Sarah hatten im Bus noch mit Jennifer diskutiert, warum der Court den Antrag eventuell doch ablehnen könnte. Zu hoch war der Druck, der auf den Richtern lastete, keiner wusste genau, ob sie den Fakten folgen oder doch noch politische Rücksichten nehmen würden. Und

nachdem der Papst selbst durch Salvonis und Lamberts Entlassungen und die Freigabe der Pergamente gehandelt hatte, war die Ungewissheit eher größer geworden.
Sarah stieg als Erste aus und öffnete Deborah die Tür. Sie warf ihr einen besorgten Blick zu. »Meinst du, du stehst das durch?«
»Ich muss, Sarah, verstehst du, das bin ich ihm schuldig. Und mir. Ich hoffe, dass es schnell vorbeigeht. Dann möchte ich nur noch mit euch nach Hause.«
Während Jennifer aus dem Bus stieg, spürte sie plötzlich Angst. Shane würde den Papst kurz nach der Urteilsverkündung treffen. Hoffentlich hatte das keine Folgen für ihn. Sie schaute in den wolkenlosen Himmel.
Deborah blieb neben ihr stehen, sah ihr forschend in das besorgte Gesicht und nahm sie für einen kurzen Augenblick in den Arm.

Als MacClary den Court durch einen der Hintereingänge betrat, stand bereits die Vorsitzende Richterin Barbara Andrews vor dem Konferenzzimmer und erwartete ihn.
»Guten Morgen, Ronald.«
»Guten Morgen, Barbara. Ich hoffe, wenigstens du konntest schlafen.«
»Nicht wirklich. Aber wir haben zu einer Entscheidung gefunden. Und wir haben dem Antrag zugestimmt. Nur Faster hat sich immer noch etwas gesträubt, sich dann aber durchgerungen, nachdem wir ihm die Bedeutung einer einstimmigen Entscheidung klargemacht haben. Abgesehen von deiner Enthaltung, natürlich.«
MacClary sah sich den Beschluss an. In der Tat waren alle seinem Entwurf gefolgt. Das übertraf selbst seine kühnsten Erwartungen, aber in diesem Moment konnte er nur eine

abgrundtiefe Erschöpfung in sich fühlen. Für Freude war einfach kein Platz.

»Gut, dann bringen wir es hinter uns«, sagte er und ging in das Konferenzzimmer, um sich seine Robe anzuziehen, wohl zum letzten Mal in seinem Leben.

»Ach, Ronald.« Die Vorsitzende sah ihm nachdenklich zu. »Wir möchten, dass du die Entscheidung verliest. Wir denken, das hast du dir mehr als verdient.«

Der Marshall kündigte das letzte Mal in dieser Anhörung die Richter an. Die Vorsitzende Richterin verkündete, dass die Entscheidung von Ronald MacClary verlesen werden würde.

Die Spannung im Saal war mit Händen zu greifen.

»Ich verlese nun die Entscheidung«, sagte MacClary. Plötzlich waren sie da, die Gefühle: die Trauer über den grauenhaften Verlust eines Freundes, die Erleichterung, dass die Anspannung bald hinter ihm liegen würde, die Freude über den Erfolg. Die Dankbarkeit für alles, was in den letzten Tagen und Wochen geschehen war. Und die tiefe Verbundenheit mit seinem Vater. Heute würde die Weltgeschichte verändert und eine Ära der Lügen und ungesühnten Taten im Namen eines Glaubens beendet werden.

MacClary richtete den Blick auf die hintere Wand des Saals und atmete tief durch, bevor er zu sprechen begann. »Meine Damen und Herren. Eine persönliche Bemerkung sei mir angesichts der Umstände erlaubt. Ich enthalte mich in der Entscheidung über den Antrag der Staatsanwaltschaft von Boston, um meiner persönlichen Betroffenheit gerecht zu werden.«

Im Saal wurde es wieder unruhig. Einer der Kardinäle konnte sich nicht zurückhalten und beschimpfte MacClary als Ketzer. Die Vorsitzende Richterin wies zwei Saaldiener an, den Kardinal hinauszubegleiten, was seine Schimpftiraden nur noch lauter werden ließ.

MacClary blickte dem Mann nach und fuhr dann fort. »Der Supreme Court ist sich der besonderen Bedeutung dieses Falles mehr als bewusst. Dennoch müssen wir diesen Fall wie jeden anderen nüchtern betrachten. Demnach ist die Anklage gegen den Vatikan wegen internationalen Kulturdiebstahls vor dem Bostoner Bezirksgericht zulässig und wird an dieses Gericht zur Wiederaufnahme zurückverwiesen.«

Kaum hatte Ronald den alles entscheidenden Satz verkündet, brach ein ohrenbetäubender Jubel unter den Iren aus. Deborah umarmte Jennifer, lachte und weinte zugleich und ging dann in den Umarmungen der irischen Familien unter. Diese Entscheidung war nicht mehr als ein Anfang, aber sie wussten jetzt, dass ihr kulturelles Erbe aus den Archiven des Vatikans wieder nach Hause kommen würde – früher oder später.

Die Vorsitzende versuchte, den Tumult zu dämpfen. »Ich bitte um Ruhe!«, rief sie in die Menge.

Ronald sprach weiter. »Die vorliegenden Beweise und Zeugenaussagen lassen den Schluss zu, dass nicht nur Einzelpersonen, sondern leitende Persönlichkeiten des Vatikans in diese illegale Aktion involviert waren. Es ist zudem Auffassung des Gerichts, dass sich der Vatikan bereits in zurückliegenden Fällen geistigen und kulturellen Erbes der Menschheit bemächtigt hat. Dies geschah zum Zwecke der Unterdrückung von historischen Tatsachen und in verbrecherischer Art und Weise. Allerdings waren diese Fälle nicht Gegenstand der Anhörung.«

Wieder erhoben sich empörte Stimmen von der Bank der

Bischöfe und Kardinäle. Der Anwalt des Vatikans blickte resigniert zur Decke.

»Zum letzten Mal: Ruhe im Saal!«, rief die Vorsitzende Richterin, während durch zwei Seiteneingänge weitere Saaldiener den Raum betraten für den Fall, dass der Anordnung nicht Folge geleistet würde.

»Auf Beschluss des UN-Sicherheitsrates werden Victor Salvoni und Thomas Lambert noch in dieser Woche dem Internationalen Strafgerichtshof in Den Haag überstellt wegen des Verdachts auf Mord beziehungsweise versuchten Mord«, fuhr MacClary fort. »Sämtliche Akten werden dem Strafgerichtshof unverzüglich zur weiteren Ermittlung und Beweisaufnahme übergeben.«

Jennifer lehnte sich für einen Moment erleichtert zurück. Das war es, dachte sie. Damit war der Weg frei; jetzt würde sich der Vatikan seiner Verantwortung nicht mehr entziehen können. Aber die Entscheidung bedeutete nur einen Tropfen auf den heißen Stein angesichts der Jahrhunderte, in denen sich diese Kirche, ohne jemals wirklich Reue gezeigt zu haben, moralisch wie ethisch über jedes Gesetz gestellt hatte. Wie würde man in Rom auf die Entscheidung reagieren?

Jennifer wurde das nagende Gefühl nicht los, dass die nächsten Tage noch dramatische Ereignisse mit sich bringen würden.

51

*Es ist der eigentliche Mensch, der im Leibe gebunden
und verschleiert, durch Triebe gefesselt, seiner selbst nur
dunkel bewusst, nach Befreiung und Erlösung sich sehnt,
und sie in der Welt schon erreichen kann ...*
Karl Jaspers

ROM – 5. APRIL, 10 UHR

Shane war jetzt doch wehmütig, dass er bei der Verkündung der Entscheidung im Supreme Court nicht dabei gewesen war. Zu allem Überfluss hatte er in der Eile sein Handy in Washington vergessen. Er versuchte, Jennifer über das Hoteltelefon anzurufen – vergeblich. Dann wählte er die Nummern der anderen, aber niemand war erreichbar. Es missfiel ihm, keinen Kontakt zu seinen Mitstreitern zu haben. Nachdenklich machte er sich auf den Weg in den Vatikan.
Auf dem Petersplatz versammelten sich immer mehr Menschen, doch die Aggression und die lautstarken Proteste waren einer seltsamen Ruhe gewichen. Die Menschen sprachen miteinander, manche beteten einfach – und alle warteten gespannt darauf, welche Nachrichten die Welt als Nächstes in Atem halten würden.
Shane brauchte fast eine halbe Stunde, um den Platz zu überqueren, trotz der Hilfe der Polizei, die das Areal abgesperrt hatte und nur noch kleine Gruppen nach Feststellung der Personalien und Durchsuchung auf den Platz ließ. Alle Zugangswege waren vollkommen verstopft. In ihren schwarzen Uniformen, mit Helmen, schwarzen Schutzpolstern und Waffen ausgestattet, in drei Reihen hintereinander aufgestellt, erinnerten die Polizisten an römische

Legionäre, wie Shane sie in seinem Traum gesehen hatte. Ein seltsames Gefühl von Bedrohung machte sich in ihm breit, als wäre er in der Zeit verrutscht. Was war tatsächlich geschehen, seitdem römische Legionäre über unbewaffnete Druiden hergefallen waren? Diese Frage erinnerte ihn daran, wie er mit knapp zwanzig Jahren im Kolosseum gestanden hatte, an der Stelle, an der die römischen Herrscher mit einer einfachen Bewegung des Daumens über Leben und Tod entschieden. Was hatte sich seitdem geändert?

Nachdem der Papst die schriftliche Meldung über die Entscheidung aus Washington erhalten hatte, plagten ihn wieder Zweifel. An seinem Schreibtisch las er noch einmal den Beschluss. »Herrgott, was haben wir getan? So kann es doch nicht weitergehen. Herr, bitte hilf mir in diesen schweren Stunden.«
Als er sich umdrehte, stieß er einen Stab um, an dem ein großes vergoldetes Kreuz hing. Es kam ihm vor, als fiele es wie in Zeitlupe. Er wollte es aufhalten. Er hielt unwillkürlich die Luft an, seine Beine drohten einzuknicken. Wie gelähmt stand er da und sah hilflos zu, wie das Kreuz zerbrach.
Eine unheimliche Stille erfüllte den Raum. Der Papst stand reglos da und starrte auf das zerstörte Kreuz.
Er wusste tatsächlich fast keinen Ausweg mehr. Der Druck auf sein Gewissen wurde immer stärker. Wie sollte er seine Kirche in eine neue Zeit überführen? Er sah nur noch wenige Möglichkeiten, um die Kirche und damit die Welt, an die er zeit seines Lebens geglaubt hatte, zu verteidigen. Mit einem letzten ratlosen Blick auf die Bruchstücke ließ er sich in einen Sessel fallen. Er blickte auf das Pult an seinem Fenster und die darunter befindlichen Knöpfe, mit denen

die Lautsprecher für den Petersplatz bedient wurden. Was in Washington passiert war, überraschte ihn nicht. Er hatte mit dieser Entscheidung gerechnet, auch wenn bis zuletzt ein Funke Hoffnung in ihm gelebt hatte, die Aussagen von Morati würden den Kelch noch einmal am Vatikan vorbeigehen lassen.
Auf jeden Fall bestärkten ihn die Nachrichten aus den USA in seiner Entscheidung. Ein drittes Vatikanisches Konzil war seit Jahren immer wieder gefordert worden. Schon das zweite Vaticanum, dieser verzweifelte Versuch, die kirchlichen Dogmen an die Realität der Zeit anzupassen, war letztlich gescheitert, und auch diesmal würden die vielen konservativen Strömungen versuchen, alles ins Leere laufen zu lassen. Die Kurienkardinäle, darunter insbesondere Lambert, hatten sich immer gegen ein weiteres Konzil gestemmt, das womöglich ihre Macht und ihren Einfluss bedrohen konnte. Doch jetzt, nach Lamberts Entmachtung, konnte das Vakuum vielleicht im Dienste einer positiven Entwicklung genutzt werden.
Gerade wollte der Papst sich wieder erheben, als es an der Tür klopfte.
»Heiliger Vater, Mr. Adam Shane ist nun hier.«
Der Papst begrüßte seinen Besucher und sah ihn dabei taxierend an. »Mr. Shane, ich muss Ihnen zugestehen, Sie haben Mut, hier zu erscheinen.«
»Ich hatte das Gefühl, hierherkommen zu müssen, da ich nicht glaube, dass die Verhaftung Ihres Staatssekretärs nur eine taktische Entscheidung gewesen ist, sondern eine …«
»Sie machen sich Sorgen um uns?«, unterbrach ihn der Papst verwundert.
Shane dachte kurz nach. »Warum erstaunt Sie das so sehr? Können Sie sich nicht vorstellen, dass man auch Menschen

respektieren kann, die eine ganz andere Vorstellung vom Leben und ... meinetwegen von Gott haben?«
Der Papst setzte sich und schaute Shane eine Weile nachdenklich an. »Sie können mir glauben, ich bin zutiefst erschüttert über das, was in dem Gerichtssaal in Washington geschehen ist. Und ich bin ebenso erschüttert über die Dinge, die sich offenbar schon seit Jahrzehnten in einem kleinen Zirkel dieser Kirche abgespielt haben, aus Angst...«
»Aus Angst vor der Wahrheit und unter Verachtung der eigenen Lehre. Sie wissen doch so gut wie ich, dass Ihre Bibel für die Menschen der Antike geschrieben wurde und nur in diesem Kontext einen Sinn ergab!«
»Und selbst wenn es so wäre: Sind Sie sich eigentlich darüber im Klaren, welche sozialen und kulturellen Folgen das alles haben wird, was Sie da angerichtet haben?«
»Ich denke schon. Und ich denke sogar, diese Folgen verantworten zu können«, sagte Shane und setzte sich neben den Papst auf einen der mit Samt bezogenen Sessel.
»Nun, was Ihre Sorge um unsere Kirche betrifft, kann ich Ihnen so viel sagen: Sie beschleunigen lediglich etwas, das in diesen Mauern seit Langem gärt. Ich werde den Kardinälen in wenigen Stunden mitteilen, dass wir ein Konzil abhalten werden. Und es wird Sie freuen, zu hören, dass dieses Konzil dazu dienen soll, einige Lehrmeinungen der Kirche zu überdenken und, wo nötig, der Gegenwart anzupassen.«

Ein paar Türen weiter saß der Camerlengo an einem Schreibtisch, der leer war bis auf einen einfachen Lautsprecher, aus dem krächzende Stimmen drangen. Jahrhundertelang, dachte er bei sich, hatten doppelte Wände, verborgene Türen und geheime Gänge leisten müssen, was heute ein

paar schlichte elektronische Bauteile möglich machten. Er blickte in die grimmigen Gesichter der beiden Kardinäle, die ihm gegenübersaßen, und schüttelte den Kopf.
»Ich sage Ihnen doch, wir müssen handeln.«

»Ich denke nicht, dass das noch ausreicht«, sagte Shane scharf. »In diesen Mauern ebenso wie in Ihrer weltweiten Kirche ist nichts mehr heilig, solange Sie nicht nach außen den Wandel der Zeit und die Verbrechen der Vergangenheit anerkennen. Und der innere Wandel scheint Ihnen am schwersten zu fallen, was mich nicht besonders überrascht, denn dieser Wandel bedeutet den Verlust von Macht.« Er spürte, dass der Papst seine Nervosität unterdrückte. Der Mann verheimlichte ihm etwas, das war vollkommen klar.
»Was macht Sie eigentlich so sicher, dass es Ihnen gelingt, die Menschen von ihrem Glauben an Gott abzubringen?«
»Wie kommen Sie auf die Idee, dass ich irgendjemanden von seinem Glauben abbringen will? Das kann ich nicht, und das war nie mein Ziel. Aber gestatten Sie mir eine Gegenfrage: Was macht Sie so sicher, dass die Schriften, auf die Sie sich beziehen, nicht eine Fälschung sind?«
»Glauben Sie mir, wir wissen ganz genau, dass das traditionelle Christentum eine Krise seines absoluten Wahrheitsanspruchs erlebt, vor allem in Europa. Aber Sie können mir doch nicht ernsthaft die Schriften dieser Druiden und anderer sogenannter Gelehrten als Alternative verkaufen! Die Pergamente, die in Österreich gefunden wurden, sind nun wirklich keine Bedrohung für uns, auch wenn Sie das gern anders sehen wollen. Nur das törichte Vorgehen von Kardinal Lambert und Victor Salvoni hat für die große öffentliche Aufmerksamkeit gesorgt, und es wird nicht lange dauern, dann sind Ihre Druiden wieder in den Schubladen

einiger Universitätsinstitute verschwunden.« Der Papst winkte verächtlich ab.

»Ich glaube, da irren Sie sich. Nur die Kraft des Glaubens stützt ja die christlichen Schriften, sie halten aber keiner vernünftigen Analyse stand. Genau das wussten die Philosophen schon zur Zeit der Kirchengründung, und ihre Schriften können wir jetzt zurate ziehen, wenigstens zu einem kleinen Teil. Eines habe ich in den letzten Wochen, auch durch das Studium der ersten Pergamente, verstanden: Die Urschriften des Christentums, Islams oder des Hinduismus sind nicht glaubwürdiger als die des Druidentums. Niemand kann mit Recht behaupten, er sei im Besitz der alleinigen Wahrheit. Und ich muss kein Agnostiker sein, um das zu begreifen.«

»Die keltischen Texte sind nach der Christianisierung entstanden, Mr. Shane.«

»Mag sein, aber das haben sie mit den Texten Ihrer Religion gemeinsam. Aramäische Texte, die erst lange nach dem Tod von Jesus aufgeschrieben, ins Griechische und dann ins Lateinische übersetzt und dabei in einer gigantischen Aktion verfälscht wurden. Der erste christliche Text war ausgerechnet die Apokalypse des Johannes! Dann kommen die Briefe des Apostels Paulus. Die Evangelien wurden noch später geschrieben, zumindest in der Form, wie wir sie heute kennen. Die Pergamente der Zeitzeugen – eines Sopatros oder Porphyrius beispielsweise – sind authentisch. Sie wären schlecht beraten, wenn Sie den keltischen Texten nicht denselben Wert einräumen würden wie Ihren eigenen.«

»Wollen Sie etwa die Philosophie der Druiden als die höhere Religion etablieren?«, fragte der Papst mit einem ironischen Lächeln.

»Nein! Was die Druiden lehrten, war keine Religion, sondern eine philosophische Schule. Die Druiden vertraten einen sakralen Humanismus, keine Religion. Und selbst wenn es sich um eine Religion handeln würde: Sie ist so lange tot, wie Sie Ihre Lügen aufrechterhalten. Das ist ja der Punkt! Es geht mir nur um eines: Diese Lehre verdient denselben Respekt wie die Texte des Christentums.«

Shane wollte sich nicht weiter auf diese Debatte einlassen. Er sah, dass die Sicherheit, die der Papst bei ihrem ersten Treffen ausgestrahlt hatte, längst verloren gegangen war. Was er hier erlebte, war ein einziges Rückzugsgefecht. Dennoch wollte er keine Rücksicht mehr nehmen.

»Haben Sie denn immer noch nicht begriffen, was in diesem Gerichtssaal in Washington passiert ist? Euer Eifer hat Millionen von Menschen das Leben gekostet und endlose Verwirrung in den Köpfen gestiftet. Über Jahrhunderte hinweg. Ich habe gestern einen sehr guten Freund verloren – und wofür? Können Sie mir das sagen?«

Der Papst senkte den Blick. »Das Christentum beruht nicht nur auf mythischen Bildern und Ahnungen, deren Rechtfertigung ...«

»Ich bin wirklich nicht hier, um mit Ihnen über Ihren Glauben zu diskutieren«, unterbrach Shane den Papst. »Mir geht es um etwas vollkommen anderes. Ich habe gesehen und gespürt, wie zerrissen Sie innerlich sind und welche unglaublichen Kräfte hier gegeneinander wirken. Und ich habe nur eine Bitte. Geben Sie uns, geben Sie der Menschheit freiwillig ein wichtiges Erbe zurück. Es gehört uns allen.«

»Ich verstehe Sie nicht, das ist doch längst ... ich habe sofort alle Dokumente an das Institut für ...«

»Sie verstehen mich sehr gut. Ich meine die Dinge, die noch in Ihren Archiven verborgen liegen.«

Der Papst massierte sich die Stirn mit den Fingerkuppen, seufzte tief und sah Shane dann mit einem Blick an, aus dem abgrundtiefe Traurigkeit sprach. »Mein lieber junger Freund, ich hatte Sie wirklich für intelligenter gehalten. Sitzen Sie denn auch diesem ewigen Missverständnis auf? Ein für alle Mal, Mr. Shane: Es gibt keine Geheimarchive. Ich weiß, dass da draußen lauter wilde Verschwörungstheorien umherschwirren, aber das ist nur ein weiterer Mythos. Seit Jahren haben wir unsere Archive geöffnet, wenn auch zunächst nur für uns wohlgesinnte Wissenschaftler.«
»Das ... das glaube ich einfach nicht. Sie behaupten, dass in den Archiven der Heiligen Inquisition nichts mehr von den Druiden zu finden ist, dass Sie nichts über deren wissenschaftliche Genialität wissen, die Ihnen mindestens genauso viel Angst gemacht haben muss wie einst Kopernikus, Giordano Bruno oder die kritischen Schriften eines Porphyrius oder Sopatros? Dann kann es nur einen Grund dafür geben: Diese Zeugnisse sind systematisch zerstört worden.«
Der Gedanke war bestechend einfach – grauenhaft einfach. Wenn das stimmte, dann war das Druidentum für alle Zeiten tot und verloren.
»Ja, ich fürchte, das gehört in der Tat zu den Schatten, die über dieser Kirche liegen«, sagte der Papst und schaute resigniert aus dem Fenster.
»Dann verstehe ich umso mehr, warum wir am Magdalensberg verfolgt und fast umgebracht wurden. Sie wollen diese Kirche nicht reformieren. Eine demütige Rolle der Kirche neben all den anderen religiösen Erfahrungen, ohne Anspruch auf letzte Wahrheit – das können und wollen Sie nicht zulassen. Doch damit vernichten Sie sich am Ende selbst. Sehen Sie doch hinaus!«

Der Papst blieb zu Shanes Verwunderung ruhig.
»Sie haben doch die Rede der US-Präsidentin gehört«, fuhr Shane beschwörend fort. »Der Planet rückt zusammen. Eine planetare Ethik ist die logische Weiterentwicklung, um unser Überleben zu sichern. Diese Ethik ist keine Errungenschaft der Kirche, aber vielleicht ist sie wenigstens teilweise das Erbe der urchristlichen Lehre von Mitgefühl und Nächstenliebe. Aber es geht auch um den nötigen Respekt vor dem eigentlichen Wunder, vor der Natur und dem, was uns noch nähren kann. Wir können den inneren und äußeren Raubbau nur mit Menschen stoppen, die Verantwortung übernehmen, und zwar für das Ganze. Und dazu braucht es Selbstbestimmung. Wir sind die Schöpfer. Jeder Einzelne von uns trägt den göttlichen Funken in sich.«
Der Papst wurde immer stiller und schaute auf seinen Tisch mit den kritischen Büchern, die er angesichts der massiven öffentlichen Diskussion der vergangenen Wochen zusammengetragen hatte.
Doch Shane war noch nicht fertig. »Sie halten Ihre Gläubigen und damit alle Menschen in geistiger Sklaverei. Die Religion hat große Macht, das muss ich Ihnen nicht sagen. Sie kann Menschen in den Krieg treiben, wie inzwischen jedes Kind weiß. Aber es geht noch weiter: Die Sehnsucht nach Erlösung, die Vorstellung, das Ende der Welt sei nahe, tötet jeden Gedanken daran, die Zukunft zu gestalten. Wir haben keine Zeit mehr, Menschen die Führung zu überlassen, die so denken. Hier, lesen Sie das bitte!«
Adam reichte ihm eine Übersetzung des Druiden Aregetorix, die er mitgebracht hatte.
Der Papst begann zu lesen.

Ein großes Kontinuum findet jetzt ein Ende, und die Welt wird ärmer werden. Sie haben tatenlos zugesehen, wie das Erbe unserer Ahnen vernichtet wurde. Sie haben unsere Wurzel zerschlagen, unsere Mutter missbraucht und unseren Glauben an die göttliche Inspiration verworfen. Sie haben das Vertrauen in jeden einzelnen Menschen verworfen, dass es nichts Unmögliches für ihn gibt. Wenn der Mensch vergisst, dass er selbst heilig ist, wird er zur Beute der dunklen Mächte: ein Sklave für die Ewigkeit ...

Der Papst war immer weiter in seinem Stuhl zusammengesunken, während er las. Als er Shane ansah, standen Tränen in seinen Augen. Das Schweigen lastete schwer im Raum, bis der Papst sich schließlich erhob.
»Mr. Shane. Ich versichere Ihnen, dass mir mehr klar geworden ist, als Sie mir im Augenblick zutrauen mögen. Aber was glauben Sie, soll ich jetzt tun? Da rausgehen und sagen: Tut mir leid, wir haben uns zweitausend Jahre lang geirrt? Ich habe begriffen, dass Sie kein Feind der Kirche sind, nicht mein Feind und vielleicht nicht einmal irgendjemandes Feind. Sie hätten diesen Feldzug auch gegen jede andere Institution geführt, nehme ich an, und ich werde etwas tun, was Sie sicher besänftigen wird.«

52

DUBLIN – 5. APRIL, 12 UHR

Am Morgen waren Ronald MacClary, Deborah Walker und Jennifer Wilson in Dublin angekommen. Nachdem die erste Freude über den Etappensieg in Washington verflogen war, hatte MacClary jetzt einen schweren Gang vor sich. Jennifer und auch Deborah spürten seine innere Unruhe und seinen Schmerz.
»Ronald, warum quälst du dich so?«, fragte Jennifer.
»Ich möchte endlich Klarheit über die Vergangenheit haben. Und ich möchte Ruth die Last der Verantwortung nehmen«, sagte MacClary leise.
»Ich verstehe.«
Das Taxi bog in die Arbour Hill. Als MacClary die Tür öffnete, waren Arbeiter damit beschäftigt, die letzten Farbreste zu entfernen, die die Beutel einiger Gegner hinterlassen hatten. Immer noch war ein Polizist vor dem Eingang postiert, der alle freundlich begrüßte.
»Danke, Sie haben ein Juwel behütet«, sagte MacClary zu ihm, bevor er die Tür öffnete.
Alle gingen hinein. Ronald strebte zur Küche, wo er Ruth vermutete. Deborah und Jennifer wollten sich in die Bibliothek zurückziehen, als er leise nach ihnen rief. »Sie will euch dabeihaben.«
Und so setzten sie sich zusammen und hörten Ruths Bericht vom Tod Sean MacClarys.

Im August 1945 hatte man Sean MacClary ans Bett gefesselt, nachdem er leicht betäubt worden war. Niemand hatte sich etwas dabei gedacht, da er nach der Entfernung eines Geschosses aus seinem Rückgrat immer wieder von Krämpfen geschüttelt wurde. Deshalb war auch niemand überrascht, dass er allein in einem Vierbettzimmer lag. Er hatte viel Besuch, darunter auch zwei Priester. Die Nonnen, die die Patienten versorgten, wunderten sich darüber, denn Sean hatte geistlichen Beistand immer strikt abgelehnt.

Tatsächlich war es auch, wie eine der Schwestern später hinter vorgehaltener Hand berichtete, gar nicht um geistlichen Beistand gegangen. Das Gespräch in dem Krankenzimmer war ziemlich laut geworden und hatte sich um eine Reise nach Österreich gehandelt, auf der die beiden Männer ihn begleiten wollten. Sean hatte das kategorisch abgelehnt.

Wenig später waren der kleine Ronald und seine Mutter zu Besuch gekommen und hatten die Täter nur knapp verpasst. Keine halbe Stunde später war Sean tot. Die Mörder hatten in ihrer Eile nicht bedacht, dass noch Reste der Giftkapsel in seinem Mund sein könnten.

Ruth Copendale saß völlig aufgelöst am Küchentisch. Die Zeitschrift, die vor ihr lag, war nass von ihren Tränen.
»So, jetzt wisst ihr alles. Ich trage die Schuld an Seans Tod. Ich habe diesem Morati alles anvertraut, alles, und damit den Teufel ins Haus geholt«, schluchzte sie auf. »Oh, Ronnie, es tut mir so leid, das habe ich alles nicht gewollt! Ich wollte damals nur helfen. Ich dachte, dass Sean ihm vertrauen kann, weil er ein sehr aufgeschlossener Priester war und ziemlich viel über die Antike wusste.«
»Ruth, bitte beruhige dich. Dich trifft keine Schuld. Ich erinnere mich, dass Sean diesen Morati schon kannte. Er

hatte vorher schon mit ihm zu tun gehabt. Morati war Restaurator. Und mein Gott, ich habe in Washington gesehen, wie sehr er selbst darunter gelitten hat, dass er die Information dann doch weitergegeben hat.«
Deborah legte Ms. Copendale eine Hand auf den Arm.
»Und jetzt auch noch Ryan ... mein Gott, ich kann mir das nicht verzeihen.«
»Doch, Ruth, das kannst du und das musst du. Du bist nicht schuldig, wenn jemand alle ethischen Regeln bricht«, sagte Jennifer.
»Ruth, hörst du mich? Das ist wichtig, was Jennifer da sagt. Du musst diese alte Last loswerden«, sagte MacClary aufgewühlt. »Diese verdammte Umkehr von Tätern und Opfern muss endlich ein Ende haben! Ruth, du weißt, dass ich dich immer wie eine Mutter geliebt habe. Bitte hör uns zu. Es ist vorbei, Ruth, sie bekommen jetzt alle ihre gerechte Strafe, und wir finden unseren Frieden. Wir haben einen großen Beitrag geleistet, dass vielleicht noch viel mehr Menschen Frieden finden können.«
»Aber wie soll es jetzt weitergehen?«
MacClary fasste sich wieder. »Nun, wir werden mehr Zeit miteinander verbringen, denke ich, nachdem ich in den Staaten keine wirkliche Aufgabe mehr habe. Vor allem aber: Ich kündige dir und biete dir gleichzeitig lebenslanges Wohnrecht in diesem ehrwürdigen Zuhause an.«
»Was, wie bitte?«
Beim Anblick ihrer verwirrten Miene mussten die anderen lachen.
»Nun, ich denke, ich bin dieser Welt nichts mehr schuldig. Und wenn du weiterhin so viel arbeitest, lässt du alle Frührentner schlecht aussehen«, setzte Ronald hinzu.
Ruth brauchte einen Augenblick, um das zu verstehen.

»Wo ist eigentlich Adam?«, fragte sie dann mit einem forschenden Blick in die Runde.
»Nun, das ist etwas schwierig zu erklären. Er ist …«
»Er ist in der Höhle des Löwen«, sagte Jennifer. »Aber keine Sorge, Ruth, ich glaube, unser Druide in Ausbildung ist bald wieder bei uns, heil und gesund.«

53

Rom – 14 Uhr

»Ich kann Ihnen leider nicht versprechen, dass Sie in unseren Mauern noch Reste Ihrer Kultur finden. Aber ich kann Ihnen versprechen, dass sich diese Kirche und dieser Glaube bewähren werden«, sagte der Papst zur Überraschung Shanes.
»Wie meinen Sie das? Worin können Sie sich noch bewähren? Es gibt das Recht jedes Einzelnen auf seine eigene Realität, das ist der Kern der Erkenntnis. Und die Toleranz ergibt die Chance zu der Vielfalt, an der wir uns hätten erfreuen können. Sehen Sie denn wirklich nicht, dass schon der Anspruch auf den Besitz der alleinigen Wahrheit den Glauben in sich pervertiert?«
Der Papst holte aus seinem Schreibtisch einige Urkunden und verstaute sie in einer Ledertasche.
In diesem Augenblick wurde die Tür aufgerissen. Ein Mann stürmte ins Zimmer. Shane sah die Waffe in dessen Hand. Panik durchflutete ihn. Der Papst stand mit dem Rücken zur Tür, jetzt drehte er sich um, mehr erstaunt als erschrocken. Ohne eine Sekunde nachzudenken, stürzte sich

Shane auf den unbekannten Mann. Er griff den Arm mit der Waffe und riss ihn mit aller Kraft nach oben. Der Schuss verfehlte den Papst nur knapp und zerschmetterte eine der Vasen auf dem Schreibtisch. Shane rammte dem Attentäter einen Ellbogen gegen die Schläfe.
Stöhnend ging der Mann zu Boden.
Die völlig verwirrten Wachen eilten ins Zimmer und entrissen ihm die Waffe.
»Wir hätten ihn nicht hereingelassen, Heiliger Vater, hätten wir das ahnen können. Aber dass ausgerechnet der Camerlengo …«
Ein Gardist half Shane auf die Füße. »Danke, vielen Dank! Sie haben dem Heiligen Vater das Leben gerettet.«
Der Papst starrte auf den am Boden liegenden Camerlengo. So weit war es jetzt also gekommen, dass sogar Menschen aus seinem engsten Umfeld bereit waren, ihn aus Angst vor Machtverlust zu töten.
Shane stand schwer atmend da und sah den Papst verzweifelt an.
»Sehen Sie jetzt, was ich meine? Es geht hier nur um Macht und Gier. Wollen Sie ein Wunder erleben? Dann seien Sie selbst eines und handeln Sie, Heiliger Vater.«
»Sie glauben nicht an Gott, und Sie verachten die Kirche, deren Oberhaupt ich bin. Warum in aller Welt nennen Sie mich plötzlich Heiliger Vater?«
»Weil Sie immer noch die Chance haben, etwas wirklich Heiliges, etwas Heilsames zu tun«, sagte Shane, der immer noch am ganzen Körper zitterte. So viel Gewalt wie in den letzten Wochen hatte er noch nie erlebt. »Sagen Sie der Welt die wahre Botschaft aller Religionen, befreien Sie uns, und erkennen Sie die Kelten und Druiden als das an, was sie waren. Darum bitte ich.«

Das war das erste Mal, dass Shane sich selbst als Kelte bezeichnete und auch innerlich so fühlte. Er fühlte den Stolz und die Würde der alten Meister, als würden sie für einen Moment neben ihm stehen.
»Hören Sie, ich stehe der Geschichte nicht skrupellos gegenüber.« Der Papst setzte sich erschöpft nieder und sah zu, wie die Gardisten den bewusstlosen Camerlengo nach draußen trugen. »Ich habe nur große Angst, dass diese Welt endgültig aus den Fugen gerät, wenn die Kirche dem Zweifel die Türen öffnet.«
Das glaubt dieser Mann wirklich, dachte Shane. Musste er es denn noch einmal sagen? »Die Botschaft der Liebe kennt viele Formen. Lassen Sie die Menschen frei, sehen Sie die Welt mit den Augen aller religiösen Traditionen. Alle beziehen sich auf die Anfänge der Welt, der Götter, der Menschen und auf den Augenblick, in dem ein auserwähltes Wesen begann, die Frohe Botschaft zu verkünden – und auf die Hoffnung, dass dieses Wesen wiederkehren wird.«
Der Papst schloss die Augen.
»Es war vielleicht immer nur eine einzige Botschaft, die ein neues Bewusstsein erschaffen sollte. In jedem von uns, lebendig und ohne dogmatische Fesseln. Erkennen Sie denn nicht, wie absurd der Streit um die wahre Offenbarung ist? Die meisten Druiden wie auch die antiken Philosophen hatten erkannt, dass dieser Messias sie selbst sind und dass die Befreiung aus dem Leid sich aus einem neuen Bewusstsein nähren wird. Letztendlich sind nur wir für unser Schicksal verantwortlich.«
»Und was, glauben Sie, soll ich jetzt tun? Mein Schicksal liegt in der Hand Gottes, mein Sohn, auch wenn Sie das nicht glauben wollen oder können.«
»Trotzdem haben Sie die Möglichkeit, selbst zu handeln.«

Der Papst dachte einige Sekunden nach, bevor er weitersprach. »Gut. Auch ich habe aus diesen dramatischen Tagen gelernt, Mr. Shane, und ich werde handeln. Aber Sie müssen jetzt gehen, denn Sie können mir einen letzten Dienst erweisen.«

Der Papst winkte eine der Wachen herein.

»Begleiten Sie Mr. Shane sicher aus dem Vatikan und bis zur US-Botschaft. Mr. Shane, dort wartet unser Nuntius bei den Vereinten Nationen auf Sie. Der Camerlengo, dem ich vertraute, kann diesen Gang ja nicht mehr übernehmen. Bringen Sie diese Tasche dem Nuntius. Er soll den Inhalt sofort der Öffentlichkeit mitteilen, dann werden Sie sehen, wozu ich bereit bin.«

Shane nickte und streckte die Hand aus. Er hatte keine Ahnung, ob das nicht ein Ablenkungsmanöver war, aber für diesen Moment wollte er dem Papst vertrauen.

»Mr. Shane, ich zolle Ihnen mehr Respekt, als Sie glauben. Sie haben ein großes Herz, und ich hoffe, ich kann Sie unter anderen Umständen wiedersehen, aber über unsere Religion müssen Sie noch viel lernen.«

Was hatte der Mann vor? Shane musste sich sehr anstrengen, um die Nerven zu behalten.

Bevor er den Raum verließ, tat er etwas, das alle im Raum und wohl den Papst am meisten überraschte: Er umarmte ihn.

»Danke, Heiliger Vater, ich vertraue Ihnen.«

»Gehen Sie jetzt. Sie haben nicht viel Zeit.«

Zwei Männer der Vatikanpolizei kamen herauf und signalisierten, dass alles bereit sei.

»Verriegeln Sie meine Räume«, befahl der Papst, »und lassen Sie niemanden mehr herein. Niemanden, unter keinen Umständen! Mr. Shane, nehmen Sie das.«

Der Papst stellte sich vor Shane, sodass niemand sehen konnte, was er Shane in die Hand drückte.
»Aber …«
»Nehmen Sie das und geben Sie acht darauf.«
Als Shane den Gegenstand in seiner Hand betrachtete, musste er einen Aufschrei unterdrücken. Er starrte den Papst ungläubig an, dann drehte er sich eilig um und ging in Begleitung der bewaffneten Polizisten hinaus.

Die beiden Gardisten nahmen Shane in die Mitte und führten ihn durch die Räume und Treppenhäuser. Er sah einige Kardinäle und Priester, die ihn erkannten. Sie warfen ihm Blicke voller Hass und Verzweiflung zu. Er hörte, wie die Schweizergardisten als Verräter beschimpft und mit der ewigen Verdammnis bedroht wurden.
Auf dem Petersplatz angekommen, spürte er, dass jetzt nichts mehr umkehrbar sein würde. Nur mit Mühe konnte er sich davon abhalten, den Inhalt der Tasche anzusehen. Was hatte der Papst ihm gegeben?
»Kommen Sie, Mr. Shane, wir müssen uns beeilen. Sie müssen so schnell wie möglich das Hoheitsgebiet des Vatikans verlassen. Haben Sie die Männer hinter uns nicht bemerkt? Und seien Sie so gut und drehen Sie die Tasche um, das päpstliche Siegel darauf macht Sie nämlich zu einer einfachen Zielscheibe.«
Einige Männer in Priesterkleidung folgten ihnen. Mindestens einer von ihnen war erkennbar bewaffnet.
»Wie kommen wir sicher durch die Stadt?«, fragte Shane den Gardisten und fing an, sich so schnell er konnte durch die Menschenmenge zu bewegen. »Und wieso haben wir keinen Hinterausgang genommen?«
»Wir werden an der Via della Conciliazione in einen Wagen

steigen. Es sind nur noch ein paar Meter. Alles andere wäre zu gefährlich gewesen.«
»Ehrlich gesagt, ich finde das hier gefährlich genug«, sagte Shane und blickte sich über die Schulter nach den Verfolgern um, die im Moment jedoch zurückfielen. Es war für alle schwierig, sich einen Weg durch die Menge zu bahnen. Über dem gesamten Platz lag eine gespenstische Stimmung aus Angst und einer Spannung, die sich wie bei einem Gewitter jeden Augenblick zu entladen drohte. Oder kam ihm das nur so vor?
Die Via della Conciliazione war von Zehntausenden Menschen verstopft.
»Also mit dem Auto, ja? Das könnte aber ein Weilchen dauern«, scherzte Shane vor lauter Nervosität und Hilflosigkeit. Die Verfolger in der schwarzen Kleidung hatten wieder aufgeholt.
»Schätze, wir haben keine andere Wahl, als bis zur Engelsburg zu gehen, wo der nächste Wagen steht«, sagte einer der Männer. »Gehen Sie einfach weiter, ich bin gleich wieder bei Ihnen.«
»Was meinen Sie? Was haben Sie vor?«
Im gleichen Moment war der Mann in der Menge verschwunden. Shane drehte sich kurz um, aber sein zweiter Begleiter zog ihn eilig mit sich. Shane riss sich los und blieb stehen.
»Mr. Shane, kommen Sie bitte weiter, wir müssen so schnell wie möglich hier weg.«
In diesem Augenblick ging einer der Verfolger lautlos zu Boden.
Shane schlug die Hände vors Gesicht. »Mein Gott, warum?«, fragte er seinen Begleiter verzweifelt, doch der zog ihn weiter.

»Fragen Sie nicht, kommen Sie jetzt! Wir müssen uns beeilen.«
»Was ist in dieser Tasche, dass es wieder einen Mord lohnt?«
Der Polizist zog seine Waffe. »Wenn der Heilige Vater will, dass diese Botschaft die Welt erreicht, dann werde ich dafür sorgen, dass das geschieht. Und wenn Sie nicht kooperieren, dann geschieht es ohne Sie, auf die eine oder andere Weise. Ich mache keine Witze, Mr. Shane, dafür ist jetzt weder die Zeit noch der Ort. Das Ziel ist erreicht, mehr kann ich Ihnen nicht sagen.«
»Schon gut, ich komme ja«, sagte Shane, auch weil er inzwischen weitere Verfolger bemerkt hatte. Ohne den Schutz seines Begleiters wäre er ihnen hilflos ausgeliefert. »Wie weit ist es bis zur Botschaft?«
»Gute drei Kilometer, kommen Sie, folgen Sie mir einfach.«
»Haben Sie eine zweite Waffe?«
»Was?«
»Ich bin es langsam leid, ständig ohne eigene Verteidigung dazustehen.«
Einer der Verfolger schubste einige Leute beiseite, um sich schneller bewegen zu können. Doch jetzt hatte der zweite Begleiter wieder zu ihnen aufgeschlossen. Er hatte Shanes Frage gehört.
»Hier, nehmen Sie die.«
Um ein Haar hätte Shane gelacht. Der Mann hatte die Waffe unter der Hose am Bein befestigt, wie in einem schlechten Agentenfilm.

Während die Kardinäle in der Basilika warteten, öffnete der Papst die Fenster seiner Gemächer und schaltete die Lautsprecheranlage ein.
»Meine Brüder und Schwestern.«

Die Blicke der Menschen richteten sich auf ihn. Die Massen verstummten in Sekunden.

»Viel Unheil hat unsere Kirche in diesen Tagen geduldet. Fast dreihundert Jahre nach dem Tod unseres Herrn Jesus Christus haben die Urchristen seine friedliche und menschenfreundliche Botschaft verkündet. Sie wussten: Das Christentum beruht auf dem Gebot der Nächstenliebe, der Feindesliebe, dem Gebot, nicht zu stehlen und nicht zu töten – und doch müssen wir, muss ich nun mit Schrecken feststellen, dass die Kirche, die in ihr wirkenden Menschen, diese Gebote schändlich verraten haben. Ja, sie haben sogar zu den Waffen gegriffen.«

Die Menge auf dem Petersplatz war nun totenstill. In der Basilika jedoch war ein aufgeregtes Raunen zu hören, dann erhoben sich wütende Rufe. Einige Kardinäle hasteten zu den Gemächern des Papstes und nahmen die bewaffneten Wächter mit, die ihnen noch treu ergeben folgten. Doch der Vorraum war bereits von den anderen Wachen verbarrikadiert worden. Sie standen bereit, die Waffen gezogen, und schienen zu allem entschlossen. Zwei Warnschüsse wurden abgegeben, dann herrschte auch unter den Eindringlingen gespannte Ruhe.

Der Papst hatte kurz innegehalten, als der Tumult vor seiner Tür laut geworden war, sprach aber sofort weiter.

»Ich musste erkennen, dass der Glaube an die Bergpredigt unseres geliebten Herrn Jesus Christus und seine wahre Botschaft nicht mehr von dieser Kirche ausgehen. Ich bitte die Völker dieser Erde um Verzeihung für das, was im Namen Gottes von Mitgliedern dieser Kirche verübt wurde.«

Im Vorraum versuchten die Eindringlinge weiter verzweifelt, die Wachen zu überwältigen und ihn zum Schweigen zu bringen. Ohne Erfolg. Einer der Kardinäle schrie hysterisch: »Er ist vom Teufel besessen, er zerstört Gottes Werk auf Erden, das ist die Ankunft des Antichristen, die Offenbarung des Johannes wird wahr, das Ende ist nahe!«

Shane und die beiden Gardisten hatten sich bis zum Castel Sant'Angelo weiter zu Fuß durch die Massen gekämpft. Endlich sah er ein Polizeifahrzeug vor sich, einer seiner Begleiter deutete hektisch darauf und hielt bereits den Schlüssel in der Hand, als Shane einen brennenden Schmerz in der rechten Hand spürte.
Fassungslos blickte er auf seinen Handrücken, der von einer Kugel glatt durchschossen worden war. Schmerz und Schock ließen ihn in die Knie gehen. Der Gardist neben ihm hatte den Schützen ins Visier genommen und traf ihn zielsicher mitten in die Stirn. Passanten schrien auf und rannten panisch in alle Richtungen davon.
»Sie müssen aufstehen, Mr. Shane!«
»Ah, verdammt, das tut wahnsinnig weh!«
»Zeigen Sie her.«
Schwungvoll drehte der Gardist die Hand Shanes um, sodass er nochmals aufschrie. Der Mann zog sich das weiße Hemd aus der Hose und riss seitlich einen Streifen ab, um daraus einen provisorischen Verband zu machen.
»Nur ein glatter Durchschuss.«
»Wirklich sehr beruhigend.« Von ferne sah Shane weitere Männer, die auf sie zuliefen. Inzwischen machte sich keiner der Verfolger mehr die Mühe, seine Waffe verborgen zu halten.
»Los, steigen Sie ein!«
Mit schmerzverzogenem Gesicht setzte sich Shane auf den Beifahrersitz, während der Gardist in Windeseile den Wagen startete. Mit vollem Tempo hielt er rückwärts auf die

Verfolger zu, die sich nur durch einen Hechtsprung retten konnten, aber offenbar gut genug ausgebildet waren, um noch ein Dutzend Schüsse auf den Wagen abzugeben, die die Scheiben mehrfach durchschlugen.
»Verdammt, wer sind diese Leute?«
»Die Leibwächter des ehrenwerten Kardinalstaatssekretärs Lambert, Mr. Shane, was haben Sie denn gedacht?«
Der Gardist raste über die Via Tomacelli, dann durch kleine Gassen und schließlich vor die US-Botschaft, wo sie von bewaffneten Mitarbeitern der CIA empfangen und sofort ins Gebäude gebracht wurden.
»Sind Sie Mr. Shane?«, fragte ein kleiner, etwa fünfzigjähriger, schlanker Italiener mit einer sonoren und angesichts der Umstände erstaunlich besonnenen Stimme.
»Ja Und ich habe …«
»Kommen Sie mit mir.«
Shane folgte ihm in ein Büro. Im Fernsehen wurde die Rede des Papstes übertragen. »Was geschieht auf dem Petersplatz?«
»Brauchen Sie einen Arzt, Mr. Shane?«
»Nein, nein, das geht schon.«
»Würden Sie mir jetzt bitte die Tasche geben?«
»Ja … ja, natürlich.«
Alle standen vor dem Fernseher, der Nuntius öffnete die Tasche, blätterte kurz die Dokumente durch und bekreuzigte sich.
Shane und der Gardist starrten gebannt auf den Bildschirm.
»Ich möchte, dass ihr alle in Freiheit und Selbstbestimmung dem Glauben folgt, der euch ganz persönlich Gott näherbringt. Und da ich auf schmerzhafte Weise begreifen musste, dass der Weg dorthin für jeden Menschen anders aussieht, hat für mich jeder Anspruch auf eine absolute Wahr-

heit seinen Sinn verloren. Deshalb trete ich von meinem Amt zurück.«

Der Papst warf symbolisch seinen Pileolus, die typische kreisrunde Kopfbedeckung, aus dem Fenster, und das Raunen von Zehntausenden Menschen war zu hören.

»Es ist an der Zeit, dass wir gemeinsam wieder der wahren Botschaft Jesu folgen, der Botschaft der Bergpredigt, und auch der Botschaft der vielen anderen Offenbarungen, aus denen in Wahrheit immer nur der eine Geist der göttlichen Schöpfungskraft spricht. Jener Kraft, die dem Menschen innewohnt. Dazu gehören auch die Überlieferungen der Druiden, von denen in den letzten Tagen so viel die Rede war. Ihre wenigen Nachfahren haben Anspruch darauf, dass man den historischen Leistungen dieser Gelehrten den gleichen Respekt zollt wie allen anderen Glaubensrichtungen.

Vor meinem Rücktritt habe ich eine grundlegende Reform der römisch-katholischen Kirche in die Wege geleitet. Alle Archive werden als Erbe der gesamten Menschheit geöffnet, und ich bekenne, dass der Anspruch dieser Kirche auf absolute Wahrheit und auf die Vertretung des einzigen Gottes ein Irrtum war. Mein Rücktritt ist nur ein Symbol. Er geschieht aus Liebe, Achtung und einem tief empfundenen Gefühl der Verantwortung. Es bedeutet aber nicht die Auflösung der Kirche. Vielmehr müssen wir zusammenrücken, um die Probleme dieser Welt in Frieden lösen zu helfen. Wir werden die Menschen nicht im Stich lassen, die unsere praktische oder seelsorgerliche Hilfe benötigen. Aber wir werden Abschied nehmen von dem fehlgeleiteten Anspruch, die alleinige Vertretung Gottes auf Erden zu sein. Euch aber, liebe Brüder und Schwestern, bitte ich von Herzen darum, dass ihr in Nächstenliebe und Toleranz für unser aller Schwächen betet, in welcher Form ihr es auch könnt und wollt. Ich bitte euch in aller Demut um Vergebung und bete um Heilung für uns alle.«

Der Gardist hatte die Fäuste geballt. »Jetzt werden sie ihn für verrückt erklären oder ihm eine Kugel durch den Kopf jagen. Und dann werden sie einen neuen Papst wählen.«

»Das wird nicht mehr möglich sein«, sagte der Nuntius immer noch tief erschüttert, während er die Dokumente auf den Tisch legte. »Mr. Shane, hat Ihnen der Papst noch etwas gegeben?«

Shane wurde unsicher. Sollte er das tatsächlich preisgeben? »Ja, das hat er in der Tat.« Shane zog mit seiner unverletzten Linken etwas umständlich den Fischerring, das Symbol der päpstlichen Macht, aus seiner Tasche und hielt ihn dem Nuntius auf der offenen Handfläche hin. »Darf ich unter diesen Umständen erfahren, was für Dokumente ich durch die Stadt getragen habe?«

Der Nuntius ignorierte Shane und zog hektisch das Handy aus seinem Jackett. »Ich muss den Zeremonienmeister erreichen. Er muss den Kardinälen die Nachricht überbringen, bevor noch weiteres Unheil geschieht.«

»Was sind das für Dokumente?«, fragte Shane abermals. »Um welche Nachricht handelt es sich?«

»Es sind die Entlassungsurkunden aller Kardinäle, und zwar weltweit – und zusammen mit dem Fischerring …« Plötzlich begann der Nuntius zu zittern und brach in Tränen aus.

Der Gardist begriff schnell. Er sah Shane halb ehrfürchtig an. »Verstehen Sie, ohne im Amt befindliche Kardinäle kann es theoretisch keine Neuwahl eines Papstes geben, und die Kardinäle können wiederum nur vom Papst ernannt werden. Und da Sie zudem den unzerbrochenen Fischerring bei sich tragen, sind Sie theoretisch der Inhaber des höchsten Amtes dieser Kirche.« Er zuckte die Schultern. »Theoretisch.«

Shane wurde unruhig. Er wollte zurück. Zurück zu dem Mann, der für ihn soeben zu einem Helden geworden war. Inzwischen hatte der Nuntius Kardinal Pertrosa, den Zeremonienmeister, erreicht. Als er ihm jedoch mitteilte, was er in Händen hielt, hörte er am anderen Ende der Leitung nur noch einen seltsamen Seufzer und einen dumpfen Aufprall.

»Eminenz? Eminenz …? Sind Sie noch dran, Eminenz?«

Gerade als Shane den Raum verlassen wollte, um in den Vatikan zurückzukehren, öffnete sich die Tür, und Catamo kam herein.

»Oh, dem Herrn sei Dank, Catamo, ich muss Sie sprechen«, sagte der Nuntius. »Sie müssen das so schnell wie möglich an die Öffentlichkeit geben. Aber halten Sie sich fest, das wird Ihre letzte Amtshandlung sein …«

»Ich weiß, ich bin seit Tagen eingeweiht«, sagte Catamo leise.

Shane sah Catamo an und reichte ihm seine unverletzte Hand. Dann ging er. Der Gardist eilte hinter ihm her.

»Ich glaube, es ist besser, wenn ich Sie begleite, Mr. Shane.«

54

Weltweit hatten die Fernsehsender ihre Programme unterbrochen. Der Papst stand in Stille an seinem Fenster und betete. Die meisten Menschen hatten sich niedergekniet oder verharrten einfach und beteten mit ihm.
Für manche jedoch war dieser Augenblick nicht das Ende, sondern ein neuer Anfang und ein so befreiender Augenblick, dass sie sich unter Tränen in die Arme fielen. Vor den Fernsehgeräten saßen Menschen aller Glaubensrichtungen, ob Kopten in Ägypten, Juden in Jerusalem, Muslime in Tunesien, Buddhisten und viele mehr – alle sahen voller Ehrfurcht, was dieser Mann erkannt und vollbracht hatte. Es war das stärkste Signal für einen Frieden aller Religionen, das nur denkbar schien.
In einer ersten Stellungnahme würdigte die US-Präsidentin diesen Schritt als historisches Ereignis einer Zeitenwende, in der Fundamentalismus und Allmachtsansprüche ersetzt wurden durch Toleranz und Freiheit. Das gelte auch für die Politik, die sich in Zukunft an dem Potenzial und Wert allen Lebens zu orientieren habe und nicht an der Gier und Maßlosigkeit weniger, die die Lebensgrundlagen der Menschheit bedrohten.
»Wir haben lange genug auf Knien vor dem Abgott Wirtschaftswachstum gelegen«, sagte sie wörtlich.

Shane und der Gardist fuhren mit ihrem Wagen so nah wie möglich an den Petersplatz heran. Als Shane die Waffe in seiner hinteren Hosentasche bemerkte, nahm er sie heraus

und gab sie dem Gardisten zurück. »Danke. Auch wenn sie mir nicht wirklich geholfen hat.«
Der Wagen hielt.
»Wollen Sie mir nicht endlich sagen, wie Sie heißen?«
»Peter.«
»Mein Name ist Adam. Peter, ich brauche jetzt noch einmal Ihre Hilfe, denn ich will nicht, dass dieser Mann getötet wird wie so viele vor ihm, die die Welt verändern wollten. Er am allerwenigsten, denn was er da fertiggebracht hat, ist wirklich ein Wunder.«
Fast gleichzeitig öffneten sie die Autotüren und stiegen aus.
Im Vatikan herrschte blanke Panik. Als die Kardinäle von ihrer Entlassung und vom Tod des Zeremonienmeisters erfuhren, saßen einige fassungslos in der Basilika, andere standen ratlos vor den Gemächern des Papstes beieinander. Die Versuche, die Tür zu durchbrechen, hörten schlagartig auf. Irgendwann nahm der Erste der kirchlichen Würdenträger seinen Hut ab und ging mit gesenktem Kopf hinaus. Weitere folgten, während andere immer noch wie versteinert dastanden.
In den Räumen des Papstes entspannten sich die Wachen, als der Lärm nachließ.
Der Papst hatte aus einem Schrank ein gewöhnliches schwarzes Priestergewand geholt und zog es an. Er ließ von zweien seiner Gardisten die Tür öffnen, und die draußen Stehenden sahen das Bild, das noch Stunden zuvor niemand auf der Welt für möglich gehalten hätte: Der Papst wollte den Vatikan als das verlassen, was er war – ein einfacher Mann, ein einfacher Priester.
Als Shane sich mit Peter durch die Menge bis zum Eingang des Petersdoms geschlagen hatte, öffneten sich plötzlich die schweren Türen. Zuerst kamen zwei der traditionell geklei-

deten Schweizergardisten mit ihren Lanzen heraus, dann einige Kardinäle, die die Treue zum Papst bewahrt hatten. Zum Zeichen der Solidarität hatten sich einige ebenfalls einfache Gewänder angezogen. Und dann kam er selbst: Giuseppe Mardi.
Der Papst ging langsam die Treppen hinunter. Als er Shane sah, winkte er ihn an seine Seite.

In Dublin saßen alle vor dem Fernseher in MacClarys Bibliothek.
MacClary fuhr sich mit beiden Händen übers Gesicht. »Ich bin einfach nur überwältigt. Schaut euch dieses Bild an.«
»Moment, das glaube ich nicht«, sagte Jennifer. Sie erkannte, wie Adam Shane, ihr Adam Shane, an der Seite des Papstes durch die Menge ging. Die Menschen machten respektvoll eine Gasse frei.
»Er ist verletzt«, sagte Jennifer mit einem besorgten Blick auf Shanes verbundene Hand. Was mochte in den letzten Stunden in Rom alles geschehen sein?
»Was soll jetzt bloß werden?«, fragte Ms. Copendale, die alles von ihrem Sessel aus verfolgt hatte.
»Sie werden einen Weg finden, einen neuen Papst zu wählen, das ist so sicher wie das Amen in ihrer Kirche«, sagte Jennifer, ohne den Blick vom Bildschirm zu nehmen. »Aber dieses Bild da ... ist es nicht unglaublich, dass der Wächter der Höhle, Aregetorix recht behält? Die Wiederkehr der Druiden ist in der Tat nicht wörtlich zu verstehen.«

Der Papst wandte sich zu Shane. »Habe ich mein Versprechen gehalten?«, fragte er leise.
Plötzlich überkam Shane eine nie erlebte Flut von Trauer und Freude, Achtung und Würde zur gleichen Zeit. Für

einen kurzen Moment blieben die beiden Männer stehen und sahen sich an. Die Menge um sie herum wurde still.
»Sie sind ein Held, Heiliger Vater.«
»Von jetzt an nennen Sie mich bitte Giuseppe, Adam.«
Langsam gingen sie weiter zu der bereitstehenden Limousine, deren Fahrer ihnen die Türen öffnete.

»Allmählich fange ich selbst an zu glauben, dass es zu Ende ist«, sagte MacClary in die Runde. »Dieser Tag wird nie vergessen werden, und ihr habt einen großen, wenn auch schmerzvollen Anteil daran.«

55

*Und plötzlich weißt du: Es ist die Zeit,
etwas Neues zu beginnen und dem Zauber
des Anfangs zu vertrauen.*
Meister Eckhart – christlicher Mystiker

GLENDALOUGH, IRLAND – 8. APRIL

Die Vereinten Nationen hatten die Forderungen der wenigen direkten Nachfahren der Druiden anerkannt, und nachdem internationale Experten sich in den Archiven umsehen durften, förderten sie durchaus noch einige wertvolle Hinterlassenschaften der christianisierten Druiden zutage: philosophische Schriften, Abhandlungen über Heilkunst und Architektur, Kunstgegenstände und vieles, was das Bild der angeblichen Barbaren endgültig vergessen ließ. Doch ansonsten schien sich die Welt im Vatikan in alten

Bahnen weiterbewegen zu wollen. Wie Jennifer befürchtet hatte, ließ der Vatikan verlauten, dass der neue Zeremonienmeister die Wahl eines neuen Papstes vorbereite. Nun würde sich zeigen, ob es gelingen könnte, die Kirche in die Gegenwart zu führen, war der einhellige Kommentar in den internationalen Medien.

Vor zwei Tagen hatte MacClary den gut drei Tonnen schweren Stein mit der Spirale des Lebens vom Magdalensberg nach Glendalough bringen lassen. Der Transport hatte ihn ein Vermögen gekostet, aber er bereute keinen Cent. Glendalough, inmitten des Naturschutzgebiets Wicklow, einer der Schätze irischer Natur und eine bedeutende Stätte der irischen Geschichte, bot von seinen umliegenden Hügeln eine atemberaubend schöne Aussicht auf zwei Seen. Es gab Bäche, viel Wald und kleine Wasserfälle: ein mystischer Ort zum Träumen. Im nahe gelegenen Wald inmitten einer kreisrunden Lichtung lag nun der Stein und gab dem Ort fast etwas Weihevolles, wenn auch allen klar war, dass er nur das Symbol einer vergangenen Kultur war. Wer konnte schon wissen, wie das Neue aussehen würde, das aus den Resten entstand?
Shane hatte sich ein Stück von den anderen entfernt. Gute drei Wochen waren wie im Flug vergangen. Er hatte Ryan nicht einmal richtig kennengelernt, auch die anderen schienen ihm unvertraut und vertraut zugleich. Einzig Jennifer glaubte er in ihrer Sehnsucht nach Ruhe und Rückzug wie eine alte Freundin spüren zu können. Doch MacClary, Deborah, ja selbst Ryan waren ihm nur flüchtige Gefährten. Merkwürdig, dachte Shane, aber nicht immer lernt man Menschen in so extremen Situation wirklich kennen, ihre Schwächen und Stärken, ihre Motive und Widersprüche.

Dafür ging alles zu schnell. Sein Handy meldete sich. Als er die eingeblendete Nummer sah, wurde ihm gleichzeitig heiß und kalt.
»Victoria? Es … es tut mir leid, dass ich mich nicht gemeldet habe, aber du hast vielleicht ein bisschen mitbekommen, was in den letzten Tagen …«
»Du brauchst dich nicht zu entschuldigen, Adam. Aber ich habe hier jemanden, der endlich seinen Vater sehen will«, sagte Victoria ohne den Funken eines Vorwurfs. »Du hast hoffentlich endlich gefunden, wonach du gesucht hast.«
»Ja, Victoria, ja ich denke schon. Wo ist Jarod?«
»Du solltest fragen, wo wir beide sind«, sagte sie aufgeräumt.
»Wie, wieso?«
»Wir sind in Dublin. Ich dachte mir, es ist höchste Zeit, dass Jarod mal sieht, woher sein Großvater kommt.«
»Victoria, ihr solltet nach …«
»Ich weiß, wo du bist, wir machen uns in einer Stunde auf den Weg.«
Kopfschüttelnd steckte er das Handy ein und ging weiter in den Wald. Irgendwo dort würde Deborah sein.
Am Mittag war auch Ryans Reise hier zu Ende gegangen. Sein Leichnam war im Frachtraum eines Flugzeugs von Washington nach Dublin gebracht worden, dann hatte man ihn hierher überführt. O'Brian und Sarah hatten am Vormittag alles vorbereitet und seinen Körper auf einem kunstvoll geschichteten Holzstapel aufgebahrt, der gut zwei Meter in die Höhe ragte.
Auf der anderen Seite war ein zweiter Feuerplatz errichtet worden, der nur dem Zweck dienen sollte, den Gästen Wärme zu spenden. Es würde eine lange Nacht werden.
Deborah sah sich am Waldrand die untergehende Sonne an.

»Das hätte ihm gefallen«, sagte Deborah, als sie Adam bemerkte. Sie hatte sich vom ersten Schock erholt und wieder Mut gefasst. »Ich kann einfach immer noch nicht glauben, dass er nicht mehr hier ist. Ständig höre ich irgendwo seine Stimme. Ständig denke ich, er kommt gleich um die nächste Ecke. Es ist schwer, Adam, obwohl ich spüre, dass sein Geist anwesend ist. Aber irgendwie geht es weiter, und ich bin sehr dankbar, dass ich heute hier sein kann. Und wenn ich endlich anfangen kann, die Funde zu katalogisieren, wird es sowieso besser.« Sie lächelte Shane an, nahm die Brille ab und begann, sie umständlich zu putzen.
Shane blickte auf den Platz, an dem Ryans letzte Reise sein Ende finden sollte. Aus allen vier Himmelsrichtungen führten die Wege zur Lichtung, und im Wald waren die Grundsteine für einige Gebäude gesetzt worden. Hier würden die Reste der keltischen Kultur wie versprochen ihren endgültigen Platz finden: an einem zentralen Ort im gelobten Land der Druiden.
»Es ist ein großartiger Ort«, sagte Shane strahlend und ließ sich auf dem bemoosten Boden nieder.
»Wie hast du es eigentlich geschafft, den Papst zu diesem Schritt zu bewegen?«
»Ich? Ich habe das sicher nicht getan. Ich denke, er war schon lange auf dem Weg, aber es brauchte den richtigen Moment.«
»Aber du hast ihm doch eine Geschichte erzählt?«
»Ja, eine irische Legende, die ich von Thomas gehört habe.«
Deborah setzte sich neben ihn. »Muss ich dir erst die Nase umdrehen, oder sagst du es freiwillig?«
Shane lehnte sich zurück und verschränkte die Arme hinter dem Kopf. »In der Erzählung von der Meerfahrt des Arth, Sohn des Comn, wird ein junger Held nach einer verlore-

nen Partie Schach dazu gezwungen, sich auf die gefährliche Suche nach einem bestimmten Mädchen zu machen. Er hat keine Ahnung, wo und wie er diese junge Frau finden kann. Aber er hat keine Möglichkeit, sich der Suche zu entziehen, also reist er los, von Gefahr zu Gefahr. Viele Irrwege und Leiden muss er ertragen. Doch als er sie schließlich findet und nach Jahren wieder heimkehrt, begrüßt ihn das Volk mit Jubel und Seligkeit, weil sein Erfolg auch den Menschen guttut, zu denen er gehört. Das Glück des Einzelnen ist das Glück aller.«
»Das war Thomas' Lieblingsgeschichte», sagte Deborah.
»Der Papst hat die dahinterliegende Botschaft wohl verstanden, denn das unbekannte Mädchen war ein Bild für die Suche nach Gott und nach sich selbst. Und dies ganz allein, ohne Einflussnahme durch eine allgemeingültige Heilslehre zu finden, bedeutet letztlich Glück für alle. Die sehenden Druiden wollten mit dieser Geschichte nur zum Ausdruck bringen, dass jeder Einzelne ein hohes Maß an innerer Einsicht erreichen kann, wenn sein Potenzial gefördert wird und er frei von Indoktrination bleibt.«
Deborah stand auf und streckte sich. »Okay, genug Philosophie für heute. Komm, es wird schon dunkel, und es sind schon fast alle da. Jennifer müsste auch bald kommen.«
Als sie auf die Lichtung kamen, verschlug es ihnen die Sprache. Zahllose Menschen strömten auf den Kreis zu. Viele standen schon in der Mitte. Ruth Copendale, Ronald MacClary und die anderen irischen Familien hatten sich um den in weißes Leinen eingewickelten Leichnam Ryans versammelt.
Dann sah Shane einige Gestalten mit Fackeln, die sich einen Weg durchs Gedränge bahnten, darunter ein Mann in einfacher weißer Kleidung.

»Das glaube ich nicht.«
»Was ist, Adam?« Deborah strengte ihren Blick an.
»Siehst du ihn denn nicht?«
Ihre Augen weiteten sich. Es war der ehemalige Papst! Als der alte Mann den inneren Kreis erreichte, nahmen ihn die Menschen würdevoll in ihrer Mitte auf.
Shane ging auf den Papst zu und zog mit einem Lächeln den Fischerring aus seiner Hosentasche. »Ein schönes Stück, und die Versuchung ist groß, ihn zu behalten. Doch ich denke, er ist bei Ihnen besser aufgehoben als bei mir«, sagte er und legte seinem Gegenüber den Ring in die Hand.

Deborah stellte sich neben Giuseppe Mardi, als sich alle im Kreis an den Händen fassten. Vor dem Holzstapel mit Ryans Leiche ergriff Adam Shane das erste Mal vor den letzten Nachfahren der Druiden das Wort.
»Ich bin heute hier, weil ich einer Vision gefolgt bin, die mich an meine Wurzeln gebracht hat. Unsere Welt erscheint uns oft am Abgrund, weil wir uns voneinander getrennt haben und dadurch hilflos fühlen. Dabei sind wir alle miteinander verbunden, auch über den Tod hinweg. Ich, Sie, alle Menschen auf dieser Erde, jeder hier hat unendliches Potenzial. Und der Schlüssel zu unserer Freiheit liegt in der Selbstbestimmung und dem Abschied von der Idee nach einem einzig wahren Gott. Wir haben es alle selbst in der Hand, wie wir unser Leben gestalten.«
Shane warf dem Papst einen eindringlichen Blick zu, dann sprach er weiter.
»Ich verneige mich in Demut und Trauer vor dir, Thomas Ryan, Nachkomme des Rodanicas, und lasse dich frei in die Autre Monde, die andere Welt, in der du Ruhe und Frieden finden magst.«

Gemeinsam mit Deborah trat Shane an den Holzhaufen. Er zögerte kurz und suchte nach Jennifer, doch zu seiner Verwunderung war sie zu diesem wichtigen Ritual nicht erschienen. Ehrfürchtig entzündete er das Holz mit einer Fackel. Alle schauten gebannt in die Flammen, die Ryans Leichnam langsam umloderten, und jeder nahm auf seine Weise Abschied.

Shane sah in die Ferne und entdeckte im Licht der Fackeln Jennifer, die mit gesenktem Haupt auf die Lichtung kam. Sie beendete gerade ein Telefonat. Dann drehte sie sich mit dem Rücken zur Menge und verharrte. Deborah bemerkte Shanes Unruhe.

Jennifer drehte sich langsam wieder um, rührte sich aber nicht vom Fleck.

MacClary kannte Jennifer lange genug, um zu wissen, dass etwas ganz und gar nicht stimmte. Er ging auf sie zu, nahm sie in die Arme und spürte, wie sie tief ausatmete.

»Sie ist tot!«

»Wer ist tot?«

»Die Präsidentin. Sie wurde in Washington von einem Scharfschützen erschossen.«

MacClary wollte nicht glauben, was er da hörte. Er hatte es insgeheim befürchtet. Diana Branks hatte sich zu viele Feinde gemacht, es war nur eine Frage der Zeit, bis sie zu diesem radikalen Schritt bereit waren.

Die Nachricht verbreitete sich in Windeseile und erstickte die feierliche Stimmung. Alle standen erschüttert um den Scheiterhaufen, den Blick starr auf die Flammen gerichtet. Giuseppe Mardi rührte sich als Erster. Er öffnete seine Hand und strich mit einem Finger über den goldenen Fischerring. Er formte sie wieder zur Faust und schritt näher ans Feuer.

»Nein, lassen Sie das, Sie brauchen ihn noch. Und die Menschen brauchen Sie«, sagte Shane und hielt Mardis Arm fest. »Ich wüsste nicht mehr wofür!«
Shane blickte in den klaren Sternenhimmel. Einen Augenblick glaubte er, eine vertraute Stimme zu hören, das Gebet eines alten Weisen, das aus den Tiefen des Weltalls in sein Ohr drang.
»Sie wären nicht der erste Gegenpapst. Und ich kann mir keinen besseren vorstellen als Sie!«

Epilog

Virunum – 10. Januar 326 n. Chr.
(heutiger Magdalensberg)

Aregetorix setzte unbemerkt von den römischen Besatzern auf der anderen Seite des Magdalensberges über Monate seine Aufzeichnungen fort. In der hintersten Kammer arbeitete er an einer der letzten Schriften an einem Holztisch, den ihm ein junger Druide vor der Abreise gezimmert hatte. Alle anderen Schriftrollen, besonders jene von Porphyrius und anderen Zeitzeugen, die sich mit der konstruierten Göttlichkeit Jesus Christus beschäftigt hatten, hatte Aregetorix in dickwandige Holzkisten verpackt, die er mit Wachs, Ölen und Leinenfasern zentimeterdick versiegelt hatte. Behutsam strich er über das Pergament, sein langes Haar fiel ihm ins Gesicht und verbarg seine Augen. Es war bitterkalt, der Winter hatte das Land fest im Griff.

Plötzlich glaubte er, durch die drei vorderen Kammern Geräusche, Pferdehufe und das Klirren von Metallen zu hören. Er zuckte zusammen. Erst vor zwei Nächten hatte er von Horden römischer Legionäre geträumt, die ihn niederschlugen, alles in Brand setzten, den Eingang zur Höhle verschütteten und ihn, den Wächter des keltischen Erbes, den Flammen überließen.

Kein gutes Omen, denn er brauchte dringend Nahrungsmittel, sein Vorrat war so gut wie am Ende. Seine nächtlichen Touren ins Lager der Römer, um sich mit Brot, Fleisch und gelegentlich auch mal mit Obst und Wein zu versorgen, könnten ihn vielleicht verraten haben. Nichts war verräterischer als Spuren im Schnee. Doch sein letzter

Diebeszug war zwei Wochen her, und inzwischen hatte es sicher einen halben Meter Neuschnee gegeben.
Es war bald ein halbes Jahr vergangen, seit die letzten Schüler der neuplatonischen Schule und die verfolgten Druiden Roms auf die Insel geflüchtet waren. Was die Pferde tragen konnten, hatte dem Aufbau dieser geheimen Bibliothek gedient, sein Werk war fast vollbracht.
Aregetorix stand langsam auf, blieb stehen und lauschte konzentriert. Aus der Ferne waren nicht nur die typischen Geräusche von Truppen zu hören, sondern auch Gebell von Hunden.
Das wäre der Untergang, dachte er, die Hunde spüren mich auf. Nachdem die jungen Druiden ihn hier als Wächter zurückgelassen hatten, hatte er ihre Vorkehrungen, um im Notfall den Eingang der Höhle mit Geröll und Erde zu verschließen, vervollkommnet.
Aber selbst wenn er den Eingang jetzt blockieren würde, wäre es zu gefährlich, die Höhle zu verlassen. Würden die Hunde ihn wittern, würden die Legionäre die Umgebung absuchen und vielleicht auf den frisch verschlossenen Zugang stoßen.
Ohne zu zögern schritt er durch die Kammern, griff sich eine Bohle und schlug mit der letzen Kraft eines gealterten Mannes die Keile raus, die die Stützbalken hielten. Mit ohrenbetäubendem Lärm stürzte die Decke ein. In letzter Sekunde konnte Aregetorix dem Geröll ausweichen. Dann war der Spuk vorbei. Eine einzige Fackel blieb ihm, um sich das Ergebnis seiner Entscheidung anzusehen: Die Höhle war verschlossen.
Im Schein der Fackel prüfte er sein Werk und entdeckte große Risse in der Decke der Kammer. Mit zitternden Knien zog er sich in seine Werkstatt zurück. Irgendwann würde

die erste Kammer einstürzen. Er hoffte, dass es bei der einen blieb.

Aregetorix blickte auf seine letzten Vorräte, setzte sich an seinen Tisch, entzündete eine Kerze und setzte seine Aufzeichnungen fort.

DANKSAGUNGEN

Ich danke meinem Verleger Christian Strasser für die Gelegenheit, das Buch nach seinem Erfolg in den USA zu überarbeiten. Ich danke Wolfgang Ziegert, der mir lange Zeit immer wieder ein Freund und Diskussionspartner war.
Ich danke Naomi L. Kucharsky, die sich intensiv für die Entstehung dieses Romans eingesetzt hat. Besonders dankbar bin ich Verena Strobl für ihre spirituellen Kenntnisse – eine unnachgiebige Leserin und Visionärin, die mich bei der Umsetzung täglich unterstützt hat. Und schließlich danke ich meinen Eltern, die mich in allem, was ich tue, unterstützt haben.
Weiter danke ich zahlreichen Wissenschaftlern für alte Geschichte und Rechtswissenschaft für ihre großzügige Beratung sowie zahlreichen engagierten Kirchenkritikern, von deren Erkenntnissen ich profitieren durfte.

Das Geheimnis des schmutzigen Geldes – ein atemberaubender Politthriller von beklemmender Aktualität

Thriller, Klappenbroschur, ISBN 978-3-95890-045-5

Vor der US-Botschaft in London wird die bestialisch zugerichtete Leiche eines korrupten chinesischen Handelsattachés gefunden. Der Scotland-Yard-Ermittlerin Rebecca Winter erscheint die Tat zunächst als Ritualmord: ein Racheakt der chinesischen Mafia. Doch bald schon muss sie erkennen, dass der Attaché eine brisante Rolle spielte in einem sich zuspitzenden Konflikt zwischen Washington und Peking, der sich zu einem veritablen Krieg entwickeln könnte.

Unversehens gerät sie zwischen die Fronten eines internationalen Machtkampfes ungeahnten Ausmaßes, in dem es für beide Seiten um viel, sehr viel Geld geht. Bald muss Rebecca feststellen, dass hier Kräfte am Wirken sind, die bereit sind, alles zu unternehmen, um die Ermittlerin daran zu hindern, eine Verschwörung offenzulegen, für die schon der Attaché sein Leben lassen musste ...

EUROPAVERLAG www.europa-verlag.com